Raoul de Cambrai

PAUL MEYER

1882

TABLE DES MATIERES

INTRODUCTION

La première édition de la chanson de Raoul de Cambrai a été publiée en 1840 dans cette collection des Romans des douze pairs qui commença, il y a un demi-siècle, l'œuvre, souvent interrompue et souvent reprise, de la publication de notre vieille littérature épique. Si nous avons cru pouvoir proposer à la Société des Anciens Textes français une nouvelle édition de Raoul de Cambrai, alors que tant d'autres de nos anciens poèmes sont encore inédits, c'est qu'il nous a paru que l'importance véritablement exceptionnelle de l'ouvrage justifiait notre entreprise ; c'est aussi parce que nous nous sommes crus en mesure d'apporter au travail du premier éditeur des améliorations considérables. Nous avons pu, en effet, par une collation attentive de l'unique manuscrit qu'on possède de Raoul de Cambrai, rectifier un grand nombre de fausses lectures qui souvent rendent inintelligible le texte de la première édition. Nous avons même rétabli quelques vers omis par notre devancir De plus, si nous n'avons pas réussi à découvrir un second manuscrit de ce poème si intéressant, mais parfois si corrompu par la négligence des copistes, il nous a du moins été loisible de faire usage de notes du président Fauchet, parmi lesquelles se trouve la copie, faite d'après un ms. perdu, d'environ 250 vers de notre poème. On verra plus loin que de ces extraits peuvent se déduire d'utiles notions sur la composition de la chanson ; bornons-nous à dire pour le moment que nous y avons recueilli, outre d'importantes variantes, plusieurs vers qui manquent dans le manuscrit unique du poème, où malheureusement plusieurs feuillets ont été enlevés. Enfin nous croyons avoir recueilli sur les personnages mis en scène, sur la formation du poème, sur son histoire pendant le moyen âge, un certain nombre de témoignages qui, jusqu'à ce jour, n'avaient point été utilisés.

ANALYSE DU POÈME

La chanson de Raoul de Cambrai se divise, à première vue, en deux parties très distinctes par le fond et par la forme. Jusqu'à la tirade CCXLIX inclusivement le poème est rimé, à partir de la tirade CCL il est en assonances. Contrairement à l'opinion qui, de prime abord, semblerait la plus probable, c'est la partie rimée qui est la plus ancienne. Le reste est une continuation sensiblement plus récente. Nous verrons plus loin que le manuscrit utilisé par Fauchet ne contenait que la partie en rimes. Mais nous croyons que les deux cent quarante-neuf premières tirades du poème ont été originairement composées en assonances. Les hémistiches de pur remplissage, les innombrables chevilles dont abonde cette partie de la chanson décèlent la main d'un réviseur assez malhabile qui aura cru apporter au vieux poème un sensible perfectionnement en substituant des rimes aux assonances un peu rudes dont s'était contenté l'auteur primitif. Ce travail de révision, auquel bien peu de nos anciennes chansons de geste ont échappé, a dû être opéré vers la fin du XIIe siècle, et c'est peu après qu'un auteur inconnu s'est avisé de souder à l'ancien poème mis en rimes une continuation qui n'a plus rien du caractère en même temps historique qu'héroïque de l'œuvre primitive. Au temps où la rime tendait à se substituer à l'assonance, certains romanciers restaient fidèles à l'ancienne mode. Nous possédons des poèmes, Huon de Bordeaux, par exemple, qu'on ne saurait faire remonter plus haut que la seconde moitié du XIIe siècle, dans lesquels règne encore l'assonance. Nous ne devons donc pas être surpris qu'il se soit trouvé un versificateur de la vieille école pour continuer en assonances le poème qui venait d'être mis en rimes.

L'analyse qui suit fera ressortir la différence de conception et de ton qui sépare les deux œuvres mises bout à bout.

Le comte Raoul Taillefer, à qui l'empereur de France avait, en récompense de ses services, concédé le fief de Cambrai et donné sa sœur en mariage, est mort, laissant sa femme, la belle Aalais, grosse d'un fils. Ce fils, c'est Raoul de Cambrai, le héros du poème. Il était encore petit enfant lorsque l'empereur voulut, sur l'avis de ses barons, donner le fief de Cambrai et la veuve de Raoul Taillefer au manceau Gibouin, l'un de ses fidèles. Aalais repoussa avec indignation cette proposition, mais, si elle réussit à garder son veuvage, elle ne put empêcher le roi de donner au manceau le Cambrésis.

Cependant le jeune Raoul grandissait. Lorsqu'il eut atteint l'âge de quinze ans, il prit pour écuyer un jeune homme de son âge, Bernier, fils bâtard d'Ybert de Ribemont. Bientôt le jeune Raoul, accompagné d'une suite nombreuse, se présente à la cour du roi qui le fait chevalier et ne tarde pas à le nommer son sénéchal.

Après quelques années, Raoul, excité par son oncle Guerri d'Arras, réclame hautement sa terre au roi. Celui-ci répond qu'il ne peut en dépouiller le manceau Gibouin qu'il en a investi. « Empereur, » dit alors Raoul, « la terre du père doit par droit revenir au fils. Je serais blâmé de tous si je subissais plus longtemps la honte de voir ma terre occupée par un autre. » Et il termine par des menaces de mort à l'adresse du manceau (tirade XXXIV). Le roi promet alors à Raoul de lui accorder la première terre qui deviendra vacante. Quarante otages garantissent cette promesse.

Un an après, le comte Herbert de Vermandois vient à mourr Raoul met aussitôt le roi en demeure d'accomplir sa promesse. Celui-ci refuse d'abord : le comte Herbert a laissé quatre fils, vaillants chevaliers, et il serait injuste de déshériter quatre personnes pour l'avantage d'une seule. Raoul, irrité, ordonne aux chevaliers qui lui ont été assignés comme otages de se rendre dans sa prison (tr XLI). Ceux-ci vont trouver le roi qui se résigne alors à concéder à Raoul la terre de Vermandois, mais sans lui en garantir aucunement la possession. Douleur de Bernier, qui, appartenant par son père, au lignage de Herbert, cherche vainement à détourner Raoul de son entreprise (tr XLVI).

Malgré les prières de Bernier, malgré les sages avertissements de sa mère, Raoul s'obstine à envahir la terre des fils Herbert. Au cours de la guerre, le moutier d'Origny est incendié, les religieuses qui l'habitaient périssent dans l'incendie, et parmi elles Marsens, la mère de Bernier, sans que son fils puisse lui porter secours. Par suite, une querelle surgit entre Bernier et Raoul. Celui-ci, emporté par la colère, injurie gravement son compagnon et finit par le frapper d'un tronçon de lance. Bientôt revenu de son emportement, il offre à Bernier une éclatante réparation, mais celui-ci refuse avec hauteur et se réfugie auprès de son père, Ybert de Ribemont (tr LXXXVIII).

Dès lors commence la guerre entre les quatre fils de Herbert de Vermandois et Raoul de Cambrai. Les quatre frères rassemblent leurs hommes sous Saint-Quentin. Avant de se mettre en marche vers Origny, ils envoient porter à Raoul des propositions de paix qui ne sont pas acceptées.

Un second messager, qui n'est autre que Bernier, vient présenter de nouveau les mêmes propositions. Raoul eût été disposé à les accueillir, mais son oncle, Guerri d'Arras, l'en détourne. Bernier défie alors son ancien seigneur : il veut le frapper, et se retire poursuivi par Raoul et les siens. Bientôt le combat s'engage. Dans la mêlée, Bernier rencontre son seigneur et de nouveau il lui offre la paix. Raoul lui répond par des paroles insultantes. Les deux chevaliers se précipitent l'un sur l'autre et Raoul est tué (tr CLIV).

Guerri demande une trêve jusqu'à ce que les morts soient enterrés. Elle lui est accordée, mais, à la vue de son neveu mort, sa colère se réveille et il recommence la lutte. Il est battu et s'enfuit avec les débris de sa troupe (tr CLXXII).

On rapporte à Cambrai le corps de Raoul. Lamentations d'Aalais. Sa douleur redouble quand elle apprend que son fils a été tué par le bâtard Bernir Son petit-fils Gautier vient auprès d'elle : c'est lui qui héritera du Cambrésis. Il jure de venger son oncle. Heluis de Ponthieu, l'amie de Raoul, vient à son tour pleurer sur le corps de celui qu'elle devait épousr On enterre Raoul (tr CLXXCII).

Plusieurs années s'écoulent . Gautier est devenu un jeune homme, il pense à venger son oncle. Guerri l'arme chevalier, et la guerre recommence. Un premier engagement a lieu sous Saint-Quentin. Gautier se mesure par deux fois avec Bernier et à chaque fois le désarçonne. À son tour, Bernier, qui a vainement offert un accord à son ennemi, vient assaillir Cambrai. Gautier lui propose de vider leur querelle par un combat singulir Au jour fixé, les deux barons se rencontrent, chacun ayant avec soi un seul compagnon : Aliaume de Namur est celui de Bernier, et Gautier est accompagné de son grand-oncle Guerri. Le duel se prolonge jusqu'au moment où les deux combattants, couverts de blessures, sont hors d'état de tenir leurs armes. Mais un nouveau duel a lieu aussitôt entre Guerri et Aliaume. Ce dernier est blessé mortellement ; Gautier, un peu moins grièvement blessé que Bernier, l'assiste à ses derniers moments. Bernier, qui est cause de ce malheur, car c'est lui qui a excité Aliaume à se battre, accuse Guerri d'avoir frappé son adversaire en trahison. Fureur de Guerri qui se précipite sur Bernier et l'aurait tué si Gautier ne l'avait protégé. Bernier et Gautier retournent l'un à Saint-Quentin, l'autre à Cambrai (tr CCXIX).

Peu après, à la Pentecôte, l'empereur mande ses barons à sa cour, Guerri et Gautier, Bernier et son père Ybert de Ribemont se trouvent réunis à la table du roi. Guerri frappe Bernier sans provocation. Aussitôt une mêlée générale s'engage, et c'est à grand'peine qu'on sépare les barons. Il est convenu que Gautier et Bernier se battront de nouveau. Ils se font de nombreuses blessures. Enfin, par ordre du roi, on les sépare, quand tous deux sont hors d'état de combattre. Le roi les fait soigner dans son palais, mais il a le tort de les mettre trop près l'un de l'autre, dans la même salle, où ils continuent à s'invectiver (tr CCXXCVI).

Cependant dame Aalais arrive aussi à la cour du roi son frère. Apercevant Bernier, elle entre en fureur, et, saisissant un levier, elle l'eût assommé, si on ne l'en avait empêchée. Bernier sort du lit, se jette à ses pieds. Lui, ses oncles et ses parents implorent la merci de Gautier et d'Aalais qui finissent par se laisser touchr La paix est rétablie au grand désappointement du roi contre qui Guerri se répand en plaintes amères, l'accusant d'avoir été la cause première de la guerre . Le roi choisit ce moment pour dire à Ybert de Ribemont que, lui mort, il disposera de la terre de Vermandois. « Mais, » répond Ybert, « je l'ai donnée l'autre jour à Bernir — Comment, diable ! » répond le roi, « est-ce qu'un bâtard doit tenir terre? » La querelle s'envenime, les barons se jettent sur le roi qui est blessé dans la lutte. Ils se retirent en mettant le feu à la cité de Paris, et chacun retourne en son pays, tandis que le roi mande ses hommes pour tirer vengeance des barons qui l'ont insulté (tr CCXLIX).

C'est ici que s'arrête la partie rimée du poème. Ce qui suit a le caractère d'un roman d'aventures.

Gautier est revenu à Cambrai, Guerri est à Arras avec Bernier, devenu son ami.

L'accord a été fait, au sujet de la mort de Raoul, grâce à l'entremise d'un saint abbé. Or, Guerri avait une fille nommée Béatrix, qui devient amoureuse de Bernier et ne tarde pas à lui avouer son amour dans les termes les moins équivoques. Bernier, mu par un sentiment de délicatesse, hésite d'abord : il ne peut, lui bâtard, prétendre à la main d'une fille qui a pour père un aussi haut baron que Guerri d'Arras. Aussi ne la demandera-t-il pas. Mais, si on la lui offre, il ne refusera pas. Guerri, pressé par sa fille, intervient, et les deux jeunes gens se fiancent (tr CCLVI).

Bernier se rend à Saint-Quentin auprès de son père, qui apprend avec joie le bonheur qui vient d'écheoir à son fils. Il s'engage à donner Ribemont en douaire à la jeune fille. Sur ces entrefaites, on apporte la nouvelle que le roi de France est à Soissons et se prépare à envahir la terre d'Ybert de Ribemont. Celui-ci se hâte de rassembler ses hommes et marche sur Soissons. Dans le combat qui s'engage avec les troupes royales, le manceau Gibouin, cause première de la guerre où périt Raoul, est tué par Bernier et le roi est abattu de son cheval par Ybert. Les deux barons ne veulent pas pousser à bout leur succès ; ils se souviennent que c'est contre le roi leur seigneur qu'ils combattent, et se retirent sans être poursuivis, emmenant leurs prisonniers et leur butin (tr CCLXIV).

Gautier ne tarde pas à se rendre à Arras pour épouser sa fiancée. Le mariage célébré, il se met en route, accompagné de son père, de Gautier et d'une suite nombreuse, pour Saint-Quentin. Mais le roi les a fait épir Ils tombent dans une embuscade ; Ybert, Gautier et Béatrix sont pris et emmenés à Paris. Bernier échappe à grand'peine et vient se réfugier à Arras auprès de

Guerri (tr CCLXVI).

Le roi, de retour à Paris, veut donner en mariage Béatrix à l'un de ses fidèles, Herchambaut de Ponthieu, seigneur d'Abbeville. Celle-ci refuse et se répand en lamentations. Le roi, hors de lui, veut la livrer à ses écuyers. Mais la reine la protège et la prend sous sa garde. Entre temps, Bernier apprend par un espion qui a pu pénétrer jusqu'auprès de la jeune fille, que dans peu de jours le roi se propose de la donner à Herchambaut. Un parlement sera tenu à cet effet hors Paris, à Saint-Cloud. Bernier et Guerri viennent s'embusquer avec trois mille chevaliers dans la forêt de Rouvroi . Ils reprennent de vive force la jeune fille et font un grand nombre de prisonniers, entre lesquels la reine et son fils, le petit Lohir Le roi échappe à grand'peine par la Seine, en bateau. Peu après, la paix est faite, à condition que les prisonniers seront rendus de part et d'autre (tr CCLXXXI).

Bernier vivait paisiblement depuis plus de deux ans lorsque l'idée lui vint de se rendre en pèlerinage à Saint-Gilles. Il avait, en sa vie, tué bien des hommes, entre lesquels son seigneur Raoul, et il voulait, par l'entremise du saint, faire sa paix avec Dieu. Il se mit donc en route pour Saint-Gilles, accompagné de sa femme et de son neveu Savari. À peine y était-il arrivé que sa femme accoucha d'un fils, qui reçut le nom de Julien de Saint-Gilles. Sur ces entrefaites, le roi Corsuble et l'émir de Cordoue envahirent le pays et vinrent assiéger Saint-Gilles. Bernier monte aussitôt à cheval et, à la tête d'une poignée d'hommes, il se porte au-devant des Sarrasins. Malgré sa valeur, il est fait prisonnier, et les Sarrasins l'emmènent avec eux en Espagne, emportant son fils nouveau-né dont il se trouve séparé. Sa femme est ramenée à Ribemont par Savari (tr CCLXXXIV).

La nouvelle du malheur de Bernier ne tarde pas à parvenir jusqu'au roi ; le messager qui la lui apporte, enchérissant sur ce qu'il avait entendu dire, annonce que Bernier a péri dans le combat. Sur ce, Herchambaut de Ponthieu demande au roi de lui donner Béatrix, qui, déjà une première fois, lui a été enlevée par Bernir Il promet au roi de riches présents et obtient son consentement. Le roi, en effet, décide Guerri à lui livrer sa fille qui est aussitôt, malgré sa résistance, mariée à Herchambaut. Celui-ci l'emmène à Abbeville où il célèbre ses noces. Mais voilà qu'arrive un médecin ambulant qui offre des remèdes merveilleux, entre lesquels une herbe qui a la propriété de mettre la dame qui la porterait sur elle à l'abri de toutes les tentatives qu'on pourrait faire contre sa vertu. Béatrix s'empresse d'en acheter, et l'expérience lui prouve que le médecin ne l'a pas trompée (tr CCXCI).

Cependant Bernier était toujours dans la prison du roi Corsuble. Un événement imprévu l'en fit sortr Un roi sarrasin nommé Aucibier vint assiéger la cité de Corsuble. Doué d'une force extraordinaire, en même temps qu'animé de sentiments chevaleresques, il défie en combat singulier les hommes de Corsuble. Trois d'entre eux sont successivement vaincus et tués par lui. Corsuble ne savait plus qui envoyer contre lui lorsque le gardien de sa prison lui donna le conseil d'appeler à son aide Bernier, en lui promettant la liberté. On fait sortir Bernier de prison, on le fait manger, on l'arme et on l'envoie jouter contre Aucibir Bernier réussit, non sans peine, à battre son redoutable adversaire, dont il rapporte la tête à Corsuble. Joie de celui-ci qui fait à Bernier les offres les plus magnifiques pour le retenir auprès de lui, mais qui consent toutefois à le laisser partir après l'avoir comblé de présents (tr CCXCVII).

Mais Bernier n'était pas au bout de ses peines. Il se rend d'abord à Saint-Gilles, et là on lui apprend que sa femme est retournée à Ribemont, tandis que son fils Julien a été emmené par les Sarrasins. Il se remet en route, arrive à Ribemont, où Savari lui conte comment Béatrix a été livrée à Herchambaut par le roi, avec la connivence de Guerri. Bernier se dispose aussitôt à reconquérir sa femme, mais d'abord il veut savoir quels sont ses sentiments à son égard. Il se déguise en marchand de remèdes et se rend à Abbeville. Là, il rencontre Béatrix, apprend de sa bouche qu'elle n'a pas cessé d'aimer son premier époux, et qu'elle a réussi jusqu'ici à se préserver des atteintes du second. Herchambaut lui-même fait bon accueil au prétendu médecin et lui demande une recette qui lui rende le libre exercice de ses facultés. Le faux médecin lui assure qu'il n'y a qu'à se baigner avec sa femme dans une source voisine. Béatrix, qui n'a pas reconnu son époux, se montre d'abord très peu disposée à se prêter à cette expérience ; elle s'enfuit dans une abbaye voisine, mais, enfin, on réussit à lui faire savoir qu'il s'agit d'une ruse combinée par Bernier pour la délivrer, et, dès lors, elle manifeste un empressement qui contraste singulièrement avec la répugnance qu'elle avait manifestée tout d'abord. On se rend à la source, et, tandis qu'Herchambaut y fait ses ablutions, attendant que sa femme vienne l'y rejoindre, celle-ci s'enfuit à cheval avec Bernier (tr CCCXVII).

Bernier eut de sa femme un second fils qui fut nommé Henri ; Mais il n'oubliait pas Julien, et, au bout de quelques années, il partit pour l'Espagne dans l'espoir d'obtenir de ses nouvelles. Il se rendit d'abord auprès du roi Corsuble qu'il trouva en guerre avec l'émir de Cordes. Il lui offrit naturellement ses services qui furent acceptés de grand cœr L'émir de Cordes avait confié son oriflamme à un jeune chevalier nommé Corsabré qui s'était acquis un grand renom de vaillance, et qui n'était point autre que Julien, le fils de Bernir Le père et le fils se rencontrent dans la mêlée, et c'est le fils qui a le dessous. Le voyant prisonnier, les hommes qu'il était chargé de conduire prennent la fuite, et Corsuble se trouve pour la seconde fois délivré de ses ennemis grâce à la vaillance de Bernir Aussi, ne mettant point de bornes à sa gratitude, cherchera-t-il à retenir auprès de lui son sauveur, en lui offrant la moitié de son royaume. « Je suis venu pour autre chose », répond Bernir Et il lui demande des nouvelles de Julien. Corsuble ne peut lui en donnr Mais il y avait là, parmi les prisonniers, un vieillard qui jadis avait recueilli à Saint-Gilles Julien nouveau-né, qui l'avait élevé, et maintenant se lamentait en pensant que son fils adoptif allait être mis à mort. Le voyant pleurer, Bernier l'interroge et reconnaît, d'après ses réponses, que Corsabré, celui qu'il a vaincu et fait prisonnier, n'est autre que son fils Julien. Il obtient de Corsuble que le jeune homme lui soit rendu, et retourne en France comblé de présents. Chemin faisant, il s'arrête à Saint-Gilles. Le seigneur du lieu, qui avait autrefois tenu l'enfant Julien sur les fonts baptismaux, s'engage à laisser après lui sa terre à son filleul. Bernier et Julien arrivent à Saint-Quentin où ils sont accueillis avec joie par Béatrix et le jeune Henri. Le vieux Guerri d'Arras lui-même, qui s'était tenu à l'écart depuis le moment où Bernier avait repris sa femme à Herchambaut, se rend auprès de son gendre qui consent à lui pardonner sa conduite déloyale d'autrefois. Cependant Béatrix n'est pas sans défiance à l'égard de son père. Au bout de quelques jours, Bernier et Guerri ont l'idée de se rendre tous deux en pèlerinage à Saint-Jacques. Béatrix les voit partir ensemble avec inquiétude. Elle engage vivement son époux à se tenir sur ses gardes. Les deux barons accomplissent leur pèlerinage. Au retour, comme ils passaient près d'Origny, Bernier poussa un soupr Guerri lui en demande la raison. Bernier hésite à répondre ; poussé par Guerri, il lui dit : « Il me souvient de Raoul le marquis. Voici le lieu où je l'ai tué. » Guerri fut saisi d'un profond ressentiment qu'il dissimula d'abord. Mais le soir, comme ils s'étaient arrêtés pour faire boire leurs chevaux, il décrocha sans bruit l'un de ses étriers, et, frappant Bernier, lui fendit le crâne. Puis il s'enfuit au galop. On relève Bernier, qui meurt après avoir pardonné à Guerri et confessé ses péchés à Savari. Puis on ramène le corps à Ancre où se trouvait Béatrix (tr CCCXXXVIII).

Douleur de Béatrix. Funérailles de Bernir Ses fils mandent leurs hommes et se dirigent vers Arras. Leur mère les supplie d'épargner la vie de leur grand-père, et de se contenter de l'emprisonner pour le restant de ses jours, s'ils peuvent le prendre. Guerri se prépare à la défense et appelle à son secours Gautir Le combat s'engage devant Arras. Savari est tué par Gautir Ce dernier à son tour périt de la main de Julien. Le vieux Guerri rentre dans Arras, et du haut des créneaux, implore la merci de Julien. Celui-ci repousse sa prière et ordonne l'assaut. Mais Guerri se défend avec énergie et les assaillants sont repoussés. La nuit venue, le vieillard monta à cheval et sortit de la cité pour aller en exil. On on ne sait ce qu'il devint ; on dit qu'il se fit ermite. Henri eut la cité d'Arras et devint seigneur d'Artois ; Julien revint à Saint-Quentin et fut, par la suite, comte de Saint-Gilles.

L'ÉLÉMENT HISTORIQUE DANS RAOUL DE CAMBRAI

Cherchons maintenant dans l'histoire quels événements ont pu être le point de départ de cette longue suite de récits.

Le héros de notre poème a cela de commun avec Roland, que sa mort est racontée brièvement par un annaliste contemporain, mais en des termes suffisamment précis pour qu'il ne soit pas possible de révoquer en doute le caractère historique d'une portion importante de la première partie de Raoul de Cambrai

« En l'année 943, écrit Flodoard, mourut le comte Herbert. Ses fils l'ensevelirent à Saint-Quentin, et, apprenant que Raoul, fils de Raoul de Gouy, venait pour envahir les domaines de leur père, ils l'attaquèrent et le mirent à mort. Cette nouvelle affligea fort le roi Louis . »

La seule chose qui, dans les paroles du chanoine de Reims, ne concorde qu'imparfaitement avec le poème, c'est le nom du père de Raoul. Mais cette différence est certainement plus apparente que réelle, car, si Flodoard le nomme Raoul de Gouy et non Raoul de Cambrésis, nous savons d'ailleurs que ce Raoul, mort dix-sept ans auparavant, avait été « comte », et, selon toute vraisemblance, comte en Cambrésis, puisque Gouy était situé dans le pagus ou comitatus Cameracensis, au milieu d'une région forestière, l'Arrouaise, dont les habitants sont présentés par le poète comme les vassaux du jeune Raoul de Cambrai .

Raoul de Gouy ne doit pas être distingué de ce « comte Raoul » qui, en 921, semble agir en qualité de comte du Cambrésis, lorsqu'avec l'appui de Haguenon, le favori de Charles le Simple, il obtient de ce prince que l'abbaye de Maroilles soit donnée à l'évêque de Cambrai . Quoi qu'il en soit, Raoul de Gouy prit une part active aux événements qui suivirent la déchéance de Charles le Simple : ainsi, il accompagnait, en 923, les vassaux de Herbert de Vermandois et le comte Engobrand dans une heureuse attaque du camp des Normands qui, sous le commandement de Rögnvald, roi des Normands des bouches de la Loire, étaient venus, à l'appel de Charles ravager la portion occidentale du Vermandois. Ses terres, on ne sait pourquoi, furent exceptées deux ans après (925), ainsi que le comté de Ponthieu et le marquisat de Flandre, de l'armistice que le duc de France, Hugues le Grand, conclut alors avec les Normands. Raoul de Gouy terminait, vers la fin de l'année 926, une carrière qui, malgré sa brièveté, paraît avoir été celle d'un homme fameux en son temps.

La chronique de Flodoard, d'où nous tirons le peu qu'on sait de Raoul de Gouy, offre aussi quelques renseignements sur sa parenté. Raoul avait probablement perdu son père dès son enfance, car l'annaliste rémois en l'appelant « fils de Heluis », nous fait seulement connaître le nom de sa mère : celle-ci, remariée à Roger, comte de Laon, qui lui donna plusieurs fils, devint veuve pour la seconde fois, peu de temps après la mort de Raoul de Gouy.

Le premier éditeur de Raoul de Cambrai s'est donc, on le voit, complètement trompé en considérant le héros de son poème comme le fils d'un comte Raoul qui fut tué, en 896, par Herbert Ier, comte de Vermandois, et dont il fait un comte de Cambrai sur la foi de Jean d'Ypres, chroniqueur du XIVe siècle. Mais, outre qu'il n'est point assuré que ce Raoul, frère cadet de Baudouin II, comte de Flandre, ait été comte de Cambrai, il ne semble avoir laissé qu'un fils du nom de Baudouin, communément nommé Bauces (Balzo), lequel mourut en 973 dans un âge fort avancé, après avoir gouverné la Flandre comme tuteur du jeune comte Arnoul II, son parent. C'est encore à tort, on le voit, que M. Edward Le Glay présente ce Bauces comme le petit-fils du comte Raoul, mort en 896, et qu'il lui donne pour père le Raoul tué en 943 en combattant les fils Herbert, c'est-à-dire le héros de notre poème.

Dans le peu que nous savons du comte Raoul de Gouy, le prototype du Raoul Taillefer de la chanson de geste, il est possible de voir une confirmation des vers 992-993, où Aalais rappelle au jeune Raoul que son père fut toujours l'ami du comte Herbert, aux enfants duquel il veut disputer le fief de Vermandois: on se souvient, en effet, que Raoul de Gouy combattait les Normands en 923, à la tête ou aux côtés des vassaux d'Herbert. Quant au surplus des renseignements que le poème donne sur Raoul, il n'est point possible d'établir leur véracité, mais on peut montrer qu'ils n'ont rien de contraire à la vraisemblance.

Selon le poème, Raoul Taillefer aurait épousé Aalais, sœur du roi Louis , qu'il aurait laissée, en mourant, grosse de Raoul, le futur adversaire des fils Herbert. Ces circonstances sont loin d'être invraisemblables. Aalais est, en effet, le nom d'une des nombreuses sœurs du roi Louis d'Outremer, issues du mariage de Charles le Simple avec la reine Fréderune , et il n'est pas impossible qu'en 926, date de la mort de Raoul de Gouy, elle fût mariée à l'un des comtes qui avaient été les sujets de son père ; d'autre part, en supposant que Raoul de Gouy, mort prématurément en 926, ait laissé sa femme enceinte d'un fils, ce fils posthume, lors de la mort de Herbert de Vermandois, en 943, aurait eu dix-sept ans environ, âge qui n'est en désaccord ni avec le texte de Raoul de Cambrai, ni avec ce que nous savons de l'époque carolingienne, car en ce temps on entrait fort jeune dans la vie active et surtout dans la vie militaire ; ainsi, pour n'en citer qu'un exemple entre tant d'autres, un roi carolingien, Louis III, celui-là même dont un poème en langage francique et la chanson de Gormond célèbrent la lutte contre les Normands, Louis III mourut âgé au plus de dix-neuf ans, un an après avoir battu les pirates du Nord, deux ans après qu'il eût conduit une expédition en Bourgogne contre le roi Boson.

Quoi qu'il en soit de l'origine de la comtesse Aalais, femme de Raoul de Gouy, son souvenir se conserva durant plusieurs siècles dans l'église cathédrale de Cambrai et dans l'abbaye de Saint-Géry de la même ville, à raison de legs qu'elle leur avait faits pour le repos de l'âme de son malheureux fils ; c'est du moins ce qu'attestent une charte de Liebert, évêque de Cambrai, rédigée vers 1050, et la chronique rimée vers le milieu du XIIIe siècle par Philippe Mousket.

Le caractère historique de la première partie de Raoul étant établi, il n'y a point lieu de s'étonner que les principaux personnages de la chanson de geste, tels, par exemple, que Guerri le Sor et Ybert de Ribemont ne soient pas plus que Raoul de Cambrai des personnages imaginaires ; mais le trouvère, auquel nous devons la seule version parvenue jusqu'à nous, a sans doute, ici encore, élevé quelque peu la situation sociale de ces barons, et, suivant en cela la tendance bien connue de l'école épique d'alors, il leur a supposé des liens de parenté fort étroits avec des barons dont ils n'étaient tout d'abord que les alliés.

Guerri le Sor, dont le poète du XIIe siècle fait un oncle paternel de Raoul de Cambrai, semble tout d'abord un personnage fabuleux, car il nous est présenté comme comte d'Arras. Or, pendant le second quart du Xe siècle, le comté d'Arras fut successivement possédé par le comte Aleaume et Arnoul de Flandre . Le nom de Guerri le Sor, qui paraît n'avoir aucun lien avec l'histoire réelle d'Arras, se retrouve cependant sous la plume de plusieurs chroniqueurs wallons, mais il désigne alors un chevalier hennuyer qui fut la tige de l'illustre maison d'Avesnes, et qu'une tradition de famille, entièrement indépendante, selon toute apparence, du poème de Raoul, permet de croire le contemporain de Louis d'Outre-Mer . Guerri le Sor, seigneur de Leuze, auquel le comte de Hainaut inféoda le territoire situé entre les deux Helpes, était-il originairement le même personnage que son homonyme du Raoul ? C'est presque certain, car le trouvère du XIIe siècle, en désignant une fois par hasard Guerri d'Arras sous le nom de « Guerri de Cimai », qui convient parfaitement au seigneur du pays d'entre les deux Helpes , a vraisemblablement laissé subsister par mégarde un surnom féodal qu'il a, partout ailleurs, remplacé par celui d'Arras. Ainsi, le jeune Raoul et Guerri le Sor appartenaient tous deux par leurs fiefs à la même circonscription ecclésiastique, c'est-à-dire au diocèse de Cambrai.

Le personnage d'Ybert de Ribemont a été un peu moins altéré que celui de Guerri. Ybert n'était pas, à vrai dire, l'un des fils du comte Herbert de Vermandois, au sang duquel le rattachait déjà la version du Raoul qui avait cours à la fin du XIe siècle , mais il était assurément l'un des plus riches vassaux de ce puissant baron. La forme latine de son nom était Eilbertus ou Egilbertus, et rien n'empêche de croire que le château de Ribemont, situé sur la rive gauche de l'Oise, à une lieue et demie de l'abbaye d'Origny, incendiée par Raoul de Cambrai, ne fût réellement le chef-lieu de son fief. Toujours est-il qu'en 948, c'est-à-dire cinq ans seulement après les événements retracés dans le Raoul, Ybert fonda, de concert avec Hersent, sa femme, et le comte Albert Ier de Vermandois, son suzerain, l'abbaye d'Homblières, dans un lieu qu'une distance de neuf kilomètres seulement sépare de Ribemont . Il donnait, en 960, à cette abbaye d'Homblières quelque bien sis dans un village du Laonnois, Puisieux , à quatre lieues nord-est de Ribemont, et la charte rédigée à cette occasion nous fait connaître l'existence de son fils Lambert , issu sans doute du mariage avec Hersent. Enfin, il atteignit un âge très avancé, s'il est vrai qu'il faille le reconnaître dans cet Ybert, également époux de Hersent, sur l'avis duquel un vassal nommé d'Harri donna, en 988, à la même abbaye, l'alleu de Vinay, situé dans l'Omois, près d'Epernay .

Quoiqu'il en soit de cette dernière question, il est certain qu'Ybert fut, de son temps, un baron renommé pour sa piété, car, à côté de la tradition épique qui lui faisait jouer un rôle dans le Raoul, il se forma sur son compte une véritable légende que nous appellerions volontiers monastique, et qui le présente à la postérité comme un grand bâtisseur d'églises. Cette légende monastique, consignée à la fin du XIe siècle dans le Chronicon Valciodorense , où les traditions épiques relatives à Raoul de Cambrai ont été également utilisées, cette légende fait d'Ybert de Ribemont le fils et le principal héritier d'un comte Ebroin , auquel sa femme Berte, fille du comte Guerri, avait apporté en dot la seigneurie de Florennes au comté de Lomme, et qui tenait, en outre, de la munificence de Louis l'Enfant, le dernier roi carolingien d'Allemagne, les domaines d'Anthisne, en Condroz, et de Heidré, en Famine . Après une vie agitée, marquée par des événements, tels qu'un siège (fabuleux) de la ville de Reims entrepris pour la vengeance d'une injure particulière et la guerre contre Raoul de Cambrai, le comte Ybert, sous l'impulsion de sa compagne Hersent, femme d'une piété éprouvée, aurait fondé six monastères : les abbayes de Waulsort et de

Florennes, au diocèse de Liège et au comté de Lomme, les abbayes de Saint-Michel en Thiérache et de Bucilly dans la portion du diocèse de Laon qui avoisinait celui de Cambrai, et, enfin, les abbayes d'Homblières et du Mont Saint-Quentin de Péronne, au diocèse de Noyon . La chronique de Waulsort lui attribue, en outre, la reconstruction de l'église métropolitaine de Reims , précédemment incendiée par lui après la prise de la ville. La légende monastique que nous analysons ne lui connaît point d'autre enfant que le bâtard Bernier, mort prématurément peu après la conclusion de la paix avec Gautier de Cambrai : aussi rapporte-t-elle qu'après la mort de la comtesse Hersent, Ybert se remaria avec la veuve du seigneur de Rumigny en Thiérache, laquelle, de son premier mariage, avait eu deux fils, Godefroi et Arnoul, auxquels il laissa la seigneurie de Florennes, du consentement de son suzerain le « roi » ou plutôt l'empereur d'Allemagne. Enfin, il reçut, toujours suivant cette même source, la sépulture dans l'abbaye de Waulsort, où Bernier et plusieurs autres membres de sa famille avaient déjà été ensevelis. Sa mort était, semble-t-il, marquée au 28 mars dans l'obituaire de quelqu'un des monastères dont on lui attribuait la fondation.

Quant au fils naturel d'Ybert de Ribemont, c'est-à-dire à Bernier, le meurtrier de Raoul de Cambrai, les deux seules sources qui le mentionnent appartiennent à la tradition épique : l'une est le poème même que nous publions, l'autre est la chronique de Waulsort qui mentionne Bernier dans le résumé qu'elle renferme de la version du Raoul ayant cours à la fin du XIe siècle. Ces circonstances n'impliquent point cependant que Bernier soit un personnage fabuleux. En rapportant que Bernier mourut peu après l'accord intervenu entre les siens et Gautier de Cambrai, et qu'il reçut la sépulture à Waulsort , la chronique de ce monastère prouve surabondamment qu'à la fin du XIe siècle un romancier n'avait point encore songé à donner une suite au poème primitif sur Raoul de Cambrai, en faisant épouser à Bernier la fille de Guerri le Sr De plus, elle nous met en garde contre une opinion de Colliette, l'historien du Vermandois , opinion adoptée par plusieurs érudits, notamment par le premier éditeur de Raoul de Cambrai , et suivant laquelle Bernier aurait embrassé la vie monastique et ne serait autre que Bernier, premier abbé d'Homblières, mentionné, au reste, par plusieurs chartes du cartulaire de cette abbaye : il n'y a certainement entre les deux personnages qu'une simple coïncidence de noms.

L'intrusion d'Ybert de Ribemont dans la famille comtale de Vermandois ne paraît point le fait du dernier poète qui remania le poème de Raoul : on peut induire de la chronique de Waulsort qu'elle remonte au XIe siècle . Une circonstance historique assez importante subsiste, malgré tout, dans la chanson de geste : c'est le nombre des fils Herbert qui défendent l'héritage paternel contre les tentatives de Raoul. Herbert II laissa, à la vérité, cinq fils et non pas quatre, mais le troisième d'entre eux, Hugues, ne dut point prendre part à la lutte, car il occupait le siège archiépiscopal de Reims. Les quatre autres fils de Herbert II se nommaient Eudes, Albert, Robert et Herbert : le poème qui nous est parvenu n'a conservé intacts que les noms du premier et du dernier, encore a-t-il eu le tort de faire périr de la main de Guerri le Sor , dans la guerre de 943, Herbert, qu'il nomme Herbert d'Hirson, cet Herbert, devenu comte de Troyes et de Meaux en 968, étant mort seulement en 993. Quant à Albert, - Aubert en langue vulgaire du XIIe siècle, — qui fut de 943 à 988 comte de Vermandois ou de Saint-Quentin, c'est celui dont Ybert, en raison peut-être d'une certaine analogie de nom, occupe la place : la substitution du nom d'Ybert à celui d'Albert est le seul titre que le père de Bernier ait jamais eu à la possession de Saint-Quentin, dont le poème le fait comte. Enfin Robert, comte de Troyes et de Meaux de 943 à 968, a été remplacé par un prétendu filleul du roi Louis, qui porte le même nom que son royal parrain .

Nous avons successivement passé en revue les personnages du Raoul que l'on appellerait en style de palais « les parties », et l'on a vu qu'ils sont empruntés presque sans exception à l'histoire réelle. Il est évident que, parmi les personnages secondaires, voire même parmi les comparses, plus d'un nom appartient à des contemporains véritables de Louis d'Outremer, mais la preuve en est difficile à faire en raison de l'extrême pénurie de documents historiques du Xe siècle, relatifs à la France septentrionale, et nous nous bornerons à indiquer, par l'exemple de deux guerriers, alliés des fils Herbert dans la lutte contre Raoul de Cambrai, quelle proportion de vérité historique peut encore recéler le second plan du poème. Ernaut de Douai, qui a la main droite coupée par Raoul, est nommé à plusieurs reprises par Flodoard : vassal de Herbert II dès 930, il perdit, l'année suivante, la ville de Douai que le roi Louis IV lui fit restituer en 941 . De même, le comte Bernard de Rethel est mentionné par Flodoard, qui le désigne plus exactement comme comte de Porcien , pays dont Rethel fut démembré au Xe siècle.

Les mœurs féodales dans la première partie du Raoul portent aussi en plus d'une strophe les marques d'une certaine antiquité ; il serait plus difficile toutefois de faire ici le départ de ce qui appartient véritablement au Xesiècle. L'hérédité des fiefs n'y est point encore complètement établie , mais il faut reconnaître que les remanieurs ne pouvaient guère, sans nuire à l'économie du poème, introduire sur ce point les coutumes de leur temps. La réparation, à la fois éclatante et bizarre, que Raoul offre à Bernier après l'incendie d'Origny , et qui est l'une des formes de l'harmiscara des textes carolingiens , semble encore un trait conservé de la chanson primitive sur la mort de Raoul, mais on sait combien il est difficile de renfermer dans des limites chronologiques la plupart des usages du moyen âge : telle coutume oubliée presque totalement en France a pu se perpétuer dans le coin d'une province ; elle a pu disparaître complètement de notre pays et se conserver plusieurs siècles encore à l'étrangr C'est pourquoi nous croyons sage de nous abstenir de plus amples considérations.

LES DIVERS ÉTATS DU POÈME

Le lecteur a déjà remarqué qu'entre toutes les notions historiques qui ont été réunies dans le précédent chapitre en vue d'éclairer les origines de la légende de Raoul de Cambrai, aucune ne peut être mise en rapport avec les événements racontés dans la seconde partie du poème, celle qui commence à la tirade CCL. D'ailleurs le caractère purement romanesque de cette seconde partie forme un contraste frappant avec le ton véritablement épique des récits qui composent la partie ancienne du poème. Le procédé grâce auquel Béatrix, enlevée à son époux, réussit à lui garder sa foi, l'artifice que celui-ci emploie pour la reprendre, les fortunes diverses de Bernier chez les Sarrazins, sa rencontre avec son fils sur le champ de bataille, la reconnaissance du père et du fils, sont autant d'événements où se reconnaît l'influence des romans d'aventure . Nous pouvons donc, à nous en tenir aux seules données du poème, affirmer en toute sécurité que la première partie est, dans sa composition originale, sinon dans sa forme actuelle, d'une époque beaucoup plus ancienne que la seconde. La même conclusion ressortira avec évidence de l'ensemble des recherches qu'il nous reste à présenter sur la formation et la transmission de notre chanson de geste.

Au cours du récit de la guerre de Raoul contre les fils Herbert de Vermandois, se lisent ces vers :

Bertolais dist que chançon en fera,
Jamais jougleres tele ne chantera.

Mout par fu preus et saiges Bertolais,
Et de Loon fu il nez et estrais,
Et de paraige, del miex et del belais.
De la bataille vi tot le gregnor fais ;

Chanson en fist, n'orreis milor jamais,
Puis a esté oïe en maint palais,
Del sor Gueri et de dame Aalais…

Bertolais, qui nous est d'ailleurs totalement inconnu, est présenté ici comme un témoin oculaire de la guerre contée, et comme un homme du temps passé. Cela résulte du vers (2449) où il est dit que la chanson composée par lui fut depuis écoutée en maint palais. Il faut donc croire que Bertolais avait mis son nom à son œuvre, en témoignant qu'il avait assisté aux événements racontés, à peu près comme fit plus tard Guillaume de Tudèle, l'auteur de la première partie du poème de la croisade albigeoise. On ne voit pas, en dehors de cette hypothèse, comment les notions contenues dans les vers cités auraient pu se conservr Si Bertolais a assisté à la lutte de Raoul et des fils Herbert, il faut qu'il ait vécu vers le milieu du Xe siècle. L'existence de chansons de geste à cette époque n'est nullement contestable, bien qu'il ne nous en soit parvenu aucune que l'on puisse faire remonter aussi haut. Nous pouvons donc admettre que notre poème de Raoul de Cambrai a été, en sa forme première, l'un de nos plus anciens poèmes épiques. Mais la chanson composée par Bertolais a sans doute subi plus d'un remaniement, avant de recevoir la forme sous laquelle nous la possédons. Cherchons à déterminer, dans la mesure du possible, l'étendue et le caractère de ces remaniements. Nous avons, pour nous aider dans cette recherche, un certain nombre de témoignages qui nous permettent de constater l'état du poème dès une époque antérieure à la rédaction qui nous est parvenue. Entre ces témoignages, le plus complet et le plus ancien est celui qui nous est fourni par la chronique de Waulsort (Chronicon Valciodorense), déjà citée ci-dessus, en sa partie primitive qui fut rédigée vers la fin du XIe siècle.

Voici l'analyse du passage qui nous intéresse dans cette chronique. On en trouvera le texte à l'appendice :

(1) Herbert, comte de Saint-Quentin, meurt laissant quatre fils qu'il a placés, avant de mourir, sous la garde de son frère Eilbert. Comme on procédait aux funérailles, le comte de Cambrai Raoul envahit la terre des fils du défunt que le roi, son oncle, avait eu la faiblesse de lui concédr

(2) Tout au début, Raoul attaque la ville de Saint-Quentin et l'incendie. Puis il met le feu à un couvent de religieuses, récemment fondé par les fils Herbert, pour une dame de noble origine, qui, après avoir été séduite et puis abandonnée par le comte Eilbert, avait pris le parti de renoncer au monde.

(3) Cette dame avait eu du comte Eilbert un fils que Raoul avait recueilli et dont il avait fait son écuyr Ce jeune homme, voyant que sa mère avait péri dans l'incendie du monastère, se répandit en plaintes qui excitèrent la colère de Raoul. Celui-ci s'emporta jusqu'à chasser son écuyer, après l'avoir blessé à la tête. Bernier se réfugia auprès de son père, Eilbert, qui l'arma chevalier,

et bientôt la guerre commença.

(4) Un jour ayant été fixé pour la bataille , Bernier alla trouver son seigneur pour lui proposer un accord au sujet de la mort de sa mère. Accueilli par des injures, il se considéra comme délié de son serment de fidélité envers Raoul. Le combat s'engage ; Raoul périt de la main de son ancien écuyr Les terres enlevées aux hoirs de Herbert leur furent rendues.

(5) Après un certain laps de temps, un neveu de Raoul, nommé Gautier, vient demander à Bernier raison de la mort de son oncle. Bernier se défend en rappelant la blessure qu'il a reçue de Raoul, et les dommages que les siens ont éprouvés par le fait de ce dernir

(6) Les deux adversaires se rendent auprès du roi, et, ayant donné leurs ôtages, conviennent de vider leur querelle par le duel. Le combat dure trois jours sans résultat. Au bout de ce temps, le roi intervient, et, sur son ordre, les combattants remettent leurs armes à leurs ôtages. Bientôt le jugement des hauts hommes du palais met fin à la querelle, et la paix est rétablie. Mais toutefois, la rancune de ces luttes passées dure encore maintenant dans le cœur des hommes du Vermandois et du Cambrésis .

(7) Après cela, la volonté divine enleva de ce monde le jeune Bernir Son père en éprouva une vive douler Il résolut de racheter les fautes de sa vie passée et fonda, de concert avec son épouse Hersent, l'abbaye de Saint-Michel en Thiérache.

Ces récits ont sans doute été pris par l'auteur de la chronique de Waulsort pour de l'histoire authentique, et nous partagerions probablement la même illusion, si la comparaison avec notre Raoul de Cambrai ne nous avertissait que le chroniqueur a simplement analysé une chanson de geste en vogue de son temps. Cette chanson de geste était-elle exactement celle que Bertolais composa peu après les événements, c'est-à-dire vers le commencement du Xe siècle au plus tard ? Nous n'oserions l'affirmr Entre l'époque où composait Bertolais et la date de la partie ancienne du Chronicon Valciodorense, il y a plus d'un siècle, temps pendant lequel la chanson primitive a pu et dû éprouver bien des altérations. Mais il n'y a place ici que pour des conjectures, puisque l'état premier du poème nous est absolument inconnu. Nous sommes sur un terrain plus solide, lorsque nous comparons le récit de la chronique avec le poème que nous éditons. Nous pouvons constater de l'un à l'autre certaines différences qui suffisent à constituer deux états différents de l'œuvre. Indiquons-les rapidement.

Dans la chronique Eilbert est le frère du comte Herbert de Vermandois et a, en cette qualité, la garde des enfants de ce dernier, tandis que dans notre poème Ybert de Ribemont est l'aîné des quatre fils de Herbert .

Dans la chronique la lutte entre Raoul et les hoirs de Vermandois commence assez naturellement par l'attaque de Saint-Quentin, épisode qui ne se retrouve plus dans notre poème.

D'après la chronique Bernier n'est pas encore armé chevalier lorsqu'il se

sépare de Raoul. Dans le poème c'est Raoul lui-même qui adoube son écuyr
Dans la chronique la mort de Raoul semble mettre fin à la guerre, puisque
les hoirs de Herbert sont réintégrés, par le jugement d'amis, dans les
possessions dont Raoul les avait dépouillés. Le poème, au contraire, nous
montre la lutte se poursuivant après la mort de Raoul, sans autre
interruption qu'une trêve de quelques heures (tr CLX), et ne cessant que par
la lassitude et la défaite des partisans de Raoul, sans qu'en réalité aucune
convention mette fin à la guerre. Les choses étant ainsi, Gautier peut
légitimement, sans défi préalable, envahir, au bout de quelques années, la
terre des hoirs de Herbert (tr CLXXXV et suiv.), au lieu que dans la
chronique (§§ 5 et 6), il y a défi et duel en présence du roi. À la vérité, il y a
bien aussi dans le poème un combat singulier : il y en a même deux ; mais
le premier a lieu à la suite de conventions particulières où le roi n'a pas à
intervenir, et le second est le résultat d'une rencontre fortuite. De plus — et
nous touchons ici à une différence capitale entre les deux formes du récit,
— selon la chronique, le combat que se livrent, trois jours durant, Bernier et
Gautier est suivi d'une paix définitive, tandis que dans le poème ce duel est
suivi, à peu de jours d'intervalle, d'une mêlée confuse dont le palais même
du roi est le théâtre, et à la suite de laquelle Gautier et Guerri, d'une part,
Bernier et les fils Herbert, d'autre part, c'est-à-dire les ennemis
irréconciliables de tout à l'heure, s'unissent pour faire la guerre au roi. Cette
scène, en elle-même assez peu acceptable, et d'ailleurs médiocrement
amenée, termine la première partie (partie rimée) de notre poème. Il est
certain qu'elle n'était pas connue du chroniqueur de Waulsort, qui conclut
son récit d'une façon beaucoup plus naturelle.

Il se peut que telle ou telle des différences que nous venons de constater
soit plus apparente que réelle. Il n'est pas impossible que le chroniqueur
monastique ait modifié, çà et là, plus ou moins intentionnellement, les récits
de la chanson de geste. Ainsi ce qu'il dit, en terminant, de la fondation par
Eilbert de Saint-Michel en Thiérache ne vient peut-être pas du poème ;
mais, tout en faisant la part de ce qui peut raisonnablement être attribué à
l'intervention personnelle du chroniqueur, on ne peut nier que la chanson
que l'on connaissait à Waulsort à la fin du XIe siècle et celle que nous
publions représentent deux états sensiblement différents du même poème.
Nous pouvons donc, dès maintenant, établir que notre chanson a passé par
trois états à tout le moins :

1° Le poème primitif de Bertolais ;

2° Le poème connu par le chroniqueur de Waulsort ;

3° Le poème qui nous est parvenu.

Le grand intérêt du morceau de la chronique de Waulsort que nous venons
d'étudier consiste dans les notions qu'il nous fournit sur l'état de notre
poème à une époque relativement rapprochée de sa composition primitive.
Il offre un autre genre d'intérêt en ce qu'il nous montre avec quelle facilité

les chroniqueurs acceptaient comme histoire réelle des compositions où la fiction avait une très grande part. Ce n'était donc pas seulement aux yeux des illettrés que les chansons de geste passaient pour de l'histoire.

D'autres témoignages montrent que pendant longtemps les historiens ont cru aux récits fabuleux que les jongleurs récitaient sur Raoul de Cambrai.

Du Chesne a publié dans le t. II de ses Historiæ Francorum scriptores, pp. 588-9, un morceau qu'il a intitulé Fragmentum historicum de destructionibus ecclesiœ Corbeiensis, où sont énumérées quatre destructions successives du monastère de Corbie. Ce court récit n'est point daté, mais, à en juger par la forme vulgaire de quelques noms qu'il renferme et la forme latine de certains autres, il ne saurait être antérieur au XIe siècle, ni postérieur à la première moitié du XIIIe. On y lit :

Tertia destructio. Anno Domini D CCCC XXXVIII, remeavit regnum ad Ludovicum filium Caroli Pii, in cujus tempore destructa fuit iterum ecclesia nostra de guerra Radulfi Cameracensis, qui fuit nepos memorati Ludovici regis, et etiam tota terra ista.

Ni le chroniqueur de Waulsort ni le poème tel qu'il nous est parvenu, ne font mention de la destruction de l'abbaye de Corbie. Il est probable que nous avons ici affaire à une tradition monastique sans grande valer

GUI DE BAZOCHES (fin du XIIe siècle). La chronique de Gui de Bazoches, récemment retrouvée, a passé presque entière dans la compilation d'Aubri de Trois-Fontaines. Voici ce qu'on lit dans l'œuvre de ce dernier :

943. In occisione Radulfi Cameracensis multe strages et occisiones facte sunt. Unde GUIDO : Inter Radulfum Cameracensem comitem, qui Vermandensem invaserat comitatum et comitis Heriberti jam defuncti filios, armorum Francie tota fere mutuo sibi concurrente superbia, non debiliter sed flebiliter decertatr In quo certamine, grandi tam peditum strage quam equitum gravi facta cede, nobilium militie fulmen, hostium terror, cecidit idem comes Radulfus cum multo partis utriusque dolore, regis precipue Ludovici cujus nepos fuerat ex sorore .

(Pertz, Monumenta, XXIII, 763.)

Nous n'avons pas les moyens de déterminer si Gui de Bazoches s'est inspiré directement de la chanson ou s'il a suivi quelque chronique antérieure : ce qui est sûr, c'est que son récit dérive, soit immédiatement, soit indirectement, d'un état de notre poème où la lutte dans laquelle Raoul trouva la mort avait une importance plus grande que dans la rédaction que nous publions. La même conclusion s'applique plus clairement encore aux deux témoignages qui suivent.

GAUTIER MAP, De nugis curialium, V, v (fin du XIIe siècle). L'archidiacre d'Oxford, Gautier Map, était un homme fort supérieur à la moyenne des écrivains de son temps. Il n'en est que plus intéressant de constater que lui aussi a cru aux récits poétiques sur Raoul. Selon lui, ce héros épique aurait vécu sous Louis le Pieux, et avec lui aurait péri la presque totalité de la chevalerie française :

Ludovicus filius Caroli magni jacturam omnium optimatum Franciæ fere totiusque militie Francorum apud Evore per stultam superbiam Radulfi Cambrensis, nepotis sui, pertulit. Satis ægre rexit ab illa die regnum Francorum ad adventum usque Gurmundi cum Ysembardo, contra quos, cum residuis Francorum, bellum in Pontivo commisit…

(Ed. Wright, p. 211, Camden Society, 1850.)

GIRAUT DE BARRI, De instructione principum, III, 12 (commencement du XIIIe siècle). L'idée que la fleur de la chevalerie française avait péri à la bataille d'Origni, et que ce désastre avait été pour la royauté française la cause d'un long affaiblissement, est exprimée avec beaucoup de force dans le passage suivant, où on remarquera que la guerre de Raoul de Cambrai est, comme dans le texte de Gautier Map, associée à celle que soutint le roi Louis contre Gormond, bien que dans un ordre chronologique inverse. Il est bien possible que Giraut de Barri ait connu le traité De nugis curialium.

Circa hæc eadem fere tempora, cum de variis inter reges conflictibus et infestationibus crebris, sermone conserto, mentio forte facta fuisset, ille qui scripsit hæc quesivit a Rannulfo de Glanvillis, qui seneschallus et justiciarius Angliæ tunc fuerat, quo casu quove infortunio id acciderit quod, cum duces Normannie, ducatu primum contra Francorum reges viribus et armis conquisito, terram eandem contra singulos reges, sicut historie declarant, tam egregie defenderint, quod nonnullos eorum etiam turpiter confectos terga dare, solamque fuge presidio salutem querere compulerint : nunc una cum Anglorum regno terrisque transmarinis tot et tantis sue ditioni adjectis, minus potenter et insufficienter se defendere jam videantr At ille, sapiens ut erat simul et eloquens, solita gravitate eloquentiam ornante, sub quadam morositate attentionem comparante, respondit : « Duobus parum ante adventum Normannorum bellis, primo Pontiacensi, inter Lodovicum regem, Karoli magni filium, et Gurmundum, secundo vero longe post Kameracensi, Radulphi scilicet Kameracensis levitate pariter et animositate, adeo totam fere Francie juventutem extinctam fuisse funditus et exinanitam, ut ante hec tempora nostra numerositate minime fuisset restaurata. »

(Bouquet, XVIII, 150.)

PHILIPPE MOUSKET (entre 1220 environ et 1243). Ce rimeur tournaisien ne pouvait manquer de faire figurer Raoul de Cambrai dans la chronique où il a analysé un si grand nombre de chansons de geste. Après avoir parlé du couronnement de Louis d'Outremer, Mousket dit que ce roi avait trois sœurs : l'une, Gillain, qui épousa Rollon, les deux autres, Herluis et Aelais, dont la première fut mariée au duc Garin et la seconde à Taillefer de Cambresis, le père de notre héros :

Aelais, l'autre, fu dounée
A Taillefier del Kanbresis,

Qui mout fu vallans et gentis.
Si en ot Raoul le cuviert
Ki gueroia les fius Herbiert
De Saint Quentin, et Bierneçon
Feri el cief par contençon ;
Si arst les nonnains d'Origni.
Mais puis l'en awint il ensi :
S'en fu ocis et depeciés
Quar il ot fait maus et peciés.

BAUDOUIN D'AVESNES (fin du XIIIe siècle). — La chronique compilée sous la direction de ce personnage reproduit ici, en l'abrégeant, le récit de Mousket, à moins qu'elle l'ait puisé à une source commune qui resterait à déterminr De même que le rimeur tournaisien, c'est à propos des sœurs de Louis d'Outremer que la chronique de Baudouin parle de Raoul de Cambrai :

Quand il (Louis d'Outremer) fut venus en Franche, il fu courounés a Loon. Il avoit serours que ses peres avoit mariées a son vivant. Li aisnée avoit non Heluis, cele ot espousée li dus Garins qui tenoit Pontiu et Vimeu et les alues Saint Waleri. Elle fu mere Yzembart qui amena le roi Gormont de cha le mer pour Franche guerroiir L'autre suer ot non Aelays ; si fu douneé a Taillefer de Chambresis qui ot de li Raoul, ki puis ot grant guerre contre Bernenchon de Saint Quentin. Cil rois Loeys prist a feme Gerberge...

(Bibl. nat. r 17264, fol. lviij b ; cf. r 13460, f. 85 a .)

Les témoignages qu'il nous reste à citer sont empruntés à des poésies tant françaises que provençales. Ils se rapportent tous au second ou même au troisième état de notre chanson. Aucun ne fait la moindre allusion aux aventures de Bernier et de son fils Julien, que raconte la seconde partie du poème.

Garin le Lorrain (comm. du XIIe siècle). — Dans ce poème, il est conté que Garin donna en mariage à Milon de Lavardin, seigneur par moitié du Vexin, la fille de Huon de Cambrai. Puis le narrateur ajoute :

De cest lignaje, seignor, que je vos di
Li cuens Raous de Cambrai en issi
Qui guerroia les quatre Herbert fils,
Cil que BERNIER ocist et l'enor prist.
Icis Raous, seignor, que je vos di
De la seror fu le roi Loeïz.

(Mort de Garin, éd. Du Méril, p. 172.)

Il ne serait pas aisé d'établir, en combinant ce témoignage avec les données de notre poème, l'arbre généalogique de Raoul de Cambrai ; toutefois, la parenté qui unissait Aalais, mère de Raoul, à la famille de Lavardin, est constatée en deux endroits, au début du poème (voir ci-après vv. 55-60 et 108).

Aubri le Bourguignon (fin du XIIe siècle). — L'auteur de ce poème, ou du moins de la rédaction qui nous en est parvenue, contant l'incendie de l'abbaye d'Orchimont, près de Mézières , prend comme terme de comparaison l'incendie d'Origny, substituant, toutefois, par une confusion de souvenirs, Saint-Geri à Origni :

Plus ot doulor en cel petit monstier
Que il n'ot mie a S. Geri monstier
Ou mist le feu Raouls li losengiers .
(Bibl. nat. r 860, fol. 230 c.)

JEAN BODEL, Chanson des Saxons. — L'auteur énumère ainsi quelques-unes des batailles les plus importantes entre celles dont, au moyen âge, on croyait se souvenir :

Voirs est que molt morut de gent en Roncevax,
Et anz ou Val Beton, ou fu Karles Martiax ,
A Cambraisis, quant fu ocis Raous li max...
(Ed. R Michel, II, 75.)

Nous allons maintenant rapporter une série de témoignages d'où il résulte que Raoul de Cambrai n'a guère été moins répandu au midi de la France qu'au nord.

BERTRAN DE BORN, Pois als baros (1187). — Cette pièce est dirigée contre la trêve conclue à Châteauroux, le 23 juin 1187, entre Henri II et Philippe-Auguste . On y lit (éd. Stimming, p. 187) :

Lo sors Guérics dis pra cortesa
Quan son nebot vic tornat en esfrei :
Que desarmatz volgra'n fos la fins presa,
Quan fo armatz no volc penre plaidei.

« Le sor Guerri dit une parole courtoise, lorsqu'il vit son neveu ému : désarmé, il eût voulu que la trêve fût conclue, mais, une fois revêtu de ses armes, il repoussa l'accord. »

L'épithète sors, conservée sous sa forme française (la forme méridionale eût été saurs), indique, à n'en pas douter, que le troubadour a bien eu en vue le « sor Guerri », l'oncle batailleur et violent de Raoul de Cambrai. L'auteur inconnu qui nous a laissé les razos, c'est-à-dire l'explication ou le commentaire des sirventés de Bertran de Born ne s'y est pas trompé, quoiqu'il ait adopté la mauvaise leçon Henrics au lieu de Guerrics ; il a justement supposé que l'allusion portait sur l'accord proposé à Raoul de Cambrai à propos de sa guerre contre les quatre fils de Herbert de Vermandois, mais il faut croire que la rédaction connue de Bertran de Born était quelque peu différente de la nôtre. Nous voyons en effet, aux tirades CVII et CVIII, que le sor Guerri conseille d'abord à son neveu d'accepter les offres pacifiques présentées par un messager au nom des fils Herbert, mais, traité de couard (v. 2182) par Raoul, il se sent piqué au vif, et repousse le messager par des paroles de défi. Plus loin, tirade CXIII, lorsque Bernier vient apporter à Raoul de nouvelles propositions, c'est Raoul qui se montre disposé à les agréer, lorsque Guerri, dont le ressentiment n'est pas calmé, s'irrite de nouveau et repousse avec colère toute idée de paix. On ne voit pas paraître dans ce récit l'opposition marquée par les vers de Bertran de Born entre les sentiments exprimés d'abord par le guerrier lorsqu'il est désarmé, et ceux qu'il exprime ensuite lorsqu'il est revêtu de ses armes. Il faut supposer que cette opposition a disparu de la rédaction qui nous est parvenue. Et cependant il semble qu'il en reste quelque chose dans ces vers prononcés par Guerri :

Vos me clamastes coart et resorti ;
La cele est mise sor Fauvel l'arabi :
N'i monteriés por l'onnor de Ponti,
Por q'alissiés en estor esbaudi.

GUILLAUME DE TUDELE (entre 1210 et 1213) compare l'incendie de Béziers par les croisés, en 1209, à un incendie évidemment fameux qui aurait eu pour auteur Raoul de Cambrai :

Aisi ars e ruinet Raols cel de Cambrais
Una rica ciutat que es pres de Doais.
Poichas l'en blasmet fort sa maire n'Alazais ;
Pero el lan cujet ferir sus en son cais.

Littéralement il faudrait traduire : « Ainsi Raoul, celui de Cambrai, brûla et ruina une riche cité qui est près de Douai. Puis l'en blâma fort sa mère, dame Aalais, et pour cela il la pensa frapper au visage. » S'agit-il de l'incendie d'Origni ? Mais il est peu probable que l'auteur ait commis la faute de désigner une abbaye par les mots « une riche cité ». On peut hésiter entre deux hypothèses. La première consiste à supposer une lacune d'un vers après le second des vers cités, en traduisant : « Ainsi Raoul, celui de Cambrai, une riche cité qui est près de Douai, brûla et ruina [le moutier d'Origni]. Puis... » La seconde hypothèse est que Guillaume de Tudèle aurait connu l'ancienne rédaction selon laquelle Raoul incendiait Saint-Quentin (voy. p. xxxviij) qui serait alors la « rica ciutat » des vers cités. En tout cas il y a ici un trait que n'offre pas le poème en l'état où nous le connaissons : c'est que Raoul aurait été blâmé pour cet excès par sa mère, et se serait laissé aller à un mouvement de colère.

FOLQUET DE ROMANS, Ma bella domna, (commencement du XIIIe siècle) :

Ma bella dompna, per vos dei esser gais,
C'al departir me donetz un dolz bais
Tan dolzamen lo cor del cors me trais.
Lo cor avetz, dompna, q'eu lo vos lais
Per tel coven q'eu nol voill cobrar mais ;
Qe meill non pres a Raol de Cambrais
Ne a Flori can poget el palais,

Com fetz a mi, car soi fin et verais,
Ma bella dompna.
(Archiv f. d. Studium d. neueren Sprachen, XXXIII, 309.)
« Ma belle dame, pour vous je dois me montrer plein de joie, car, lorsque
nous nous séparâmes, vous me donnâtes un doux baiser, un baiser si doux
qu'il m'a enlevé le cœur du corps. Vous avez mon cœur, dame, et je vous le
laisse, à condition de ne jamais le reprendre. Meilleure n'a été la fortune de
Raoul de Cambrai, ni celle de Floris, quand il monta au palais, que n'a été la
mienne, à moi qui suis fidèle et sincère. »
Floris n'est autre que le Floire de Floire et Blancheflor, mais nous ne
voyons pas ce qui, dans notre poème, a pu motiver l'allusion à Raoul de
Cambrai. Sans doute Raoul avait une amie, Heluis de Ponthieu ; mais, au
moins dans la rédaction que nous possédons, cette amie ne paraît qu'après
la mort de son fiancé (tirades CLXXX-CLXXXII).
GUIRAUT DE CABRERA, Cabra juglar (commencement du XIIIe siècle
). — Guiraut reproche en ces termes à son jongleur Cabra d'ignorer la
chanson de Raoul de Cambrai et de Bernier :
De l'orgoillos
No sabes vos
De Cambrais ni de Bernison.
(Bartsch, Denkmœler, p. 91.)
ISNART D'ENTREVENNES, Del sonet (antérieur à la mort de Blacatz,
1237) :
Ni Tiflas de Roai,
Ni Raols de Cambrai
No i foron, nil deman
De Perceval l'enfan.
(Raynouard, Choix de poésies des troubadours, II, 297 .)
RAIMON VIDAL DE BESAUDUN, Razos de trobar (milieu du XIIIe
siècle). — Nous terminerons la série des témoignages provençaux par la
mention d'un passage des Razos de trobar d'où semble résulter, sans que le
fait soit absolument certain, que l'auteur de cet aimable petit traité avait
quelque connaissance de notre chanson de geste. Dans la liste des
substantifs masculins de la déclinaison imparisyllabique, il cite Bernier, au
cas régime Bernison (Ed. Stengel, p. 79, lignes 34 et 41). Ce sont bien les
deux formes sous lesquelles se présente le nom de l'écuyer de Raoul, et ce
qui donne à croire que Raimon Vidal a réellement eu ce personnage en vue,
c'est qu'en fait, Bernison ou, selon notre poème, Berneçon, n'est guère une
forme régulière de régime : c'est plutôt un diminutif ; de sorte que l'idée de
présenter deux formes Bernier et Bernison comme étant, l'une le cas direct,
l'autre le cas oblique du même nom, ne serait probablement pas venue à
l'auteur des Razos, s'il ne les avait vues employées dans ces deux fonctions
par notre poème.

Enfin, à tous ces témoignages il en faut ajouter un qui peut être rangé au nombre des plus importants : l'épisode tiré de Girbert de Metz que nous avons publié à la suite de Raoul de Cambrai et qui n'est autre chose qu'une sorte de contrefaçon ou d'adaptation de notre poème.

Cet épisode, qui comprend près de 800 vers, fait partie d'une continuation de Girbert qui figure seulement, à notre connaissance, dans le manuscrit des Loherains conservé à la Bibliothèque nationale, sous le n° 1622 du fonds français. On y présente Raoul de Cambrai comme un membre du lignage des Lorrains. Ici, nulle mention de Raoul Taillefer ni d'Aalais, auxquels une tradition constante donnait Raoul pour fils ; nulle mention non plus du manceau Gibouin ni de Guerri le Sr Le père de Raoul est nommé Renier : c'est l'héritier de Huon de Cambrai, l'un des nombreux neveux maternels du duc Garin de Metz. Dix-sept ans et plus se sont écoulés depuis qu'une guerre terrible entre le lignage des Lorrains et celui des Bordelais a de nouveau désolé la France, lorsque Renier meurt, laissant le fief de Cambrai à Raoul auquel Ymbert de Roie a confié l'éducation militaire de Bernier, son fils naturel. Peu après cet événement, le comte Eudon de Flandre tressaille au souvenir d'un soufflet que lui avait jadis donné Mauvoisin à la cour du roi. Il lui faut venger cet affront sur le lignage des Lorrains auquel appartient Mauvoisin. Il fait appel à ses amis ; ceux-ci y répondent, et bientôt Cambrai est investi. Mais, avant l'arrivée du lignage de Fromont, Raoul, averti par un « valleton », a pu faire appel au roi qui, aidé de Girbert et du lignage des Lorrains, fait lever le siège de Cambrai. Le Vermandois est ensuite envahi par Raoul à qui le roi a donné Péronne, Roye, Nesle et Ham : l'abbaye d'Origni est incendiée malgré les supplications de Bernier dont la mère vivait retirée dans ce monastère, de Bernier qui, jusqu'ici, a combattu auprès de Raoul, alors que son père figure dans les rangs de l'armée ennemie et qu'il vient d'être dépouillé de son fief au profit du comte de Cambrai. Le récit de la dispute entre Bernier et Raoul, qui suit l'incendie d'Origni, est assez visiblement inspiré de la chanson que nous publions.

Bernier, après avoir tué un homme de Raoul, se réfugie à Lens auprès des siens, et Raoul rentre à Cambrai où il retrouve le roi et les Lorrains : il leur raconte le départ de Bernir Raoul et ses alliés se dirigent alors sur Lens. Devant cette ville une grande bataille a lieu, bataille dans laquelle l'avantage reste aux Lorrains, mais qui coûte la vie à Raoul tué de la main de Bernir Quant à ce dernier, il est fait prisonnier avec Ymbert, son père, et le comte Doon de Boulogne. Cependant, le lendemain même de la bataille, la paix étant faite entre les deux lignages ennemis, Bernier, Ymbert et Doon partaient pour la Gascogne, accompagnant le roi Girbert, et, quelques jours plus tard, ils étaient reçus à Gironville par leur parente Ludie, femme de Hernaut le Poitevin.

On conviendra que le rimeur du XIIIe siècle, auquel est dû ce récit, a tiré un assez triste parti de l'histoire de Raoul en prétendant l'enchâsser dans la geste des Lorrains où d'autres jongleurs introduisirent pareillement des débris d'un certain nombre de légendes épiques aujourd'hui perdues. Cependant son œuvre est intéressante en ce qu'elle montre le sans-gêne véritable avec lequel certains trouvères traitaient les vieilles chansons, ne conservant guère de celles-ci que le fond de l'épisode principal et transportant leurs héros dans une époque et dans un milieu tout à fait différents de ceux où ils avaient vécu. Ainsi le continuateur de Girbert de Metz, faisant entrer Raoul de Cambrai dans le lignage des Lorrains, le transformait en contemporain du roi Pépin, fils de Charles Martel, alors qu'une tradition constante le disait neveu d'un roi Louis.

Mais tout n'est pas fini : le rimeur, après avoir conduit Ymbert et Bernier à Gironville, raconte immédiatement, dans les 300 derniers vers de son œuvre, la mort du roi Girbert, tué d'un coup d'échiquier par ses neveux, les fils d'Hernaut et de Ludie, ainsi que les obsèques de ce prince, et, dans cette partie de son œuvre, il montre Bernier tout disposé à prendre fait et cause pour les jeunes meurtriers sur lesquels leurs cousins se préparent à venger la mort de Girbert. C'était là sans doute l'amorce d'une nouvelle suite du poème des Loherains, dans laquelle Bernier devait jouer un rôle important, mais qui ne nous est pas parvenue.

Ces divers témoignages, dont le nombre pourrait sans doute être augmenté par de nouvelles recherches, ne sont pas tous indépendants les uns des autres. Nous avons vu que ceux de Philippe Mousket et de la chronique dite de Baudouin d'Avesnes se réduisent, en dernière analyse, à un seul. Il se peut qu'il en soit de même des deux textes empruntés à Gautier Map et à Giraut le Cambrien. Toutefois il résulte de l'ensemble des faits groupés dans les pages précédentes, que le poème de Raoul a joui au moyen âge d'une véritable popularité, qui, à la vérité, ne semble pas dépasser le XIIIe siècle, car on cessa bientôt de le copier, et il ne paraît pas qu'il en ait jamais été fait de rédaction en prose, ni qu'aucune littérature étrangère l'ait adopté. Tel devait être le sort d'un poème qui n'avait pour se protéger contre l'oubli que son propre mérite, qui d'ailleurs était comme isolé, puisqu'il ne se rattachait à aucune des branches de la littérature héroïque du temps, et ne se recommandait pas par la célébrité des personnages mis en scène.

STYLE, VERSIFICATION ET LANGUE

PREMIÈRE PARTIE DU POÈME

Si nous possédions Raoul de Cambrai dans sa rédaction originale, celle de Bertolais, ou même sous la forme probablement un peu altérée que connaissait l'auteur de la chronique de Waulsort, aucune chanson de geste n'offrirait une matière aussi riche aux recherches sur la formation de notre ancienne épopée. Nous y verrions comment un jongleur s'y prenait pour traiter un épisode d'histoire contemporaine, dans quelle mesure les faits se transformaient sous sa plume, ou plutôt sur ses lèvres ; nous démêlerions probablement le motif plus ou moins intéressé qui avait guidé son choix, nous réussirions peut-être à découvrir le seigneur ou la famille qui, ayant été mêlé aux événements racontés, a encouragé l'auteur, ou même lui a fourni quelques-uns des éléments de son récit. Peu de chansons de geste, en effet, ont une base historique aussi certaine. Le Roi Gormond seul, peut-être, dont nous n'avons par malheur qu'un fragment, mérite d'être mis, à cet égard, sur la même ligne que Raoul de Cambrai. Au contraire, les poèmes dont l'action se place sous Charlemagne ou sous Louis le Pieux offrent une idée si confuse de l'époque à laquelle ils se réfèrent, la transformation des faits y est si profonde, qu'il semble, même en faisant aussi large que possible la part des remaniements successifs, que les événements historiques en aient été le prétexte bien plutôt que la matière. L'auteur de Rolant, l'auteur des anciens poèmes sur Guillaume au court nez, l'auteur même de Girart de Roussillon opéraient sur des traditions presque éteintes : Bertolais, chantant la lutte de Raoul de Cambrai et de Bernier, a mis en œuvre une tradition vivante.

Malheureusement, ce n'est pas l'œuvre de Bertolais qui nous est parvenue, c'est un dernier remaniement qu'il paraît impossible de faire remonter plus haut que la fin du XIIe siècle, où la versification a subi une modification systématique et radicale, où le style et la langue ne peuvent manquer d'avoir été affectés dans une mesure correspondante, où le fond du récit, enfin, n'a pu échapper à des altérations plus ou moins profondes.

Il existe des poèmes remaniés qui conservent sous leur forme rajeunie un assez grand ar Il peut arriver, en effet, que le remanieur soit homme de talent. Telle n'a pas été la fortune de Raoul de Cambrai. Nous ne pouvons nous faire une idée bien nette de ce qu'était l'œuvre primitive, mais il n'est pas douteux qu'elle a beaucoup perdu par l'effet de ses remaniements successifs, et principalement lors de son passage à la forme rimée. Le renouveleur qui l'a mise dans l'état où elle nous est parvenue était un pauvre versificateur, qui maniait médiocrement la langue poétique et n'arrivait à rimer qu'à force de locutions banales répétées à satiété, d'épithètes ou d'appositions employées sans propriété, en un mot, de chevilles.

L'emploi de ces chevilles constitue une sorte de procédé qu'il n'est pas sans intérêt d'étudir C'est comme une marque de fabrique que l'on retrouvera peut-être en quelque autre poème. Il y en a pour toutes les circonstances et pour toutes les rimes. En voici un relevé sommaire classé par matières, et disposé dans chaque matière selon les rimes.

Si l'auteur veut insister sur la pensée qu'il exprime, il n'est point de phrases et il est peu de tirades dans lesquelles ne puisse prendre place quelque-une des expressions suivantes :

Ja nel vos celerai 934.
Par le mien esciant 39, 344.
Dont je vous di avant 38.
Ce saichiés par verté 389.
Ne le vos qier celer 301, 837.
Si con dire m'orrez 599
Ja mar le mescrerez 595.
Si con j'oï noncier 2099.
A celer nel vous quier 1347, 1644, 1669.
Ce ne puis je noier 1640, 1857, 1861.
Par verté le vous (ou te) di 35, 663.
Ice saichiés de fi 983, 1620.
Si com avez oï 524.
Ne vous en iert menti 642, 1155.
Com poés (ou Com ja porez) oïr 26, 404.
Ja ne t'en qier mentir 2255.
Si con je ai apris 823, 1685.
Si com il m'est avis 563.
Trés bien le vos disons 781.

Les formules de serments sont aussi une grande ressource ; il y a des saints pour chaque rime : saint Amaut, saint Lienart, saint Thomas, saint Richier, saint Geri, saint Fremin, saint Denis, saint Simon, saint Ylaire, les saints de Ponti (Ponthieu), de Pavie , etc.

Dieu lui-même est invoqué à tout propos et le plus souvent hors de propos, à cause des facilités que ses divers attributs offrent à un rimeur embarrassé. Nous avons, toujours selon l'ordre des rimes :

Dieu le raemant 339, 1266, 2483.

Dieu et la soie pitié 1464.

Dieu qui tot a a jugier 1740.

Dieu le droiturier 1075, 1304, 1744, 1829.

Dieu qui ne menti 981, 1610, 1983.

Dieu qui fist les loïs 731, 2150.

Dieu qui souffri passion 2093.

Dieu le fil Marie 1884.

Pour renforcer les propositions conditionnelles négatives, on a le choix entre maintes formules : on ne ferait point telle chose

Por l'or d'une cité 1563, 2009.

Por l'or de Monpeslier 1099, 1755.

Por tout l'or de Paris 2646.

Por tout l'or de Senlis 5529.

Por tot l'or d'Avalon 1061.

Por tot l'or d'Aquilance 1784, 4152.

Por tout l'or de Tudele 1014.

Por Rains l'arceveschié 1465, 1711.

Por la cit d'Avalon 3966.

Por l'onnor de Baudas 1380.

Por l'onnor de Ponti 2301, 3525.

Por l'onnor de Melant 688.

Por l'onnor de Tudele 3497, 3687.

Il n'est point de personnage, homme ou femme, à qui ne puissent s'appliquer indifféremment des qualifications telles que celle-ci :

Au cors vaillant 45.

Au gent cors honnoré 374.

Au vis cler 115.

O le viaire cler 133.

Au vis fier 67, 1030, 1365.

Au coraige hardi 521, 2179.

Au gent cors signori 964.

Au (ou o le) cler vis 364, 831, 1217.

Au fier vis 2534.

A la clere façon 392-9, 962,1654.

A la fiere vertu 1965.

O le simple viaire 1017.

Qi tant (ou molt) fist a loer 544, 550, 577, 2059.

De franc lin 54, 103.

N'ot pas le cuer frarin 52, 96, 759.

Toutes ces formules, et tant d'autres que nous pourrions citer, sont d'usage courant dans notre ancienne poésie épique ; le renouveleur de Raoul de Cambrai ne peut prétendre à aucune originalité, même dans le choix de ses chevilles : ce qui le distingue dans une certaine mesure, c'est seulement l'abus qu'il fait de ces locutions de pur remplissage. Toutefois, voici, dans le même ordre d'idées une particularité plus caractéristique. Ce ne sont pas seulement certaines qualifications qui sont répétées à satiété : des vers entiers, souvent même des phrases composées de plusieurs vers reparaissent à diverses reprises, amenés par la similitude des situations. Beaucoup de ces répétitions ont été signalées dans les notes ; on en pourrait citer d'autres encore que nous avons négligé de relever . La répétition ne porte pas toujours sur des phrases en quelque sorte banales : les vers reproduits, le plus souvent littéralement, parfois avec des modifications sans importance, sont fréquemment en rapport avec le contexte, et utiles au développement du récit, mais le renouveleur était paresseux ou peu habile à varier l'expression de sa pensée. Telle est du moins l'explication que nous croyons pouvoir donner d'une particularité qui, à notre connaissance, ne se rencontre au même degré dans aucun de nos anciens poèmes .

Un écrivain qui faisait un usage aussi excessif des lieux-communs du style épique devait avoir une grande connaissance des chansons de geste. On doit trouver, dans ses vers, de nombreuses réminiscences. Et c'est, en effet, ce que nous pouvons constater dès maintenant et ce qui pourra être constaté d'une façon plus complète à mesure que nous aurons de nos anciens poèmes des éditions pourvues d'index et de tables des rimes, c'est-à-dire de tous les secours nécessaires pour faciliter les vérifications et les rapprochements. Voici quelques passages où l'on ne peut méconnaître des emprunts plus ou moins conscients à la littérature épique du XIIe siècle :

Ne lor faut guere au soir ne au matin.

De même dans Garin :

Ne lor faut guere en trestot mon aé.

(Mort de Garin, éd. Du Méril, p. 71.)

Dans le récit de l'incendie d'Origni se trouve ce vers où nous avons proposé de corriger effant en nonains, parce que la présence d'enfants dans un monastère de femmes nous paraissait peu justifiée :

Li effant ardent a duel et a pechié.

Mais le même trait se retrouve dans Garin accompagné d'une explication parfaitement naturelle :

Li enfant ardent, qu'an nes en puet torner
De ces mostiers ou l'an les fist portr

(Mort de Garin, p. 169).

Desous la boucle li a frait et malmis.

Ce vers semble stéréotypé :

Desous la boucle li a fret et maumis.
(Mort de Garin, pp. 232, 233, 238; cf. le fragm. de Girbert p. p. Bonnardot,
Arch. des Missions, 3, I, 287, v. 28. Floovant, p. 54).
E fiert E. parmi son elme agu
Qe flors et pieres en a jus abatu.
De même :
Grans cols li donet permey le hiaume agu,
Pieres et flors an ait jus abatu.
(Girbert, dans Arch. des Miss., l. l., v. 60).
Tant' hanste fraindre, tante targe troée.
De même :
Tante lance i ot fraite, tante targe troée.
(Ren. de Montauban, éd. Michelant, 102, 35).
Dont veïssiés fier estor esbaudir,
Tante anste fraindre et tant escu croissir,
Tant bon hauberc desrompre et dessartr
Les mêmes vers se rencontrent, avec de faibles variantes, bien des fois dans
les Lorrains :
La veïssiés grant estor esbaudir,
Tant hanste fraindre et tant escu croissir,
Tant blanc halberc derompre et desartr
(Mort de Garin, pp. 186, 217, 237 ; Girbert, dans Roman. Stud., I, 377).
On remarquera que plusieurs de ces rapprochements semblent indiquer une
connaissance particulière de la geste des Lorrains. C'est ici le cas de rappeler
qu'à la p. 78 nous avons déjà signalé un emprunt évident à Garin .
L'étude de l'ancien français n'est pas encore assez avancée pour qu'on
puisse, en général, affirmer que telle expression est incorrecte ou que
l'emploi d'un mot en un sens déterminé est forcé. Pourtant il y eut au
moyen âge, comme en tous temps et en toutes langues, de bons écrivains et
de mauvais, et nous commençons à distinguer assez bien les uns des autres.
Le renouveleur de Raoul de Cambrai ne saurait être rangé parmi les
premiers. La rédaction du vocabulaire nous a fourni mainte occasion de
constater qu'il ne se recommandait ni par la correction ni par la propriété
du style. Cependant il faut lui reconnaître une qualité : il s'abstient de ces
interminables développements auxquels se complaisent, surtout depuis le
XIIIe siècle les auteurs et les renouveleurs de chansons de geste. Il a dû
respecter en général la concision de son original, et là où nous nous
trouvons en présence d'une scène ou d'un tableau tracés avec énergie, il
nous est permis de croire que nous avons sous les yeux l'ancien poème
même, sauf les modifications causées par l'introduction de la rime. Le récit
de l'attaque et l'incendie d'Origni (tirades LXVIII et suiv.) est, malgré
quelques faiblesses de style, un des beaux morceaux de notre vieille poésie
épique ; on peut citer encore les brèves tirades dans lesquelles le bâtard

Bernier raconte comment sa mère Marsent fut enlevée par Ybert de Ribemont, qui ne daigna pas l'épouser « et, quand il voulut, reprit une autre femme » (v. 1692) ; comment, refusant alors l'époux que lui offrait son ravisseur, elle prit le meilleur parti et se fit nonne. Il y a, dans ces quelques vers, un sentiment de mélancolie exprimé avec une touchante simplicité. Çà et là, sur le fond un peu terne de la narration, se détachent des traits singulièrement expressifs, comme en cet endroit où le poète, décrivant une nombreuse troupe de cavalerie en marche, nous dit que les barons chevauchaient si serrés qu'un gant jeté sur les heaumes ne serait pas tombé à terre d'une grande lieue, les chevaux se suivant la tête de l'un posée sur la croupe de l'autre . Toute la poésie de la vieille chanson n'a pas été éteinte par les remaniements successifs qu'elle a subis.

Examinons maintenant la versification, ou plutôt un des éléments de la versification, la rime, les autres éléments n'offrant ici rien de particulièrement notable. Le poème est fait sur trente-deux rimes masculines et treize féminines. On en trouvera l'indication détaillée dans une table spéciale à la fin du volume. Ces rimes ne sont pas absolument pures. Comme en maint autre poème, quelques assonances se montrent çà et là.

Rime a. Régulièrement cette rime, qui est multipliée à l'excès dans les poèmes monorimes d'une époque tardive, ne devrait contenir que les prétérits, 3e personne du singulier de la première conjugaison, a du verbe avoir et, par suite, les futurs à la troisième personne du singulier, enfin quelques mots tels que va (d'aller), ça, la, ja. Mais, à ces rimes, notre poème joint cheval 2419, Hainau 2883.

Rime ai. Point d'assonnances, sinon peut-être ja 5035, mais on peut croire que le remanieur a voulu mettre jai. Cette forme n'était guère de son dialecte, mais nous verrons que cette considération le gênait peu.

Rimes ais et ait. Rien à remarqur

Rime ans. Deux sortes d'irrégularités : 1° admission d'un mot en en, à savoir gent 3913 ; 2° admission de mots qui, grammaticalement, ne devraient pas se terminer par s. Ainsi, aux vers 2323-4, connoissans et nuissans, suj. plr, devraient être écrits connoissant, nuissant . Ce genre d'irrégularité se montre, plus ou moins, dans toutes les rimes en s, et il est assez malaisé de savoir si le renouveleur a sacrifié la grammaire à la rime ou la rime à la grammaire. Il y a des cas qui ne prêtent pas au doute : il est bien certain, par exemple, qu'au v. 3931 la leçon du ms. a trestout no vivant est à conserver, bien qu'elle n'offre pas une rime excellente ; ' vivans serait une faute trop grosse pour qu'on puisse légitimement en gratifier le renouveler Mais lorsqu'il s'agit simplement de la substitution de la forme du régime à la forme du sujet, il est permis de croire que le renouveleur ne se faisait pas faute de rimer au détriment de la correction grammaticale.

Rime ant. Quelques exemples des deux irrégularités signalées au paragraphe précédent : d'une part, quelques mots en ent se sont glissés parmi les rimes en ant (vv. 47, 706, 1258, 2407, 3718, 4557, 4560) ; d'autre part, un assez bon nombre de finales devraient être terminées et parfois sont réellement terminées (vv. 920, 2740, etc.) dans le ms. en ans. — Ham, 2737, branc 2409, 2741, etc., sanc 4907, champ 4913, peuvent, à la rigueur, passer pour des assonances. Ce sont au moins des rimes imparfaites.

Rimes art, as, aut. Rien à remarqur

Rime é. Deux sortes d'irrégularités. D'abord, cà et là, quelques mots en er (vv. 1570, 4072), puis des finales qui sont dans le ms. (vv. 1560, 5320) ou qui, du moins, devraient être en ez ou és.

Rime el. Rien à remarqur

Rime ent. Quelques finales en ant, vv. 4281, 4282 , 4285 ».

Rime r Quelques rares finales en ez, és : 302 (voir la note), 581.

Rime ez, és. Quelques finales en er (vv. 2002, 5440), é, 2009 , 4317, 4937, 4981.

Rime i. Rares finales en ir (vv. 26, 4593) ; une en if (v. 2241) ; nombreuses finales en is (vv. 27 , 30, 31, 651, 752, 880, 888, 971) et in (vv. 527, 536, 755-65 , 995).

Rime ié. Quelques finales en ier (vv. 1468, 1705, 2388, 2390) et iez, iés (vv. 1474, 1697).

Rime ir Quelques finales en ié (vv. 1119, 1729 , 2823), iel (vv. 1826, 3131, 4772, 5241), iés (v. 2932). On peut ajouter aussi certains noms au suj. sinGautier ou au vocatif qui, selon la grammaire, devraient se terminer plutôt en iers qu'en ir

Rime iez ou iés. Quelques finales en iers (vv. 2214, 4010, 4207).

Rime en in. Rien à remarqur

Rime en r Rien à remarqur

Rime en is, iz. Tout est correct, sauf peut-être ensi au v. 805 .

Rime en ist et en or Rien à remarqur

Rime en ois. Deux finales en oi (vv. 729 , 5555).

Rime en on. Une finale en ont : Ribemont (vv. 394, 1657, 1971, 3334), quelques finales en ons (vv. 774, 2891, 3332).

Rime en ons. Une finale en on (v. 632) .

Rime en r Rien à remarqur

Rime en ors (son ouvert). Quatre finales en os sur dix vers (vv. 2339, 3343-4-5).

Rime en ort. Rien à remarqur

Rime en os (ouvert). Deux finales en ors sur neuf vers (vv. 2380-1).

Rime en u. Les seules irrégularités, en petit nombre, sont causées par des mots au cas sujet qui, par conséquent, devraient prendre l's finale (vv. 2865, 2869).

Rime en us. Rien à remarqur

Rimes en aige, aille. Rien à remarqur

Rime en aire. Une finale en aise : Arouaise, v. 1021.

Rime en ance. Une finale en ence : sapience, v. 4145.

Rime en ée. Rien à remarqur

Rime en èle. Des six tirades qui ont cette rime, une seule (LXXXVI) admet des assonances : guere, 1761, estre 1762, 1779.

Rime en ére. Rien à remarqur

Rime en ie. Une finale en ines (matines, v. 4293), par cela même douteuse . La proportion des finales en iée d'origine est extrêmement faible : commencie 1898, percie 1901.

Rime en iere, oie. Rien à remarqur

Rime en one. Deux rimes imparfaites sur onze vers : essoine, v. 791, poume, v. 793.

Rime en ue, ure. Rien à remarqur

En résumé, les seules irrégularités constatées appartiennent, dans la série masculine, aux rimes ans, ant, ent ; — é, er, ez ; — ié, ier, iez ; — ois, on, os,— us ; dans la série féminine aux rimes aire, ance, ele, one, et encore en est-il, parmi ces irrégularités, qui sont à retrancher, si on admet que le renouveleur n'hésitait pas, en certains cas, à violenter la grammaire pour faire sa rime. Lorsqu'on aura fait sur toutes les chansons de geste rimées le travail que nous venons de faire sur Raoul de Cambrai, on reconnaîtra probablement que la proportion d'assonances que nous offre ce dernier poème n'a rien d'exceptionnel. Nous croyons qu'on s'aventurerait beaucoup si on voyait dans ces irrégularités des restes de la forme primitive du poème. Nous aimons mieux y voir de simples négligences.

Passons maintenant à l'étude de la langue. Le but à atteindre consiste à déterminer la patrie du renouveler Mais le manque de soin que nous avons constaté dans le style et dans la versification se retrouve au même degré dans l'emploi des formes du langage, et par suite nous ne pouvons compter sur des résultats bien précis. Le renouveleur, en effet, ne fait pas difficulté de donner à un même mot des formes différentes, selon les besoins de la rime. Ainsi il emploie ja dans une tirade en a vv. 169, 2420 et jai dans une tirade en ai, v. 5035 ; de même va, v. 157 et vait, v. 950. Il fait entrer les premières personnes du pluriel dans les tirades en on (vv. 777, 781, 3949, 3950) et dans les tirades en ons (tr XCVII et CXCVI). Pour les secondes personnes du pluriel des futurs, il se montre non moins éclectique, faisant usage, selon la rime, de la forme étymologique ois (orrois, v. 733, porrois, v. 5513), et de la forme analogique ez (orrez, vv. 590, 4926, ferrez, v. 601, verrez, v. 615. Il dit indifféremment avrai, avra, etc., ou averai, avera , etc.). Parfois même il ne recule pas devant un véritable barbarisme; ainsi mesfai, v. 939, au lieu de mesfaces. Ces faits n'ont rien d'exceptionnel. On les constaterait dans mainte autre chanson de geste. Il n'en est pas moins vrai qu'il est malaisé de déterminer les caractères d'une langue aussi flottante.

Les finales an et en forment en principe des rimes distinctes. Pourtant il faut bien que la différence de son ait été faible, car assez souvent, comme on l'a vu plus haut, ent fait irruption dans des tirades en ant, et réciproquement. Cette circonstance paraît exclure la Picardie et l'Artois, où on a fait beaucoup de chansons de geste, aussi bien que la Normandie, où on en a fait très peu.

Il y a quelques premières personnes du pluriel en omes qui, pour n'être pas à la rime, n'en paraissent pas moins très sûres (vv. 1268, 1291, 2649, etc.). Ces formes, qu'on a crues longtemps picardes , paraissent étrangères à la Picardie et à l'Artois ; mais on les rencontre un peu plus à l'est, à partir de Tournai environ , toujours dans la région du Nord. À ces deux faits, on en peut ajouter un troisième qui conduit à la même conclusion : l'emploi de la forme veïr (videre), vv. 406, 2258, 4563, qui semble plus usuelle dans le nord de la France qu'ailleurs. Tout cela semble indiquer que le renouveleur appartenait à la région du nord-est. Nous ne saurions préciser davantage.

Nous avons indiqué la fin du XIIe siècle comme l'époque probable de ce dernier remaniement de Raoul. Nous ne saurions apporter à l'appui de cette opinion aucune preuve décisive : il doit nous suffire qu'elle soit en elle-même vraisemblable et qu'elle ne soulève aucune objection. Il ne paraît pas admissible, dans l'état actuel de nos connaissances, qu'une chanson de geste rimée soit antérieure au troisième tiers du XIIe siècle. Et, d'autre part, si le poème n'offre aucun caractère de grande ancienneté, on n'y trouve non plus aucune forme de langage qui trahisse une époque plus récente que la fin du XIIe siècle ou le commencement du XIIIe .

SECONDE PARTIE DU POÈME

La seconde partie (tirades CCL à CCCXLIV) nous occupera moins longtemps que la première. Nous la possédons telle qu'elle est sortie des mains de l'auteur ; entre celui-ci et nous, aucun réviseur ni renouveleur n'est venu s'interposr L'étude de cette continuation médiocrement heureuse de l'ancien Raoul est donc assez simple. Sans offrir rien de particulièrement remarquable, le style de ce nouveau poème n'est réellement pas mauvais. Sans doute les locutions banales, les chevilles destinées à compléter le vers ne sont pas rares dans les cent quarante-cinq dernières tirades, mais elles sont incomparablement moins fréquentes que dans les deux cent quarante-neuf premières. C'est que l'assonance, tout en donnant à l'oreille une satisfaction suffisante, est bien loin d'apporter à l'expression les mêmes obstacles que la rime. Aussi, quand l'auteur de la seconde partie tient une idée poétique, réussit-il assez ordinairement à la présenter sous une forme convenable. Nous citerons comme un agréable morceau de poésie descriptive la tirade où le poète nous montre la fiancée de Bernier tenue en captivité par le roi de France, se mettant un matin à la fenêtre et contemplant dans la campagne des scènes qui excitent en elle, par contraste, de tristes pensées. Elle voit les oiseaux qui chantent, les poissons qui nagent dans la Seine, les fleurs qui s'épanouissent par les prés, les pâtres qui jouent de leurs flageolets. Il lui semble que partout elle entend parler d'amor Alors, faisant un retour sur elle-même, elle est saisie de douler Elle déchire son vêtement : « Fourrures de martre, » s'écrie-t-elle, « je ne veux plus vous porter, quand j'ai perdu le meilleur bachelier qu'on pût trouver en ce monde ! » (Tirade CCLXXII.)

Passons à la versification. Les 3,170 vers de la seconde partie sont répartis entre 145 tirades dont la longueur est très variable. La tirade CCLXXIX n'a que sept vers ; la tirade CCCII n'en a que six. Et, d'autre part, la tirade

CCLXXXI en a cent cinquante-quatre. Il semble bien improbable qu'une chanson de geste dont les tirades étaient aussi inégales ait pu être chantée. On lisait, ou, si l'on veut, on récitait déjà les poèmes en tirades monorimes au temps où Raoul fut continué. Les vers sont assez bien faits. Les assonances employées sont au nombre de dix-huit en tout, dont dix masculines. Dans la plupart des poèmes anciens, la variété est plus grande ; on observe aussi que la proportion des assonances féminines est plus forte. Ainsi la Chanson de Rolant (texte d'Oxford) pour 4002 vers, a 293 tirades réparties entre vingt-deux assonances, dont onze masculines . Mais, à une date plus récente, Elie de Saint- Gille nous offre, pour 68 tirades, douze assonances seulement, dont neuf masculines ; Huon de Bordeaux, pour 87 tirades, n'a également que douze assonances, dont neuf masculines. Dans Raoul, les assonances qui reviennent le plus souvent sont celle en i (21 fois) et celle en ié (17 fois). La prédominance des tirades en i n'est pas un fait général. Elle n'est constante que dans les chansons de la geste des Lorrains, où elle est encore plus marquée que dans Raoul.

Lorsqu'on aura étudié, classé et comparé toutes les assonances qu'offre notre ancienne poésie, on constatera que, dans certains poèmes assonants, il y a une tendance plus ou moins marquée vers la rime. Cette tendance existe dans la seconde partie de Raoul. Deux tirades en ie (CCLXVIII et CCCXL) sont très exactement rimées et se distinguent nettement des tirades en i-e où, à côté des finales en ie, on en trouve qui sont en iche, ise, ille, ine, ire, etc. ». Dans Aiol aussi, il y a une tirade (la septième) purement en ie, parmi beaucoup d'autres où la même finale se trouve mêlée à d'autres où l'i et l'e sont séparés par une consonne quelconque. La seconde partie de Raoul est au nombre des poèmes qui font d'o nasalisé (om, on, ons, ont) une assonance à part. Le même fait s'observe dans Aie d'Avignon, Jourdain de Blaie, Huon de Bordeaux , Floovant . Il se manifeste à l'état de tendance très prononcée dans Amis et Amile , Gui de Bourgogne , Aiol , et même dans Rolant.

Nous pensons que l'auteur ne se faisait point une règle d'élider la finale féminine suivie d'un mot commençant par une voyelle. Nous nous fondons sur des vers tels que ceux-ci, dans lesquels il nous parait bien difficile d'introduire une correction vraisemblable :

Le roi trouverent et morne et pencif.
Quant or fu dite, si s'entorne atant.
N'i avra mal dont le puisse aidir
N'i avrés mal dont vous puisse aidir
La jantil dame fu dolente et mate.
Bien sai sans vous n'an venisse avant.

La langue de la deuxième partie de Raoul de Cambrai n'offre aucun fait bien caractéristique ; an et en sont absolument confondus. Ces deux voyelles nasalisées, étymologiquement distinctes et qui, dans le nord et l'ouest de la

France, ont été si longtemps distinguées par la prononciation, ont ici le même son. Dans toutes les tirades, masculines ou féminines, où l'assonance est formée par an ou en, c'est naturellement le premier de ces deux groupes qui domine, parce que les finales en an sont, en fait, plus nombreuses que celles en en. — Il n'y a pas de tirade en iée. On peut croire que, dans la langue de l'auteur, iée était devenu ie, puisque nous trouvons, dans des tirades en ie, ire, ine, etc., trecie 5570, rengie 6150, baisie 6875, 8195, joinchie 8185, percie 8634 qui, plus anciennement, eussent été écrites et prononcées treciée, rengiée, baisiée, etc. Toutefois sept cas, en dix tirades, constituent une proportion assez faible. La part des mêmes finales est notablement plus forte dans certains poèmes, dans Aliscans, par exemple, ou dans la chanson des Saxons de Jean Bodel. Il serait donc possible que notre auteur, sans s'interdire absolument le mélange des finales iée et ie, l'eût évité dans une certaine mesure. On sait que l'assimilation d'iée à ie s'est produite d'abord dans la France septentrionale. — Il y a quelques premières personnes du pluriel en omes parmi les assonances de la tirade CCLIX et quelques autres, çà et là, dans le corps des vers . Cela ne suffit pas à prouver que l'auteur soit du nord-est de la France, où ces formes sont plus fréquentes qu'ailleurs ; c'est toutefois une présomption. — Dans cette partie du poème, comme dans l'autre, la seconde personne du pluriel du futur et de certains subjonctifs présents est en ois (vv. 5940, 5951, 6809, 6815, 6821) ou en és (vv. 5823, 7230, 7232, 7236, 8050), selon l'assonance. — Il n'y a, dans ces quelques faits, rien d'assez local pour qu'il nous soit permis de circonscrire en d'étroites limites la région d'où l'auteur était originaire. Il n'est, du reste, pas encore arrivé qu'on ait pu fixer avec quelque exactitude, par des procédés philologiques, la patrie d'une chanson de geste. Mais nous pouvons du moins considérer comme très probable que la seconde partie de Raoul appartient à la région qui avoisine l'Ile-de-France en tirant vers le nord-est. La confusion d'an et d'en exclut le nord et l'ouest de la France, les formes en omes ne permettent pas de s'avancer trop à l'est ni de descendre trop au-sud.

MANUSCRITS

LE MANUSCRIT DE PARIS

On ne connaît actuellement qu'un seul manuscrit de Raoul de Cambrai, celui qui a servi à la présente édition comme à la précédente. Il appartient, d'ancienne date, à la Bibliothèque nationale où il porte le n° 2493 du fonds français (n° 8201 de l'ancien fonds) . C'est un petit volume en parchemin, mesurant 14 centimètres et demi de hauteur sur 10 de largeur, ayant les dimensions et toute l'apparence extérieure de ces exemplaires qu'on appelle ordinairement, à tort ou à raison, manuscrits de jongleurs. Il se compose de 150 feuillets de parchemin où l'on reconnaît, à première vue, deux écritures. L'une, fine et régulière, est du milieu ou du troisième quart du XIIIe siècle ; l'autre, plus grossière et moins soignée, est visiblement postérieure, bien qu'on puisse encore l'attribuer au XIIIe siècle. Le lecteur en jugera par le fac-similé joint à la présente publication, dans lequel on voit les deux écritures se succéder l'une à l'autre. La première main a écrit les ff. 2 à 102 , la seconde reprend au fol. 102 (v. 6250) et poursuit jusqu'au fol. 150 et dernir De plus, cette même main a écrit le premier feuillet. Il est tout naturel qu'un copiste continue l'œuvre commencée par un autre, mais il l'est beaucoup moins que ce même copiste écrive à la fois le premier feuillet et la fin d'un manuscrit. Voici comment peut s'expliquer cette circonstance assez insolite. Il faut dire tout d'abord que les feuillets 2 à 5 sont lamentablement mutilés. Ils ont été fortement écornés par un rat qui en a mangé les deux coins du côté de la tranche, celui du haut et celui du bas, de sorte que ces infortunés feuillets ont perdu leur forme rectangulaire pour prendre celle d'un triangle dont la base est formée par le fond des cahiers. On verra (pp. 3 et suiv. de la présente édition) que nous avons dû restituer, le plus souvent par conjecture, parfois à l'aide d'un manuscrit auxiliaire dont il sera question tout à l'heure, des portions de vers souvent considérables, dans le haut comme dans le bas de chacun des feuillets ainsi rongés. De plus, il y a, dans cette même partie du ms., des lacunes causées par la perte de feuillets entiers. Il manque deux feuillets entre les ff. 3 et 4 et un entre les ff. 5 et 6 . C'est, sans doute, pour réparer ces dommages, auxquels il faut probablement ajouter la perte de quelques feuillets à la fin du volume, que notre ms. a dû être livré au deuxième copiste, celui qui a écrit le premier feuillet et les quarante-huit derniers. Il faut donc admettre que c'est à une époque ancienne, dès la fin du XIIIe siècle, puisque le second copiste semble être de cette époque, que le ms. a éprouvé les dommages dont il porte encore la trace. Il est impossible, en effet, que le ms. ait été mutilé comme il l'est depuis que le premier feuillet a été refait. Assurément les feuillets manquants peuvent avoir disparu depuis cette époque, mais la mutilation des feuillets 2 à 5 est antérieure. On ne s'imagine pas que le rat auteur de ce méfait ait négligé de propos délibéré le fol. 1 pour s'attaquer aux ff. 2 et suivants. Nous supposons, au contraire, que le premier cahier tout entier a subi les atteintes du ronger Des feuillets constituant ce cahier, quelques-uns, ceux qui manquent actuellement, ont disparu ou ont été enlevés sans être remplacés ; le premier seul a été refait. Le second copiste était visiblement un homme négligent, — son écriture le prouve assez ; — il aura accompli sa tâche de la façon la plus sommaire, insouciant du dommage irréparable que sa paresse infligeait au poème. L'intervention du second copiste, au commencement comme à la fin du ms., aurait donc été motivée par une cause unique : le besoin de compléter un livre fortement endommagé. On pourrait objecter que le second écrivain reprend la copie, non pas à partir du haut d'un feuillet, mais au milieu d'une page, ce qui semble, à première vue, indiquer la continuation pure et

simple d'une copie laissée interrompue. Mais nous ferons observer que les premières lignes où se reconnaît la main du second copiste, celles qui occupent le bas du fol. 102 , sont écrites sur grattage. Le cahier même qui se termine avec le feuillet 102 est très incomplet ; il ne comprend que trois feuillets (100, 101 et 102) au lieu de huit. Pour une raison ou pour une autre, le second copiste, voulant reprendre la copie à partir d'un point déterminé, a gratté la première écriture qui s'étendait jusqu'au bas du feuillet et, selon toute apparence, supprimé les feuillets qui terminaient le cahir

Le feuillet de garde, placé au commencement du manuscrit, est formé d'un fragment de minute d'un acte désignant nominativement un grand nombre de bourgeois de Reims et dont l'écriture semble appartenir à la seconde moitié du XIIIe siècle. Cette particularité indique, selon toute apparence, que le manuscrit de Raoul était vers cette époque dans les mains d'un habitant de cette ville.

Nous avons maintenant à étudier les particularités de langue et de graphie qui distinguent chacune des deux parties du manuscrit.

Entre les faits que nous allons relever dans la façon d'écrire propre à chacun de nos deux copistes, les uns réfléchissent la prononciation, tandis que les autres ne peuvent être considérés que comme des particularités graphiques sans grande importance. Commençons par les premiers. Le premier copiste emploie accidentellement eiz pour ez. Ainsi, aseiz 2143, desarmeiz 2337, fauseiz 617, pevreis 1560, preiz 606, et dans les secondes personnes pluriel de l'ind. prés. ou du futur, aveiz 524, 2310, preneis 2213, reteneis 1885, torneiz 2319. On sait que cette notation, qui répond certainement à une prononciation particulière de l'é fermé, est fréquente dans l'est de la France .

Le g initial suivi d'a, en latin, se conserve dans gavelos, goïr, goie (voir le vocaBERNIER), mais il y a probablement là un emploi abusif du g pour j, bien plutôt qu'un fait de prononciation. En effet, on trouve aussi gogleour 4144, pour jogleour, et goue (jocat) 1585, pour joue.
Le t disparait souvent à la fin des mots, après r ou s : fier 2822, 3104, hauber 2728, 3706, Herber 3337, mor 2468, 3255, pour fiert, haubert, Herbert, mort ; ces 4656, tos 2130, 2158, 2191, pour cest, tost. Cette notation est loin d'être constante, Nous l'avons laissée subsister dans les mots où elle apparaît avec le plus de fréquence, dans tos et hauber ; dans les autres, nous avons cru devoir rétablir le t final entre crochets. — Le t final disparaît encore, mais plus rarement, après n : don 3216, ſon 2615, tressuan 2602 ; ce sont des cas tellement isolés qu'il nous a paru nécessaire de rétablir le t entre crochets. Nous n'avons pas fait cette correction dans tan 2090, 2551 ; il nous a paru que ce petit mot ne faisait, pour ainsi dire, qu'un dans la prononciation avec le mot suivant. Nous trouvons même tam 4042, le mot suivant commençant par un p. Le t final tombe encore parfois après une voyelle : tou 1256, voi 1171, où nous écrivons tou[t], voi[t]. Il semble résulter de ces faits que, dans la langue de notre copiste, le t final ne se prononçait pas beaucoup plus qu'aujourd'hui. Et toutefois il y a lieu de faire la part de la négligence, car, au v. 1256, tou est suivi d'un mot commençant par une voyelle, et il est bien difficile de supposer qu'en ce cas le t ne se fît pas entendre.
L's finale est également sujette à tomber après une consonne ; ver, enver 1502, 2316, 2717, 2749, 3837, flor (au plr réGautier) 2696.
Un trait assez notable de la graphie et probablement aussi de la prononciation du premier copiste, est que l'n de la troisième personne du pluriel est souvent omise : donnet 644, qieret 693, fineret 819, vinret 826, descendet 827, perdet 900, descendet 955, pour donnent, quierent, etc. Ces six exemples sont les seuls que nous aient fournis les vers 644 à 955. Le même morceau ne fournit pas moins de vingt exemples, si nous avons bien compté, ou l'n est conservée. La proportion est donc largement en faveur de la forme la plus habituelle dans nos anciens textes . Nous avons donc cru pouvoir restituer entre crochets l'n où elle manque. Cette omission de l'n s'observe accidentellement en Champagne .
Certains futurs ont, en raison de leur formation, une double r, ainsi garra

pour garira dont l'i est tombé. Notre copiste réduit bien souvent ces deux r à une seule. Nous avons écrit char[r]a 2388, gar[r]a 2773, gar[r]ont 2734, or[r]eis 2448, plour[r]ont 2404, mais il eût peut-être mieux valu laisser subsister une notation dont on a d'autres exemples. Cette réduction des deux r à une seule a été observée dans les chartes de Tournai . — Le cas est différent pour guerre, terre, où déjà, dans le type originel, les deux r sont consécutives. Le premier copiste, peu conséquent avec lui-même, traite ces deux mots de façon différentes : il écrit à peu près constamment guere, avec une r, 919, 1031, 1037, 1093, 1162, 1761. Nous n'avons rencontré guerre qu'une seule fois, v. 4286. Au contraire, on trouve presque toujours terre, 936, 1129, 1680, 3206, une fois tere au v. 1094.

Les documents de l'ancien français montrent beaucoup d'hésitations quant à l'emploi de l's caractéristique du sujet dans les mots où le nominatif singulier latin n'est pas terminé par s. Cette hésitation se manifeste dans la partie du poème transcrite par le premier copiste : sire 5305, mais empereres 893, 2107, freres 60, lechieres 4904, peres 5014, mieudres 496. La tendance est donc en faveur de l's. Nous avons dû nous conformer à l'usage le plus général lorsque nous avons eu à compléter des mots de cette catégorie dont la fin était abrégée.

Il ne nous reste plus à examiner que quelques particularités dont l'importance, au point de vue de la langue, est minime, mais que nous avons dû toutefois étudier, afin de résoudre certaines abréviations d'une façon conforme aux usages du copiste. La plus intéressante de ces particularités concerne l'emploi de l'u après q. Le copiste est ici assez conséquent. Il écrit toujours qe 131, 297, 316, 370, 542, 554, 555, 564, 571, 576 ; qu'en 2181, est un cas tout à fait isolé. De même qi 155, 779, 782, 840, qex 765, qeus (qualis) 4263, qel 4331, quant 946, 1102, qier 837, 1347. 4770, qiert 1192, reqierent 4492, qite 2524, qeurent (currunt) 1404, 1722. Cette graphie est loin d'être sans exemple. Elle est commune dans les textes écrits en Angleterre et en Italie, et s'observe, bien que rarement, en France . D'autre part, notre copiste écrit non moins constamment avec u : quarante 783, quartier 4993, quatre 1232, 3543, Quentin 813, 875, 1598, 3907, 4129, quis 3209, aquis 2852, requis 2649, 3874, tous mots où le son de l'u, s'il existait encore au XIIe siècle, ce qui semble douteux, est maintenant perdu. À plus forte raison, l'u est il conservé dans des mots où actuellement encore il se fait entendre, tels que requellis 5200, esquier 1724, quide 2706, quida 1652, etc. Nous avons, par analogie aux exemples précédents, écrit quaresme 1582, quart 1919, qui sont abrégés dans le ms. De même pour ataquons 2328, quoi, evesque, onques, reliques. Nous devons convenir toutefois que pour ces mots les exemples rapportés plus haut ne fournissent pas une règle sûre.

L'ancien français, a en général, conservé l'usage latin, qui s'est transmis jusqu'à nous, de figurer par m la nasale suivie d'une labiale. Mais déjà au moyen âge on trouve bien souvent l'n employée dans ce cas. À cet égard, notre copiste est d'une irrégularité désespérante. Il n'y a vraiment pas de raison pour traduire le titulus plutôt par m que par n. Voici en colonnes parallèles, deux séries d'exemples fournis par des mots écrits sans abréviation dans le manuscrit :

Par m :   Par n :

ambedui, ambes 2478, 2659, 4481, 4483, 5132.

ambleüre 5491.

Cambrai 2757, 2771, 2784, 3159, 3773, 3885, 4186, 4277.

Cambrisis 302, 2796, 2808.

chambres 5612.

champ 2748, 3994.

champenois 2459.

combatant 4910.

embracier, embracié 4988, 5084.

embrasez 2015.

embuschiés 4387.

emperere 301, 713, 794, 837, 878, 893.

empirier 1253, 1396, 1496, 3022, 3150.

emploier 3118.

emporte 2364, 5012.

essamplaire 2636.

gambes 4673.

membres 1943.

rompi 2768, rompu 4425, 4433, 4995, rompue 3284, desrompi 4650.

samble 3957, sambla 4652, semblant 3242, semblance 796, asambler 1166, asamblée 2970, 4184, résamble 4107, resamblées 3671.   anbe 3953.

Canbrai 2733, 4102.

Canbrisis 3606.

cenbel 2773, cenbiaus 3880.

chanberiere 1329.

enbarer 4494.

enbracier 1498, 5349, enbrace 2584, 2601, enbracié 1720.

enbronchier 4842, enbronchié 1698, 4999, enbroncha 174, enbronchant 709.

enbuschiés 4037.

enpainst 4065, 4243.

enpereres 2107.

enpirier 3362, enpirant 2677, enpira 4064.

enpoignie 3643.

enprisonné 4071, 4113.

menbrée 1799, 3281, 3647, menbra 2202, menbrast 2709, remenbre 2745, 4143.

menbres 194, 1164, 2110, 2264, 3585, 4751, 5252, 5415.

nonbre 3953.

ranprosner 3571.

ronpu 4076.

La conjonction com est le plus souvent écrite en abrégé : 9 ou cō, il y a aussi cū au v. 3596. Nous avons cependant trouve com devant une voyelle, 4138, et con devant une consonne, 599, 823, 3290, 4593. Nous avons transcrit les abréviations conformément à ces exemples, sans nous dissimuler que si le copiste avait constamment écrit ce mot en toutes lettres, il n'eût probablement pas toujours tenu compte de cette distinction. Voici, en effet, ce que nous constatons pour des cas analogues. Hom se trouve ainsi écrit aux vers 904, 1869, devant une voyelle, aux vers 629, 825, 934, 1501, 1841, 1904, devant une consonne ; hon 1502, 2012, devant une voyelle ; on et om se trouvent dans le même vers, 3109, et chaque fois devant une consonne. Il est permis de conclure de ces faits que le son propre de la consonne était absorbé dans la nasalisation.

Le premier copiste écrit indifféremment molt 368, 1591, 1638, 3048, 4135, 4210, et mout 1510, 1919, 2968, 3821, 3970, 3995. Dans les cas d'abréviation, nous avons écrit molt.

Passons maintenant au second copiste dont la graphie offre beaucoup de traits notables, entre lesquels il en est qui sont les indices d'une prononciation particulière. An et en sont réduits à un même son et employés indifféremment : an, lat. in ou inde , est fréquent, 23, 6338, 6378, 6456, 6500, 6522, 6657, 6668, anfes 6611, anfant 39. Réciproquement, comment 6336, 6832, mentel 6258, pour commant, mantel. — ain se substitue à an ou en, principalement avant ch et g spirant, à la tonique comme avant : chaingiés 7725, frainche 6871, 6890, losainges 7133, losaingier 6261, 7092, maingier 6332, 7099, plainchier 6254, raingier 7743, trainche 7796, 7852, trainchier 7205, vaingier 6265 ; aussi, sainglant 6257. — L'e bref latin suivi d'n mouillée, au lieu de produire ien, devient ain, dans tains (teneo) 7226, vains (venio) 6964, 7323, vaigne (veniat) 7587. — au se substitue à ou dans saudoier 6435, 7685. — Un e s'introduit après u dans huerta 6251 ; serait-ce une façon de marquer l'allongement de la voyelle ? Un fait analogue s'observe dans certains mss. exécutés en Flandre, mais ici il est tout à fait exceptionnel.

Notre son ou est rendu indifféremment par ou dans vous 6308, 6534, 6964, 7944, et par o dans vos 6922, 7201, 7323, 7390, 7940, 7946. Par contre, le copiste écrit toujours molt en toutes lettres, jamais mout. — Au v. 7331, le ms. porte gsin qu'on ne peut guère transcrire que par cousin. Il est par suite possible que gvine, gvenir doive se lire couvine, couvenir et non convine, etc. .

l finale se redouble fréquemment lorsque le mot suivant commence par une voyelle : cillautre 4, quillot 28, llest 6351, illen 6364; de même l initiale lorsque le mot précédent finit par une voyelle : vertelle 35, 6331; pour cil autre, qu'il ot, il est, il en, verté le, formes que nous avons introduites dans notre texte au lieu de celles du ms. Pour conserver ce redoublement de l'l, il eût fallu, conformément au ms., réunir les deux mots en un seul, ce qui eût nui à la clarté et d'ailleurs n'eût pas été conforme aux règles générales que nous suivons pour la division des mots. Imprimer cill autre, qu'ill ot, verté lle, eût été aller directement à l'encontre du but de ce redoublement. — L'n est redoublée de la même façon dans ennont 6678, que nous avons aussi réduit à en ont. — n s'intercale avant gn dans singnor, singnori, 6446, 6566. — gn se produit à la place d'n dans figna 6340, 6543. — n se maintient devant les labiales : anbedex 8071, enbarrès 7019, enprist 7210, Herchanbaut 6324.

Ce qu'il y a de plus particulier dans la graphie du second copiste, c'est l'usage d'écrire des consonnes qui certainement ne se prononçaient pas, ou qui servaient tout au plus, en certains cas, à marquer un certain allongement dans le son de la voyelle précédente. L'r et l's s'introduisent entre une voyelle et une consonne, ainsi : iers 6858, 6916-7, 6962-3, sierge 6443, niers 6724, 7125, pour iès (ind. r deuxième p. sing, d'estre), siége, niés (nepos) ; de même pour s : chasploier 6973, 7023, 7779, eschaspés 7506, esvesque 16, 56, 6838, mescredi 6325, 6352, mestrai 7275, envoslespe 46, ostri, ostrois, ostrierent 25, 6463, 6557, 6700, 6814, prospice 6389, sosmiers 6926. Cette introduction intempestive d'une s est parfois fort gênante. Ainsi dist, 7529 7556, peut être aussi bien au présent (dit) qu'au prétérit ; fust, 6650, a l'apparence d'un imparfait du subjonctif quand c'est un prétérit. Par contre, l's véritablement étymologique est omise dans pait 6665, beloi 6819, blemis 7020, et 6960, foret 6468, fit 6511, 6689, fesit 6862, deffendit 6528, pour paist, besloi, blesmis, est, forest, deffendist, fist, fesist. Évidemment le copiste ne prononçait plus cette s et, sachant vaguement qu'elle prenait place traditionnellement en certains mots, il la mettait un peu au hasard . — À la fin des mots, on observe un phénomène analogue. Le copiste, entraîné par de fausses analogies, met une s ou un t là où il n'en faut pas : dis (dico), 19, 37, 6451, dis (dic) 6314, dois (debeo) 6807, ostrois 6700, 6814, fuis 7061, pors (porto) 6860, vis (vidi) 24, 6695, vis (vivo) 6360, ainsis 6585, 6608, ausis 6884, Orignis (cas réGautier) 7006. Pour le t final, il y a lieu de distinguer deux cas. Il apparaît en des mots qui n'y ont étymologiquement aucun droit : foit (fidem) 6377, 6455, 6549, 6806 mercit 6310, 6664, Savarit (Savaricum) 6707, comme en d'autres où le type étymologique présente en effet un t : tels sont les participes baillit 6447, cevelit 32, choisit 6279, jehit 6334, mentit 6314, merit 22, oit 2, 6381, 6408, plevit 6322, tenut 6295, detenut 6427, les substantifs erit 6467, escut 6419, 6421. Toutefois, bien que le t soit ici étymologique, on ne saurait affirmer, en présence des exemples cités en premier lieu, qu'il ait été réellement prononcé. La graphie de notre copiste est trop hésitante pour qu'on puisse lui attribuer une grande valer Nous remarquerons encore que beaucoup de participes passés de la première conjugaison, et, en général, les mots en -atum, sont terminés au cas régime par t : contet 34, delgiet 6257, entaillet 6258, enterret 36, exploitiet 6345, juret 6322, malgret 6323, mandet 6368, pret 6326. On sait que dans les mots de cette catégorie la conservation du t étymologique s'est perpétuée au Nord de la France jusqu'au XVe siècle. Mais nous nous garderons bien de conclure de cette circonstance que le copiste ait été originaire de la France septentrionale : plusieurs caractères importants du roman de la Picardie, du Ponthieu, du Vermandois et de la Flandre faisant ici défaut. D'ailleurs, le même fait s'observe, avec une fréquence variable, dans le nord de la Champagne et en Lorraine.

c (avec le son de ç) et s sont parfois employés contrairement à l'étymologie dans certains mots. Voici des exemples de c pour s : arces 7713, ce, pronom neutre, 6297, 6299, 6355, 6412 ; ce, adverbe, lat. sic, 6302, ce, conjonction, 6286, 6315, 6489, ces, pronom sinGautier suj. ou réGautier pluriel, 16, 6266, 6294, 6376, cevelit 32, ciecle 29. Réciproquement, s pour c : se, pronom neutre, 6319, ensainte 35, 39.

Nous avons vu (p. LXXV) que l'auteur de la seconde partie admettait indifféremment à la rime les finales en ois et celles en és pour les secondes personnes du pluriel des futurs : nous ne nous étonnerons pas de trouver le même mélange de formes dans le corps des vers, soit qu'il y ait lieu de l'attribuer à l'auteur, soit que le copiste seul en soit responsable : avrois 6360, comparrois 7381, dirois 6321, irois 6320, orrois 18, porrois 7126, serois 6535, avrés 6628, 7394, irés 6598, porrés 6497, 7068. Il y a peut-être lieu de considérer comme plus particulier au copiste l'emploi de la finale ens pour le latin -amus lorsqu'un i précède : aideriens 7679, estïens 6386, 6390, puissiens 7456-7, peüssiens 7678, seriens 6391. C'est la dérivation proprement étymologique dont l'existence est bien constatée en Champagne.

Les différences que nous avons signalées entre nos deux copistes se rapportent plutôt, en somme, à la graphie qu'à la langue. La moyenne des caractères linguistiques semble indiquer, pour l'un et pour l'autre, le nord de la Champagne comme lieu d'origine. Nous avons noté plus haut, p. lxxix, une circonstance toute matérielle, l'emploi comme feuillet de garde d'un fragment de charte écrit à Reims, qui favorise cette conclusion.

Si les deux copies qui forment le ms. de Raoul de Cambrai diffèrent considérablement quant à la graphie, elles se ressemblent du moins en un point qui n'est pas à leur avantage : c'est qu'elles sont l'une et l'autre très fautives, la première surtout. Nous avons fait ou proposé de nombreuses corrections : nous croyons qu'il en reste encore beaucoup à faire.

MANUSCRITS PERDUS — EXTRAITS DE FAUCHET

Les inventaires des librairies du moyen âge ne mentionnent, à notre connaissance, que trois mss. de Raoul de Cambrai. Dans l'inventaire rédigé après le décès de Jean de Saffres, doyen du chapitre de Langres, mort en 1365, on lit un article ainsi conçu : Item, romancium RADULPHI DE CAMERACO, taxatum precio octo grossorum .

Charles V possédait deux manuscrits de Raoul. En voici la description tirée de l'inventaire de sa librairie du Louvre :

Bueve d'Esgremont ; la vie saint Charlemainne, les Quatre fils Aimon, dame Aïe d'Avignon, les croniques de Jerusalem, Doon de Nantueil, Maugis le larron, Vivien et RAOUL DE CAMBRAI, rimé. L'emperieres de France .

Taillefer dit Raoul de Cambresis, rimé, très vieil et bien petit, de lettre bastarde. Dame Aalez .

Ces deux mss. sont perdus. La description du second pourrait assez bien s'appliquer au seul ms. actuellement connu de Raoul, n'était la mention des premiers mots du second feuillet qui exclut l'identification. Dame Aalez paraît être le commencement du v. 52 : Dame A, n'ot pas le cuer frarin ; le second feuillet de notre ms. commence au v. 58 : Desq'a Biavais ne prisent onques fin.

Dans la seconde moitié du XVIe siècle, il existait un ms. de Raoul de Cambrai, duquel le président Fauchet a cité une vingtaine de vers dans les chapitres X et XI de ses Origines des dignitez et magistrats de France . Ces quelques citations suffisent à prouver que le ms. dont s'est servi Fauchet était différent du nôtre : car, sans parler de variantes assez nombreuses, il contenait un vers qui manque au ms. de la Bibliothèque nationale .

Mais nous avons mieux que les citations imprimées de Fauchet. La Bibliothèque nationale possède un petit volume in-4° composé de dissertations, de notes historiques et d'extraits de lectures, le tout écrit à diverses époques par Fauchet lui-même . On y trouve, du fol. 66 au fol. 72, des extraits de Renaut de Montauban, de Doon de Nanteuil , d'Aie d'Avignon, de Gui de Nanteuil, enfin (fol. 71) de Raoul de Cambrai. Fauchet ne nous dit pas que ces cinq poèmes se soient trouvés unis dans le même manuscrit. Si on était sûr qu'ils aient été joints, on pourrait se hasarder à identifier le ms. de Fauchet avec le ms. perdu de Charles V qui, selon l'ancien inventaire du Louvre, renfermait également, avec d'autres poèmes encore, Doon de Nanteuil, Aie d'Avignon, Gui de Nanteuil et Raoul de Cambrai. Mais cette identification ne va pas sans quelques difficultés. D'abord rien ne prouve que le Raoul de Cambrai utilisé par Fauchet se soit trouvé dans le même ms. que Doon de Nanteuil, Aie d'Avignon et Gui de Nanteuil. Fauchet dit quelque part qu'il a vu un manuscrit où Renaut de Montauban, Doon de Nanteuil, Aie d'Avignon et Gui de Nanteuil étaient « cousus l'un après l'autre ». C'est indubitablement de ce ms. qu'il a tiré ses citations de ces divers poèmes ; mais, à cet endroit, il ne parle pas de Raoul. Ce n'est pas une preuve que ce poème ne fût pas dans le ms., mais c'est encore moins une preuve qu'il y fût. En outre, le ms. du Louvre renfermait la chanson de Maugis et celle de Vivien . Or, il ne paraît pas que Fauchet ait connu ces deux poèmes. Du moins ne les cite-t-il nulle part, que nous sachions.

Quoi qu'il en soit, les extraits que Fauchet nous a conservés d'un ms. perdu de Raoul sont d'un grand prix. Ils se composent, comme nous l'avons dit au commencement de cette introduction, d'environ 250 vers, proportion assez faible pour un poème de plus de 8,000 vers, mais, outre que nous y avons puisé d'excellentes variantes, notamment celle des vers 5484-6, il se trouve que quelques-uns des vers transcrits par Fauchet correspondent aux lacunes qui déparent l'unique manuscrit du poème. Enfin, ces mêmes extraits fournissent un argument de plus en faveur de l'opinion émise plus haut , selon laquelle la continuation en assonances aurait été ajoutée à la partie ancienne, alors que celle-ci était déjà mise en rimes. En effet, la rédaction que Fauchet a eue sous les yeux était celle même qui nous est parvenue, mais elle ne contenait pas la suite en tirades assonantes. La dernière citation de Fauchet correspond à notre vers 5542, et c'est au v. 5555 que s'arrête la partie rimée.

Quelques mots, pour terminer, sur la façon dont nous avons compris notre tâche. Nous n'avons pas cru devoir réformer la langue du poème conformément à un type idéal. Dans l'espèce, les éléments nécessaires pour déterminer ce type font défaut. Il faut ajouter qu'il y aurait eu probablement deux types légèrement différents à fixer, puisque rien ne prouve que les deux parties du poème aient été composées dans le même pays. Nous avons tenu d'autant plus à conserver la graphie propre à chacun des deux copistes, que cette graphie offre, on l'a vu plus haut, des particularités intéressantes. Nous nous sommes bornés aux corrections exigées par la mesure ou par le sens. Entre ces corrections, celles-là seulement ont été introduites dans le texte que nous regardons comme certaines ; celles qui ne nous ont paru que probables ont été proposées en note. Le glossaire et la table des noms sont très détaillés et fourniront, sous une forme condensée, beaucoup de notions qui n'ont pu trouver place dans cette introduction déjà bien longue. Les éditeurs de Raoul de Cambrai ne se dissimulent pas toutefois qu'il reste encore à faire pour résoudre toutes les difficultés que présente ce poème si important et cependant à peu près négligé, jusqu'à ce jour, par la critique. Ils espèrent du moins que leur travail pourra fournir une base solide aux recherches de ceux qui viendront après eux.

Septembre 1883.

APPENDICE

L'HISTOIRE DE RAOUL DE CAMBRAI ET DE BERNIER D'APRES LA CHRONIQUE DE WAULSORT

D'Achery, Spicilegium, t. VII (p.518-524), de l'édition in-4°, t. II (p. 710-712), de l'édition in-folio.)

(1) Processu tamen volvente, haud multo post, ultima labentis ætatis clauditur dies Heriberti, comitis de Sancto Quintino, qui viam universæ carnis ingressus superstites post se quatuor filios reliquit ; quibus, ut regimine fratris sui comitis Eilberti
nutrirentur, et hereditate eorum terræque ejus industria auxilioque tuerentur, obedire præceptis præcepit. Cum vero istius angoris mæstitudine premeretur, et ab amicis et fratribus funeris exsequiæ præpararentur, quidam Cameracensis comes Rodulfus nomine, qui dignitate regalis consanguinitatis gloriabatur, adversus quatuor Heriberti filios, confidens in robore fortitudinis suæ, insurrexit, et annuente rege Francorum, videlicet avunculo suo, terras eorum invasit, sicque evaginata iniquitate quam consideraverat, adversæ partis cuneus ab eodem præparatur, et atrocis crudelitatis dolus, qui clausus latuerat, evidentibus indiciis in propatulo manifestatr Reciproca namque crudelitate a genitore puerorum et patruis se vinculatum reminiscens, præfatus rex jus abnegans, injuste possessiones, terras, hereditatesque corum supradicto Rodulfo concessit ; sicque ab hoc norma justitiæ confusa est, et gravis periculi commotio ab utraque parte machinatr
(2) In exordio suæ congressionis, Rodulfus oppidum Sancti Quintini obsidendo aggressus est expugnare ; quod cum ab eodem minime caperetur, impetum vimque resistentium ferre non valens, ignibus deliberabat aduri.

Cumque certatim istius iniquitatis ruina machinaretur, concursu hostium nobilium virorum nobile oppidum repente crematur, et villa mobilibus et diversis repleta commentibus, diversorumque agminum stipata plebe depopulatur, et cum ea templi ædificia uruntur, et ad nihilum rediguntr Inter hæc templum virginum monialium a fratribus haud multo post constructum, et magnis prædiorum honoribus ditatum, propter cujusdam nobilissimæ mulieris conversionem, quæ se sacri veli consecratione, relicto sæculari habitu munierat, aduritur, et cum eo hæc nobilis mulier et virginum chorus. Mulier autem hæc, cum magnis orta foret natalibus, seducta fuisse dignoscitur a comite Eilberto quasi sub quadam conjugii confœderatione ; quæ cum eo permansit, quousque alterius nobilissimæ prosapiæ mulieris, legalis decreti cæremonia, conjugii dans consensum, necteretur contubernio ; quæ cum spernendo se cerneret postponi, ordine supradicto curam sæcularis negotii postposuit.

(3) Hæc itaque ex supradicto comite filium enixa est, cui in spiritali regeneratione et nominis acquisitione Bernerus nomen impositum est. Hic avulsus a lacte, atque dempto ubere ablactatus, supradicto Rodulfo urbanitatis gratia traditus est nutriendus, qui cum aliis juvenibus nobilibus vernaculis serviebat ex armorium apparatu. Ut vero matris adustionem, patris, patrui ac filiorum ejus agnovit detrimentum, et honoris diminutionem, imbecillitatis suæ condoluit importunitatem, eumque tædere cœpit cum proximorum infortunio mors suæ unicæ genitricis, et repentini casus cœpit conqueri austeritatis improbitatem. Cumque crebro in hoc conquereretur infortunio, lacrymabilique ejulatu gravis finis interitum memoratæ genitricis lugeret, luctus ejus ad domini sui aures pervenit. Unde conversus in iram, post jurgiorum proverbia, occiput sui capitis vulneravit nimia fervens insania; sicque bonæ indolis adolescentulum removit a contubernio suorum familiarium. Talis siquidem gravedinis et molestiarum acerbitas cum a filio patri nuntiaretur, reciprocatus dolor graviter renovatur, quo exasperati cordis meditatione, confluentia diversarum gentium multiplici numerositate conglobata, catervæ multiplices disponuntur, et machinamento prudentium congressiones Rodulfo præparantr Præfatus siquidem Bernerus, infra quanquam pueriles annos positus, eventum rei graviter accepit, et actionem præteritam non pueriliter investigans, rogavit patrem militiæ sibi non negare armaturam. Tandem ipse quod concupierat voto adeptus militiam honestis moribus adornavit. Cum vero ab utrisque partibus graviter fortiterque præliaretur, et invicem adversarum partium cadavera mucrone sæviente passim sternerentur, cum capite primæ cohortis Bernerus voluit apparere, quo strenuitatem suæ actionis evidentius voluit ostendere.

(4) Igitur in tempore definitæ congressionis antequam, pariter convenirent, de morte matris Rodulfum sicut suum dominum convenit, a quo inconvenienter improperia sustinendo repulsus ; dominum suum

postposuit, et sibi fidem post hæc servare denegavit. Ordine siquidem certaminis composito, obvius affuit in concertatione Bernerus Rodulfo, cui mortem matris requirens anteposuit, et ab eodem sibi hanc injusto judicio sublatam nuntiavit, Hic autem verba illius ignaviæ æquiparans, insultationis verba illi respondendo reddidit, corpusque illius ab eo simili sorte fieri pronunciavit. Ut autem istius commotionis verba a Rodulfo accepit Bernerus, in indignationem conversus et iram, spiculo et ense contumacem militem aggressus est, et in impetu sui spiritus ab ejus corpore animam viriliter non timuit abstrahere. Sedata itaque seditione istius malæ contritionis et doloris, gemitus suæ partis factus est Rodulfus, et ulto sanguine, qui ab eo effusus fuerat innoxius, hereditates et terræ, quæ per violentiam ab eo fuerant usurpando invasæ, Heriberti heredibus restituuntur juste, judicio, probitate, industria, fortitudine familiarium amicorum.

(5) Hujus rei gratia, et prosperorum actuum prudenti progressu omnimoda urbanitate compositus, a suo genitore et familiaribus iste egregius adolescens complectebatur tenere, in quibus successor paternæ hereditatis credebatur fore, quia ex sponsalis confœderationis connexione patri heres negatus cælica voluntate, quo nomen ejus dilataretur posteritatis successione. Surrexit interea ex Rodulfi radice, gravis infestationis et totius iniquitatis dolo repletus quidam surculus, nomine Walterus, qui ejusdem pompaticæ regalis consanguinitatis tumendo gloriabatur propinquitate, veluti sororis Rodulfi filius. Hic autem adversus Eilberti filium, Bernerum scilicet, inter innumeras adversæ partis catervas, cohortium princeps primus effectus surrexit, et ab hoc sui avunculi mortem requisivit. Illum autem sibi injusto judicio ab eo præeunte mortem demptum pronuntiavit, et ab eodem manu propria contra jus fasque illum exstinctum dicens, mœroris affectum per cordis contriti verba evidentibus indiciis indicavit. Tumultus autem venturæ congressionis, et tempestuosus ardor gravis angoris utraque parte machinatus, propositione verborum horum quadam ex parte conquierunt. Contra hæc mortem matris, fracturam capitis, vel detrimentum genitoris et patruorum desolationem illi respondendo Bernerus opposuit ; et hæc omnia injusto judicio sustinuisse ab eodem replicavit .

(6) Animati igitur diræ congressionis et adversæ machinationis mutua confabulatione, uno conspirationis consensu adversum se invicem exaggerantes malum, regis præsentiam adiere, et ibi, ex utraque parte datis obsidibus, condixerunt sub regalis juris observatione et suæ litis agone, suæ propositionis verba confirmare. Statuto siquidem certi temporis die una pariter convenere, atque ipsis acriter modo irremediabili invicem propugnantibus, triduano litigio sese ceciderunt ; pro quibus regiæ magnificentiæ auctoritatem, cernentes constantiam et fortitudinem juvenum mutuae partis exercitus, interpellavit. Regalis itaque auctoritatis ut pervenit ad eos sententia, armaturam suam obsidibus suis tradiderunt. Palatinorum autem procerum judicio abjudicatum litigium, et moderatione inlustrium

virorum pacata sunt jurgia tumultuantium puerorum, eorumque conflictus pacem dedit mutuæ partis principibus : sed virus præteritæ commotionis in Viromannorum et Cameracensium serpit visceribus usque in præsens tempus .

(7) Dei post hæc judicium, ejusque ordinatio qui quos creat et sui signaculi virtute conservat, regit, suaque gubernatione in prosperis adversitatibusque provehit, istum adolescentem Bernerum videlicet vocavit, vocandoque sui spiraminis commissum suscepit ; atque sic ejusdem assumptionis vocatio patri facta est diutinæ desolationis et lacrymabilis rememorationis sæva destitutio, orbatioque irrecuperabilis. Pulsatus igitur tantis talibusque eventibus, infortunium diversorum casuum corporis et animæ timere cœpit venerandus comes, priscæ reminiscens conversationis enormitatem, et antiquorum contagiorum præteritam actionem, quid egerit diuturna meditatione cœpit meditari, et se reum voce lacrymabili ex transactis facinoribus confiteri. Cumque jugi mœroris anxietate filii defleret destitutionem, suæ intentionis actionem suppliciter ad Deum convertit, et in studio istius bonæ voluntatis ex sui juris proprietario, una cum sua clarissima conjuge Heresinde, archangeli Michaelis ob honorem in Tirasce basilicam condidit, eoque in loco sub tramite beati Benedicti Deo militantibus coadunatis fratribus, ipsis abbatem præficiens, ad usus quotidiani victus stipendia constituit non modica, locumque illum sub ditione et ordinatione Laudunensis ecclesiæ antistitis constituit.

RAOUL DE CAMBRAI

I

Oiez chançon de joie et de baudor !
Oït avés auquant et li plusor
Del grant barnaige qui tant ot de valor ;
Chantet vous ont cil autre jogleor
Chançon novelle : mais il laissent la flr
C'est de Raoul ; de Canbrai tint l'onor
Taillefer fu clamés par sa fierour
Cis ot fil qui fu bon poingneor,
Raoul ot nom, molt par avoit vigr
As fils Herbert fist maint pesant estor ;
Mais Berneçons l'ocit puis a dolr

II

Ceste chançon n'est pas drois que vous lais.
Oiez chançon, et si nous faites pais,
Del sor R et de dame Aalais,
Et de Raoul cui fu lige Canbrai.
Ces pairins fu l'esvesque de Biauvais.
As fils Herbert enprist RAUL tel plait,
Con vos orrois en la chançon huimais.

III

Icis Raoul Taillefer dont je dis

71

Fu molt preudons, si ot le cuer hardi.
L'enpereor de France tant servi,
Que l'empereres li a del tot merit.
De Canbrisin an droit fié le vesti,
Et mollier belle, ains plus belle ne vis.
Tuit l'ostrierent et parent et ami.
Noces en firent tex con poés oïr
Dedens la cort au fort roi Loeys.
Puis vesqui tant qu'il ot le poil flori,
Et quant Dieu plot del ciecle departi.
La jantil dame Aalais au cler vis
Tel duel en fait si grans ne fu oïs.
Et li baron l'avoient cevelit :
Si l'enter[e]rent au mostier saint Geri.
De cel baron dont vous ai contet ci
Estoit ensainte, par vertet le vous di.

IV

Enterret ont le chevallier vaillant :
C'est Taillefer dont je vous dis avant.
La gentil dame au gent cor avenant
De lui remest ensainte d'un anfant.
Tant le porta con Dieu vint a talent.
Quant il fu nez, joie en firent molt grant
Cil de la terre, chevalliers et serjant.
Tex en ot joie, par le mien esciant,
Qui puis en ot le cuer triste et dolent.
L'anfant a pris la dame au cors vaillant :
Si l'envoslespe an chier boquerant ;
Dex frans baron[s] apella erranment :
Thiebaut [apellent] le premier li auquant,
L'autre Acelin, par le mien esciant :
« Baron, » dist elle, « por Dieu, venés avant ;
« Droit a Biavais m'alés esperonnant. »

V

Dame A[a]lais n'ot pas le cuer frarin :
Son fil coucha an chier drap porprin ;
Puis en apelle baron[s] de franc lin :
« Droit a Bianvais m'en irois le matin,
« A dant Guion l'esvesque mon cousin. »

72

Et cil s'en tornent, n'i fisent lonc traïn.
Desq'a Biavais ne prisent onques fin :
L'evesque troevent sus el palais marbrin.
Icil fu freres Joifroi de Lavardin.

VI

El palais monte[n]t andui li chevalier ;
L'enfant aportent qe mervelles ont chier ;
L'evesque trueve[n]t qi molt fait a proisier :
Bien le saluent, en ex. n'ot q'ensaignier :
« Cil Damedieus qi tout a a jugier,
« Il saut et gart l'evesque droiturier
« De part no dame A. au vis fier,
« Feme RAUL Taillefer le guerrir
« Mors est li quens : n'i a nul recovrier ;
« Mais de lui a la dame iretier ;
« Ci le vos fait par chierté envoier,
« Qe del lignaje ne le vieut eslongir »
L'evesque l'ot ; si se prist a saignir
Dieu en mercie qi tout a a baillier :
« Franche contese, Diex te puist consellier !
« Iceste chose ne vuel plus respitir »
Il fait les fons aprester au mostier,
Et oile et cresme por l'enfant presaignier,
Si se revest por faire le mestir

VII

El moustier vint li evesques gentis,
L'enfant baptise qi molt est eschevis.
Tout por son pere Taillefer le marchis.
Mist non l'enfant RAUL de Cambresis.
Li gentix vesques n'i a nul respit mis ;
Bien l'aparelle comme frans et eslis.
Et la norrice qi molt ot cler le vis
Fu revestue et de vair et de gris.
Tuit cil i vindrent por cui orent tremis.
A l'endemain qant il ont congié pris.
Tuit s'en tornerent ; s'i ert li sors GAUTIER
Al baptisier nen ot ne giu ne ris.
Li enfes fu et amez et goïs,
De sa norrice molt gentilment norris.

Passa des ans et des mois et des dis,
Plus de ans, ce conte li escris.

VIII

Dame A. n'ot pas le cuer frarin.
Huimais orrez la paine et le hustin
De la grant guere qi onques ne prist fin.
Au roi de France avoit franc meschin :
Francois l'apelent le mancel Gibouin.
Le roi servi au bon branc acerin ;
De pluisors gueres li fist maint orfenin ;
Molt servi bien nostre roi de franc lin
Et richement, a loi de palazin.
De son service vieut le don enterin.
Cil li loerent d'outre l'aigue del Rin
Que li donnast l'onnor de Cambrezin.
Del parenté Joiffroi de Lavardin
L'ot A. qi maint home a enclin ;
Se Dex n'en pense qi de l'aigue fist vin,
Tex ennor est donnez et traiz a fin
Dont mains frans hom en giront mort souvin.

IX

[* Nostre emperere] oit les barons parler,
[* Les gentis hom]es toz ensamble loer,
[* Que il li doint Aalais au] vis cler,
[* Car li Manseaus l'a servi] comme br
[* Li rois les croit, si en fist] a blasmr
Le gant l'en do[ne, cil l'en vet mercier *],
De ci au pié li baisa [le soler *].
Et dist li rois qi France a a garder :
« Gibouin, frere, bien me dois mercier ;
« Je te fas ci molt grant honnor donr
« Par tel convent-la te vuel je livrer,
« L'enfant RAUL n'en vuel deseritr
« L'enfes est jovenes ; pense del bien garder
« Tant qe il puist ces garnemens portr
« Cambrai tenra ; nul ne l'en puet veer,
« Mais l'antre terre te ferai delivrr »
Dist Giboïn : « Je nel doi refuser,
« Mais qe la dame me faites espousr »

74

Qe fox fist cil qant il l'osa penser,
Car maint franc home en covint puis versr
La gentix dame o le viaire cler
Ne le prendroit por les menbres colpr

X

Rois Loeys fist le jor grant folaige
Qi son neveu toli son eritaige ;
Et Giboïn refist molt grant outraige
Qant autrui terre vost avoir par barnaige ;
Puis en fu mors a duel et a hontaige.
Nostre empereres a parlé au mesaige :
« Va, met la cele el destrier de Cartaige.
« Di ma seror o le simple vi[s]aige,
« Droit a Cambrai le sien riche eritaige,
« Le Mancel pregne a l'aduré coraige,
« C'est Giboïn qi tant a vasselaige :
« Tel chivalier n'a de ci en Cartaige ;
« Toute la terre li doin en mariaige.
« Vaigne a ma court sans nesun arestaige
« Et si ameint o soi tot son barnaige,
« S'i manderai le plus de mon lignaige ;
« Et s'ele i faut, trestot par son outraige,
« [* S'irai saisir la terre et l'eritaige ;]
« [* De son doaire porra] faire mesnaige,
« [* Que ja en l'autre] ne prendra plait ne gaige. »

XI

Li mès s'en vait qi congié demanda ;
Dessus la cele sor son destrier monta,
De Paris ist, droit a Cambrai s'en va ;
Par la grant porte en la cité entra.
Au grant mostier de saint Geri torna ;
La gentil dame en la place trova ;
Maint chevalier en sa compaignie a.
Li mès descent, son cheval aresna ;
De par le roi la dame salua :
« Cil Damerdiex qi le mont estora
« Et ciel et terre et trestout commanda
« Saut la contesce et ciax que amés a
« De part le roi qi a garder nos a !

— Diex gart toi, frere, qui le mont estora !
« Di, qe me mande li rois ? nel celer ja.
— En non Dieu, dame, mes cors le vos dira :
« Li rois vos mande, qi grant poesté a,
« Qe a baron Giboin vos donra ;
« Saichiez de fi, li rois le commanda. »
Dame A. vers terre s'enbroncha :
Plore des iex, grant soupir jeta ;
Ses conseillers a itant demanda :
« Hé Diex ! » dist ele, « mal mandemant ci a ! »
(Manquent, dans A, deux feuillets)
[« * Fous fu li rois qui le gant li donna !]
Elle dit encore :
« * Rois Loeïs a mon fil le rendra
« * A icel jor que chevaliers sera
« * Et droit en cort de jugement avra. »

XII

* Nostre emperere esploita malement,
* De Cambresis saisi le tenement
* Et au Mansel en fist saisissement.

XIII

Quand le roi a dit à Guerri qu'il a donné Cambrai au Mansel, Guerri respond :
« * Je le chalenge, » dit Guerris li senez ;
« * Combatrai m'en a l'espée del lez. »
Le roi dit :
« * Quant vos ainsi sor moi le fait tornez
« * Vostre neveu a ma cort amenez,]
« Qu'il n'a encor ne m[ès trois ans passez *.] »

XIV

« Drois empereres, » ce dist GAUTIER li ber,
« Volez le vos por ce desireter
« Qe il ne puet chevalchier ne errer ?
« Par cele foi qe je doi vos porter,
« Ains en verrés .M. chevaliers verser,
« Qe li Manciaus s'en puist a cort vanter,
« Drois empereres, ne le vos qier celer,

« S'en Cambrisis puet mais estre trover,
« Seürs puet estre de la teste colpr
« Et vos, fox rois, on vos en doit blasmer :
« Vos niés est l'enfes, nel deüssiés penser,
« Ne sa grant terre vers autrui delivrr »
Et dist li rois : « Tot ce laisiés ester ;
« Li dons est faiz : ne m'en puis desparlr »
GAUTIER s'en torne, n'i vost plus demorer ;
Mal del congié qe il volsist rover !
Au perron fisent les bons destriers garder,
Et li baron penserent de montr
A haute voiz commença a crier :
« Or s'aparellent li legier baicheler,
« Cil qi volront les paines endurer !
« Qe, par celui qui se laissa pener,
« Ains me lairoie toz les membres colper
« Mon neveu faille tant com puisse durr »

XV

Li sors GAUTIER fu molt de grant ar
Desq'a Cambrai pensa de revertir,
Enmi la place descendi par aïr ;
Dame A. vit le vasal venir,
Si l'apela com ja porrés oïr :
« Sire Gueris, ne me devez faillir,
« La verité me savez vos gehir ?
— Dame, » dist il, « ne vos en qier mentir :
« Vostre eritaige vos fait li rois tolir
« Por Giboïn, Diex le puist maleïr !
« Pren l'a mari, por tant porras garir
« Vers Loeys qi France a a baillr
— Diex ! » dist la dame, « com puis de duel morir !
« [* Ains me] lairoie ens en feu bruïr
[* Que il] a viautre face gaingnon gesir !
« Diex me donra de mon effant norrir
« Tant qe il puist ces garnemens tenr »
Dist GAUTIER : « Dame, buer l'osastes gehir :
« Al grant besoign ne puis de vos partr »

XVI

Gueris parole au coraige vaillant :

« A. dame, par Dieu le raemant,
« Ne vos faurai tant com soie vivant.
« U est mes niés ? car l'amenez avant. »
.II. damoisel se lievent en estant,
L' enfant amaine[n]t en la place devant.
Il ot ans, par le mien esciant :
S'ert acesmez d'un paile escarimant,
Et ot bliaut d'un vermel bougerant ;
En tot le mont n'avoit plus bel enfant.
GAUTIER le prent en ses bras maintenant,
Parfondement del cuer va soupirant.
« Enfes, » dist il, « ne vos voi gaires grant,
« Et li Manciaus a vers vos mautalant
« Qi de vo terre vos va deseritant.
— Oncles, » dist l'enfes, « or le laissiez atant :
« Je la ravrai, se je pais vivre tant
« Qe je port armes desor mon auferant.
— Voir, » dist GAUTIER, » ja n'en perdrés plain gant :
« Ainz en morront m. combatant. »
L'aigue demande[n]t li chevalier vaillant,
Et par les tables s'asient maintenant.

XVII

Dame A. et li vasax GAUTIER
Et li baron sont as tables asis.
Li seneschax s'en sont bien entremis :
De bien servir fu chascuns bien apris.
Apres mengier la dame o le cler vis
A plenté done as barons vair et gris,
Congié demande li riches sors Gueris :
La dame baise, puis a le congié pris ;
A Aras vait, tot droit, molt aatis.
Puis passa molt et des ans et des dis,
Qe il n'ot noise ne plait en cel païs.
Quant .xv. ans ot RAUL de Cambrizis,
A grant mervelle fu cortois et gentis ;
Forment l'amerent si home et si marchis.

XVIII

Dame A. au gent cors honnoré
Son effant voit grant et gros et formé.

Li .xv. an furent acompli et passé.
.I. gentix hom estoit en cel regné ;
Non ot Ybert ; si fu de grant fierté.
Cil ot filg : Bernier l'ont apelé
Em petitece, qant l'ont en fons levé.
Molt crut li enfes, si fu de grant bonté,
Grans fu et fors qant ot .XV. ans passé ;
Li cuens RAUL le tint en grant chierté
Dame A., par debonaireté
Avoit l'enfant nourri de jone aé.
Il l'en mena a Paris la cité,
Et si l'acointe del plus riche barné ;
RAUL servi del vin et del claré.
Miex li venist, ce saichiés par verté,
Qu'il li eüst le chief del bu sevré,
Car puis l'ocist a duel et a vilté.

XIX

Li quens RAUL a la clere façon
A grant mervelle avoit chier Berneçon,
Cil estoit fix Y. de Ribemont.
En nule terre n'avoit plus bel garçon,
[* Ne p]lus seüst d'escu ne de baston,
[* En] cort a roi de sens ne de raison,
[* Et n]eqedent bastard l'apeloit on.
RAUL l'ama a la clere façon ;
Son escuier en a fait a bandon,
Mais en lui ot estrange compaignon.

XX

[* Dame] A. voit son fil enbarnir,
[* Bien v]oit qu'il puet ses garnemens soufrr
Si l'aresone com ja porez oïr :
« Faites vo gent et semonre et banir
« Si qu'a Cambrai les peüssiés ver
« Bien verra on qui se feint de servr »
Raous les mande, si lor dist son plaisir :
« A mon besoign ne me devez faillr »
(Manque un feuillet, probablement 58 vers ; pour le sens cf. les vers 1109 et suiv.)

XXI

[Il (Raoul) vient demander au roi chevalerie.
* Dont s'escrierent Normant et Herupois :

XXII

* Nostre emperere a adobé l'enfant ;
* Il en apele ses seneschaus avant :
* « Aportez armes, car ge le vos comant. »]
Dist l'empereres au coraige vaillant :
« Biaus niés RAUL, je vos voi fort et grant,
« La merci Dieu, le pere omnipotent. »

XXIII

Nostre empereres ama molt le meschin :
L'erme li donne qi fu au Sarrazin
Q'ocist Rolans desor l'aigue del Rin.
Desor la coife de l'auberc doublentin
Li a assis, puis li a dit : « Cousin,
« Icis ver hiaumes fu a Sarrazin ;
« Il ne doute arme vaillant angevin.
« Cil te doint foi qi de l'aigue fist vin,
« Et sist as noces del saint Arcedeclin. »
Et dist RAUL « Gel praing par tel destin :
« Vostre anemi i aront mal voisin :
« Ne lor faut guere au soir ne au matin. »
En icel elme ot nazel d'or fin ;
I. escarboucle i ot mis enterin,
Par nuit oscure en voit on le chemin.

XXIV

Li rois li çainst l'espée fort et dure.
D'or fu li pons et toute la heudure,
Et fu forgie en une combe oscure.
Galans la fist qi toute i mist sa cure.
Fors Durendal qi fu li esliture,
De toutes autres fu eslite la pure :
Arme en cest mont contre li rien ne dure ;
Iteles armes font bien a sa mesure.
Biax fu RAUL et de gente faiture ;

S'en lui n'eüst poi de desmesure,
Mieudres vasals ne tint onques droiture.
Mais de ce fu molt pesans l'aventure ;
Hom desreez a molt grant painne dure.

XXV

Li rois li donne son bon destrier corant ;
La cele est d'or et derriere et devant,
Oevres i ot de molt divers samblant,
Taillie a bestes de riches contenant.
Bien fu couvers d'un riche bouquerant
Et la sorcele d'un riche escarimant,
De ci a terre geronnée pendant.
RAUL i saut par si fier contenant,
Puis a saisi l'escu a or luisant.
A bendes d'or fu la boucle seant,
Mais ne crient arme ne fort espieu tranchant.
Et prent l'espieu a or resplendissant,
A .v. clox d'or l'ensaigne bauliant.
Fait eslais a loi d'ome saichant :
Au reteoir le va si destraignant,
C'onques de terre le sorportast plain gant.
Dient Francois : « Ci a molt bel enfant ! »
« L'onnor son pere ira bien chalengant. »
Tex en fist goie qi puis en fu dolant,
Com vos orrez, ce longuement vos chant.

XXVI

Adoubés fu RAUL de Cambrezis.
Une grant piesce remeist la chose ensi.
Nostre empereres au coraige hardi
Le retint bien comme son bon ami,
Et seneschal, ce savons nos de fi,
En fist en France, si com aveiz oï.
Or n'a baron de ci qe en Ponti
Ne li envoit son fil ou son nourri,
Ou son neveu ou son germain cousin.
Il fu preudon : ces ama et goï,
Bien les retint et bien les revesti ;
Si lor donna maint destrier arabi.
Dolant en furent trestuit si anemi,

Et li Manciax qi le don recuelli
De Cambrizis, qi a mal reverti.
RAUL fu preus, de son quer le haï :
Par le concel au riche sor GAUTIER
Commença puis tel noise et tel hustin
Dont maint baron furent mort et traï.

XXVII

Une grant piece estut puis demorer
Desc'a cele eure qe vos m'orrez conter,
Le jor de Pasques qe on doit celebrer,
Et l'andemain doit on joie mener,
Qe RAUL ist fors del mostier li ber
De saint Denis, ou il ala ourer ;
Emmi la place qi tant fist a loer,
Cil chevalier commencent a jouer
A l'escremie, por lor cors deportr
Tant i joerent a mal l'estut tornr
Après lor giu lor covint a irer ;
Les fix Ernaut i covint morz jeter,
Cel de Doai qi tant fist a lor

XXVIII

Qant li effant furent andui ocis,
Li fil Ernaut de Doai li marchis,
Desor RAUL en ont le blasme mis,
Qe trestuit dient li baron del païs
Qe par RAUL furent andui ocis.
Li quens R n'iert ja mais ces amis
Desq'a cele eure q'en iert vengemens pris.
Molt trespassa et des ans et des dis,
Ne sai combien ne je ne l'ai apris.
Se Dex n'em pense qi en la crois fu mis,
Mar le pensa RAUL de Cambrezis.
Forment en fu dolans li sors GAUTIER :
Il ot bon droit, si com il m'est avis,
Qe molt grant paine en ot puis li floris,
Et por ces ot il molt d'anemis.

XXIX

Grans fu li diex as effans enterrr
A Pentecoste qe on doit celebrer
Tint Loeys sa grant cort comme br
RAUL apele qe il pot molt amer :
« Biax niés, » dist il, « je vos vuel commander
« Qe del piument me servez au disnr
— Sire, » dist il, « je nel vos doi veer ;
« Je sui vostre hon, je nei puis refusr »
A BERNIER font le piument livrer ;
As gentix homes en fisent tant donner,
Qe par droiture nes en doit on blasmr
Li quens RAUL, qi molt fist a loer,
A l'endemain fist BERNIER adouber
Des millors armes qe il pot recouvrr
El dos li vest l'auberc tenant et cler,
Et lace l'elme qi fu a or parer,
Et çainst l'épée c'on li fist presenter ;
Son bon destrier BERNIER i va montr

XXX

Dès que BERNIER fu el destrier montez,
A grant mervelle par fu biax adoubez.
L'escu saisi qi fu a or bendez,
Et prent l'espieu qi bien fu acerez,
Le confanon a .v. clox d'or fermez ;
Fait eslais, si s'en est retornez.
Emmi la place fu molt grans li barnez ;
Dist l'uns a l'autre : « Cis est molt bel armez ;
« Encor ne soit de mollier espousez,
« C'est grans et riches ses noble parentez. »
Et dist RAUL : « Diex en soit aourez !
« Or ne plain pas, ja mar le mescre[r]ez,
« Les garnemens qe je li ai donez :
« Por ces amis doit il estre honorez. »
Mais puis en fu RAUL grains et irez
Si faitement con vos dire m'orrez.
« Sire BERNIER » dist RAUL li senez,
« En la quintaine por moi[e] amor ferrez,
« Si qe le voie Loeys l'adurez. »
Et dist BERNIER : « Si con vos commandez.
« Premiere chose que requise m'avez,
« Si m'aït Diex, escondiz n'en sereiz. »

Une quintaine drecent la fors es preiz.
De escus, de haubers safrez.
L'enfes BERNIER c'est en haut escriez :
« Sire Beraut, envers moi entendez ! »
(Gentix hom fu, si tint grans eritez.)
« En la quintaine, c'il vos plaist, me guiez. »
Et cil respont : « Volentiers et de grez. »
Beraus le guie, BERNIER fu desreez :
En la quintaine fu si grans cox donez,
Ja par bastart mais si grant ne verrez,
Qe les escuz a ambedeus trouez,
Et les haubers desmailliés et fauseiz.
Li uns des pex est fendus et troez,
Qe trés parmi est li espiex passez.
Il fait son tor, si s'en est retornez.
D'ambes pars est mervelles loez,
De maintes dames veüs et esgardez.

XXXI

En la quintaine ot feru BERNIER
Il s'en repaire par devant les barons :
Bians fu et gens et escheviz et lons ;
Descent a pié chauciés les esperons :
Devant Raoul s'asiet a genoillons.
« Sire, » dist il, « biax est li gueredons ;
« Vostre hom sui liges, si m'aït s. Symon.
« Ja a mes oirs n'en iert retracion,
« Qe par moi soit menée traïson ;
« Mais je vos proi, por Dieu et por son non,
« Q'as fix Herbert ne soit ja vos tençons. »
RAUL l'oï, mornes fu et enbruns.
A l'ostel va, o lui maint compaingnon.
Tant i ot princes, n'en sai dire les nons.
El palais montent o ermins peliçons.
GAUTIER parole o les floris grenons.
Del grant service iert ja requis li dons,
Dont maint frans hom vuidera les arçons.

XXXII

Guerri parole o le grenon flori :
« Par ma foi, sire, ne vos en iert menti,

« Molt longuement vos a mes niés servi ;
« Rien ne li donne[n]t, se saichiés, si ami,
« Quant son service ne li avez meri.
« Rendez li viax l'onnor de Cambrizi,
« Toute la terre Taillefer le hardi.
— Je nel puis faire, » li rois li respondi ;
« Li Manciax l'a, qe del gant le saisi,
« Par tel covent le quer en ai mari.
« Par maintes fois m'en sui puis repentis,
« Mais li baron le loerent ensi. »
Et dist li sors : « Mal en sommes bailli.
« Ce chaleng je, par le cors s. Geri ! »
Isnelement fors de la chambre issi,
Par maltalant vint el palais anti.
As eschés joue RAUL de Cambrizis
Si com li hom qi mal n'i entendi .
GAUTIER le voit, par le bras le saisi ;
Son peliçon li desrout et parti :
— « Fil a putain ! » le clama, si menti,
« Malvais lechieres ! por quoi joes tu ci ?
« N'as tant de terre, par verté le te di,
« Ou tu peüses conreer ronci. »
RAUL l'oï, desor ces piés sailli ;
Si haut parole qe li palais fremi,
Qe par la sale l'a mains frans hon oï :
« Qi la me tout ? trop le taing a hardi ! »
GAUTIER respont : « Ja te sera gehi :
« Li rois meïsmes, bien te tient a honni,
« Dont devons estre tensé et garanti »
RAUL l'oï ; toz li sans li fremi.
Dui chevalier que ces peres norri
En entendirent et la noise et le cri ;
De lui aidier furent amanevi,
Et BERNIER sert qui le henap tendi.
Devant le roi vienent cil aati ;
Cele parole pas a pié ne chaï.
RAUL parole, dejoste lui GAUTIER

XXXIII

Raous parole qi ot grant maltalant :
« Drois empereres, par le cors s. Amant,
« Servi vos ai par mes armes portant :

85

« Ne m'en donnastes le montant d'un bezant :
« Viax de ma terre car me rendez le gant,
« Si com la tint mes pere au cors vaillant !
— Je nel puis faire, » li rois respont atant :
Je l'ai donnée au Mancel combatant ;
« Ne li tolroie por l'onnor de Melant. »
GAUTIER l'oï, si se va escriant :
« Ainz combatroie armez sor l'auferrant
« Vers Giboïn, le Mancel souduiant. »
RAUL clama malvais et recreant :
« Par cel apostre qe qiere[n]t penaant,
« S'or ne saisis ta terre maintenant,
« Hui ou demain, ains le soleil couchant,
« Je ne mi home ne t'ierent mais aidant ! »
C'est la parole ou RAUL ce tint tant,
Dont maint baron furent puis mort sanglant :
« Drois emperere, ge vos di tot avant :
« L'onnor del pere, ce sevent li auquant,
« Doit tot par droit revenir a l'effant.
« Dès iceste eure, par le cors s. Amant,
« Me blasmeroient li petit et li grant,
« Se je plus vois ma honte conquerant,
« Qe de ma terre voie autre home tenant.
« Mais, par celui qui fist le firmamant,
« Se mais i truis le Mancel souduiant,
« De mort novele l'aseür a mon brant ! »
Oit le li rois, si se va enbronchant.

XXXIV

Li Manciax fu el palais a dois.
Manecier s'oit, si en fu en esfrois ;
Au roi en vint, vestus d'un ermin frois :
« Drois emperere, or me va molt sordois.
« Vos me donastes Cambrizis lés Artois ;
« Ne la poés garantir demanois.
« Vés ci conte qi est de grant boufois :
« RAUL a non ; molt a riche harnois :
« Vostre niés est, ce sevent li François ;
« Li sors GAUTIER est ces amis molt prois.
En cest païs n'ai ami si cortois
« Qe vers ces me valsist balois.
« Je t'ai servi a mon branc vienois,

« N'i ai conquis vaillant estampois.
« Or m'en irai sor mon destrier norois
« Asez plus povres qe je n'i vig ançois.
« S'en parleront Alemant et Tiois,
« Et Borguignon et Normant et François ;
« De mon service n'ai qi vaile tornois. »
Pitié en prist Loeys nostre roi.
RAUL apele de son gant a orfrois :
« Biaus niés, » dist il, « por Dieu qui fist les lois,
« Lai li encor tenir ans ou trois
« Par tel couvent con ja dire m'orrois :
« Qe, c'il muert conte de ci qu'en Vermendois,
« D'Aiz la Chapele de ci en Cellentois,
« De Monloon de ci en Ollenois,
« Qe les honnors et la terre tenrois ;
« Ja n'i perdrois le montant d'u[n] balois. »
RAUL l'oï, ne fu pas en souspois.
Par le concelg GAUTIER qui tint Artois
En prist le gant ; puis en fu mors toz frois.

XXXV

Li quens RAUL en apela Gueri :
« Oncles, » dist il, « je vos taing a ami.
« Cest don prendrai, ne nos en iert failli. »
Del fié son pere grant chalenge saisi
Dont maint baron furent mort et honni.
Ostaige qierent au fort roi Loeys,
Et il leur done, malvais concel creï,
Des plus haus hom[es] que RAUL i choisi ;
Mais puis en furent coreços et mari.
Quarante ostaige l'ont juré et plevi.
Li roi lor donne Lohier et Anceïs ;
S'i fu Gociaumes et Gerars et Gerins,
Herbers del Maine et Joifrois l'Angevins,
Henris de Troies et Gerars li meschins ;
Senlis tenoit devers le Biauvoisin.
Ensamble donne Galeran et Gaudin,
Et puis Berart qui tenoit Caorsin.
Li quens RAUL n'ot pas le quer frarin :
Les sains aporte el palais marberin,
Chieres reliques i ot de s. Fremin,
Et de s. Pierre et de s. Augustin.

Li rois li jure, n'i qist autre devin,
Qe les honors li donra il en fin,
Qex quens qe muire entre Loire et le Rin.

XXXVI

Li rois li done Olivier et Ponçon,
Se li livra et Gautier et Ponçon
Et puis li donne Amauri et Droon,
Richier le viel et l'amorois Foucon,
Et Berengier et son oncle Sanson ;
Cil sont ostaige qe il donne au baron.
Devant le roi jurerent el donjon
Qe des ostaiges seront bon compaignon ;
Qe, se quens muert d'Orliens desq'a Soisons,
De Monloon dusq'a Ais au perron,
Qe la conté li donra a bandon.
RAUL ot droit, trés bien le vos dison :
Mais l'emperere ot trop le quer felon
Qi de tel terre fist a son neveu don
Dont maint baron widierent puis arçon.
RAUL fu saiges, trés bien le vos disons,
Qi des ostaiges demanda a fuison.

XXXVII

Quarante ostaiges l'emperere li done.
Li sors GAUTIER les prent et araisone :
Gerin d'Auçois et Huon de Hantonne,
Richart de Rainz et Simon de Perone,
Droon de Miax, Savari de Verone,
Estout de Lengres et Wedon de Borbone :
Toute Borgoigne tenoit en sa persone ;
Tel chevalier n'ot jusqu'a Barselone.
Sor s. jurerent q'il n'i qerront essoine.
Li rois meïsmes jura par sa couronne,
Qe ja par home n'i perdra une poume.

XXXVIII

Li emperere a la fiere puissance
.XL. ostaiges li livra en oiance,
Par tel couve[n]t com dirai la samblance,

Qe, ce quens muert en Vermendois n'en France,
Qe de la terre, qui q'il tourt a pesance,
Li fera il el païs delivrance :
Ja n'en perdra nés le fer d'une lance.
Puis l'en failli par sa desmesurance ;
Maint gentil homme torna puis a pesance,
Tuit li ostaige en furent en balance.

XXXIX

Ostaiges ot trestoz a son devis.
Une grant piece demora puis ensi,
Mien esciant an et .xv. diz.
RAUL s'en va ariere en Cambrizi ;
Et par dedens le terme que vos dis,
Fu mors Herbers, quens poesteïs :
Preus fu et saiges et ot molt bons amis ;
Vermendois tint et trestout le païs,
Roie fu soie, Perone et Orignis,
Et Ribemons, S. Quentins et Claris.
Tant buer fu nez qi a plenté d'amis !
RAUL le sout qi molt en fu hatis.
Molt tost monta sor destrier de pris ;
Siax a mandez qi s'en sont entremis ;
S'i fu ces oncles d'Aras li sors GAUTIER
Ainc ne finere[n]t, si vinrent el païs.
amaine et a vair et a gris ;
Le don vont qere au fort roi Loeys
Dont mains frans hom fu puis mors et ocis.
RAUL ot droit, si con je ai apris ;
Le tort en ot li rois de S. Denis ;
Par malvais roi est mains frans hom honnis.
Li baron vinre[n]t a la cort a Paris,
A pié descende[n]t par desoz les olis ;
El palais montent, ja iert li rois requis.
Loeys truevent el faudestuef asis.
Li rois regarde, vit venir les marchis ;
Devant venoit RAUL o le cler vis :
« Cil Diex, » dist il, « qi en la crois fu mis
« Il saut et gart le fort roi Loeis ! »
Li emperere ne fu pas trop hatis :
« Dex gart roi, niés, cil qi fist paradis ! »

XL

Raous parole li gentix et li ber :
« Drois emperere, ne le vos qier celer,
« Vostre niés sui, ne me doi meserrr
« Mors est Herbers, si com j'oï conter,
« Qi Vermendois sieut tenir et garder :
« Faites m'en tost les honors delivrer :
« Je le vos vi et plevir et jurer,
« Et les ostaiges m'en feïstes livrr
— Non ferai, frere, » dist Loeys li ber :
« Del gentil conte dont je t'oi ci parler,
« Sont fill qi molt font a loer ;
« Tex chevaliers ne porroit nus trovr
« S'or vos aloie lor terre abandonner,
« Tuit gentill home m'en devroient blasmer ;
« Mais a ma cort nes poroie mander,
« Ne me volroient servir ne honnorr
« Et neporcant, bien le te vuel monstrer,
« N'ai nul talent de ciax deseriter :
« Por seul home n'en vuel grevr »
RAUL l'entent, le cens quide derver :
Escharnis est, ne seit mais qe pensr
Par mal talent s'en commence a torner ;
Desq'a[l] palais ne se vost arester,
De ces ostaiges i vit assez estr
Par sairement les prist a apelr

XLI

Li quens Raul ot molt le cuer mari ;
Droon apele et Joifroi le hardi,
Celui d'Angou qi molt s'en esperdi,
Herbert del Maine et Gerart et Henri,
Sanson de Troies et Bernart le flori :
« Venez avant, baron, je vos en pri,
« Si con l'avez et juré et plevi.
« Demain au jor, sor vos fois vos envi,
« Dedens ma tor, par le cors s. Geri !
« De grant dolor i serez raempli. »
Joifrois l'oï, toz li cors li fremi :
« Amis, » dist il, « por quoi m'esmaies ci ?
— Jel vos dirai, » RAUL li respondi :

« Mors est Herbers, cil qui tint Origni,
« Et S. Quentin et Perone et Clari,
« Et Ham et Roie, Neele et Falevi.
« Penseiz qe j'aie le riche fié saisi ?
« Li emperere m'en a del tout failli. »
Et li baron chascuns li respondi :
« Donnés nos trives, s'irons a Loeys ;
« A sa parole averons tost oï
« Con faitement en serons garanti. »
Et dist RAUL : « Par ma foi, je l'otri. »
BERNIER s'en vait el palais signori ;
Devant le roi s'en vont tot aati.
Joifroi[s] parole, au roi proie merci :
« Drois emperere, malement sons bailli ;
« Por q'a ostaiges cest malfé nos rendis,
« Au plus felon qi ait hauberc vesti ?
« Mors est Herbers, aiuc tel baron ne vi,
« De tout son fié vieut estre ravesti. »

XLII

Joifrois parole a l'aduré coraige :
« Drois empereres, trop feïs grant folaige
« Qant ton neveu donnas tel eritaige,
« Et d'autrui terre l'onnor et le fieaige.
« Mors est Herbers qi menoit grant barnaige.
« RAUL a droit, vos en aveiz l'outraige ;
« Delivreis li, nos en somes ostaige.
— Diex ! » dist li rois, « por poi je n'enraige,
« Qant por homme perde[n]t l'oumaje !
« Mais, par celui qui fist parler l'imaige,
« Je quit si[s] dons li vendra a outraige :
« Se ne remaint par plait de mariaige,
« Mains gentix hom i recevront damaige. »

XLIII

Li rois parole qi le cuer ot dolant.
« Biax niés RAUL, » dist il, « venés avant.
« Par tel covent vos en doing ci le gant,
« Je ne mi home ne te seront garant. »
Et dist RAUL : « Et je miex ne demant. »
BERNIER l'oï, si se drece en estant ;

Ja parlera hautement en oiant :
« Li fil H. sont chevalier vaillant,
« Riches d'avoir, et des amis ont tant
« Qe ja par vos n'en perdront besant. »
Francois parolent el palais li auquant ;
Dist l'uns a l'autre, li petit et li grant :
« L'enfes RAUL n'a mie sens d'effant ;
« L'onnor son pere va molt bien chalengant.
« Si muet li rois une guere si grant
« Dont mainte dame avront les cuers dolans. »

XLIV

BERNIER parole qi cuer a de baron
Si hautement qe bien l'entendi on :
« Drois emperere, par le cors s. Simon,
« Esgardez ore se ci a desraison :
« Li fil Herbert n'ont pas fait qe felon,
« N'en vostre cort forgugier nes doit on.
« Por quoi donnez lor terres a bandon ?
« Ja Damerdiex ne lor face pardon
« C'il nel desfendent vers RAUL le baron ! »
— Et je l'otroi, » dist li rois, « a bandon :
« Qant sor mon pois en a reciut le don,
« Ja n'en avrai fermé mon confanon. »

XLV

BERNIER parole a RAUL de Cambrai :
— « Je sui vostre hom, ja nel vos celerai,
« Mais endroit moi ja ce ne loerai.
« Qe vos lors terres prenés, car trés bien sai,
« Il sont a Ernaut de Doai :
« En nule terre tex barons n'esgardai ;
« Prenez en droit ainz qe riens lor mesfai.
« C'il t'ont mesfait, por oux l'amenderai,
« Por toie amor si les aconduirai.
— Voir, » dist RAUL, « ja ne le penserai :
« Li dons m'est fais, por rien nel gue[r]pirai. »
Et dist BERNIER : « Sire, a tant m'en tairai
Tant qe lor force au desfendre verrai. »

XLVI

Qant voit RAUL que si bien li estait,
Q'en la grant cort li a on le don fait,
Ne Loeys desdire ne s'en lait,
Por poi BERNIER ces chevos n'en detrait.
Li quens RAUL a son ostel s'en vait.
El destrier monte, fait sonner son retrait,
De Paris ist, n'i ot ne cri ne brait.

XLVII

Vait s'en RAUL poingnant a esperon ;
Desc'a Cambrai est venus a bandon ;
A lor ostex descende[n]t li baron.
L'enfes BERNIER tenoit le chief enbrun :
A RAUL ot tencié par mesproison.
Ains dormira qu'il boive de puison,
Ne qe il voist n'en palais n'en donjon,
Qe vers sa dame ne vieut movoir tençon
Li quens RAUL descendi au perron.
Dame A., a la clere façon,
Son filg baisa la bouche et le menton.

XLVIII

Dame A. au gent cors signori
Son fil RAUL baisa et conjoï,
Et li frans hom par la main la saisi ;
Andui monterent el grant palais anti.
Ele l'apele, maint baron l'ont oï :
« Biax fix, » dist ele, « grant vos voi et forni ;
« Seneschax estes de France, Dieu merci.
« Molt m'esmervel del fort roi Loeys ;
« Molt longuement l'avez ore servi,
« Ne ton service ne t'a de rien meri.
« Toute la terre Taillefer le hardi,
« Le tien chier pere qe je pris a mari,
« Te rendist ore, par la soie merci,
« Car trop en a Mancel esté servi.
« Je me mervelg qe tant l'as consenti,
« Qe grant piece a ne l'as mort ou honni. »
RAUL l'entent, le cuer en ot mari :
« Merci, ma dame, por Dieu qui ne menti !

« Tout mon service m'a Loeys meri :
« Mors est H., ice saichiés de fi,
« De sa grant terre ai le don recoilli. »
Oit le la dame, souspirant respondi :
« Biax fix, » dit ele, « longement t'ai norri ;
« Qi te donna Peronne et Origni,
« Et S. Quentin, Neele et Falevi,
« [Et] Ham et Roie et la tor de Clari,
« De mort novele, biax fix, te ravesti.
« Laisse lor terre, por amor Dieu t'en pri.
« RAUL tes peres, cil qui t'engenuï,
« Et quens H. furent tos jors ami :
« Maint grant estor ont ensamble forni ;
« Ainc n'ot entr'ax ne noise ne hustin.
« Se tu m'en croiz, par les s. de Ponti,
« Non aront ja li effant envers ti. »
Et dist RAUL : « Nel lairai pas ensi,
« Qe toz li mons m'en tenroit a failli,
« Et li mien oir en seroient honni.

XLIX

— Bias fix RAUL, » dist A. la bele,
« Je te norri del lait de ma mamele ;
« Por quoi me fais dolor soz ma forcele ?
« Qi te dona Perone et Peronele,
« Et Ham et Roie et le borc de Neele,
« Ravesti toi, biaux fix, de mort novele.
« Molt doit avoir riche lorain et cele,
« Et bon barnaige qi vers tel gent revele.
« De moi le sai, miex vosisse estre ancele,
« Nonne velée dedens une chapele.
« Toute ma terre iert mise en estencele. »
RAUL tenoit sa main a sa maissele,
Et jure Dieu qi fu nez de pucele,
Q'il nel lairoit por tout l'or de Tudele,
Ains qu'il le lait en iert traite boele
Et de maint chief espandue cervele.

L

Dame A. o le simple viaire
Avoit vestu une pelice vaire.

Son fil apele, ce li dist par contraire :
« Biax fix RAUL, qant ce deviés faire,
« Car mandissiés les barons d'Arouaise.
— Volentiers, dame, mais ce nes en puis traire,
« Par cele foi que je doi s. Ylaire,
« Se Dex se done qe je vis en repaire,
« Tant en ferai essorber et desfaire,
« Et pendre en hant as forches comme laire,
« Qe tuit li vif aront assez que braire.
— Diex ! » dist la dame, « li cuers point ne m'esclaire :
« Li sors GAUTIER en iert prevos et maire.

LI

« Biax fix RAUL, » dist la dame au vis fier,
« A si grant tort guere ne commencir
« Li fil H. sont molt bon chevalier ;
« Riche d'avoir, si ont maint ami chir
« Fix, ne destruire chapele ne mostier ;
« La povre gent, por Dieu, ne essillir
« Biax fix RAUL, por Dieu nel me noier,
« Combien as gent por guere commencier ?
— En non Dieu, dame, bien seront millier ;
« Del sor GAUTIER ferai confanonnier ;
Cil d'Aroaise ne l'oseront laisier
« Qe il n'i vaigne[nt], cui q'il doie anuir
— Dex ! » dist la dame, « c'est mal acommencir

LII

« Dex ! » dist la dame, « par ton saintisme non,
« Je ne di pas GAUTIER ne soit preudon
« Et preus et saiges : si a cuer de baron ;
« Si portera molt bien ton confanon
« Et conquerra le païs a bandon.
« Cil d'Arouaise sont malvais et felon :
« Se tu fais proie de buef ou de mouton,
« La seront il si fier comme lion ;
« Se fais bataille, maint plait en orra on,
« Car au ferir s'en fuiront li glouton :
« En la bataille seras a grant friçon.
« Li filg Herbert ne sont mie garçon ;
« Qant te verront si seul sans compaingnon,

95

« Trencheront toi le chief soz le menton.
« Et je, biax fix, foi que doi s. Simon,
« Morrai de duel, n'en avrai garison. »
Et dist RAUL : « Vos parlez en pardon,
« Qe, par celui qi vint a paission,
« Je nel laroie por tot l'or d'Avalon,
« Qe je n'i voise, qant g'en ai pri le don.

LIII

— Biax fix RAUL, je te di bien sans faille,
« Q'en Aroaise a malvaise fraipaille.
« Se tu fais proie de chose qi riens vaille,
« Tuit te sivront et sergant et pietaille ;
« Mais n'en fai nul armer contre bataille,
« Car n'i valroient vaillant une maaille,
« Ainz s'en fuiront, sor cui qe la perte aille.
« N'avras de gent valissant une paille.
« Li gent H. ne sont mie frapaille :
« Ils t'ociront, c'en est la devinaille,
« Et si te di, le cuer soz la coraille
« Te trairont il a lor branc qi bien taille.

LIV

« Biax fix RAUL por Dieu le droiturier,
« A si grant tort guere ne commencir
« Car me di ore q'escera de Bernier ?
« Tant l'as norri qe l'as fait chevalir
— En non Dieu, dame, felon le vi et fier :
« Devant le roi le me vint chalengier,
« Qant g'en jurai le cors de s. Richier
« Mar l'en orroie parole sorhauchier ;
« Et il me dist bien le devoit laissier
« Tant qe venroit desq'as lances brisier,
« Mais au besoing vieut ces oncles aidir »
Oit le la dame, quide vive esraigier ;
A haute vois commença a huchier :
« Bien le savoie, a celer nel vos qier,
« Ce est li hom dont avras destorbier,
« C'il en a aise, de la teste trenchir
« Biax fix RAUL, consel vos reqier :
« Q'as fix Herbert vos faites apaisier

96

« Et de la guere acorder et pair
« Laisse lor tere, il t'en aront plus chier,
« Si t'aideront t'autre gu[e]re a baillier,
« Et le Mancel del pais a chacir »
RAUL l'oï, le sens quida changier,
Et jure Dieu qi tot a a jugier,
Q'il nel feroit por l'or de Monpeslir
« Maldehait ait, je le taing por lanier,
« Le gentil homme, qant il doit tornoier,
« A gentil dame qant se va consellier !
« Dedens vos chambres vos alez aasier :
« Beveiz puison por vo pance encraissier,
« Et si pensez de boivre et de mengier ;
« Car d'autre chose ne devez mais plaidir »
Oit le la dame, si prist a larmoier :
« Biax fils, » dist ele, « ci a grant destorbir
« Ja vi tel jor qe je t'oi grant mestier,
« Qant li François te vosent forjugier :
« Donner me vosent le felon pautounier,
« Celui del Maine, le felon soldoier :
« Je nel vos prendre ne avec moi colchier,
« Ainz te norri, qe molt t'avoie chier,
« Tant qe poïs monter sor ton destrier,
« Porter tes armes et ton droit desraisnier ;
« Puis t'envoiai a Paris cortoier
« A., sans point de mençoingier,
« De gentils homes, chascuns ot le cuer lié,
« N'i ot celui n'eüst hauberc doublir
« Li emperere te retint volentiers ;
« Il est mes freres, ne te vost abaissier,
« Ains t'adouba et te fist chevalier,
« * [De tote France te fist confanonier]
« Et seneschal, por t'onnor essauscir
« Tes anemis en vi molt embronchier,
« Et tes amis lor goie sorhaucier,
« Car au besoing s'en quidoient aidir
« Or viex aler tel terre chalengier
« Ou tes ancestres ne prist ainz denier ;
« Et qant por moi ne le viex or laisier,
« Cil Damerdiex qi tout a a jugier,
« Ne t'en ramaint sain ne sauf ne entier ! »
Par cel maldit ot il tel destorbier,
Com vos orez, de la teste trenchir

LV

Dame A. ot molt le cuer mari.
Son filg maldist, fors del palais issi ;
Entrée en est el mostier S. Geri.
En crois se met devant le crucefi,
Dieu reclama qi onques ne menti :
« Glorieus Diex qi en crois fustes mis,
« Si com c'est voirs q'al jor del venredi
« Fustes penez qant Longis vos feri,
« Por pecheors vostre sanc espandi,
« Ren moi mon filg sain et sauf et gari.
« Lasse dolante ! a grant tort l'ai maldi.
« Ja l'ai je, lase ! si doucement norri ;
« Se il i muer[t], bien doit estre gehi,
« Ce iert mervelle s'a coutel ne m'oci. »
A ces paroles del mostier departi ;
Devant li garde, si vit le sr GAUTIER,
Passa avant, par le frainc l'a saisi :
« Sire vasals qi chevalchiés ici,
« Ou avez vos tel concell acolli ?
— Dame, » dist il, « ne vos en iert menti,
« Ce fait l'orgiex vostre fil qe voi ci ;
« Sous ciel n'a home si preu ne si hardi,
« C'il li blasmoit, ja mais fusent ami. »

LVI

Li sors GAUTIER nel vost aseürr
Ou voit RAUL, cel prent a apeler :
« Biax niés, » dist il, « comment volrez errer ?
« Iceste guere lairés la vos ester ? »
Et dist RAUL : « De folie oi parler :
« Miex me lairoie toz les menbres colper ! »
Par tout Artois fait les barons mander,
Et d'Arouaise les grans gens asambler ;
Et cil i vinrent qi ne l'osent ver
Desq'a .X. .M. les peüssiez esmr
Par mi les portes les veïssiés entrer,
L'or et l'argent luire et estencelr
Voi[t] le la dame, le sens quide derver ;
« Lase ! » dist ele, « ne sai mais qe pensr

98

« Li fil Herbert referont asambler
« Lor ost plaigniere ; se se vient au joster
« Ja sans grant perte ne porront retornr »

LVII

Droit a Cambrai fu A. la bele.
Par mi la porte Galerans de Tudele.
La voit venir tant destrier de Castele,
Tant bon vasal et tante bele cele.
La dame estoit dedens une chapele ;
A l'issir fors son fil RAUL apele :
« Biax fix, » dist ele, « por la virgene pucele,
« Qe quidiés faire de tel gent garconnele ?
« Hom d'Aroaise ne vaut une cinele
« Trop par sont bon por vuidier escuele,
« Mais au combatre, tex eu est la novele,
« Ne valent mie froumaje en fissele. »
RAUL l'oï : li cuers soz la mamele
Li fremist toz et saut jusq'a l'aissele ;
Par irour tint sa main a sa maissele :
« Dame, » dist il, « ci a longe favele,
« Qe, par la dame que l'on qiert a Nivele ;
« Miex volroie estre toz jors cers d'une ancele,
« Qe ne conquiere Perone et Peronnele,
« Et Ham et Roie et le borc de Neele.
« Rois Loeys qui les François chaele
« M'en fist le don en sa sale nouvele.
« Ançois en iert froide mainte cervele,
« Et traïnans en iert mainte bonele,
« Qe je lor lais vaillant une prunele.
— Dex ! » dist la dame, « con cuisant estencele !
« Tu em morras, car tes cuers trop revele. »

LVIII

« Biaus fix RAUL, se g'en fuse creüe,
« Por ce ce sui toute vielle et chenue
« Ne sui je pas de mon cens esperdue,
« Iceste guerre ne fust awan meüe ! »
RAUL l'oï, toz li cors li tressue ;
GAUTIER apele a la fiere veüe :
« Gardez tos[t] soit nostre gens esmeüe.

« Sor Vermendois soit telx guere creüe
« Dont mainte eglise soit arse et confondue !
« Laissiés ma dame : vielle est et remasne.
« La gens me blasme qi est a moi venue ;
« En maint estor a esté combatue,
« Ainc ne pot estre en bataile vainchue. »

LIX

Congié demande RAUL de Cambresis ;
Part de sa mere A. au cler vis,
Passe Aroaise, ce est li siens païs,
Ensamble o lui s'en va li sors GAUTIER :
Bien sont armé sor les chevals de pris.
En Vermendois d'autre part ce sont mis :
Prennent les proies ; mains hom en fu chatis ;
Ardent la terre, li maisnil sont espris.
Et BERNIER fu mornes et pensis ;
Qant vit la terre son pere et ces amis
Ensi ardoir, por poi n'enraige vis.
Ou que cil voisent, BERNIER remeist toz dis ;
De lui armer ne fu mie hastiz.

LX

Li quens Raul, apela Manecier,
Droon le conte et son frere Gautier :
« Prenés vos armes vistement, sans targier ;
« Quatre soient, chascuns sor bon destrier ;
« A Origni soiés ains l'anuitier :
« Mon tré tendez em mi liu del mostier,
« Et en ces porches esseront mi sonmier ;
« Dedens les creutes conreés mon mangier ;
« Sor les crois d'or seront mi esprevir
« Devant l'autel faites aparillier
« .I. riche lit ou me volrai couchir
« Au crucefis me volrai apuier,
« Et les nonnains prendront mi esquir
« Je vuel le liu destruire et essillier ;
« Por ce le fas li fil H. l'ont chir »
Et cil responden[n]t : « Nos nel poons laissir »
Isnelement se vont aparillir
Es chevals montent li nobile guerier :

N'i a celui n'ait espée d'acier,
Escu et lance et bon hauberc doblir
Vers Origni prene[n]t a aproichir
Li sain sonnerent sus el maistre mostier :
De Dieu lor menbre le pere droiturier ;
Tos les plus fox convint a souploier ;
Ne vossent pas le corsaint empirir
La fors es prez fisent lor tré drecier :
La nuit i giurent de ci a l'esclairir
Tou[t] ausi bien se vont aparillier,
Com c'il deüse[n]t estre an tout entir

LXI

Sous Origni ot bruel bel et gent.
La se logierent li chevalier vaillant
Dès q'al demain a l'aube aparissant.
RAUL i vint endroit prime sonnant ;
A sa maisnie tença par maltalant :
« Fil a putain, fel glouton souduiant,
« Molt estes ore cuvert et mal pensant
« Qi trespassez onques le mien commant !
— Merci, biau sire, por Dieu le raemant !
« Ne sommes mie ne Giué ne tirant,
« Qi les corsains alomes destruiant. »

LXII

Li quens RAUL fu molt desmesurez :
« Fil a putain, » ce dist li desreez,
« Je commandai el mostier fust mes trez
« Tendus laiens et li pommiaus dorez,
« Par quel concel en est il destornez ?
— Voir, dist GAUTIER, trop les desmesurez ;
« Encor n'a gaires que tu fus adoubés,
« Se Diex te heit, tu seras tost finez.
« Par les frans homes est cis lius honnorez ;
« Ne doit pas estre li corsains vergondez ;
« Car bele est l'erbe et fresche par les prez,
« Et si est clere la riviere dalez
« Ou vos angardes et vos homes metez,
« Qe ne soiés soupris ne encombrez. »
Et dist R, : « Si con vos commandez ;

« A tant le lais, puis qe vos le volez. »
Sor l'erbe vert ont les tapis getez,
[* Et coutes peintes et pailes bien ovrez.]
RAUL s'i est couchiés et acoutez.
chevalier[s] a avuec lui menez,
Concel i prisent qi a mal est tornez.

LXIII

Raous escrie : « As a[r]mes ! chevalier ;
« Alomes tost Origni pesoier !
« Qi remanra, jamais ne l'arai chir »
Li baron montent, qe ne l'osent laissir
Ensamble furent plus de millir
Vers Origni prenent a avancier ;
Le borc asaillent, si prene[n]t a lancir
Cil se desfende[n]t qi en ont grant mestir
La gent RAUL prene[n]t a aproichier,
Devant la vile vont les aubres trenchir
Et les nonnains issent fors del mostier,
Les gentix dame[s], chascune ot son sautier,
Et si faisoient le Damerdieu mestir
Marcens i fu qi fu mere Bernier :
« Merci, RAUL, por Dieu le droiturier !
« Grans pechiés faiz se nos lais essilier ;
« Legierement nos puet on essillir »

LXIV

Marcens ot non la mere Berneçon,
Et tint livre dès le tans Salemon ;
De Damerdieu disoit une orison.
RAUL saisi par l'auberc fermillon :
« Sire, » dist ele, « por Dieu et por son non,
« Ou est BERNIER, gentix fix a baron ?
« Je ne le vi dès qel norri garçon.
— En non Dieu, dame, au maistre pavillon,
« Ou il se joe a maint bon compaignon ;
« Tel chevalier n'a ju[s]q'al pré Noiron.
« As fix H. m'a fait movoir tençon,
« Et ci dist bien ja ne chaut esperon,
« Se je lor lais le montant d'un bouton.
— Diex ! » dist la dame, « com a cuer de felon !

« Il sont si oncle, si qe bien le seit on ;
« Se le lor perdent, mar les i verra on !

LXV

« Sire RAUL, valroit i rien proiere
« Qe petit vos traisisiés ariere ?
Nos somes nonnes, par les s. de Baviere ;
« Ja ne tenrons ne lance, ne baniere,
« Ne ja par vos n'en iert mis en biere.
— Voir ! dist RAUL vos estes losengiere.
« Je ne sai rien de putain chanberiere
« Qi ait esté corsaus ne maaillere,
« A toute gent communax garsoniere.
« Au conte Y. vos vi je soldoiere,
« La vostre chars ne fu onques trop chiere ;
« Se nus en vost, par le baron s. Piere !
« Por poi d'avoir en fustes traite ariere.
— Diex ! » dist la dame, « or oi parole fiere,
« Laidengier m'oi par estrainge maniere.
« Je ne fu onques corsaus ne maailliere :
« S'uns gentils hom fist de moi sa maistriere,
« .I. fil en oi, dont encor sui plus fiere.
« La merci Dieu, ne m'ent met pas ariere.
« Qi bien sert Dieu, il li mostre sa chiere.

LXVI

« Sire RAUL, » dist la mere Bernier,
« Nos ne savons nule arme manoier ;
« Bien nos poez destruire et essilier :
« Escu ne lance ne nos verez baillier
« Por nos desfendre, a celer nel vos qir
« Tot nostre vivre et tot nostre mengier
« De cel autel le couvient repairier,
« Et en cel borc prenons nostre mengir
« Li gentil homme ont ce liu forment chier,
« Q'il nos envoie[nt] et l'argent et l'or mir
« Donés nos trives de l'aitre et del mostier,
« Et en nos prez vos alez aasir
« Del nostre, sire, se le volez baillier,
« Conreerons vos et vos chevalier[s] ;
« La livroison aront li escuier,

103

« Fuere et avainne et plenté a mengir »
Et dist RAUL : « Par le cors s. Richier,
« Por vostre amor, qe m'en volez proier,
« Arez la trive, qui q'il doie anuir »
Et dist la dame : « Ce fait a mercir »
Vait s'en RAUL sor sen cheval corcir
BERNIER i vint qi molt fist a proisier,
Veïr sa mere Marsent o le vis fier :
D'a li parler avoit molt grant mestir

LXVII

Vait s'en RAUL, si est issus del pas.
BERNIER i vint vestus d'un[s] riches dras,
Veïr sa mere, si descendi en bas.
Ele le baise et prent entre ces bras,
Trois foiz l'acole, ne ce fist mie mas.
« Biax fix, » dist ele, « tes armes prises as ;
« Bien soit del conte par cui si tos[t] les as,
« Et de toi miex qant tu deservi l'as !
« Mais une chose nel me celer tu pas :
« L'onnor ton pere, por quoi gueroieras ?
« N'i a plus d'oirs, ja ne le perderas ;
« Par ta proesce et par ton cens l'aras. »
Et dist BERNIER : « Par le cors s. Toumas
« Je nel feroie por l'onnor de Baudas.
« RAUL mesires est plus fel que Judas :
« Il est mesires ; chevals me done et dras,
« Et garnemens et pailes de Baudas :
« Ne li fauroie por l'onnor de Damas,
« Tant que tuit dient : « BERNIER, droit en as.
— Fix, » dist la mere, « par ma foi, droit en as.
« Ser ton signor, Dieu en gaaingneras. »

LXVIII

En Origni, le bor[c] grant et plaingnier,
Li fil H. orent le liu molt chier,
Clos a palis qu'entor fisent fichier ;
Mais por desfendre ne valoit denir
.I. pré avoit mervillous et plagnier
Soz Origni, la on sieut tornoir
Li gués estoit as nonnains del mostier ;

Lor buef i paissent dont doivent gaaingnier ;
Sous ciel n'a home qui l'osast empirir
Li quens RAUL i fait son tré drecier ;
Tuit li paisson sont d'argent et d'or mier ;
Quatre homes s'i pueent herbergir
De l'ost se partent glouton pautonnier ;
De ci al borc ne finent de broichier,
L'avoir i prisent, ne i'i vosent laissir
Sous en pesa qu[i] il devoit aidir
en i qeurent, chascuns porte levier ;
Les ont mors par leur grant encombrier,
Li tiers s'en vait fuiant sor son dest[r]ier ;
De ci as trez ne se vost atargier ;
A pié descent desor le sablonier,
Son droit signor va le souler baisier,
Tout en plorant merci prist a crier,
A haute voiz commença a huchier :
« Ja Damerdieu ne puist ton cors aidier
« Se ne te vas de ces borgois vengier
« Qi tant sont riche et orguillos et fier
« Toi ne autrui ne prisent d.,
« Ainz te manasce[n]t la teste a rooignir
« Ce il te pu[e]ent ne tenir ne baillier,
« Ne te garroit tot l'or de Monpeslir
« Mon frere vi ocire et detranchier,
« Et mon neveu morir et trebuchir
« Mort m'i eüsent, par le cors s. Richier,
« Qant je m'en vign fuiant sor cest destrir »
RAUL l'oï, le sens quida changier ;
A vois c'escrie : « Ferez, franc chevalier !
« Je vuel aler Origni pesoir
« Puisq'il me font la guere comencier,
« Se Diex m'aït, il le comparront chier ! »
Qant cil l'entende[n]t si se vont haubergier
Isnelement, q'il ne l'osent laissir
Bien sont .x. mile, tant les oï prisir
Vers Origni commence[n]t a broichier ;
Es focez entrent por le miex esploitier :
Le paliz tranche[n]t a coignies d'acier,
Desous lor piés le font jus trebuchier ;
Le fosé passent par delez le vivier,
De ci as murs ne vossent atargir
Es borgois n'ot a cel jor qu'aïrier,

Qant del palis ne se porent aidir

LXIX

Li borgois voient le paliz ont perdu :
Li plus hardi en furent esperdu.
As forteresce[s] des murs sont revenu ;
Si getent pieres et maint grant pel agu ;
Des gens RAUL i ont molt confondu.
Dedens la vile n'a home remasu
As murs ne soient por desfendre venu,
Et jurent Dieu et la soie vertu,
Se RAUL truevent, mal li est avenu.
Bien se desfendent li jovene et li chenu.
RAUL le voit, le quer ot irasqu :
Il jure Dieu et la soie vertu,
Se tuit ne sont afolé et pendu,
Il ne se prise valisant festu.
A vois c'escrie : « Baron, touchiés le fu ! »
Et il si fisent qant il l'ont entendu,
Car au gaaing sont volentiers venu.
Malement a RAUL convent tenu
Qi entre lui et l'abeese fu.
Le jor lor a rendu malvais salu :
Le borc ont ars, n'i a rien remasu.
L'enfes BERNIER en a grant duel eü,
Qant il voit ci Origni confundu.

LXX

Li quens RAUL ot molt le quer irie
Por les borgois qi l'ont contraloié.
Dieu en jura et la soie pitié
Q'il ne laroit por Rains l'arseveschié,
Qe toz nes arde ainz q'il soit anuitié.
Le fu cria : esquier l'ont touchié ;
Ardent ces sales et foude[n]t cil planchir
Tounel esprene[n]t, li sercle sont trenchié.
Li effant ardent a duel et a pechié.
Li quens RAUL en a mal esploitié :
Le jor devant ot Marcent fiancié,
Qe n'i perdroient nes paile ploié ;
Le jor les art, tant par fu erragiés !

106

El mostier fuient, ne lor a preu aidie :
Cel desfiassent n'i eüssent lor pié.

LXXI

En Origni, le borc grant et plaignier,
Li fil H. orent le liu molt chier,
Marsent i misent qui fu mere BERNIER,
Et nonains por Damerdieu proir
Li quens RAUL, qui le coraige ot fier,
A fait le feu par les rues fichir
Ardent ces loges, ci fondent li planchier ;
Li vin espandent, s'en flotent li celie[r] ;
Li bacon ardent, si chiéent li lardie[r] ;
Li saïns fait le grant feu esforcier,
Fiert soi es tors et el maistre cloichir
Les covretures covint jus trebuchier ;
Entre murs ot si grant charbonier,
Les nonains ardent : trop i ot grant brasier ;
Totes ardent par molt grant encombrier ;
Art i Marsens qui fu mere BERNIER
Et Clamados la fille au duc Renir
Parmi l'arcin les covint a flairier ;
De pitié pleurent li hardi chevalir
Qant BERNIER voit si la cose empirier,
Tel duel en a le sens quide changir
Qi li veïst son escu enbracier !
Espée traite est venus au mostier,
Parmi les huis vit la flame raier ;
De tant com puet hom d'un dart lancier
Ne puet nus hon ver le feu aproichir
BERNIER esgarde dalez marbre chier :
La vit sa mere estendue couchier,
Sa tenre face estendue couchir
Sor sa poitrine vit ardoir son sautir
Lor dist li enfes : « Molt grant folie qier :
« Jamais secors ne li ara mestir
« Ha ! douce mere, vos me bais[as]tes ier !
« En moi avez mout malvais iretier :
« Je ne vos puis secore ne aidir
« Dex ait vostre arme qi le mont doit jugier !
« E ! RAUL fel, Dex te doinst encombrier !
« Le tien homaje avant porter ne qir

« Se or ne puis ceste honte vengier,
« Je ne me pris le montant d'un denir »
Tel duel demaine, chiet li li brans d'acier ;
.III. foiz se pasme sor le col del destrir
Au sor GAUTIER s'en ala consellier,
Mais li consaus ne li pot preu aidir

LXXII

L'enfe[s] BERNIER ot molt le cuer mari ;
Por consellier s'en ala a Gueri :
« Conselliés moi, por Dieu qui ne menti !
« Mal m'a baili RAUL de Cambresi,
« Qi ma mere ar[s]t el mostier d'Origni :
« Dame Marsent au gent cors signori.
« Celes mameles dont ele me norri
« Vi je ardoir, par le cors s. Geri ! »
GAUTIER respont : « Certes, ce poise mi ;
« Por vostre amor en ai le cuer mari. »

LXXIII

As trez repairent li nobile guerir
BERNIER s'en vait ou n'ot qe courecier ;
A pié descent de son corant destrier ;
As hueses traire qeurent cil esquir
Por sa dolor pleurent les gens BERNIER
Cortoisement le[s] prist a araisnier :
« Franche maisnie, savez moi concellie[r] ?
« RAUL mesire ne m'a mie molt chier,
« Qi ma mere ar[s]t la dedens cel mostir
« Diex me laist vivre qe m'en puise vengier ! »
RAUL repaire ; fait ot le destorbier ;
Les nonnains fist ardoir et graaillir
A pié descent del fauvelet corcir
La le desarme[n]t li baron qui l'ont chier :
Il li deslace[n]t son vert elme a ormier,
Puis li desçaigne[n]t son bon branc q'est d'acir
Del dos li traient le bon hauberc doublir
Camosé ot le bliaut de quartir
En toute France n'ot plus bel chevalier,
Ne si hardi por ces armes baillie[r].

LXXIV

Devant la place de son demaine tré
Descent RAUL del destrier abrievé ;
La le desarment li prince et li chasé
De son bliaut ot l'elmin engoulé ;
En nule tere n'ot plus bel desarmé.
Son seneschal a RAUL apelé,
Qi del mengier le servoit mieus a gré ;
Et cil i vint, n'i a plus demoré :
« Del mangier pense ; si feras grant bonté :
« Poons rostiz et bons cisnes pevreis,
« Et venoison a molt riche plenté,
« Qe tous li pires an ait tot a son gré.
« Je ne volroie por l'or d'une cité
« Qe li baron m'en eüssent gabé. »
Qant cil l'oï ci l'en a regardé ;
Trois foiz ce saigne por la grant cruauté :
« Nomenidame ! qe avez empensé ?
« Vos renoiés sainte crestienté
« Et baptestire et Dieu de maïsté !
« Il est caresme, qe on doit jeüner,
« Li grans devenres de la solempnité
« Qe pecheor ont la crois aouré.
« Et nos, chaitif, qi ci avons erré,
« Les nonnains arces, le mostier violé,
« Ja n'en serons envers Dieu acordé,
« Se sa pitiés ne vaint no cruauté. »
Oit le RAUL, si l'en a regardé :
« Fix a putain, porq'en as tu parlé ?
« Porquoi ont il enver moi meserré ?
« Mi esquier sont andui afront[é].
« N'est pas mervelle se chier l'ont comparé.
« Mais le quaresme avoie [entr]oublié. »
Eschès demande, ne li furent veé ;
Par maltalant s'aisist emmi le pré.

LXXV

As eschès goue RAUL de Cambrisis
Si com li om qi bien en est apris.
Il a son roc par force en roie mis,
Et d'un poon a chevalier pris.

109

Por poi q'il n'a et maté et conquis
Son compaingnon qi ert au giu asis.
Il saut en piés, molt par ot cler le vis.
Por la chalor osta son mantel gris.
Le vin demande, .x. s'en sont entremis
Des damoisiax qi molt sont de grant pris.

LXXVI

Li quens RAUL a demandé le vin ;
Lors i corurent tels meschin
N'i a celui n'ait peliçon ermin.
damoisel, nez fu de S. Quentin,
Fix fu Y., conte palasin,
Cil a saisie coupe d'or fin,
Toute fu plaine de piument ou de vin ;
Lors s'agenolle devant le palasin :
Bien peüst on estanchier roncin
Ains qu'il desist ne roumans ne latin.
L'enfes le voit, si jure s. Fremin,
Se ne la prent RAUL de Cambresin,
Il respandra le piument et le vin.

LXXVII

Li quens RAUL qant le vaslet choisi,
Isnelement le hennap recoilli.
Dieu en jura qi onques ne menti :
« Amis biax frere, ainc plus tost ne te vi. »
RAUL parole, qe plus n'i atendi :
« Or m'entendez, franc chevalier hardi,
« Par cest vin cler que vos veés ici,
« Et par l'espée qi gist sor le tapi,
« Et par les sains qi Jhesu ont servi,
« Li fil H. sont ici mal bailli.
« Ne lor laira[i] qi vaille parisi
« Par cele foi que je doi s. Geri,
« Ja n'avront pais, se saichiés vos de fi,
« Tant que il soient outre la mer fuï
— En non Dieu, sire, » BERNIER li respondi,
« Dont seront il vilainement bailli ;
« Car, par celui qui le mont establi,
« Li fil H., ne sont mie failli.

110

« Bien sont qi sont charnel ami,
« Qi trestuit ont et juré et plevi
« Ne se fauront tant con il soient vif. »

LXXVIII

Raous parole qi le coraige ot fier :
Entendez moi, nobile chevalier !
« Par le Signor qi le mon[t] doit jugier,
« Les fix H. ferai ci aïrir
« Ne lor lairai le montant d'un denier
« De toute honnor ne de terre a baillier,
« Ou vif remaigne[n]t, ou mort puise[n]t couchier,
« Outre la mer les en ferai naigir »
Huimais orez la desfense BERNIER :
« RAUL, biaus sire, molt faites a proisier,
« Et d'autre chose fais molt a blastengir
« Li fil H., ce ne puis je noier,
« Sont molt preudomme et molt bon chevalier ;
« S'outre la mer les en faites chacier,
« En ceste terre arez malvais loigir
« Je sui vostre hom, a celer nel vos qier,
« De mon service m'as rendu mal loier :
« Ma mere as arce la dedens cel mostier,
Dès q'ele est morte n'i a nu[l] recovrir
« Or viex mon oncle et mon pere essillier !
« N'est pas mervelle s'or me vuel corecier :
« Il sont mi oncle, je lor volrai aidier,
« Et pres seroie de ma honte vengir »
RAUL l'oï, le sens quida changier :
Le baron prist forment a laidengir

LXXIX

Raous parla a la clere facon :
« Fix a putain, » dist il a Berneçon,
« Je sai molt bien qe vos estes lor hom :
« Si est vos peres Y. de Ribemont.
« Por moi marir iés en mon pavillon,
« Et mes consox te dient mi baron.
« Ne deüst dire bastars itel raison ;
« Fix a putain, par le cors s. Simon,
« Preis va n'em praing le chief soz le menton !

111

— Diex ! » dist Bernier, « con riche gueredon !
« De mon service m'ofron ci molt bel don. »

LXXX

BERNIER escrie a sa voiz haute et clere :
« Sire RAUL, ci n'ai parent ne frere,
« Asez seit on qe Y. est mes pere,
« Et gentix feme refu assez ma mere.

LXXXI

« Sire RAUL, a celer nel vos qier,
Ma mere fu fille a chevalier,
« Toute Baviere avoit a justicir
Preé[e] en fu par son grant destorbir
« En cele terre ot noble guerier
« Qi l'espousa a honor de mostir
« Devant le roi qi France a a baillier
« Ocist princes a l'espée d'acier :
« Grant fu la guere, ne se pot apaissier ;
« En Espolice s'en ala a Gaifier ;
« Vit le preudoume, cel retint volentier ;
« En ceste terre ne vost puis repairier,
« Toi ne autrui ne daigna ainc proir

LXXXII

« Dont fu ma mere soufraitouse d'amis :
« Il n'ot si bele en .xl. païs,
« Y. mes peres, qi molt par est gentix,
« La prist par force, si com je ai apris.
« N'en fist pas noces, itant vos en devis.

LXXXIII

« Sire RAUL, » l'enfes BERNIER dist,
« Y. mes peres par sa force la prist.
« Je ne dis pas que noces en feïst :
« Par sa richese dedens son lit la mist,
« Toz ses talans et ces voloirs en fist,
« Et quant il vost, autre feme reprist ;
« Doner li vost Joifroi, mais ne li sist :

« Nonne devint, le millor en eslist.

LXXXIV

« Sire RAUL, tort faites et pechié.
« Ma mere as arce, dont j'a[i] le quer irié.
« Dex me laist vivre tant q'en soie vengiés ! »
RAUL l'oï, s'a le chief enbronchié :
« Fil a putain, » le clama, « renoié,
« S'or nel laissoie por Dieu et por pitié,
« Ja te seroient tuit li menbre tranchié.
« Qi me tient ore qe ne t'ai essillié ? »
Et dist BERNIER : « Ci a male amistié.
« Je t'ai servi, amé et sozhaucié,
« De bel service reçoif malvais loir
« Se je avoie le brun elme lacié,
« Je combatroie, a cheval ou a pié,
« Vers franc home molt bien aparillié,
« Q'il n'est bastars c'il n'a Dieu renoié.
« Ne vos meïsme qe voi outrequidié,
« Ne me ferriés por Rains l'arceveschié ! »
Oit le Raous, si a le front haucié :
Il a saisi grant tronçon d'espié
Qe veneor i avoient laissié :
Par maltalent l'a contremont drecié,
Fiert BERNIER, qant il l'ot aproichié,
Par tel vertu le chief li a brisié
Sanglant en ot son ermine delgié.
Voit le BERNIER, tot a le sens changié :
Par grant irour a Raoul enbracié ;
Ja eüst molt son grant duel abaissié.
Li chevalier i qeurent eslaissié :
Cil les departent, q'il ne ce sont touchié.
Son esquier a BERNIER huchié :
« Or tost mes armes et mon hauberc doublier,
« Ma bonne espée et mon elme vergié !
« De ceste cort partirai san congié. »

LXXXV

Li quens RAUL ot le coraige fir
Qant il voit ci BERNIER correcié,
Et de sa teste li voit le sanc raier,

113

Or a tel duel le sens quida changir
« Baron, » dist il, « savez moi concellier ?
« Par maltalent en voi aler BERNIER »
Lors li escrient li vaillant chevalier :
« Sire RAUL, molt li doit anuier ;
« Il t'a servi a l'espée d'acier,
« Et tu l'en as rendu malvais loier :
« Sa mere as arce la dedens cel mostier,
« Et lui meïsme as fait le chief brisir
« Dex le confonde, qui tot a a jugier,
« Qil blasmera se il s'en vieut vengier !
« Faites l'en droit s'il le daingne baillir »
Et dist RAUL : « Millor concel ne qir
« BERNIER frere, por Dieu le droiturier,
« Droit t'en ferai voiant maint chevalir
— Tele acordanse qi porroit otroier ?
« Ma mere as arce qi si me tenoit chier,
« De moi meïsme as fait le chief brisir
« Mais, par celui cui nos devons proier,
« Ja enver vos ne me verrés paier,
« Jusqe li sans qe ci voi rougoier
« Puist de son gré en mon chief repairir
« Qant gel verai, lor porrai esclairier
« La grant vengance qe vers ton cors reqier :
« Je nel laroie por l'or de Monpeslir »

LXXXVI

Li quens RAUL belement l'en apele ;
Il s'agenoille ; vestue ot sa gonnele,
Par grant amor li a dit raison bele :
« E ! BERNIER, » ce dit li quens, « chaele !
« N'en viex pas droit ? s'en pren amende bele,
« Noient por ce qe je dot rien ta guere,
« Mais por ice qe tes amis vuel estre.
« Qe, par s. Jaque, c'on qiert en Compostele,
« Ançois perdroie del sanc soz la mamele,
« Ou me charoit par plaie la bouele,
« Toz mes palais depeciés en astele,
« Tant en fesise l'amirant de Tudele,
« Nes Loeïs qui les François chaele.
« Por ce le fas, par la virgene pucele,
« Qe l'amendise en soit et gente et bele.

114

« Dès Origni jusq'a[l] borc de Neele,
« .XIIII. liues, drois est que je l'espele,
« chevalier, chascuns ara sa cele,
« Et je la toie par deseur ma cervele.
« Baucent menrai mon destrier de Castele.
« N'encontrerai ne sergant ne pucele
« Que je ne die : « Veiz ci la BERNIER cele. »
Dient François : « Ceste amendise est bele ;
« Qi ce refuse vos amis ne vieut estre. »

LXXXVII

Raous parole par grant humeliance :
« Berneçon, frere, molt iés de grant vaillance :
« Pren ceste acorde, si lai la malvoillance.
— Voir, » dist Bernier, « or oi je plait d'enfance !
« Je nel feroie, por tot l'or d'Aqilance,
« Dusqe li sans dont ci voi la sanblance
« Remontera en mon chief sans doutance.
« Dusq'a cele eure n'en iert faite acordance
« Ou je verrai s'avoir porrai venjance.
— Voir, » dist RAUL, « ci a grant mesestance ;
« Dont ferons nos vilaine desevrance. »
GAUTIER parole par grant desmesurance :
« Par Dieu, bastars, ci a grant desfiance.
« Mes niés RAUL t'ofre aseiz, sans dotance.
« D'or en avant el grant fer de ma lance
« Est vostre mors escrite, sans faillance. »
Et dist BERNIER : « N'aiés en moi fiance :
« Ceste colée n'iert ja mais sans pesance. »

LXXXVIII

Es vos la noise trés parmi l'ost levée.
L'enfes BERNIER a la chiere menbrée
D'un siglaton a sa teste bendée ;
Il vest l'auberc dont la maille est ferée,
Et lace l'elme, si a çainte l'espée.
El destrier monte a la crupe estelée ;
A son col pent une targe roée,
Et prent l'espié ou l'ensaigne est fermée.
Il sonne cor a molt grant alenée.
.V. chevalier ont la noise escoutée,

Homme BERNIER, s'en tiene[n]t lor cont[r]ée,
Vers BERNIER viene[n]t de randonée,
Ne li fauront por chose qui soit née.
Des gens RAUL font laide desevrée ;
Vers Ribemont ont lor voie tornée.
Li quens Y. a la barbe meslée
Ert as fenestres de la sale pavée,
A grant compaigne de gent de sa contrée.
Il regarda trés parmi la valée,
Et vit BERNIER et sa gent adoubée.
Bien le connut, s'a la colour muée.
Dist a ces homes : « Franche gent honnorée,
« Je voi venir mon fill par cele prée.
« Chasquns des ciens a bien la teste armée ;
« Bien samble gent de mal faire aprestée.
« Ja nos sera la novele contée
« Por quoi RAUL a no terre gastée. »

LXXXIX

Li quens Y. o le coraige fier
Va oïr vespres del glorieus del ciel.
BERNIER descent, il et si chevalier ;
Cil del chastel li qeurent a l'estrier,
Puis li demande[n]t : « Por Dieu le droiturier,
« Saveiz noveles ? nel devez pas noir
— Oïl, » dist il, « aseiz en puis noncier
« De si malvaises ne m'en sai concellir
« Qi or volra sa terre chalengier,
« Gart qu'il soit preus de son hiaume lacir
« RAUL mes sires nos vieut toz essillier,
« Et tos mes oncles de la terre chacir
« Tous les manace de la teste a tranchier ;
« Mais Dieu de gloire nos porroit bien aidir »
Devant la sale desarmerent Bernier,
Et de son chief vire[n]t le sanc rair
Mains gentils hom, s'en prist a esmair
Vespres sont dites, Y. vient del mostier,
Il va son fil acoler et baisier ;
Joste la face li vit le sanc raier :
De la mervelle se prist a mervillier ;
Tel duel en a le sens quide changier :
« Biaus fix, » dist il, « por le cors s. Richier,

« Dont ne puis je monter sor mon destrier ?
« Qi fu li hon qui vous osa touchier
« Tant com je puise mes garnemens baillier ?
— Se fist mes sires, » ce dist l'enfes Bernier,
« Li quens RAUL qi nos vieut essillier,
« Totes nos terres est venus chalengier ;
« Ne te laira valissant denir
« Tout Origni a ja fait graaillier ;
« Marcent ma mere o le coraige entier
« Vi je ardoir, ce ne puis je noir
« Por ceul itant qe m'en voux aïrier
« Me feri il d'un baston de poumier ;
« Tous sui sanglans desq'al neu del brair
« Droit m'en offri, ce ne puis je noier,
« Mais je nel vox prendre ne otroir
« A vos, biaus peres, m'en vign por conseillier ;
« Or repensons de no honte vengir »
Oit le li peres, cel prist a laidengir

XC

Ibers parole a la barbe florie ;
« Biax fix BERNIER, ne t'en mentirai mie,
« De pluisors gens te sai conter la vie :
« Hom orguillous, qe qe nus vos en die,
« N'ara ja bien, fox est qi le chastie.
« Qant q'il conquiert en .vij. ans par voisdie
« Pert en jor par sa large folie.
« Tant qe tu fus petiz en ma baillie,
« Te norresimes par molt grant signorie ;
« Et qant fus grans, en ta bachelerie,
« Nos guerpesiz par ta large folie :
« RAUL creïs et sa losengerie ;
« Droit a Cambrai fu ta voie acoillie.
« Tu l'as servi ; il [t']a fait cortoisie :
« Tant t'a batu comme vielle roncie.
« Je te desfen toute ma manantie,
« Ja n'i prendras vaillisant une alie ! »
BERNIER l'entent ; s'a la coulor noircie :
« Merci ! biax pere, por Dieu le fil Marie,
« Reteneis moi en la vostre baillie.
« Qant vi ardoir Origni l'abeïe,
« Marcent la bele, ma mere l'eschevie,

117

« Et mainte dame qi est arce et perie,
« Nule des n'en est remeise en vie,
« Miex vossisse estre trestoz nus en Roucie.
« Par tous les s. c'on requiert a Pavie,
« Qant g'en parlai, voiant ma baronie,
« A mon signor ou a grant felonnie,
« Tel me donna d'un baston leiz l'oïe
« Del sanc vermel oi la chiere souplie. »
Y. l'entent, dont n'a talent q'il rie ;
Il jure Dieu cui tot li mondes prie :
« Ceste meslée mar i fu commencie,
« Marcent vo mere ne arce ne bruïe !
« Li fel cuivers par engien l'a traïe.
« Ançois en iert mainte targe percie,
« Et mainte broigne rumpue et dessartie
« Qe ja la terre li soit ensi guerpie.
« Ja ne soit hom qi de ce me desdie :
« De la parole drois est qe l'en desdie.
« Il a ma terre a grant tort envaïe :
« Ce nel desfen a m'espée forbie,
« Je ne me pris une poume pourie,
« E ! RAUL fel, li cor Dieu te maldie !
« Qe as nonnains creantas compaingni[e],
« Qe n'i perdroient valisant une alie,
« Puis les as arces par ta grande folie.
« Qant Dies ce suefre, ce est grans diablie
« Terre ne erbe n'est soz ces piés partie. »

XCI

El conte Y. n'ot le jor qu'aïrier :
Par grant amor en apela BERNIER :
« Biax fix, » dist il, « ne vos chaut d'esmaier ;
« Car, par celui qui tout a a jugier,
« Ançois quart jor le comparra mout chier ! »
Les napes metent sergant et despencier ;
« Au dois s'asient li vaillant chevalier :
Qi qe mengast, Y. l'estut laissier ;
os de cerf commence a chapuisier ;
Li gentil home le prisent a huchier :
« Car mengiés, sire, por Dieu le droiturier :
« Jors est de Pasques, c'on se doit rehaitir »
Et dist Y. : « Je nel puis commencier ;

118

« Ci voi mon fil, dont quit le sens changier,
« Le cors sanglant jusq'el neu del brair
« Li quens RAUL ne m'a mie trop chier,
« Qe si sanglant le m'a fait envoir
« Vos, li viel homme, garderez le terrier,
« Et la grant tor et le palais plaignier ;
« Et li vaslet et li franc esquier
« Voist tost chascuns aprester son destrier,
« Car orendroit nos couvient chevauchir »
Dist BERNIER : « Sire, ne m'i devez laissir
— Si ferai, fix, par le cors s. Richier :
« Malades estes ; faites vos aaisier,
« Qe de sejor avez molt grant mestir »
Dist BERNIER : « Sire, ja n'en devés plaidir
« Qe, par le cresme que pris a bautisier,
« Je nel lairoie, por les membre[s] trenchier,
« Qe je n'i voise por ma honte vengir »
A ces paroles se vont aparillir
Ainc toute nuit ne finent de broichier ;
A Roie vinre[n]t asez ains l'esclarir

XCII

Qant li baron sont a Roie venu,
Isnelement sont a pié descendu.
Li quens Y. n'a gaires arestu ;
Bien fu armés, a son col son escu ;
En son dos ot blanc hauberc vestu,
A son costé le bon branc esmolu.
De ci au gué ne sont aresteü.
La maistre gaite qi en la faude fu
Jete une piere, n'a gaire[s] atendu,
Por poi nel fiert desor son elme aigu ;
S'ataint l'eüst, bien l'eüst abatu.
En l'a[i]gue clere chiet devant le crenu ;
Puis li escrie : « Vasal, di, qui es tu ?
« Je t'ai jeté, ne sai se t'ai feru ;
« Or te vuel traire, qe j'ai mon arc tendu. »
Et dist Y. : « Amis, frere, ne tu ;
« J'ai non Y., fix sui Herbert feü.
« Va, di W. a la fiere vertu,
« Le mien chier frere qi le poil a chenu,
« Q'il viegne a moi, qe molt l'ai atendu ;

« Besoign en ai, onques si grant ne fu. »

XCIII

Et dist la gaite : « Comment avez vos non ?
— Amis biax, frere, ja sarez la raison :
« J'ai non Y., nez sui de Ribemont.
« Va, si me di mon frere dant Wedon,
« Q'il vaigne a moi, par le cors s. Simon :
« Besoign en ai, ainc si grant ne vit on. »
Et dist la gaite : « A Dieu beneïçon ! »
Desq'a la chambre est venus a bandon.

XCIV

Vait s'en la gaite, qe plus n'i atendi,
Desq'a la chambre dant W. le hardi.
L'anel loiga : li chambrelains l'oï ;
[* Wedon esveille, le chevalier genti.]
Qant li quens Wedes le voit si esbahi :
« Amis biax frere, isnelement me di
« As tu besoign, por Dieu qi ne menti ?
— Oïl voir, sire, onques si grant ne vi :
« Sa defors a vo charnel ami,
« Le conte Y., ensi l'ai je oï. »
W. l'entent, fors de son lit sailli :
En son dos a ermine vesti ;
Il vest l'auberc, lace l'elme burni,
A son costé a çaint le branc forbi.
Atant eis vos son seneschal Tieri
Qi li amaine son destrier arabi ;
W. i monte, s'a son escu saisi,
Et prent la lance au confanon sarci.
Isnelement fors del palais issi.

XCV

Va s'en quens W., ç'avala les degrez ;
Desq'a la bare n'ot ces resnes tirez,
Voit la grant route des chevalier[s] armez,
Il a parlé : « Frere Y., dont venez ?
« Est ce besoing, qi a ceste eure alez ?
— Oïl voir, frere, ja si grant ne verez.

« Rois Loeys nos vieut deseriter :
« RAUL le conte a nos païs donnez ;
« A mile homes est en no terre entrez.
« Grans mestiers est qe bien la desfendez :
« Isnelement toz nos amis mandez. »
Et dist quens W. : « Nos en arons assez ;
« Mais encor cuit adez qe me gabez ;
« Je nel creroie, por l'or d'une citez,
« Li quens RAUL fust ci desmesurez
« Qe ja sor nos soit ci a ost tornez.
« Li sors GAUTIER est saiges hon asez ;
« Ains tex consoux ne fu par lui trovez. »
Respont Y. : « De folie parlez :
« Toz Origni est ars et embrasez,
« Et les nonnains qe mises i avez
« A toutes arces, ce fu grans cruautez. »

XCVI

Et dist quens W. : « Por le cors s. Richier !
« A fait RAUL Origni graallier ?
— Oïl, biau frere, par Dieu le droiturier,
« Qe Berneçons en est venus dès ir
« Il vit sa mere ardoir en mostier,
« Les nonains par mortel encombrir
— Or le croi je, » dist W. au vis fier,
« Qe BERNIER ne taing pas a legir »

XCVII

Et dist Y. o les floris grenons :
« Dites, biau frere, por Dieu, qi manderons ? »
W. respont : « A plenté en arons.
« Mandons H., ja est siens Ireçons,
« Et de Tieraisse tient les plus fors maisons ;
« Il tient bien xxx. qe chastiax qe donjons.
« Il est nos freres : trés bien nos i fions. »
Il le manderent, s'i ala Berneçons.
Cil lor amaine .M. gentis compaignons.
Sous S. Quentin tende[n]t lor pavillons ;
Raoul manderent, le conte de Soissons :
Cil lor amaine .M. chevalier[s] barons.
Soz S. Quentin fu molt biaus li sablons ;

La descendire[n]t ; molt i ot de penons.
Dieu en jurerent et ces saintisme[s] nons,
Se RAUL truevent, tex en est la chançons,
Mar i reciut de lor terres les dons ;
Le sor GAUTIER saicheront les grenons.

XCVIII

Après manderent cel de Retest Bernart ;
Toute Champaigne tenoit cil d'une part.
Cil jure Dieu q'il fera l'estandart.
.M. chevalier[s] entre lui et Gerart
Ont amené ; n'en i a nul coart.
Sous S. Quentln se loigent d'une part.
Par maltalant jurent s. Lienart,
Se RAUL truevent, ne GAUTIER le gaignart,
Li plus hardiz s'en tenra por musart :
« Nos li trairons le sanc parmi le lart. »

XCIX

Il font mander le bon vasal Richier,
Qi tint la terre vers la val de Rivier ;
Avec celui vinrent .M. chevalier ;
Chascuns ot armes et bon corant destrir
Soz S. Quentin se loigent el gravir

C

Sor la riviere qi tant fist a loer,
Les cleres armes i reluisent tant cler ;
De pars font la riviere muer ;
Et jurent Dieu qi se laisa pener
En sainte crois por son peule sauver,
Se RAUL puent en lor terre trover,
Seürs puent estre de la teste colpr

CI

Après celui i vint W. de Roie.
M. chevalier[s] a ensaignes de soie
Amaine o lui ; molt vinrent droite voie ;
Soz Saint Quentin se loigent a grant goie.

Il jurent Dieu qi pecheor[s] avoie,
Se Raoul trueve[n]t, mar acoilli lor proie :
« Nos li trairons le poumon et le foie.
« Rois Loeys qui les François maistroie,
« L'en fist le don del pris d'une lamproie :
« N'en tenra point tant comme je vis soie. »

CII

Puis fu mandez li menres Loeys ;
Ge fu li mendres des H. fix.
O lui amainne .M. chevalier[s] de pris.
Bien fu armés sor Ferrant de Paris.
Souz S. Quentin ont lor ostex porpris.
Il jurent Dieu qi en la crois fu mis,
Mar i entra RAUL de Cambresis,
Il et ces oncles, d'Aras li sors GAUTIER
Leqel qe truisse, par le cors s. Denis,
Tantost sera detranchiés et ocis.
Mar fu li dons de Vermendois requis.

CIII

Puis vint Y. qi cuer ot de baron,
Li ainsnez freres, peres fu Berneçon ;
Aveqes lui ot maint bon compaignon.
La veïssiés tan bon destrier gascon !
Soz S. Quentin descende[n]t el sablon ;
La ot tendu maint riche pavillon ;
Et jure Dieu qi soufri passion
Mar prist RAUL de la terre le don.

CIV

Qant li baron prise[n]t a desloigier,
Vers Origni prisent a chevauchir
M. furent ; n'i a cel n'ait destrier,
Et beles armes et espée d'acir
A une liue, ci con j'oï noncier,
De l'ost RAUL se fisent herbergier :
Loiges i fisent aprester et rengir
« Baron, » dist W., « nobile chevalier,
« Hons sans mesure ne vaut alir

« Li quens RAUL fait forment a proisier ;
« Niés est le roi qi France a a baillier :
« Se l'ocions, par no grant encombrier,
« Ja l'enpereres mais ne nos avra chier :
« Toutes nos terres nos fera essilier ;
« Et, s'il nos puet ne tenir ne bailie[r],
« Il nos fera toz les menbres tranchir
« Car li faisons un mesaige envoier,
« Qe de nos terres se traie poi arier :
« Voist en la soie, por Dieu le droiturier ;
« C'il l'en doinst goie qi tot a a jugier !
« S'on li fait chose dont doie courecir
« Nos l'en ferons droiture sans targier,
« Ne de sa terre seul point ne li qier,
« Ains li volrons de la nostre laissier ;
« Puis referons l'eglise et le mostier,
« Q'il fist a tort ardoir et graaillir
« Aiderons li s'autre guere a baillier
« Et le Mancel del païs a chacier,
« Et pardonrons l'amende de Bernir
— Dieu ! » dist Y., « cui porrons envoier ?
— Je irai, sire, » ce li a dit Bernir
Oit le li peres, prist soi a courecier :
« Par Dieu, lechieres, trop estes pri[n]sautir
« Raler i viex ; batus i fus l'autrier :
« S'or i estoies, ja volroies tencier ;
« Tos nos porroies no droit amenuisir »
Devant lui garde, vit GAUTIER le Pohir
« Alez i, frere, je vos en vuel proir
— Volentiers, sire, ne qier plus delair »
Vint a son tré por son cors haubergie[r].

CV

A son tré vint dant GAUTIER l'espanois ;
En son dos veist hauberc jaserois,
En son chief lace elme paviois.
On li amaine bon destrier norois ;
Par son estrier i monta li Flandrois.
A son col pent escu demanois.
Atant s'en torne trés parmi le marois ;
Au tré RAUL est venus demanois ;
Aseis i trueve Cambrisis et Artois.

Li quens RAUL seoit au plus haut dois.
Bien fu vestus d'un chier paille grigois.
Li mesaigiers ne samble pas Tiois :
Il s'apuia sor l'espieu acerois,
De saluer ne fu mie en souspois :
« Cil Damediex qi fu mis en la crois,
« Et estora les terres et les lois,
« Il saut RAUL et trestous ces feois,
« Le gentil conte cui oncles est li rois !
— Diex gart toi, frere, » dist RAUL li cortois ;
« Si m'aït Diex, ne sambles pas Irois.

CVI

— Sire RAUL, » ce dist GAUTIER li ber,
« C'il vos plaisoit mon mesaige escouter,
« Gel vos diroie sans plus de demorr
— Di tos, biau frere, pense del retorner,
« Qe si ne vaignes mon couvine esgardr »
Dist GAUTIER : « Sire, ainc n'i vos mal pensr »
Tout son mesaige li commence a conter
De chief en chief, si con il dut alr
RAUL l'oï, si commence a penser :
« Par foi ! » dist il, « bien le doi creanter ;
« Mais a mon oncle en vuel ançois parlr »

CVII

Vait s'en RAUL a GAUTIER consellier :
Tout le mesaige dant GAUTIER le Poihier
Li a conté, ne l'en vost plus laisir
Oit le Gueris, Dieu prist a mercier :
« Biax niés, » dist il, « bien te dois faire fier,
« Qant conte se vuele[n]t apair
« Niés, car le fai, por Dieu t'en vuel proier :
« Laisse lor terre, ne la te chaut baillir »
RAUL l'entent, le sens quide changier ;
On voit GAUTIER se li prent a huchier :
« G'en pris le gant voiant maint chevalier,
« Et or me dites q'il fait a relaissier !
« Trestos li mons m'en devroit bien huir »

CVIII

Raous parole au coraige hardi :
« On soloit dire le riche sor GAUTIER
« Qu'en tout le mont n'avoit si hardi,
« Mais or le voi couart et resorti. »
GAUTIER l'oï, fierement respondi ;
Por trestout l'or d'Abevile en Ponti,
Ne volsist il qe il l'eüst gehi,
Ne qe ces niés l'en eüst si laidi.
Par maltalant a juré s. Geri :
« Qant por coart m'en avez aati,
« Ains en seront .M. hauberc dessarti,
« Qe je ne il soions ja mais ami ! »
Dist au mesaige : « Torne toi tos de ci :
« As fix Herbert isnelement me di
« Bien se desfendent ; bien seront asailli. »
Dist li mesaiges : « Par mon chief, je l'otri.
« De la lor part loiaument vos desfi !
« Mar acoi[n]tastes les nonnains d'Origni.
« Bien vos gardez, bien serez recoilli :
« Chascuns des nos a son hauberc vesti. »
A tant s'en torne, s'a son escu saisi.
Ce fut mervelle qant il nul n'en feri,
Et neporqant s'ot il l'espieu brandi,
Qant li menbra de Y. le flori,
Qi de R, atendoit la merci.

CIX

Vait s'en Gerars, ne s'i est atargiés.
Li quens Y. est vers lui adreciés :
« Q'aveis trové ? gardés nel me noiés.
— En non Dieu, sire, molt est outrequidiés.
« Il n'i a plus : tos vos aparilliés,
« Et vos batailles ajostez et rengiés. »
Et dist BERNIER : « Diex en soit graciés !
— Baron, » dist W., « faites pais, si m'oiés.
« Hom sans mesure est molt tos empiriés ;
« Preneis més et si li renvoiés.
« Cele parole qe GAUTIER li Poiers
« Li conta ore, qant fu aparilliés,
« Li tenrons nos c'il en est aaisiés ;
« Par aventure s'en est puis conselliés ;

« Et c'il le fait, chascuns de nos soit liés.
— Diex, » dist Y., « j'en sui molt esmaiés.
« Ou est li més, gardez nel me noiés ? »
Dist BERNIER : J'en sui aparilliés. »
Oit le li peres, molt en fu coreciés :
« Par Dieu, lechieres, trop iés outrequidiés ;
« Et neporqant, qant presentez en iés,
« Autre qe tu n'i portera les piés. »
Dist BERNIER : « Sire, grans mercis en aiés. »
Il vest l'auberc, tos fu l'elme laciés ;
El destrier monte, ces escus n'est pas viés.
Volt le li pere, si l'en prist grans pitiés :
« Alez, biax fix, por Dieu ne delaiés ;
« Por Dieu, nos drois ne soit par vos laissiés. »
Dist BERNIER : « Por noient en plaidiés,
« Qe ja par moi n'en serez avilliés. »

CX

Vait s'en BERNIER, de sa gent departi ;
Vint jusq'as treiz, mais pas ne descendi.
Au saluer pas ne mesentendi :
« Cil Damerdieus qi onques ne menti,
« Et qi Adan et Evain beneï,
« Il saut et gart maint baron que voi ci ;
« Entor aus m'ont molt doucement norri :
« Onques n'i oi ne noise ne estrif ;
« Et il confonde RAUL de Cambrisi
« Qi ma mere ar[s]t el mostier d'Origni,
« Et les nonnains, dont j'ai le cuer mari,
« Et moi meïsme feri il autresi,
« Si qe li sans vermaus en respandi.
« Diex me laist vivre qe li aie meri !
« Si ferai je, par Dieu qi ne menti,
« Se j'en ai aise, par le cors s. Geri ! »
— Voir, » dist RAUL, « fol mesaigier a ci.
« Est ce BERNIER, fix Y. le flori ?
« Fix a putain, or te voi mal bailli ;
« En soignantaige li viex t'engenuï. »

CXI

Raous parole, q'il ne s'en pot tenir :

127

« Cuivers bastars, je ne t'en qier mentir,
« A mon quartier te covient revenir,
« As escuiers te covient revertr
« De si haut home ne pues si vil ver »
BERNIER l'oï, del sens quida issr

CXII

« Sire RAUL, » ce dist l'enfes Bernier,
« Laissiés ester le plait de vo quartir
« Le vostre boivre ne le vostre mangier,
« Se Dex m'aït, nen ai je gaires chier :
« N'em mengeroie por les menbres tranchier,
« Ne je ne vuel folie commencir
« Cele parole dant Gerart le Poihier
« Q'il vos conta en vostre tré plaignier,
« Li fil Herbert m'ont fait ci envoier,
« Vos tenront il cel volez otroir
« En droit de moi nel volroie empirir
« Ma mere arcistes en Origni mostier,
« Et moi fesistes la teste peçoir
« Droit m'en offristes, ce ne puis je noir
« Por l'amendise poi avoir maint destrier :
« Ofert m'en furent bon cheval corcier,
« Et mulet et palefroi chier,
« Et espées et hauberc doblier,
« Et escu et elme a or mir
« Coureciés ere qant vi mon sanc raier,
« Si ne le vous ne prendre n'otroier ;
« A mes amis m'en alai consellir
« Or le me loent li nobile guerier,
« Se or le m'ofre[s], ja refuser nel qier,
« Et pardonrai trestot, par s. Richier,
« Mais qe mes oncles puisse a toi apair »

CXIII

Li quens RAUL la parole entendi :
Ou volt Bernier, si l'apela : « Ami,
« Si m'aït Diex, grant amistié a ci ;
« Et par celui qi les paines soufri,
« Ja vo concel n'en seront mesoï. »
Desq'a son oncle a son oire acoilli ;

Ou q'il le voit par le bras l'a saisi,
Et la parole li conta et gehi,
Et l'amendise de BERNIER autresi ;
Tout li couta, n'i a de mot menti :
« Fai le, biaus oncles, por amor Dieu te pri,
« Acordon nos, si soions bon ami. »
GAUTIER l'entent, fierement respondi :
« Vos me clamastes coart et resorti !
« La cele est mise sor Fauvel l'arabi ;
« N'i monteriés por l'onnor de Ponti,
« Por q'alissiés en estor esbaudi.
« Fuiés vos ent a Cambrai, je vos di ;
« Li fil H. sont tuit mi anemi ;
« Ne lor faut guerre, de ma part les desfi ! »
Dist BERNIER : « Damerdieu en merci :
« Sire RAUL, je vol cest plait feni
« Por mesfait dont m'avez mal bailli.
« De ci qe la vos avoie servi,
« Vos le m'aveiz vilainement meri :
« Ma mere arcistes el mostier d'Origni,
« Et moi meïsmes feristes autreci,
« Si qe li sans vermaus en respandi. »
Il prent pox de l'hermin qu'ot vesti,
Parmi les mailles de l'auberc esclarci,
Enver RAUL les geta et jali ;
Puis li a dit : « Vassal, je vos desfi !
« Ne dites mie je vos aie traï. »
Dient François : « Torneiz vos ent de ci,
« Vos avés bien vo mesaige forni. »

CXIV

« Sire RAUL, » dist BERNIER li vaillans,
« La bataille iert molt orrible et pesans,
« Et vos et autres i serez connoissans :
« En toz lius mais vos en serai nuissans.
— Voir ! » dist RAUL, « tant sui je plus dolans ;
« Ja reprovier n'en iert a nos effans :
« Desfié m'as, bien t'en serai garans.
« Mais c'estiens en cel pré ataquans,
« L'uns de nos deus i seroit ja versans.
— Voir, » dist BERNIER, « molt en sui desirans.
« Je mosteroie, se g'en ere creans,

129

« Q'a tort fu pris de la terre li gans,
« Et qe vers moi iés fel et souduians. »
RAUL l'oï, d'ire fu tressuans,
Grant honte en ot por les apartenans.
Bien sot q'estoit BERNIER ces max vuellans.
Desarmeis ert, s'en fu mus et taisans.

CXV

Qant voit B, desfié les a lors,
Son bon escu torne devant son dos.
Bien fu brochiés li destriers de Niors.
RAUL le comte vost ferir par esfors.
En son tref ert, ci n'ert mie defors.
L'enfes BERNIER lait corre les galos :
Plus tost li vient que chevrieus parmi bos ;
chevalier qi molt avoit grant los
Entre RAUL et BERNIER se mist fo[r]s,
Et BERNIER le fiert parmi le cors.

CXVI

Li chevalier[s] fist molt large folie,
Devant BERNIER se mist par estoutie,
Car a RAUL vost faire garantie ;
BERNIER le fiert, q'il ne l'espargne mie ;
Parmi le cors son roit espieu li guie :
Mort le trebuche, l'arme s'en est partie.
RAUL le voit, a haute voiz c'escrie :
« Franc chevalier, ne vos atairgiés mie,
« C'il nos eschape ne me pris une alie.
« Ferir me vost, q'il n'aime pas ma vie. »
chevalier par molt grant aatie
En sont monté es destrier[s] d'Orqenie,
N'i a celui qi BERNIER ne desfie
Voit le li enfes, n'a talent q'il en rie ;
Fuiant s'en torne, s'a sa voie acoillie.
Après lui torne[n]t, mais ne l'ataigne[n]t mie,
Car tost l'emporte li destriers d'Orqenie.
Y. estoit leiz la selve foillie,
Et vit l'enchans et la fiere envaïe ;
Dieu reclama le fil sainte Marie :
« Ci voi mon fil, grant mestier a d'aïe ;

130

« Se je le per n'iere liés en ma vie.
« Or del secore, franche gent et hardie ! »
.XIIII. cor i sonne[n]t la bondie.
La veïssiés tante targe saisie,
Et por ferir tante lance brandie.

CXVII

Li quens Y. c'est escriés mos :
« Or del reqerre, car li drois en est nos !
« BERNIER s'en vient plus tost qe les galos.
« Nostres mesaiges a parlé comme sos :
« chevalier le sivent a[s] esclous ;
« Après lui voi lancier mains gavelos. »
Dont ce desrengent de pars a esfors ;
Qui fust li drois ne cui en fust li tors,
Par BERNIER asamblerent les os.

CXVIII

Li baron furent et serré et rengié,
D'ambe pars mout bien aparillié.
Li plus hardi en pleurent de pitié,
Car trés bien sevent n'i valra amistié :
Tuit li coart en sont molt esmaié.
Cil qui char[r]a n'ara autre loier
Fors de l'ocire a duel et a pechié ;
Ja n'i avra autre gaige mestir
Et li vaslet en sont goiant et lié,
Et li pluisor sunt descendu a pié ;
Cortoisement ce sont aparillié,
Li auquant ont lor estriers acorcié.
Par BERNIER est tex plais commencié
Dont maint baron furent puis essillié,
En es le jor ocis et detranchié.

CXIX

Les os se voient, molt se vont redoutant.
D'ambe pars se vont reconisant.
Tuit li coart vont de poour tramblant,
Et li hardi s'en vont resbaudissant.
Les gens RAUL se vont bien afichant

Q'as fix Herbert feront dolor si grant
Q'après les peres en plour[r]ont li effant
Tuit sont armé li petit et li grant ;
Li sors GAUTIER les va devant guiant,
O lui si fil qi tant ont hardemant :
Ce est Reniers au coraige vaillant,
Et Garnelins qui bien fiert de son branc.
Li quens. RAUL sist desor l'auferrant ;
Il et ces oncles vont lor gent ordenant.
Si serré vont li baron chevalchant,
Se getissiés sor les hiaumes gant
Ne fust a terre d'une louée grant.
Desor les crupes des destriers auferant
Gisent li col et deriere et devant.

CXX

Grans sont les os que Raous amena :
M. furent, GAUTIER les chaela ;
N'i a celui n'ait armes et cheval.
Li fil Herbert, ne vos mentirai ja,
Et Berneçon qi l'estor desira
A .xj. .M. sa grant gent aesma.
Bien s'entrevienent et de ça et de la.
Chascuns frans hom de la pitié plora ;
Prometent Dieu qi vis en estordra
Ja en sa vie mais pechié ne fera,
Et c'il le fait, penitance en prendra.
Mains gentix hom s'i acumenia
De poux d'erbe, q'autre prestre n'i a ;
S'arme et son cors a Jhesu commanda.
RAUL en jure et GAUTIER s'aficha,
Qe ja par oux la guerre ne faudra.
Tant qe la terre par force conqerra ;
Les fix H. a grant honte ocira,
Ou de la terre au mains les chasera.
Et Y. jure ja plain pié, n'en tendra,
Et li barnaiges trestoz li afia
Qe por morir nus ne le guerpira.
« Diex ! » dist BERNIER, « quel fiance ci a !
« Mal dehait ait qi premiers reqerra,
« Ne de l'estor premerains s'enfuira ! »
Bertolais dist que chançon en fera,

Jamais jougleres tele ne chantera.

CXXI

Mout par fu preus et saiges Bertolais,
Et de Loon fu il nez et estrais,
Et de paraige del miex et del belais.
De la bataille vi tot le gregnor fais :
Chançon en fist, n'or[r]eis milor jamais,
Puis a esté oïe en maint palais,
Del sor GAUTIER et de dame A.
Et de RAUL, siens fu liges Cambrais,
Ces parins fu l'evesques de Biauvais.
BERNIER l'ocist, par le cors s. Girvais,
Il et Ernaus cui fu liges Doais.

CXXII

Ainc tex bataille ne fu ne tex esfrois.
Ele n'est pas de Normans ne d'Englois,
Ains est estraite des pers de Vermendois.
Assez i ot Canbrezis et Artois,
Et Braibençons ; s'i ot molt Champenois.
Des Loeys i ot assez François.
Li fil H. vuele[n]t tenir lor drois :
Molt en aront de sanglans et de frois ;
Toutes lor vies lor essera sordois.
BERNIER lait corre son bon destrier norois ;
Sor son escu vait ferir l'Avalois :
Toutes ces armes ne valent balois ;
Vilainement l'en fist le contrepois :
Plaine sa lance l'abat mor[t] en l'erbois.
« Saint Quentin ! » crie, « ferés tuit demanois !
« Mar acointa RAUL son grant boufois :
« Se ne l'ocis a mon branc vienois,
« Dont sui je fel et coars et revois ! »
Dont laisent corre de pars a esplois ;
Sonnent cil graisle par ice grant escrois,
Puis qe Diex eut establies les lois,
Par nule guere ne fu si grans esfrois.

CXXIII

A l'ajoster oïssiés noise grant.
D'ambes pars ne vont pas maneçant :
Si s'entrefiere[n]t et deriere et devant
D'une grant liue n'oïst on Dieu tounant.
E vos Y. a esperon broichant ;
A haute voiz va li quens escriant :
« Ou iés, RAUL, por Dieu le raemant ?
« Por quoi seroient tant franc home morant ?
« Torne vers moi ton destrier auferant.
« Se tu me vains a l'espée tranchant,
« Toute ma terre aras a ton commant :
« Tuit s'en fuiront li pere et li effant ;
« N'i clameront d. valisant. »
Ne l'oï pas RAUL, mien esciant ;
D'autre part ert en la bataile grant,
Il et ces oncles qi le poil ot ferrant.
Y. le voit, molt se va coresant :
Le destrier broiche qi li va randonnant,
Et fiert Fromont sor son escu devant ;
Desoz la boucle le va tout porfendant.
Li blans haubers ne li valut gant ;
El cors li va son espieu conduisant ;
Tant con tint l'anste, l'abati mort sanglant.
« S. Quentin ! » crie, « baron, ferez avant !
« Les gens RAUL mar s'en iront gabant ;
« De nostre terre mar i reciut le gant ! »

CXXIV

Wedes de Roie lait corre a esperon,
Li uns des freres, oncles fu BERNIER,
Bien fu armés sor destrier gascon,
Sor son escu ala ferir Simon,
Parent RAUL a la clere façon :
Desous la boucle li perce le blazon ;
El cors li met le pan del confanon ;
Tant com tint l'anste, l'abat mort el sablon.
« Saint Quentin ! » crie, « ferez avant baron !
« Mar prist RAUL de no terre le don :
« Tuit i morront li encrieme felon. »

CXXV

Par la bataille eis poignant Loeys.
Cert li plus jovenes des H. fis,
Mais desor toz estoit il de grant pris.
Bien fu armés sor Ferrant de Paris
Qe li dona li rois de S. Denis.
Ces parins fu li rois de S. Denis.
A haute vois a escrier se prist :
« Ou iés alez, RAULde Cambrizis ?
« Torne vers moi ton destrier ademis ;
« Se tu m'abas grant los aras conqis :
« Qite te claim ma terre et mon païs ;
« N'i clamera rien nus de mes amis. »
Ne l'oï pas RAUL de Cambrezis ;
Car venus fust, ja ne li fust eschis.
D'autre part ert el riche poigneïs
Ou tient le chaple il et li sors GAUTIER
L'enfes le voir, a poi n'enraige vis :
Son bon escu torne devant son pis ;
Le destrier broiche, de grant ire emblamis,
Et fiert Garnier desor son escu bis :
Nez fu d'Aras, fil GAUTIER au fier vis ;
Desoz la boucle li a frait et malmis ;
Ainc por l'auberc ne pot estre garis :
El cors le fiert, ne li pot faire pis ;
Mort le trebuche ; vers sa gent est guenchis.

CXXVI

Qant Loeys ot geté mort Garnier,
« Saint Quentin ! » crie, « ferez i, chevalier
« Mar vint RAUL nos terres chalengier ! »
Ei vos GAUTIER poignant sor son destrir
L'escu enbrace, tint l'espée d'acier ;
Cu[i] il ataint n'a de mire mestier ;
Plus de en i fist trebuchir
Il regarda leiz bruellet plaignier,
Son fil vit mort ; le sens quide changir
De ci a lui ne fine de broichier ;
A pié descent de son corant destrier,
Et tot sanglant le commence a baissier :
« Fix, » dist li peres, « tan vos avoie chier !
« Qi vos a mort, por le cors s. Richier,
« Ja de l'acorde ne vuel oïr plaidier

135

« Si l'avrai mort et fait tot detranchir »
Son fil vost metre sor le col del destrier,
Qant d'un vaucel vit lor gent repairir
GAUTIER le voit, n'i a qe corecier ;
Sor son escu rala son fil couchir
« Fix, » dist li peres, « vos me covient laissier,
« Mais, ce Dieu plaist, je vos quit bien vengir
« Cil ait vostre arme qi le mont doit jugier ! »
A son destrier commence a reparir
GAUTIER i saut ou il n'ot q'aïrier ;
Fiert en la presse a guise d'omme fir
Qi li veïst son maltalent vengier,
Destre et senestre les rens au branc serchier,
Et bras et pis et ces testes tranchier,
De coardie nel deüst blastengir
Bien plus de en i fist trebuchier ;
Entor lui fait les rens aclaroir

CXXVII

Grans fu li chaples et molt pesans li fais.
Es vos GAUTIER poignant tot a eslais,
Et encontra Ernaut cui fu Doais.
Les destriers broiche[n]t qui molt furent irais ;
Grans cols se donent es escu[s] de Biauvais ;
Ploie[n]t les lances, si porfendent les ais,
Mais les haubers n'ont il mie desfais.
Andui s'abatent trés enmi le garais ;
En piés resaillent, n'en i a malvais ;
As brans d'acier se deduiront huimais.

CXXVIII

Andui li conte furent nobile et fir
El sor GAUTIER ot molt bon chevalier,
Fort et hardi por ces armes baillir
L'escu enbrace, tint l'espée d'acier,
Et fiert Ernaut sor son elme a or mier,
Qe flors et pieres en fait jus trebuchir
S'or n'eüst trait E. son chief arier,
(vo)Fendu l'eüst GAUTIER dusq'el brair
Devers senestre cola li brans d'acier ;
De son escu li trancha quartier

Et des pans de son hauberc doublir
Grans fu li cols, molt fist a resoignier ;
Si l'estona qel fist agenollir
E. le voit, n'i ot qe esmaier ;
Dieu reclama le verai justicier :
« Sainte Marie, pensez de moi aidier,
« Je referai d'Origni le mostir »
A ces paroles eiz vos poignant Renier,
Fix fu GAUTIER le nobile guerier ;
Devant son pere vit Ernaut trebuchier ;
L'escu enbrace, cel prent a avancier ;
Ja l'eüst mort sans autre recouvrier
Qant d'autre part e vos poignant BERNIER
A haute vois commença a huchier :
« Gentix hom, sire, por Dieu ne le touchier !
« Torne vers moi ton auferrant destrier,
« Bataille aras, ce l'oses commencir »
Qant cil l'oï, n'i ot qe correcier ;
D'a lui combatre avoit grant desirier,
Vengier voloit son chier frere Garnir
Li uns vers l'autre commence a avancier,
Grans cols se donne[n]t es escus de quartier,
Desoz les boucles les font fraindre et percier,
Mais les haubers ne porent desmaillir
Outre s'en pasent, les lances fon[t] brisier,
Qe nus des ne guerpi son estrir
BERNIER le vit, le sens quida changir

CXXIX

Cil BERNIER fu de molt grant vertu :
Il a sachié son bon branc esmolu,
Le fil GAUTIER fiert parmi l'elme agu
Qe flors et pieres en a jus abatu,
Trenche la coife de son hauberc menu,
De ci es dens l'a colpé et feodu.
Et dit GAUTIER : « Bien ai cest colp veü ;
« Se j'aten l'autre, por fol m'avrai tenu. »
Entor lui a tant des BERNIER veü,
De la poour a tout le sanc meü,
Au cheval vint qi bien l'a atendu ;
GAUTIER i monte, a son col son escu,
Poignant s'en vait, son fil lait remasu

Encontre terre mort gisant estendu.

CXXX

Vait s'en GAUTIER, q'li ne seit mais qe faire ;
Parmi tertre a esperon repaire ;
Por ces fix son grant duel maine et maire ;
Qi li veïst as poins ces chevols traire !
RAUL encontre, n'i mist autre essamplaire ;
Il li aconte le duel et le contraire :
« Li fil H. sont felon de put aire ;
« Mes fix m'ont mort, par le cors s. Ylaire !
« Chier lor vendrai ains qe soie au repaire.
« Diex, secor moi tant que je m'en esclaire !

CXXXI

« Biax niés RAUL, » ce dist li sors GAUTIER,
« Par cele foi qe je doi s. Denis,
« Li fil H. sont de mervillous pris :
« Andeus mes fix ont il mors et ocis.
« Je nel quidase por tout l'or de Paris,
« Ier au matin, ains qe fus miedis,
« Vers nos durassent vaillant parizis.
« A molt grant tort les avonmes requis.
« Se Dex n'en pense, ja n'en ira vis.
« Por Dieu te pri qi en la crois fu mis
« Qe en l'estor hui seul ne me guerpis ;
« La moie foi loiaument te plevis
« N'encontreras de tes anemis,
Se il t'abate[n]t de ton destrier de pris,
« Par droite force t'avera[i] lues sus mis. »
De ce ot goie RAUL de Cambrisis.

CXXXII

Li quens RAUL au coraige vaillant,
D'ambes pars voit la presse si grant
Qe il n'i pot torner son auferrant
Ne de l'espée ferir a son talant ;
Tel duel en a, toz en va tressuan[t].
Par grant fierté va la presse rompant ;
Mais d'une chose le taign je a effant,

Qe vers son oncle fausa de convenant :
GAUTIER guerpi son oncle le vaillant
Et les barons qi li furent aidant.
Parmi la presse s'en torne chaploiant ;
Cu[i] il ataint il n'a de mort garant :
A plus de en va les chiés tolant ;
Par devant lui vont li pluisor fuiant.
E vos Y. a esperon broichant ;
Sor son escu fiert le conte Morant ;
Et BERNIER i est venus corant,
Si fiert autre qe mort l'abat sanglant,
Et tuit li frere i fiere[n]t maintenant ;
La gent RAUL vont forment enpirant.
Li destrier vont parmi l'estor fuiant,
Les sengles routes, les resnes traïnant.
La ot ocis maint chevalier vaillant.
Li fil H. n'ont mie sens d'effant :
.M. chevalier en envoient avant
Qe vers Cambrai ne s'en voist nus fuiant.
E vos RAUL a l'aduré talant ;
De lui vengier ne se va pas faignant :
Hugon encontre, le preu conte vaillant,
N'ot plus bel hom de ci q'en Oriant,
Ne plus hardi ne meilor conqerant ;
Jovenes hom ert, n'ot pas aaige grant,
Chevalerie et pris aloit qerant ;
Sovent aloit lor essaigne escriant,
Les gens RAUL aloit mout damaigant.
RAUL le vit, cele part vint corant :
Grant coup li donne de l'espée tranchant
Parmi son elme, nel va mie espargnant,
Qe flor[s] et pieres en va jus craventant ;
Trenche la coife de son hauberc tenant,
Dusq'es espaules le va tout porfendant ;
Mort le trebuche, « Cambrai ! » va escriant ;
« Li fil H. mar s'en iront gabant ;
« Tuit i morrunt li glouton sousduiant ! »

CXXXIII

Li quens RAUL ot le coraige fier ;
De pars voit si la presse engraignier
Qe il n'i puet torner son bon destrier,

N'a son talent son escu manoier ;
Tel duel en a le sens quide changir
Qi li veïst son escu manoier,
Destre et senestre au branc les rens serchier,
Bien li menbrast de hardi chevalir
Mais d'une chose le taign je a legier :
GAUTIER guerpi son oncle le legier
Et les barons qi li durent aidir
Parmi la presse commense a chaploier :
Cu[i] il ataint n'a de mire mestier ;
Bien plus de .vij. en i fist trebuchir
Devant lui voit le bon vasal Richier
Qi tint la terre ver la val de Rivier,
Parent Y. et le confanonier ;
Cousins germains estoit l'enfant BERNIER ;
A tout .M. homes vint les barons aidier ;
Des gens RAUL faisoit grant enconbrir
Voit le RAUL, cel prent a covoitier ;
Prent espieu qi puis li ot mestier,
Par grant aïr le prent a paumoier ;
Desous lui broiche le bon corant destrier
Et fiert Richier en l'escu de quartier :
Desoz la boucle li fist fraindre et percier,
Le blanc hauber desrompre et desmaillier ;
Parmi le cors li fist l'espieu baignier,
Plaine sa lance l'abati en l'erbier ;
L'ensaigne Y. chaï el sablonier,
RAUL le voit, n'i ot q'esleescier :
« Canbrai ! » escrie, « ferez i chevalier !
« Ne la gar[r]ont li glouton losengir »

CXXXIV

Raous lait corre le bon destrier corant ;
Devant lui garde, vit Jehan le vaillant :
Cil tint la terre de Pontiu et de Ham ;
En toute l'ost n'ot chevalier si grant,
Ne homme nul que RAUL doutast tant.
Asseiz fu graindres que Saisnes ne gaians,
Plus de homes avoit ocis au branc.
RAUL l'esgarde qant le va avisant ;
Si grant le voit seoir sor l'auferrant
Por tout l'or Dieu n'alast il en avant,

140

Qant li remenbre de Taillefer errant,
Qi fu ces peres, ou tant ot hardemant ;
Qant l'en souvint, si prist hardement tant
Por .xl. homes ne fuïst il de champ.
Droit ver Jehan retorne maintenant ;
Le destrier broche, bien le va semonnant ;
Brandist la hanste de son espieu trenchant,
Et fiert Jehan sor son escu devant,
Desoz la boucle le va tout porfendant ;
Li blans haubers ne li valut gant :
Parmi le cors li va l'espieu passant ;
Plaine sa lance l'abati mort sanglant.
« Cambrai ! » escrie, hautement, en oiant ;
« Ferez, baron, n'alez mais atargant ;
« Li oir H. mar s'en iront gabant :
« Tuit i morront li glouton souduiant. »

CXXXV

Raous lait coure le bon destrier isnel,
Fiert Bertolai en son escu novel,
Parent BERNIER le gentil damoisel ;
El val de Meis tenoit bel chastel.
Des gens RAUL faisoit molt grant maisel ;
RAUL le fiert, cui mervelles fu bel,
Qe li escus ne li vaut mantel,
Et de l'auberc li rompi le clavel.
Parmi le cors li mist le penoncel :
Mort le trebuche el pendant d'un vaucel.
« Cambrai ! » escrie, « fereis i, damoisel !
« Par cel signor qi forma Daniel,
« Ne le gar[r]a li agais del cenbel. »
CXXXVI
La terre est mole, si ot poi pleü ;
Li brai espoisse del sanc et de[l] palu.
Bien vos sai dire des barons comment fu,
Li qel sont mort et li qel sont venchu.
Li bon destrier sont las et recreü ;
Li plus corant sont au pas revenu.
Li fil H. i ont forment perdu.

CXXXVII

Il ot pleü, si fist molt lait complai ;
Trestuit estanche[n]t li bauçant et li bai.
E vos Ernaut, le conte de Doai :
Raoul encontre, le signor de Cambrai ;
reprouvier li dist qe je bien sai :
« Par Dieu, RAUL, jamais ne t'amerai
« De ci qe mort et recreant t'avrai.
« Tu m'as ocis mon neveu Bertolai,
« Et Richerin qe durement amai,
« Et tant des autres qe nes recoverai.
— Voir, » dist RAUL, « encore en ocirai,
« Ton cors meesmes, se aisement en ai. »
E. respont : « Et je m'en garderai.
« Je vos desfi del cors s. Nicolai,
« Si m'aït Diex, qe je le droit en ai.

CXXXVIII

« Iés tu donc ce, RAUL de Cambrisis ?
« Puis ne te vi qe dolant me feïs.
« De ma mollier oi deus effans petis ;
« Ses envoia[i] a la cort a Paris,
« De Vermendois, au roi de S. Denis :
« En traïson andeus les oceïs.
« Nel feïz pas, mais tu le consentis.
« Por cel afaire iés tu mes anemis.
« S'a ceste espée n'est de toi li chiés pris,
« Je ne me pris vaillant parisis.
— Voir ! » dist RAUL, « molt vos estes haut pris.
« De la parole se ne vos en desdis,
« Jamais ne voie la cit de Cambrisis ! »

CXXXIX

Li baron tencent par grant desmesurance ;
Les chevals broichent, chascuns d'aus c'en avance.
Li plus hardis ot de la mort doutance.
Grans cols se done[n]t es escuz de Plaisance,
Mais li hauberc lor fisent secorance.
Andui s'abatent sans nule demorance ;
Em pié resaillent, molt sunt de grant puissanse ;
As brans d'acier refont tele acointance
Dont li plus fors en fu en grant dotance.

CXL

Andui li conte ont guerpi lor estrir
En RAUL ot mervilloz chevalier,
Fort et hardi por ces armes baillir
Hors de son fuere a trait le branc d'acier,
Et fier[t] E. sor son elme a ormier
Qe flors et pieres en a jus trebuchié.
Ne fust la coife de son hauberc doublier
De ci es dens feïst le branc glacir
L'espée torne el costé senest[r]ier :
De son escu li colpa quartier
Et maille[s] de son hauberc doublier ;
Tout estordi le fist jus trebuchir
Ernaus le voit, n'i ot qe esmaier ;
Dieu reclama le verai justicier :
« Sainte Marie, pensez de moi aidier !
« Je referai d'Origni le mostir
« Certes, RAUL, molt fais a resoigner ;
« Mais, se Dieu plaist, je te quit vendre chier
« La mort de ciax dont si m'as fait irir »

CXLI

Li quens E. fu chevalier[s] gentis
Et par ces armes vasals et de grant pris ;
Vers RAUL torne, de mal talent espris :
Grant colp li done, con chevalier[s] gentis,
Parmi son elme qi fu a or floris :
Trenche le cercle qi fu a flor de lis ;
Ne fust la coife de son hauberc treslis,
De ci es dens li eüst le branc mis.
Voit le RAUL, morne fu et pensis ;
A voiz escrie : « Foi que doi s. Denis,
« Comment q'il pregne, vasalment m'as requis.
« Vendre me quides la mort de tes amis :
« Nel di por ce vers toi ne m'escondis :
« Si m'aït Diex qi en la crois fu mis,
« Ainc tes enfans ne mal ne bien ne fis. »
Del colp E. fu R, si aquis,
Sanglant en ot et la bouche et le vis.
Qant RAUL fu jovenciax a Paris

A escremir ot as effans apris ;
Mestier li ot contre ces anemis.

CXLII

Li quens RAUL fu molt de grant vertu.
En sa main tint le bon branc esmolu,
Et fiert E, parmi son elme agu
Qe flors et pieres en a jus abatu ;
Devers senestre est li cols descendu ;
Par grant engien li a cerchié le bu.
Del bras senestre li a le poing tolu,
A tout l'escu l'a el champ abatu.
Qant voit E. q'ensi est confondu,
Qe a la terre voit gesir son escu,
Son poing senestre qi es enarme[s] fu,
Le sanc vermel a la terre espandu...
E. i monte qi molt fu esperdus ;
Fuiant s'en torne lez le bruellet ramu,
Qe puis le blasme ot tout le sens perdu.
RAUL l'enchause qi de preis l'a seü.

CXLIII

Fuit s'en E. et RAUL l'enchauça.
E. li quens durement redouta,
Car ces destrier[s] desoz lui estancha,
Et li baucens durement l'aproicha.
E. se pense qe merci criera.
Ens el chemin petit s'aresta ;
A sa voiz clere hautement s'escria :
« Merci ! RAUL, por Dieu qi tot cria.
« Se ce vos poise qe feru vos ai la,
« Vos hom serai ensi con vos plaira.
« Qite vos clain tot Braibant et Hainau,
« Qe ja mes oirs demi pié n'en tendra. »
Et Raous jure qe ja nel pensera
Desq'a cele eure qe il ocis l'avra.

CXLIV

Fuit s'en E. broichant a esperon ;
R[aous] l'enchauce qi cuer a de felon.

E. regarde contremont le sablon,
Et voit R[ocoul] le nobile baron
Qi tint la terre vers la val de Soisons.
Niés fu E. et cousins Berneçon.
Avec lui vinrent .M. nobile baron.
E. le voit, vers lui broiche a bandon ;
Merci li crie por avoir garison.

CXLV

Ernaus c'escrie, poour ot de mourir :
« Biaus niés R[ocoul], bien me devez garir
« Envers R[aoul] qi ne me vieut guerpr
« Ce m'a tolu dont devoie garir,
« Mon poing senestre a mon escu tenir ;
« Or me manace de la teste tolr »
Rocous l'oï, del sens quida issir :
« Oncles, » dist il, « ne vos chaut de fuïr :
« Bataille ara R[aous], n'i puet faillir,
« Si fiere et dure con il porra soufrr »

CXLVI

En Rocoul ot mervillous chevalier,
Fort et hardi por ces armes baillir
« Oncles, » dist il, « ne vos chaut d'esmair »
Le cheval broiche des esperons d'or mier ;
Brandist la hanste planée de pom[i]er,
Et fiert R[aoul] en l'escu de quartier,
Et R[aous] lui, nel vost mie esparnier :
Desoz la boucle li fist fraindre et percir
Bons haubers orent, nes porent enpirir
Outre s'en passent, les lances font brisier,
Qe nus des n'i guerpi son est[r]ir
R[aous] le vit, le sens quida changier :
Par mal talent tint l'espée d'acier,
Et fiert R[ocoul] sor son elme a or mier,
Pieres et flors en fist jus trebuchir
Devers senestre cola li brans d'acir
Tout son escu li fait jus reoingnir
Sor l'estriviere fait le branc apuier,
Soz le genoil li fait le pié tranchier :
O l'esperon l'abat el sablonnir

Voit le R[aous], n'i ot q'esleecier ;
Puis lor a dit molt lait reprovier :
« Or vos donrai mervillous mestier :
« E. ert mans, et vos voi eschacier ;
« Li uns iert gaite, de l'autre fas portir
« Ja ne porrés vostre honte vengir
— Voir, » dist Rocous, « tant sui je plus irier !
« Oncles E., je vos quidoie aidier,
« Mais mes secors ne vos ara mestir »
Fuit s'en E., n'i ot qe esmaier ;
R[aous] l'enchauce, q'il ne le vieut laissir

CXLVII

Fuit s'en E. broichant a esperon.
RAUL l'enchauce qi quer a de felon ;
Il jure Dieu qi soufri passion,
Por tout l'or Dieu n'aroit il garison
Qe ne li toille le chief soz le menton..
E. esgarde contreval le sablon
Et voit venir dant H. d'Ireçon,
W. de Roie, Loeys et Sanson,
Le comte Y., le pere BERNIER ;
E. les voit, vers ons broiche a bandon ;
Merci lor crie por avoir garison.

CXLVIII

Ernaus escrie, poour ot de morir :
« Signor, » dist il, « bien me devés garir
« Envers RAUL qi ne me vieut guerpr
« De vos parens nos a fait tant mourr
« Se m'a tolu dont deüse garir,
« Mon poing senestre a mon escu tenir ;
« Or me manace de la teste tolr »
Y. l'oi, del sens quida issr

CXLIX

Ibers lait core le bon destrier gascon ;
Brandist la hanste, destort le confanon,
Et fiert RAUL en l'escu au lion ;
Desoz la boucle li perce le blason,

Fauce la maille de l'auberc fremillon,
Lez le costé li mist le confanon ;
Ce fu mervelle qant il ot garison.
Plus de l'ont saissi environ ;
Ja fust ocis ou menez en prison,
Qant GAUTIER vint a coite d'esperon
A . qui sont si compaignon,
Tuit chevalier et nobile baron.
De lui rescoure sont en mout grant friçon ;
La abatirent maint vasal de l'arçon.

CL

Or ot GAUTIER sa grant gent asamblée.
furent de gent molt bien armée.
GAUTIER lait corre par molt grant aïrée,
Et fiert Bernart sor la targe dorée,
Cel de Retest a la chiere menbrée :
Desous la boucle li a fraite et troée,
La vielle broigne rompue et despanée ;
Parmi le cors li a l'anste pasée ;
Mort le trebuche de la cele dorée.
Lors veïssiés une dure meslée,
Tant'hanste fraindre, tant[e] targe troée,
Et tante broigne desmaillie et fausée,
Tant pié, tant poing, tante teste colpée,
Tant bon vasal gesir goule baée.
Des abatus est joinchie la prée,
Et des navrez est l'erbe ensangle[n]tée.
RAUL rescousent a la chiere menbrée.
Li quens le voit, grant goie en a menée.
Espée traite, par molt grant aïrée,
Fiert en la preisse ou dure est la meslée.
Le jor en a mainte arme desevrée
Dont mainte dame remeist veve clamée ;
Plus de en a mors a l'espée.
E. le voit, mie ne li agrée ;
Dieu reclama qui mainte ame a sauvée :
« Sainte Marie, roïne coronée,
« La moie mors n'iert jamais restorée,
« Q'en cest diable ci n'a point de rousée. »
Fuiant s'en torne parmi une valée.
RAUL le vit, s'a la teste levée ;

Après lui broiche toute une randonnée ;
Se li escrie a molt grant alenée :
« Par Dieu, E., ta mort ai desirée ;
« A cest branc nu est toute porpalée. »
E. respont cui goie est definée :
« N'en puis mais, sire, tex est ma destinée
« N'i vaut desfense une poume parée. »

CLI

Fuit s'en E., q'il ne seit ou guenchr
Tel poor a ne se puet soustenr
RAUL esgarde q'il voit si tost venr
Merci li crie, con ja por[r]ez oïr :
« Merci ! RAUL, se le poez soufrr
« Jovenes hom sui, ne vuel encor morir,
« Moines serai, si volrai Dieu servr
« Cuites te claim mes onnors a tenr
— Voir ! » dist RAUL, « il te covient fenir,
« A ceste espée le chief del bu partir ;
« Terre ne erbe ne te puet atenir,
« Ne Diex ne hom ne t'en puet garantir,
« Ne tout li saint qi Dieu doivent servr »
E. l'oï, s'a geté soupr

CLII

Li quens RAUL ot tout le sens changié,
Cele parole l'a forment empirié,
Q'a celui mot ot il Dieu renoié.
E. l'oï, s'a le chief sozhaucié :
Cuers li revint, si l'a contraloié :
« Par Dieu, RAUL, trop te voi renoié,
« De grant orgueil, fel et outrequidié.
« Or ne te pris nes q'un chien erragié
« Qant Dieu renoies et la soie amistié,
« Car terre et erbe si m'avroit tost aidié,
« Et Dieu[s] de gloire, c'il en avoit pitié. »
Fuiant s'en torne, s'a son branc nu sachié.
Devant lui garde qant il l'ot eslongié :
Voit BERNIER venir tout eslaisié,
De beles armes molt bien aparillié,
D'auberc et d'elme et d'escu et d'espié ;

E. le voit, s'a son poing oblié ;
Por la grant goie a tout le cuer hatié ;
Vers BERNIER a son cheval drecié,
Merci li crie par molt grant amistié :
« Sire BERNIER, aies de moi pitié !
« Vez de RAUL, con il m'a justicié :
« Del bras senestre m'a mon poing rooignié. »
BERNIER l'oï, tout a le sens changié,
De poor tranble desq'en l'ongle del pié.
Et vit venir RAUL tout aïrié ;
Ains qu'il le fiere l'ara il araisnié.

CLIII

En BERNIER ot molt bon chevalier,
Fort et hardi et nobile guerir
A sa vois clere commença a huchier :
« Oncles E., ne vos chaut d'esmaier,
« Car je irai mon signor araisnir »
Il s'apuia sor le col del destrier ;
A haute vois commença a huchier :
« E ! RAUL sire, fix de franche mollier,
« Tu m'adoubas, ce ne puis je noier,
« Mais durement le m'as puis vendu chir
« Ocis nos as tant vaillant chevalier !
« Ma mere arsistes en Origni mostier,
« Et moi fesistes la teste peçoir
« Droit m'en offrites, ce ne puis je noir
« Por l'amendise poi avoir maint destrir
« Offert m'en furent bon cheval corcier,
« Et mulet et palefroi chier,
« Et escu et hauberc doublir
« Coreciés ere qant vi mon sanc raier ;
« A mes amis m'en alai consellir
« Or le me loent li vaillant chevalier :
« Se or le m'ofres ja refuzer nel qier,
« Et pardonrai trestout, par s. Richir
« Mais que mes oncles puisse a toi apaier ;
« Ceste bataille feroie je laissier,
« Vos ne autrui ne querroie touchier,
« Toutes nos terres vos feroie baillier ;
« Mar en lairez ne anste ne poumir
« Laissiés les mors, n'i a nul recouvrir

« E ! RAUL sire, por Dieu le droiturier,
« Pitié te pregne : laisse nos apaissier,
« Et cel mort home ne te chaut d'enchaucier :
« Qi le poing pert, n'a en lui q'aïrir »
RAUL l'oï, le sens quida changir
Si s'estendi qe ploient li estrier :
Desoz lui fait le dest[r]ier archoir
« Bastars, » dist il, « bien savez plaidoier ;
« Mais vos losenges ne vos aront mestier :
« N'en partirés sans la teste tranchir
— Voir ! » dist BERNIER, « bien me doi corecier :
« Or ne me vuel huimais humelir »

CLIV

Qant BERNIER voit RAUL le combatant,
Qe sa proiere ne li valoit gant,
Par vertu broiche desouz lui l'auferrant ;
Et RAUL vient vers lui esperonant.
Grans cols se done[n]t sor les escus devant :
Desoz les boucles les vont toz porfendant.
BERNIER le fiert qi droit i avoit grant :
Le bon espieu et l'ensaigne pendant
Li mist el cors, n'en pot aler avant.
RAUL fiert lui par si grant maltalant,
Escuz n'aubers ne li valut gant.
Ocis l'eüst, sachiés a esciant,
Mais Diex et drois aïda BERNIER tant,
Lez le costé li va le fer frotant :
Et BERNIER fait son tor par maltalent,
Et fier[t] RAUL parmi l'elme luisant
Qe flors et pieres en va jus craventant ;
Trenche la coife del bon hauberc tenant,
En la cervele li fait couler le brant.
Baron, por Dieu, n'iere ja qi vos chant,
Puis qe l'on muert et l'om va definant,
Qe sor ces piés soit gaires en estant :
Le chief enclin chaï de l'auferrant.
Li fil H. en sont lié et goiant.
Tex en ot goie qui puis en fu dolans,
Con vos orrés, se longement vos chant.

CLV

Li quens RAUL pense del redrecier ;
Par grant vertu trait l'espée d'acir
Qi li veïst amon[t] son branc drecier !
Mais il ne trueve son colp ou emploier ;
Dusq'a la terre fait son bras asaier :
Dedens le pré fiert tot le branc d'acier ;
A molt grant paine l'en pot il resaichir
Sa bele bouche li prent a estrecier,
Et si vair oil prenent a espessir
Dieu reclama qi tout a baillier :
« Glorious peres, qi tout pues justicier,
« Con je voi ore mon cors afoibloier !
« Soz siel n'a home, se jel conseüse ier,
« Apres mon colp eüst nul recovrir
« Mar vi le gant de la terre bailier ;
« Ceste ne autre ne m'avra mais mestir
« Secorés moi, douce dame del ciel ! »
BERNIER l'oï, le sens quida changier ;
Desoz son elme commence a larmoier ;
A haute voiz commença a huchier :
« E ! RAUL, sire, fix de franche mollier,
« Tu m'adoubas, ce ne puis je noier ;
« Mais durement le m'as puis vendu chir
« Ma mere arcis par dedens moustier,
« Et moi fesis la teste peçoir
« Droit m'en ofris, ce ne puis je noier ;
« De la vengance ja plus faire ne qir »
Li quens E. commence a huchier :
« Cest home mort laisse son poing vengier !
— Voir ! » dist BERNIER, « desfendre nel vos qier ;
« Mais il est mort, ne[l] vos chaut de tochir »
E. respont : « Bien me doi correcir »
An tor senestre trestorne le destrier,
Et el poing destre tenoit son branc d'acier,
Et fiert RAUL, ne le vost esparnier,
Parmi son elme qe il vost empirier :
La maistre piere en fist jus trebuchier,
Tranche la coife de son hauberc doublier ;
En la cervele li fist le branc baignir
Ne li fu sez, ains prist le branc d'acier ;
Dedens le cors li a fait tout plungier ;
L'arme s'en part del gentil chevalier :

Damerdiex l'ait, se on l'en doit proier !

CLVI

BERNIER escrie : « S. Quentin et Doai !
« Mors est RAUL, li sire de Cambrai.
« Mort l'a Ernaus et BERNIER, bien le sai. »
Li quens E. broiche le destrier bai.
BERNIER en jure le cors s. Nicolai :
« De ce me poise qe je RAUL mort ai,
« Si m'aït Diex, mais a mon droit fait l'ai. »
E vos GAUTIER sor grant destrier bai :
Son neveu trueve, s'en fu en grant esmai.
Il le regrete si con je vos dirai :
« Biax niés, » dist il, « por vos grant dolor ai.
« Qi vos a mort jamais ne l'amerai,
« Pais ne acorde ne trives n'en prendrai
« Desq'a cele eure qe toz mors les arai :
« Pendus as forches toz les essillerai.
« A. dame, qel duel vos noncerai !
« Jamais a vos parler nen oserai. »

CLVII

E vos GAUTIER broichant a esperon ;
Son neveu trueve gisant sor le sablon.
En son pong tint c'espée li frans hom ;
Si l'a estrainte entre heut et le pom
Qe a grant peine desevrer li pot on ;
Sor sa poitrine son escu a lion.
GAUTIER se pasme sor le piz del baron :
« Biax niés, »dist il, « a ci a male raison.
« Ja voi je la le bastart BERNIER
« Qe adoubastes a Paris el donjon :
« Il vos a mort par malvaise oquison,
« Mais, par celui qui soufri passion,
« Se ne li trais le foie et le poumon,
« Je ne me pris vaillant esperon. »

CLVIII

Li sors GAUTIER vit ces homes morir,
Et son neveu travillier et fenir,

Et sa cervele desor ces oils gesr
Lors ot tel duel del cens quida issir :
« Biax niés, » dist il, « ne sai qe devenr
« Par cel signor qi ce laisa laidir,
Cil qi de moi vos ont fait departir
« N'avront ja pais qe je puisse soufrir,
« Ces avrai faiz essillier et honnir,
« Ou tot au mains de la terre fur
« Trives demant, se je i puis venir,
« Tant qe je t'aie fait en terre enfor »

CLIX

Grant duel demaine d'Aras li sors GAUTIER
Perron apele : « Venez avant, amis,
« Et Harduïn et Berart de Senliz,
« Poingniés avant desq'a mes anemis,
« Et prenez trives, si con je le devis,
« Tant qe mes niés soit dedens terre mis. »
Et cil respondent : « Volentiers, a toudis. »
Les chevals broichent, escus devant lor vis.
Les fix H. n'ont pas longement quis,
Ains les troverent sor les chevals de pris ;
Grant goie font de RAUL q'est ocis.
Tex en ot goie qi puis en fu maris.
Eiz les mesaiges de parler entremis :
A ciax parole[n]t, as cols les escuz bis :
« Tort en avez, par le cors s. Denis ;
« Li quens RAUL don[t] ert il molt gentis,
« Si ert ces oncles nostre rois Loeys,
« Et cil d'Arras li bons vasals Guerris.
« Tex en fait goie, sains et saus et garis,
« Qi essera detranchiés et ocis.
« GAUTIER vos mande, li preus et li hardis,
« Respit et trives, par le cors [saint] Denis,
« Tant qe ces niés soit dedens terre mis.
— Nous l'otrions, » dist Y. li floris,
« C'il les demande jusq'al jor del juïs. »

CLX

Les trives donnent devant midi sonnant.
Par la bataille vont les mors reversant.

153

Qi trova mort son pere ou son effant,
Neveu ou oncle ou son apartenant,
Bien poés croire, le cuer en ot dolant.
Et GAUTIER va les siens mors recuellant ;
Andeus ces fix oublia maintenant
Por son neveu RAUL le combatant.
Devant lui garde, vit Jehan mort sanglant ;
En toute France n'ot chevalier si grant,
RAUL l'ocist, ce sevent li auquant.
GAUTIER le vit, cele part vint corant :
Lui et RAUL a pris de maintenant,
Andeus les oevre a l'espée trenchant,
Les cuers en traist, si con trovons lisant ;
Sor escu a fin or reluisant
Les a couchiés por veoir lor samblant :
L'uns fu petiz ausi con d'un effant,
Et li. RAUL, ce sevent li auquant,
Fu asez graindres, par le mien esciant,
Qe d'un torel a charue traiant.
GAUTIER le vit, de duel va larmoiant ;
Ces chevaliers en apele plorant :
« Franc compaignon, por Dieu venez avant :
« Vés de RAUL le hardi combatant,
« Qel cuer il a encontre cel gaiant !
« Plevi m'avez, franc chevalier vaillant,
« Force et aïde a trestout vo vivant.
« Mi anemi sont ci devant voiant ;
« Celui m'ont mor[t] qe je amoie tant :
« Se je nel venge, tai[n]g moi a recreant.
« Piere d'Artois, ralez a ox corant,
« Rendés lor trives, nes qier porter avant. »
Et cil respont : « Tout a vostre commant. »
As fix H. s'en va esperonnant ;
Si lor escrie hautement en oiant :
« GAUTIER vos mande, par le cors s. Amant,
« Tenés vos trives ; saichiés a esciant,
« Cil en a aise, n'arés de mort garant. »
Qant cil l'entende[n]t molt en sont esmaiant ;
De la bataille sont forment arruiant,
Et lors destriers lassé et recreant.
En vers GAUTIER revient cil traveschant,
Et li Sors va toz ces homes rengant.
Ançois le vespre en seront mil dolant.

CLXI

Or ot GAUTIER sa grant gent asamblée ;
mile furent et .vij. en la prée.
Li fil H. ront la lor ajostée ;
M. furent de gent bien ordenée.
GAUTIER chevalche la baniere levée ;
Volt le BERNIER, s'a la coulor muée :
« Voiés, » fait il, « con faite recelée !
« GAUTIER nos a sa grant gent amenée.
« Je cuit la trive mar i fu hui donnée. »
GAUTIER lait coure par molt grant alenée,
Et fiert Ugon a la chiere menbrée,
Cousin BERNIER ; tele li a donnée,
Desoz la boucle l[i] a fraite et troée,
La vielle broigne rompue et despanée,
Parmi le cors li a l'anste passée ;
Mort le trebuche de la cele dorée.
Voit le BERNIER, s'a la coulor muée :
« E ! GAUTIER fel, » dist il, « barbe meslée,
« Respit et trive nos aviés demandée,
« Et con traïtres la nos as trespassée.
« Mais ains qe soit la nuis au jor meslée,
« En sera il mainte targe troée,
« Et pluisors armes de maint cors desevrée. »
A icest mot commença la meslée,
Et GAUTIER tint el poign traite l'espée ;
Desor maint elme l'a iluec esprovée,
De ci q'as poins est toute ensangle[n]tée.
Bien plus de en a mors a l'espée.
Voit le BERNIER ; s'a la color muée
Qant de sa gent il fait tele aterrée.
Celi en jure q'est el ciel coronée,
« S'or en devoie gesir goule baée,
« Si sera ja de nos deus la meslée. »

CLXII

Cil BERNIER fu molt de grant vertu,
Et vit Ugon son cousin estendu ;
Fill fu s'antain ; grant ire en a eü :
Il le regrete et dist qe mar i fu :

155

« Ahi ! GAUTIER, qel ami m'as tolu !
« Cuivers viellars, mal dehait aies tu ! »
Il se redrese sor l'auferant crenu,
Et GAUTIER broiche qant il l'a conneü.
Si durement se sont entreferu,
Desoz la boucle percierent les escu.
Bons haubers orent qant il ne sont rompu.
GAUTIER se tint qi le poil ot chenu.
BERNIER a del destrier abatu.
Goie ot GAUTIER qant il le vit cheü ;
Il traist l'espée, sore li est coru :
Ja en presist le chief desor le bu
Qant Y. vint qi bien l'a secoru.
GAUTIER le vit, grant duel en a eü :
« Bastars, » dist il, « trop vos ai consentu.
« RAUL as mort, certes, qe mar i fu ;
« Mais, par celui c'on apele Jesu,
« Ja n'avrai goie le montant d'un festu
« S'aie ton cuer sa defors trestout nu. »

CLXIII

Ge dist GAUTIER : « Franc chevalier baron,
« Ja n'en avra[i] a nul jor retraçon
« Qe mes lignaiges porchaçast traïson.
« Ou ies alez, li bastars BERNIER ?
« N'a encor gaires qe t'oi en tel randon
« Devers le ciel te levai les talons.
« Ja de la mort n'eüses garison,
« Ne fust tes peres Y. de Ribemont. »
GAUTIER lait corre le destrier de randon ;
Brandist la hanste, destort le confanon,
Et va ferir dant Herber[t] d'Ireçon ;
C'ert l'un des freres, oncles fu BERNIER ;
Grant colp li done sor l'escu au lion,
Q'i li trencha son ermin peliçon,
Demi le foie et demi le poumon ;
L'une moitié en chaï el sablon,
L'autre moitiés demora sor l'arçon ;
Mort le trebuche del destrier d'Aragon.
Atant e vos Loeys et Vuedon,
Le conte Y., le pere Berneçon ;
Mort ont trové H. le franc baron ;

Por lor chier frere furent en grant friçon.
BERNIER lait corre le bon destrier gascon,
Sor son escu fiert le conte Faucon ;
Et Loeys ala ferir Sanson ;
Li quens Y. Amauri le breton ;
Onques cil n'orent confession.
La gent Y. croissent a grant fuison,
Sor la GAUTIER fu la confusion ;
Molt plus de terre c'on ne trait d'un boujon
Les requierent li parent BERNIER
Tant i a mors chevalier[s] el sablon
N'i puet passer chevalier[s] ne frans hon.
Li bon destrier, je vos di par raison,
Li plus corant sont venu au troton.

CLXIV

Li sors GAUTIER voit sa gent enpirier ;
Tel duel en a le sens quide changir
Sor son escu ala ferir Gautir
Pieres d'Artois ne s'i vost atargier,
Ains fiert le conte Gilemer le Pohier,
Et Harduïns vait ferir Elier ;
Ainc a ces n'i ot arme mestier,
N'i covint prestre por aus cumenir
La gens Y. commence a avancier
Et la GAUTIER molt a amenuisier ;
Tuit sont ocis li baron chevalier,
Ne mais vins qi ne sont mie entir
Il se ralient parmi le sablonier ;
Ains qe il fuient se venderunt molt chir
GAUTIER esgarde parmi le sablonnier,
Voit sa maisnie estendue couchier
Morte et sanglente, n'ot en lui qu'aïrir
De sa main destre la commence a sainier :
« E ! tant mar fustes, nobile chevalier,
« Cil de Cambrai, qant ne vos puis aidier ! »
Tenrement pleure, ne se seit consellier,
L'aigue li cort contreval le brair

CLXV

Or fu GAUTIER lez l'oriere del bos,

157

O lui de chevalier[s] cortois,
Et vit BERNIER d'autre part le marois,
Et Loeys el destrier castelois,
Le conte Y. qui tenoit Vermendois,
W. de Roie et trestos lor feois :
« Diex ! » dist GAUTIER, « qe ferai, peres rois ?
« Mes anemis voi ci et lor harnois ;
« La voi BERNIER qi m'a mis en effrois,
« Celui m'a mort qi m'a mis en effrois.
« S'ensi les lait et je atant m'en vois,
« Trestous li mons m'en tenra a revois. »
Par vertu hurte le bon destrier norois,
Mais ne li vaut la montance d'un pois.
Car desoz lui li estanche el chamois.

CLXVI

El sor G, nen ot que correcier :
Il ne sot tant son cheval esforcier
Ne le passast roncins charuir
GAUTIER le voit, le sens quida changier ;
A pié descent, ne se vost atargier,
La cele osta, qe n'i qist esquier ;
Il le pormaine por le miex refroidir

CLXVII

Li sors GAUTIER le destrier pormena ;
Trois fois se viutre, sor les piés se dreça ;
Si for[t] heni qe la terre sonna.
GAUTIER le voit, molt fiere goie en a.
La cele a mise, par l'estrier i monta ;
Des esperons petit le hurta ;
Par desoz lui si isnel le trova,
Plus tost li cort qu'aronde ne vola.
Ou voit BERNIER fierement l'apela :
« Bastars, » dist il, « trop te voi en en la.
« RAUL as mort qi premiers t'adouba,
« En felonie, et li quens molt t'ama ;
« Mais s'un petit te traioies en ça,
« De mort novele mes cors t'avestira. »

CLXVIII

Qant BERNIER oit le plait de sa mort,
Le destrier broiche, le confanon destort.
« Sire GAUTIER, » fait i, « vos avez tort :
« RAUL vos niés ot molt le cuer entort,
« Mais aseiz plus vos voi felon et fort.
« Dès que Diex fist s. Gabriel en l'ort,
« Ne fu mais hom ou il n'eüst re[s]ort.
« Por l'amendise irai a Acre au port
« Servir au Temple, ja n'i avra recort. »

CLXIX

Se dist GAUTIER : « Bastart, petit vos vaut,
« Se mes escus et mes espiex ne faut.
« Tele amendise ne pris je bliaut,
« Si t'avrai mort ou encroé en haut. »
Dist BERNIER : « C'est li plais de Beraut.
« Cuivers viellars, ancui arez vos chaut.
« Je vos ferrai, se Damerdiex me saut ! »

CLXX

BERNIER lait corre, li prex et li hardis,
Mais ces destriers fu forment alentis ;
Et GAUTIER broiche qi toz fu afreschis,
Et fiert BERNIER desor son escu bis :
Desoz la boucle li a frait et malmis ;
Trenche la maille desoz son escu bis,
Lez le costé li a fer et fust mis :
Ce fut mervelle qant en char ne l'a pris.
Si bien l'enpaint GAUTIER li viex floris,
Qe BERNIER a les estriers guerpis.
GAUTIER le voit, molt en est esbaudiz ;
Espée traite est desor lui guenchis.
Devers BERNIER est li gius mal partis,
Qant d'autre part eiz ces neveus saillis :
Ce fu Gerars et Henris de Cenlis.
Qant cil i vinrent, ci les ont departis.
GAUTIERles voit, molt les en a haïs.
Il fiert GAUTIER l'espanois au fier vis
Desor son elme qi est a flor de lis ;
Li cercles d'or ne li vaut tapis ;

Trenche la coife de son hauberc treslis,
De ci es dens li a tout le branc mis ;
Mort le trebuiche del bon destrier de pris.
Voit le GAUTIER, molt en est esgoïs :
« Cambrai ! » escrie, « cius est asez norris !
« Ou iés alez, BERNIER li faillis ?
Cuivers bastars, tos jors mies tu fuïs ;
« Ja n'avrai goie tant con tu soies vis. »

CLXXI

Qant B, voit le franc Gerart morir,
Tel duel en a le sens quide marr
De Vermendois vit les grans gens venir ;
Cil de Cambrai ne porent plus soufrr
GAUTIER le voit, de duel quide morr
En l'estor vait le chaple maintenir,
Et tuit li sien i fierent par ar
Dont veïssiés fier estor esbaudir,
Tante anste fraindre et tant escu croissir,
Tant bon hauberc desrompre et dessartir,
Tant bon destrier qui n'a soign de henir ;
Tant pié, tant poig, tante teste tolir ;
Plus de en i fissent morr
GAUTIER ne pot plus le chaple tenir ;
A . homes s'en puet huimais partr
Il se demente com ja por[r]és oïr :
« Franche maisnie, qe por[r]és devenir ?
« Qant je vos lais, si m'en convient partr »

CLXXII

Vait s'en GAUTIER, hommes chaele ;
De mile homes n'en remeist plus en cele.
Il esgarda contreva[l] la vaucele,
Voit tant vasal traïnant la boele ;
Toz li plus cointe[s] de rien ne se revele ;
Et GAUTIER pleure, sa main a sa maisele ;
RAUL enporte dont li diex renovele.
Si com il va contreval la praele,
Voit sa gent morte, doucement les apele :
« Franche maisnie, par la virgene pucele,
« Ne vos puis metre en aitre n'en chapele.

« A., dame, ci a dure novele ! »
Tant a plore mollie a sa maissele ;
Li cuers li faut par desoz la mamele.
Saint Jaque jure c'on qiert en Compostele
Ne fera pais, por l'onnor de Tudele,
S'ait BERNIER trait le cuer soz la mamele.

CLXXIII

Li fil H. ne sont mie goiant :
D'onze .M. homes qe il orent avant,
Et des secors qe fisent païsant,
N'ont qe c., par le mien esciant ;
Par devers ous est la perte plus grant ;
Li plus hardiz s'en va espoentant.
Lor frere troevent mort el sablon gisant,
Et lors parens don[t] i ot ocis tant.
A S. Quentin les portent duel faisant ;
Et GAUTIER va son grant duel demenant.
RAUL enporte dont a le cuer dolant ;
Desoz Cambrai descendirent atant.

CLXXIV

A Cambrai fu A., je vos di.
Ainc en trois jors ne me[n]ga ne dormi,
Tout por son fil qe ele avoit laidi.
Maudi l'avoit ; le cuer en a mari.
Un poi s'endort, qe trop ot consenti ;
Soinga soinge qe trop li averi :
De la bataille voit RAUL le hardi,
Ou repairoit, vert paile vesti,
Et BERNIER l'avoit tout departi.
De la poour la dame c'esperi ;
Ist de la sale, s'encontra Amauri,
chevalier qe ele avoit nouri.
La gentix dame le hucha a haut cri :
« Ou est mes fix, por Dieu qi ne menti ? »
Cil ne parlast por l'onour de Ponti :
Navrés estoit d'un roit espieu burni ;
Chaoir voloit del destrier arabi,
Qant borgois en ces bras le saisi.
A ces paroles es vos levé le cri,

Qe partot dient, si c'on l'a bien oï :
« Mors est RAUL et pris i est GAUTIER ! »

CLXXV

La gentix dame vit le duel engraignir
Parmi la porte entrent li bon destrier,
Les arçons frais : n'i a qe pecoir
Ocis i furent li vaillant chevalir
Sergant i qeurent, vaslet et esquir
Parmi la porte eiz vos entrer Gautier
Qi RAUL porte sor son escu plegnir
Si le sostiene[n]t li vaillant chevalier,
Le chief enclin soz son elme a or mir
A S. Geri le portent au mostir
En unne biere fissent le cors couchier ;
Quatre crois d'or fisent au chief drecir
D'argent i ot ne sai qans encencir
Li saige clerc i font le Dieu mestir
Dame A., ou n'ot qe corecier,
Devant la biere sist el faudestuef chir
Les chevaliers en prist a araisnier :
« Signors, » dist ele, « a celer nel vos qier,
« Mon fil maudis par maltalent l'autrier ;
« Mieudres ne fu Rolans ne Oliviers
« Qe fustes, fix, por vos amis aidier !
« Qant moi remenbre del traitor BERNIER
« Qi vos a mort, j'en quit vive erragier ! »
Lors chiet pasmée ; on la cort redrecir
De pitié pleure mainte franche mollir

CLXXVI

Dame A., qant revint de pasmer,
Son fil regrete, ne se pot conforter :
« Biau fix, » dist ele, « je te poi molt amer !
« Tant te norris q'armes peüs portr
« Li miens chiers freres qi France a a garder
« Te donna armes, presis les comme br
« O toi feïs bastart adouber,
« Q'il m'estut, lase ! de tel dolor jeter,
« N'a home el siecle qi l'osast esgardr
« Malvaisement le seit gueredonner :

« Soz Origni vos a fait devir »
Lors vint GAUTIER qui tant fait a douter ;
Vait a la biere le paile souslever :
Por la dolor le convint a pasmr
Dame A. le prist a ranprosner :
« Sire GAUTIER, on vos en doit blasmer :
« Je vos charchai mon effant a garder :
« En la bataille le laissastes sevrr
« Qex gentils hom s'i porra mais fier,
« Puisqe tes niés n'en i pot point trover ? »
GAUTIER l'oï, le sens quida derver ;
Les ex roelle, sorciux prent a lever ;
Par contenance fu plus fiers d'un senglr
Par maltalent la prist a regarder,
C'ele fust hom ja se vossist mesler :
« Dame, » dist il, « or revuel je parlr
« Por mon neveu qe j'en fis aporter,
« Me covint il mes fils oublier
« Qe vi ocire et les menbres colpr
« Bien me deüs[t] li cuers el cors crevr

CLXXVII

— Sire GAUTIER, » dist la dame au fier vis,
« Je vos charchai RAUL de Cambrisis ;
« Fix ert vo frere, bien estoit vos amis :
« En la bat[a]ille con fel le guerpesis. »
GAUTIER l'entent, a poi n'enraige vis :
« Mal dites, dame, » dist il, « par S. Denis !
« Je n'en puis mais, tant sui je plus maris,
« Qe B, li bastars l'a ocis ;
« Mais plus i ont perdu de lor amis.
— Diex ! » dist la dame, « cum est mes cuers maris !
« Se l'eüst mort un quens poesteïs,
« De mon duel fust l'une motiés jus mis.
« Qui lairai je ma terre et mon païs ?
« Or n'i ai oir, par foi le vos plevis.
« Ou par ot ore li bastars le cuer pris
« Qe si haus hom fu par son cors requis ?
« Or n'i a oir, par foi le vos plevis,
« Fors Gautelet ; ces pere ot nom Henris ;
« Fix est ma fille et molt par est gentis. »
Gautiers le seut, si vint en Canbrisis

Il et sa mere, qe n'i ot terme mis,
Et descendirent ; si ont les cuers maris.
Molt par fu l'enfes coraigeus et hardis.

CLXXVIII

L'enfes Gautiers est descendu[s] a pié ;
El mostier entre, si n'ot pas le cuer lié ;
Vint a la biere, s'a le paile haucié ;
Maint gentill home en pleure de pitié.
« Oncles, » dist il, « tos ai duel acointié.
« Qi de nos a parti l'amistié
« Ne l'amerai si l'arai essillié,
« Ars ou destruit ou del regne chacié.
« Cuivers bastars, con tu m'as fait irié !
« Se m'as tolu dont devoie estre aidié :
« Tuit nostre ami en fusent essaucié.
« Mais, par les s. qi Jhesu ont proié,
« Se je tant vif q'aie l'elme lacié,
« Ne te larai n'en donjon n'en plaisié,
« N'en forteresce dusq'a Paris au sié,
« Si t'averai le cuer del pis sachié,
« En parties fendu et peçoié.
« Tuit ti ami en seront detrenchié ! »
GAUTIER l'oï, si a le chief haucié,
Et dist en bas, que nus ne l'entendié :
« Se cis vit longes, Y. fera irié. »

CLXXIX

Dame A. fut d'ire trespensée.
Sa fille chiet de maintenant pasmée,
Mais Gautelès l'en a jus relevée.
Au redrecier abati la velée
De quoi la biere estoit acouvetée :
Voit de RAUL la chiere ensanglentée ;
La maistre plaie li estoit escrevée.
« Oncles, » dist l'enfes, « ci a male soldée
« Qe BERNIER li bastars t'a donnée,
« Qe nouresis en ta sale pavée.
« Se Dex se done q'aie tant de durée
« Qe je eüse la ventaille fermée,
« L'iaume lacié, enpoignie l'espée,

164

« Ne seroit pas si en pais la contrée.
« La vostre mort seroit chier comparée. »
GAUTIER l'oï, s'a la teste levée :
Il a parlet et dit raison menbrée :
« En non Dieu, niés, je vos saindrai l'espée. »
Dist A. la preus et la senée :
« Biax sire niés, vos are[z] ma contrée :
« En poi de terme est la terre aclinée. »

CLXXX

Grans fu li diex de la chevalerie.
Il n'est nus hom qi por verté vos die,
Tant alast loing en Puille n'en Hongrie,
Qi por conte de tele signorie
Tel duel veïst en trestoute sa vie.
A ces paroles vint Heluïs sa mie ;
Abevile ot en droite anceserie.
Cele pucele fu richement vestie
Et afublée d'un paile de Pavie :
Blanche char ot comme flors espanie,
Face vermelle cou rose coulorie ;
Qi bien l'esgarde vis est qe toz jors rie.
Plus bele fame ne fu onques en vie.
El mostier entre comme feme esmarie ;
Isnelement a haute vois escrie :
« Sire RAUL, con dure departie !
« Biax dous amis, car baisiés vostre amie.
« La vostre mors doit estre trop haïe.
« Qant vos seiés el destrier d'Orqanie
« Roi resambliés qi grant barnaige guie.
« Qant aviés çaint l'espée forbie,
« L'elme lacié sor la coife sarcie,
« N'avoit si bel desq'en Esclavonie,
« Ne tel vasal dusqes en Hongerie.
« Las ! or depart la nostre druerie.
« Mors felonese, trop par fustes hardie
« Qi a tel prince osas faire envaïe !
« Por seul itant qe je fui vostre amie,
« N'avrai signor en trestoute ma vie. »
Lors chiet pasmée, tant par est esbahie ;
Tos la redrese la riche baronie.

CLXXXI

« Sire RAUL, » dist la franche pucele,
« Vos me jurastes dedens une chapele.
« Puis me reqist Harduïns de Nivele
« Qi tint Braibant, cele contrée bele ;
« Mais nel presise por l'onnor de Tudele.
« Sainte Marie, glorieuse pucele,
« Porquoi ne part mes quers soz ma mamele
« Qant celui per cui devoie estre ancele ?
« Or porrira cele tenre maissele
« Et cil vair oel dont clere est la prunele.
« La vostre alaine estoit tos jors novele. »
Lor chiet pasmée la cortoise pucele ;
Cil la redresce qi la tint par l'aissele.

CLXXXII

« Dame A., por Dieu le raemant, »
Dist la pucele au gent cors avenant,
« Cest vostre duel, je le parvoi si grant !
« Dès iert matin en aveiz vos fait tant
« Dont pis vos iert a trestout vo vivant ;
« Laissiés le moi, car je ving maintenant ;
« Si le doi faire, par le mien esciant.
« Il me presist ançois mois passant.
« Sire GAUTIER, por Dieu le raemant,
« Gentix hom sire, je te pri et comant
« Qe li ostez son hauber jazerant,
« Et en après son vert hiaume luisant,
« Les riches armes et l'autre garnement ;
« Nos amistiés iront puis departant. »
GAUTIER le fait trestout a son commant,
Et la pucele le va souvent baisant ;
Puis ci l'esgarde et deriere et devant :
« Biax dox amis, » dist la bele en plorant,
« N'avrai signor en trestout mon vivant ;
« Nos amistiés vont a duel departant. »
RAUL atornent comme prince vaillant :
Por lui ovrir donnere[n]t maint besant.
L'evesques chante la mese hautement ;
Offrande i ot et bele et avenant ;
Puis enfoïrent le vasal combatant.

Sa sepouture seve[n]t bien li auquant.

CLXXXIII

Qant RAUL orent anterré au mostier,
Dont se departent li vaillant chevalir
Dame A. retint o soi Gautir
Li sors GAUTIER est retornez arier
Droit a Aras q'il avoit a baillier,
Por reposer et por lui aasier ;
Travilliés est, si en a grant mestir
En Pontiu va Heluïs au vis fier ;
Molt la reqierent et haut home et princier,
Mais n'en vost nul ne prendre ne baillir
Une grant piece covint puis detrier
Ceste grant guerre dont m'oés ci plaidier ;
Mais Gautelès la refist commencir
Tantost com pot monter sor son destrier,
Porter les armes, son escu manoier,
Molt se pena de son oncle vengir
Dès or croist guere Loeys et Bernier,
W. de Roie et Y. le guerir
Tout le plus cointe en couvint essillir

CLXXXIV

Une grant piece a ensi demoré
Iceste guere dont vos ai ci conté,
Jusq'al termine qe je vos ai noumé.
A haut jor de la Nativité,
Dame A. qi le cuer ot iré
Le Dieu servise a la dame escouté.
Del mostier ist si com on ot chanté ;
Gautelet a en la place trové ;
As effans joe qi forment l'ont amé.
La dame l'a a son gant asené,
Et il i vint de bone volenté :
« Biax niés, » dist ele, « or sai de verité
« RAUL vostre oncle aveiz tout oublié,
« Son vaselaige et sa nobilité. »
Gautiers l'oï, si a le chief cliné :
« Dame, » dist il, « ci a grant cruauté ;
« Por ce se j'ai o les effans joé,

167

« S'ai je le cuer dolant et trespensé.

« Mi garnement me soient apresté :

« A Pentecoste, qe ci vient en esté,

« Volra[i] penre armes, se Diex l'a destiné.

« Trop ara ore BERNIER sejorné ;

« Par tans sera li bastars revisdé.

« Nostre anemi sont en mal an entré. »

La dame l'ot, Dieu en a mercié,

Doucement l'a baisié et acolé.

Ei vos le tans et le terme passé.

A Pentecoste, qe naist la flors el pré,

Il ont d'Arras le sor GAUTIER mandé,

Et il i vint a molt riche barné.

chevalier a armes conreé

Vinre[n]t o lui tout le chemin ferré.

Desq'a Cambrai n'i ot resne tiré ;

Ci se herberge[n]t par la bone cité.

Li sors GAUTIER descendi an degré ;

Dame A., qi l'ot en grant chierté,

Ala encontre, s'a le conte acolé :

« Sire, » dist ele, « por sainte charité,

« Ne vos vi mais, molt a lonc tans pasé,

— Dame, » dist il, « por sainte loiauté,

« En la bataille oi si mon cors pené,

« Mi flanc en furent en lius navré ;

« La merci Dieu, or sont bien respasé. »

CLXXXV

Dist GAUTIER : « Dame, a celer nel vos qier,

« Bien a .v. ans ne montai sor destrir

« En la bataille m'estut tant sanc laissier

« Qe de sejor avoie grant mestir

« Bien a .vij. ans, par le cors s. Richier,

« Ne me senti si fort ne si legier

« Con je fas ore por mes armes baillir

— Diex ! » dist la dame, « toi en doi mercier ! »

GAUTIER esgarde par le palais plaignier,

Voit son neveu, cel prent a araisnier :

« Biax niés, » dist il, « mervelles vos ai chier ;

« Comment vos est ? gardés nel me noir »

Gautiers respont, ou il n'ot qu'ensaignier :

« En non Dieu, oncles, grant me voi et plaignier,

« Fort et forni por mes armes baillier ;
« Donnez les moi, por Dieu le droiturier,
« Car trop laissons BERNIER sommillier,
« Or le rirons, se Dieu plaist, esvellir
— Diex ! » dist GAUTIER, « g'en ai tel desirier
« Plus le covoit qe boivre ne mengir »
Dame A. corut aparillier
Chemise et braies, et esperons d'or mier,
Et riche ermine de paile de quartier ;
Les riches armes porterent au mostier ;
La mese escoute de l'evesque Renier ;
Puis aparellent Gautelet le legir
GAUTIER li sainst le branc forbi d'acier
Qi fu RAUL le nobile guerrir
« Biaus niés, » dist il, « Dex te puist avancier !
« Par tel couvent te fas hui chevalier
« Tes anemis te laist Dieus essillier,
« Et tes amis monter et esaucir
— Diex vos en oie ! sire, » se dist Gautir
On li amainne auferrant destrier :
Gautiers i saut, q'estrier n'i vost baillir
Lors li baillierent son escu de quartier :
Bien fu ovrés a lions d'or mier ;
Hante ot mout roide, planée, de poumier ;
Ensaigne i a et fer por tout trenchir
Fait eslais, si s'en retorne arir
Dist l'uns a l'autre : « S'i a bel chevalier ! »
Dame A. commence a larmoier
Tout por son fil qe ele avoit tant chier ;
En liu de lui ont restoré Gautir

CLXXXVI

Gautiers c'escrie par mervillos pooir :
« Oncles GAUTIER, por amor Dieu le voir,
« Secor moi, sire, que molt me pues valor
« Vers S. Quentin vuel orendroit movor
« .M. chevalier[s] arons bien ains le sor
« Qant nos verrons demain le jor paroir,
« En bruellet ferons l'agait tenoir ;
« A des nos ferons la terre ardor
« Li fel BERNIER porra mais bien savoir
« Se je ver lui porrai guere movor

« Je nel lairoie por or ne por avoir
« Qe je nes aille acointier et veor
— Voir, » dist GAUTIER, « bien vos taing a mon oir ;
« Je vos volrai maintenir et valor
« BERNIER quide bien en pais remanoir,
« Celui m'ocist dont je ai le cuer nor
« Montés, baron, por amor Dieu le voir,
« Mes niés le vieut, si ne doit remanor »

CLXXXVII

Monte Gautiers et li vasaus GAUTIER
Tant ont mandé et parens et amis,
Des chevalier[s] environ le païs,
Q'il furent .M. as blans haubers vestis.
Isnelement issent de Cambrisis ;
De l'autre part en Vermendois sont mis.
En bruellet ont lor agait tremis :
chevalier en ont les escus pris ;
La prole acoille[n]t, mains hom en fu chaitis,
Et bues et vaiches et chevaus et roncis.
A S.Quentin en est levez li cris.
Devant la porte ont borgois ocis.
BERNIER s'adoube, mornes fu et pensis,
Dejoste lui ces oncles Loeys,
W. de Roie et Y. li floris ;
L'uns monte el vair et li autres el gris,
Y. el noir q'en l'estor fu conquis,
En la bataille ou RAUL fu ocis ;
Desoz lui fu abatus et malmis.
Et dist BERNIER : « Par le cors s. Denis,
« Ainc puis cele eure qe RAUL fu ocis,
« Ne vi par guere nes bordel malmis.
« Ce est Gautiers, ice m'est bien avis ;
« Repairiés est de la cort de Paris,
« Pris a ces armes, chascuns en soit toz fis
« Cil nos consout qi pardon fist Longis !
« Q'il volra estre nos mortex anemis.
« De poindre avant nus ne soit trop hatis.
« Qi la char[r]a, ja n'i sera requis ;
« De raençon ja n'en iert d. pris
« Fors qe la teste : ce n'iert ne giu ne ris. »

170

CLXXXVIII

Qant BERNIER est fors de la porte issus,
Et ci dui oncle et Y. li chenus,
Bien sont D. les blans haubers vestus.
Li cenbiaus fu richement porseüs ;
L'agait paserent sor les chevals crenus
arpent, nes ont mie veüs.
Li sors GAUTIER et Gautiers li menbrus
Par grant vertu lor est seure corus :
« Cambrai ! » escrie, « or sera dieus meüs !
« Par Dieu, bastars, or est vos jors venus :
« Por mon neveu vos rendrai tés salus,
« Se m'estordés ne me pris festus. »
BERNIER l'oï, molt en fu esperdus.
Ilueques fu li chaples maintenus,
Tante anste fraite et perciés tans escus,
Tans bons haubers desmailliés et rompus,
Li chans jonchiées des mors et des cheüs.
Li sor GAUTIER et Gautelès ces drus
Après les lances traie[n]t les brans toz nus.
Qi la chaï bien est del tans issus :
Ja por froidure n'escera mais vestus.
Bien en ont .XXX. qe mors, qe confondus,
Et bien .L. qe pris qe retenus.
Cu[i] il ataigne[n]t bien se tient por ferus.
BERNIER s'en fuit et Y. est perdus,
Et Loeys parmi pui agus ;
W. de Roie n'i est pas remasus.
« Dex ! » dist BERNIER, « verais peres Jhesus !
« [N']iert ja GAUTIER li viellars recreüs ?
« Au bien ferir est toz jors revischus. »
Eis les borgois de S. Quentin issus,
.D. archiers qi ont les ars tendus,
Des arbalestes n'iert ja conte tenus.
« Diex ! » dist BERNIER, « li cuers m'est revenus :
« Par ceste gent serai je secorus.

CLXXXIX

« Signors barons, » dist BERNIER li vaillans,
« Li cris nos vient de totes pars de gent.
« Si[l] vaslès est hardis et combatans,

171

« Molt par doit estre redoutés li siens brans :
« Cu[i] il ataint tos est mus et taisans.
« Li sors GAUTIER est fel et sousduians ;
« N'a home el mont tant soit fors combatans.
« Les nos enmaine, dont mes cuers est dolans ;
« Et tant en voi par le pré mort gisans
« Dont je sui molt et tristes et dolans.
« Tant con je vive ne morrai recreans.
« Poignons avant, plus sommes nos tans.
« Li sors GAUTIER est fel et souduians.
« S'en ceste terre puet mais estre ataingnans,
« Il et Gautiers qe si est conqerans,
« Ja raençons n'en soit pris nus bezans,
« Car del destruire sui je molt desirans.
« Ja Loeys ne lor sera aidans,
« Ne empereres, ne rois, ne amirans.
« Ne nos faut guere a trestout no vivant. »
Dont laissent corre les destriers auferans.
GAUTIER esgarde par delez pendans
Et voit venir unes gens isi grans,
Et voit venir l'esfors des païsans,
A beles armes, a escus reluisans ;
Dist a Gautier mos molt avenans :
« Fox est li hom qui croit coucel d'enffans !
« Se Dex n'en pense, li peres raemans,
« Ains qu'il soit vespres ne li solaus couchans,
« I avra molt des mors et des sanglans.
— Voir, » dist Gautiers, « molt estes esmaians.
« Mes anemis vol ici aproichans ;
« Or vengerai les miens apartenans. »

CXC

Es vos poignant aïtant Berneçon ;
Bien fu armés sor destrier gascon.
Ou voit GAUTIER ci l'a mis a raison :
« Sire viellars, por le cors s. Simon,
« Ja vi tel jor qe nos nos amions.
« Rendez les pris qe nos vos reqerons,
« Qe ceste guere qe vaut pas bouton.
« Ja en sont mort tant chevalier baron
« D'anbe pars le nonbre n'en seit on.
« Devant mon pere vos en proi et semon. »

172

G, l'oï, si baisse le menton :
Et Gautelès mist le Sor a raison :
« Qi est cis hom qe ci samble baron ?
« Vieut il ja prendre des pris la rae[n]son ? »
Et dist GAUTIER : « Sire niés, nennil non.
« Si m'aït Diex, BERNIER l'apele on.
« En toute France n'en a si felon.
« Tornons nos ent, si laissons le gloton.
« Veés lor force qi lor croist a bandon.
— Dex ! » dist Gautiers, « con sui en grant friçon !
« Par cel apostre c'on qiert en pré Noiron,
« N'en partiroie por la cit d'Avalon,
« Tant que li aie mostré mon confanon. »
Le destrier broiche qi li cort de randon,
Brandist la hanste, destort le confanon,
Et fiert B, sor l'escu au lion :
Desor la boucle li perce le blazon,
Fauce la maille de l'auberc fremillon ;
Dedens le flanc le fiert de tel randon
Li sans en chiet contreval le sablon ;
Plaine sa lance l'abati de l'arson
Loing une toise del destrier aragon.
Gautiers li dist par grant contralion :
« Cuivers bastars, par le cors s. Simon,
« Li vif diable vos ont fait garison.
« De par mon oncle te muet ceste tençon,
« Qe oceïs, et c'estoies ces hom.
« S'or n'avoit ci de ta gent tel fuison,
« A ceste espée qi me pent au geron
« T'aprenderoie ici pesme leçon
« C'onques n'oïs si dolereus sermon :
« Ja par provoire n'ariés confession.
— Voir, » dist BERNIER, « or oi parler bricon :
« Del manecier te taign je por garçon. »

CXCI

Mout fu dolans BERNIER et corrociés,
Qant a veü ces escus est perciés,
Et ces haubers desrous et desmailliés,
Et ens el flanc est durement plaiés :
« Dex ! » dist BERNIER, « ja serai esragiés
« Qant par garçon sui en champ trebuchiés ! »

Vers Gautelet c'est mout humeliés ;
Courtoisement fu par lui araisniés :
« Sire Gautier, molt estes resoigniés,
« Cortois et saiges et preus et afaitiés ;
« Mais d'une chose dois estre blastengiés :
« Ne faites preu qant vos me maneciés.
« RAUL vos oncles fu molt outrequidiés.
« Je fui ces hom, ja ne sera noiés ;
« Il ar[s]t ma mere, tant fu il erragiés,
« Et moi feri, tant fu outrequidiés.
« Gel deffiai, a tort m'en blastengiés.
Qant ces niés estes, a moi vos apaiés ;
« Prenés l'amende, se faire le dengniés.
« Vostre hom serai, de vos tenrai mes fiés.
« chevalier molt bien aparilliés
« Vos serviront de gré et volentiers ;
« Et je meïsme, en langes et nus piés,
« Desq'a Cambrai m'en irai a vos fiés.
« Por amor Dieu qi en crois fu dreciés,
« Prenés l'amende, si vos en conselliés. »
Gautiers l'oï, si s'en est aïriés :
« Bastars, » dist il, « vos me contraloiés.
« Par le sepulcre ou Jhesu fu couchiés,
« Ja vostre drois n'en essera bailiés,
« Ains vos sera li cuers del piz saichiés,
« En parties fendus et peçoiés. »
Et dist BERNIER : « Ci faut nos amistiés.
« Cis hateriax vos iert ains reoigniés. »
Les chevaus broiche[n]t des esperons des piés
Et Gautelès revint tos eslaissiés.
Li uns a l'autre refust ja acointiés ;
Mais tant i ot entr'ox des haubergiés
Qi les secourent, les hiaumes enbuschiés.

CXCII

Guerris parole hautement, en oiant :
« Niés Gautelès, par le cors s. Amant,
« De ceste chose te taing je por effant.
« Chevalerie ne pris je pas gant,
« Ne vaselaige, se il n'i a sens grant.
« Gaaing avons et bel et avenant
« S'or en poons departir aïtant.

— Voir, » dist Gautiers, « je l'otroi et creant. »
Atant s'en torne par delez pendant,
Cil les enchauce[n]t a esperon broichant ;
Droit a une aigue les viene[n]t ataingnant.
La veïssiés fier estor et pesant,
Tant escu fendre, tante lance froissant,
Et desrompu tant hauberc jazerant,
Tan pié, tam poing, tante teste perdant,
Et par le gué en furent tant gisant ;
Mort et navré en i par gist itant,
Qe l'aige clere en va tout rougoiant.
Et GAUTIER broiche et tint tout nu le brant ;
Parmi son elme ala ferir Droant,
Parent BERNIER, le preu et le vaillant,
Qe flors et pieres en va jus craventant ;
Trenche la coife de l'auberc jazerant,
Dusqes es dens le va tot porfendant ;
Mort le trebuche del bon destrier corant.
« Cambrai ! » escrie hautement en oiant.
« Voir, » dist BERNIER, « molt me faites dolant
« Qi mes parens m'alez ci ociant.
« Molt ai en vos a tos jors mon nuisant.
« Mais par l'apostre qe qiere[n]t pen[e]ant,
« Qant ci vos voi se ne vos qier avant,
« Jamais franc homme ne metrai a garant. »
Desoz lui broiche le bon destrier corant ;
Brandist la hanste del roit espié trenchant,
Et fiert GAUTIER sor son escu devant,
Desoz la boucle le va tot porfendant.
Bons fu l'auberc, ne l'enpira noiant.
Si bien l'enpainst BERNIER par maltalant,
Qe de Gueri sont li arçon vuidant.
De toutes pars l'on[t] saisi sergant.
BERNIER le rende[n]t qi molt en fu goiant.
De raenson n'en iert ja pris besant,
Ains le manace de la teste perdant.

CXCIII

Qant Gautiers voit son oncle enprisonné,
Tel duel en a le sens quide dervr
Le destrier broiche, le frainc abandoné,
Et fier[t] BERNIER sor son escu listé :

175

Desoz la boucle li a frait et troé,
Le blanc hauberc ronpu et despané ;
Parmi les flans l'a durement navré ;
Del destre pié l'a tout desestrivé,
Et sor la crupe del destrier acliné.
Ce fu mervelle qant il ne l'a tué.
BERNIER se tint par sa nobilité :
Par grant vertu a l'estrier recouvré ;
Isnelement trait le branc aceré
Et fiert Gautier sor son elme gemé,
Del cercle d'or li a mout recolpé,
Et del nazel, qanq'en a encontré,
Et el visaige l'a petit navré.
Ne fust la coife del bon hauberc safré,
De par Gautier fust li chans afiné.
A icest colp fu l'enfes estouné ;
S'or li eüst autre colp donné,
Mien esciant, tout l'eüst craventé.
Cil le secorent, ne l'ont pas oublié,
Qi de lui sont de lor terre chasé.
La veïssiés tant vasal mort geté !
GAUTIER rescousent par vive poesté.
L'enfes Gautiers i a maint colp donné.
BERNIER s'en vait ; par tant s'en sont torné
Qe de Cambrai voie[n]t la fermeté.
Il prent cor, s'a son retrait sonné.
BERNIER s'en vait ; atant s'en sont torné ;
Et Gautiers vint a Canbrai la cité.
Dex ! qel escheq en ont o aus mené !
Dame A. au gent cors honoré
Ala encontre, s'a GAUTIER acolé :
« Sire, » dist ele, « por sainte loiauté,
« Qe vos resamble del nouvel adoubé ?
« A il mon fil de noient restoré ?
— Oïl, ma dame ; por sainte loiauté,
« N'a tel vasal en la crestienté :
« Tex .xxx. fois a il jehui josté,
« Ne feri colp n'ait baron craventé,
« Ocis ou mort, ou vif enprisoné.
« Qant on le voit en l'estor eschaufé,
« Contre son colp n'a arme poesté.
« Par fois a le bastart souviné,
« Et ens el flanc l'a durement navré.

176

— Dex ! » dist la dame, « qi le mont a sauvé,
« Or ne plaign pas ce qe li ai donné.
« Ma terre ara en lige qiteé. »
En icel jor l'en a aseüré.

CXCIV

Or ot Gautiers et la terre et l'onnor ;
Sodoiers mande, n'i a fait lonc sejr
La ou il sorent forteresce ne tour,
Bien se garnissent, q'il en orent loissr
BERNIER repaire a force et a vigor,
Il et ci oncle maint destrier milsoldor
En amenerent c'ont conqis en l'estr
A S. Quentin font lor maistre retr
Y. apele BERNIER par amor,
Et en après le fil de sa serour,
Et ces freres qui sont bon poigneor,
W. de Roie, Loeys le menor :
« Baron, » dist il, « por Dieu le creator,
« De ceste guere sui en molt grant frer
« Il nos metront, c'il puent, a dolor
« Ne sont en France tel combateor
« Com est GAUTIER a la fiere vigour
« Et Gautelès a la fiere valor »
Dist BERNIER : « Sire, molt aveiz grant poor
« Soiés preudoume et bon combateour :
« Chascun remenbre de son bon ancesr
« Je nel volroie por une grant valour
« Povre chançon en fust par gogleor »

CXCV

Ibers parla par molt grant sapience :
« Biaux fix, » dist il, « molt iés de grant vaillance ;
« Je n'ai ami de la toie puissance,
« Et de ma vie n'ai je nule fiance :
« Toute ma terre te doing en aqitance ;
« Ja après moi n'en perdras plaine lance. »
BERNIER en jure Jhesu et sa puissanse
Q'il nel feroit por tout l'or d'Aqilance.
« Sire, » dist il, « trop dites grant enfance :
« Je sui vaslès, si n'ai autre esperance

« Fors de ma vie, de mort sui en doutance.
« Trop est GAUTIER de grant desmesurance,
« Et Gautelès de grant outrequidanse.
« Ains qe de moi facent la lor vuellance,
« En escera percie maincte pance. »

CXCVI

BERNIER parole, s'apela les barons,
Y. son pere et toz ces compaignons :
« Signors, por Dieu et ces saintismes nons,
« Mandons tos sox que nos avoir poons. »
Et il si font, n'i ot arestisons.
Par Vermendois envoient lors garsons.
Ains le mardi, qe solaus fust escons,
Furent .iijm. fermés les confanons.
Atant chevalchent, ces conduist Berneçons.
Li chaus fu grans, si vola li sablons,
BERNIER en jure celui qi fist poissons :
« Se je sax truis qe nos reqerre alons,
« GAUTIER le viel saicherai les grenons ;
« Ja de Gautier ne prendrai raençons
« Tant qe li mete le fer par les roignons.
« Qant ne plaist Dieu qe nos nos acordons,
« Et tant les truis orguillous et felons,
« Qant nos vers aus plus nos umelions
« Plus les trovons orguillons et felons ;
« Et qant ostaiges volentiers lor ofrons,
« Et li lor homes volentiers devenons,
« Plus nos manace[n]t, par Dieu et par ces nons.
« Il ne nos prisent vaillant esperons.
« Or n'i a plus : de bien faire pensons. »

CXCVII

Or ot BERNIER sa grant gent asamblée,
.III.M. furent de gent molt bien armée.
A Cambrai vinrent a une matinée.
BERNIER apele Joifroi de Pierelée :
« Sonnez cor a mout grant alenée,
« Qe li renons en voist par la contrée :
« Je ne vuel pas asaillir a celée. »
Dist Joifrois : « Sire, ceste raisons m'agrée. »

Le cor sonna, la noise en est levée :
Li escuier ont la barre colpée,
Defors les murs ont la vile alumée.
Dame A. fu par matin levée,
Et vit la vile par defors alumée ;
Tel duel en a cheüe en est pasmé[e] ;
Et Gautelès l'en a sus relevée :
« Dame, » dist il, « porq'estes adolée ?
« Ceste folie sera chier comparée. »
Il sonne cor a mout grant aleuée :
Desq'a la porte n'i ot resne tirée.
La veïssiés une dure meslée,
Tant pié, tant poing, tante teste colpée ;
Plus de cens en sont mort en la prée.

CXCVIII

Grans fu la noise, li cris est esforciés.
Gautiers lait corre li preus et li legiers ;
Brandist la hanste com hom encoraigié[s],
Et fiert Antiaume qant il fu aproichiés,
Parent BERNIER, molt estoit bon guerriers.
L'escu li perce, l'aubers est desmailliés ;
Parmi le cors li est l'espiex baigniés :
Mort le trebuche ; li cris est esforciés.
GAUTIER i vint poignant toz eslaissiés ;
Bien lor mostra qe il ert correciés :
Cui il ataint a la mort est jugiés ;
Bien plus de .vij. en a mors trebuchiés.
« Dex ! » dist BERNIER, « ja serai erragiés.
« Cil fel viellars n'iert il ja essilliés ?
« Ja n'avrai goie si esserai vengiés.
— Voir ! » dist GAUTIER, « fel cuivers renoiés,
« Dont ne serez a molt grant piece liés.
« Trop estes loins : en ença vos traiés ;
« Vostre proesce envers moi assaiés. »
Dist BERNIER : « J'en sui aparilliés. »
Les destriers broiche[n]t des esperons des piés,
De[s] groces lances ont brandis les espiés,
Grans cox se donnent es escus verniciés,
Desoz les boucles les ont fraiz et perciés,
Mais les haubers n'ont il pas desmailliés.
De si grant force c'est chascuns enbroiés,

Brisent les lances de lor tranchans espiés ;
Outre s'em pase[nt], n'en est uns trebuchiés ;
Au tor françois est chascuns repairiés.
Ja fust des l'estors recommenciés,
Mais entor aus ot tant de haubergiés
Qe les desoivre[n]t, les elmes embuschiés.

CXCIX

Grans fu la noise et esforciés li cris ;
Et Gautelès c'est cele part guenchis :
Armes ot beles, paintes a flor de lis.
BERNIER lait coure qi molt fu de grant pris ;
Sor son escu fiert Jehan de Paris ;
Si bien l'enpainst del destrier l'a jus mis.
De celui prendre BERNIER fu molt hastis.
Dist a son pere qi avoit le poil gris :
« Par cel signor qi pardon fist Longis,
« Se par cestui ne rai trestoz le[s] pris
« Qe Gautiers ot et ces oncle GAUTIER,
« Pendus sera ains qe past miedis. »
Molt par en fu dolans li sors GAUTIER ;
Et Gautelès ne li fu mie eschis,
Ains l'apela par delez laris ;
BERNIER i va, durement fu eschis.
« Sire BERNIER », dist Gautiers au fier vis,
« Auques me poise qe n'iés [pas] mes amis.
« Nel di por ce qe pas ne te traïs :
« Trés bien te garde de tos tes anemis.
« Forment me poise de RAUL le marchis ;
« Porquoi en iert tant gentils hom ocis ?
« Prenons bataille a jor ademis,
« Qe n'i ait home qi de mere soit vis,
« Ne mais qe qi dirout el païs
« Li qeus de nous en escera ocis.
— Et je l'otroi, » dist BERNIER li gentis,
« Mais molt me poise que tu m'en aatis. »

CC

Se dist BERNIER : « Gautelet, or m'enten :
« Tu m'aatis par ton fier hardement,
« J'en ai le cuer correcié et dolent.

180

« Don ça ta main : je t'afi loialment
« Qe avec nos n'avera plus de gent,
« Ne mais qe qi diront seulement
« A nos amis le pesant marement.
— Voir, » dist Gautiers, « je l'otroi bonnement. »
A ces paroles s'en vont communement.
BERNIER s'en va, sans nul arestement
A S. Quentin, a son droit chasement.
Gautiers repaire a Cambrai droitement.
Il et GAUTIER au grant perron descent.
Dame A. qi le cors avoit gent,
Ala encontre tos et isnelement.
« Biax niés, » dist ele, « con vos est covenant
« De ceste guere qi par est si pesans ?
« Vos en morrez, jel sai a esciant.
— Non ferai, dame, se Dex le me consent.
« Or me verrés mais chevalchier avant ;
« Ja de ma guerre n'i ara finement
« Desq'a cele eure qe je ferai dolent
« Celui qi fist le fort commencement :
« Ou mort l'avrai, ou encroé au vent. »

CCI

Gautiers s'en entre dedens une abeïe ;
Cele parole n'a a nelui jehie.
Por la bataille ver Dieu molt s'umelie :
Il ne pert messe, ne vespres ne matines ;
Toute guerpi sa grande legerie ;
N'i a seul a cui il jout ne rie.
Li sor GAUTIER fu molt de grant voisdie,
Gautier apele, durement le chastie :
« Q'avés vos, niés ? se Diex vos beneïe ;
« Dites le moi, nel me celez vos mie.
— No[u] ferai, oncles, ne vos en poist il mie.
« Se gel disoie, par Dieu le fil Marie,
« Plus q'a home, ma foi seroit mentie.
« Vers BERNIER ai bataille aatie.
« Vos remanrés en ma sale garnie ;
« Se je i muir, s'arez ma signorie,
« Toute ma terre en la vostre baillie.
— Voir ! » dist GAUTIER, « or oi grant estoutie.
« Je nel lairoie por tout l'or de Pavie

« Que je n'i port la grant lance burnie.
« Je vuel veïr vo grant chevalerie
« Et vos grans cols de l'espée forbie. »

CCII

Or fu li jors et li termes noumés
De la bataille qe vos oï avés.
Au matin c'est Gautelès bien armés ;
Ne fu requis sergans ne demandés.
Il vest l'auberc, tos fu l'elme fermés,
Et çainst l'espée au senestre costé ;
Chauces ot riches et esperons dorez.
De plain eslais est el destrier montez,
Et prent l'escu qi bien fu enarmés.
Li bon[s] espiés ne fu pas oubliés,
Grans fu li fers, si ert bien acerés ;
En son estoit penonciaus fermez
Si faitement s'en est Gautiers tornez.
Soventes foiz c'est l'enfes regardez ;
Lons fu et grailes, parcreüs et moulez,
Ne se changast por home qi soit nez.
Son oste apele qi ot non Ysorez :
« Dès ore vuel qe vos le m'afiez :
« Nel direz home qi de mere soit nez
« Qel part je sui ne venus ne alez
« Desc'a cele eure qe vos me reverrez.
« Vostre sera cis dest[r]iers sejornez
« Et cis haubers et ci[s] elmes jemez,
« La bonne espée, li bons escus listez,
« Et livres de d. moneez. »
Sa main li tent et cil li dist : « Tenez. »
Il li afie ; Gautiers s'en est tornez.
Desq'a la porte ne s'i est arestez ;
GAUTIER trova qi ja fu aprestez,
De riches armes belement adoubez.
E vos andeus les amis ajostez ;
En nule terre n'avoit plus biax armez.
Viene[n]t au liu qe vos oï avez ;
A pié descende[n]t des destriers sejornez,
Si ont les celes et les poitrax ostez ;
Troi[s] foiz se viutre[n]t qant les ont pormenez.
Les celes mete[n]t, fort les ont recenglés,

Qe au besoing les truissent aprestez.
Or gart BERNIER qe il soit atornez,
Car Gautelès est richement armez,
Li sors GAUTIER richement adoubez.
Par matinet est BERNIER levez ;
Armes ot bones, ja mar le mesqer[r]ez ;
Plus tost qe pot s'en est bien adoubez,
Manda son pere par molt grant amistez,
Q'a S. Quentin ert por sejor alez :
« Sire, » dist il, « ci endroit m'atendez ;
« A Damerdieu soiés vos commandez,
« Qe je ne sai se vos me reverrez. »
Atant s'en torne les galos par les prez.
Avueques lui est vasals montez ;
De toutes armes fu richement armez,
Bons chevalier[s] cremus et redoutez,
Non ot Aliames et fu de Namur nez ;
Plus de homes a par son cors matez ;
De coardise ne fu onques proveiz.
De ci au liu n'en est arestez.
E vos toz quatre les guerie[r]s asamblez.
GAUTIER les voit, ci s'est haut escriez :
« Biax niés GAUTIER, de bien faire pensez.
« Vés ci celui q'a bataille atendez.
« Vostre oncle a mort chierement li vendez ;
« Ja de cest autre mar vos esmaierez. »

CCIII

Li baron sont tot el champ venu ;
Richement furent armé et fervestu.
Es vos BERNIER apoignant par vertu ;
Desous lui broche le bon destrier quernu ;
Et Gautelès a saisi son escu.
Ou voit BERNIER ce li rent lait salu.
« Bastars, » dist il, « trop vos ai consentu.
« RAUL as mort, certes, qe mar i fu ;
« Mais, par celui c'om apele Jhesu,
« Se ne te toil le chief desor le bu,
« Je ne me pris valissant festu.
— Voir, » dist BERNIER, « fol plait avez meü ;
« Je me fi tant en Dieu et sa vertu,
« Ains q'il soit vespres t'avrai je confondu. »

CCIV

Gautiers parole a l'aduré coraige :
« BERNIER frere, por Dieu qi fist s'imaje
« Venir a Luqe par haute mer a naje,
« Fai une chose qi me vient a coraige :
« Qe nos dui jovene provons nostre barnaje.
« Cil dui viel home, qi sont près d'un aaige,
« Nos garderont qe il n'i ait outraige.
« Li qés qe muire de nos deus el praaige,
« Cist autre dui le diront le paraige. »
Et dist BERNIER : « Or oi grant copulaige.
« Mal dehait ait el col et el visaige
« Qi ce fera ! trop vos taing ore a saige ;
« Mes niés Aliaumes est de trop grant barnage.
— Voir ! » dist Gautiers, « tu as el cors la raige.
« A molt grant tort i aroies hontaige ;
« GAUTIER mes oncles est de grant vaselaige. »

CCV

Gautiers parole a loi d'omme saichant :
« BERNIER frere, por amor Dieu le grant,
« Ne te reqier fors seulement itant
« Qe nos dui jovene nos conbatons atant.
« Cist autre dui le nonceront avant.
« Garderont nos par itel convenant
« Li qés qe muire q'il le diront avant. »
Et dist BERNIER : « Je l'otroi et creant. »
Donc s'entreviene[n]t par si grant maltalant,
Grans cols se done[n]t sor les escuz devant ;
Desoz les boucles vont trestot porfendant.
Li espieu brisent, molt en furent dolant.
N'i a destrier qi ne voist archoiant.
« Diex ! » dist GAUTIER, « n'est pas joste d'enfant.
« Garis Gautier, mon neveu le vailant ! »

CCVI

Gautiers lait corre le destrier abrivé.
A icel tans estoit acostumé
Qant dui baron orent en champ josté,

Chascuns avoit bons espieus porté ;
El BERNIER ot le sien fichié el pré ;
L'autre avoit ja rompu et tronçonné.
Le destrier broiche, s'a l'autre recovré,
Et Gautelès le sien par poesté.
Li dui branc furent el fuere reboté,
Il s'entreviene[n]t par si ruiste fierté,
Gautiers failli ; BERNIER l'a encontré :
Si l'a feru par tel nobilité
Qe son escu li a frait et troé,
Et le hauberc rompu et despané,
Mais en la char ne l'a mie adesé ;
Son bon espié li serra au costé.
« Diex ! » dist GAUTIER, « or ai trop ci esté.
« Mes niés est mors, trop ai ci demoré
« Q'a cest bastart nen ai le chief copé.
— Voir ! » dist Aliaumes, « vos avés fol pensé ;
« Voz n'en avez pas ci la poesté ;
« Gel vos aroie molt tost gueredoné.
« Encor ai ge mon bon elme fermé,
« L'escu au col et le branc au costé,
« Tos vos aroie del destrier abrievé ! »
Et Gautelès li a tos escrié :
« Oncles GAUTIER, trop vos voi esgaré,
« Qe li bastars ne m'a de rien grevé. »
Le destrier broiche, le frainc abandonné,
Il et BERNIER resont si encontré
Qe li escu sont frait et estroé ;
Mais li hauberc ne sont mie fausé.
Si bien se hurtent li vasal aduré
Qe li espieu sont en tronson volé ;
Outre s'en pasent par grant hum[i]lité.
Au tor françois sont andui retorné ;
Tos furent trait li bon branc aceré.

CCVII

Eiz les barons au chaple revenus ;
En lor poins portent les brans d'acier molus.
Cil Gau. fu fiers et irascus,
Et fiert BERNIER par molt ruistes vertus
Parmi son elme, bien fu aconseüs ;
Pieres et flors en a craventé jus,

Li cercles est et trenchiés et fendus.
Ne fust la coife dont li chiés est vestus,
Desq'es espaules fust BERNIER porfendus.
Devers senestre est li brans descendus :
Del colp fu ci BERNIER esperdus,
Parmi la bouche li est li sans corus ;
Por petit ne cheï estendus.
Lors dist Gautiers : « Claime toi recreüs.
« Par Dieu, bastars, hui est vos jors venus.
« Se m'estordés, ne me pris festus.
« Tout por mon oncle vos rendrai tés salus
« Qe, se je puis, vos serez confondus. »
BERNIER l'oï, si en fu esperdus ;
Par maltalant li est sore corus,
Mais Gautelès li est tos revenus.
De BERNIER a les cols atendus,
Et s'embracierent par desoz les escus ;
Puis si trestornent par si ruistes vertus
C'ambedui sont des destriers abatus.
En piés resaillent, les blans haubers vestus ;
Es les au chaple ambedeus revenus.
« Dex ! » dist Aliaumes, « ja les arons perdus,
« Car les depart, GAUTIER li viex chenus. »
Et dist GAUTIER : « Ja ne soit asolus
« De Damerdieu ne de ces grans vertus
« Qes severa s'en iert li venchus.
« Par lor orguel est tos ci[s] plais meüs.
« Ce poise moi qe l'uns n'est recreüs. »

CCVIII

Es barons nen ot qe corecier ;
Bien se reqierent li hardi chevalier ;
De lor espées font esgrener l'acier,
Et les vers elmes enbarer et trenchier,
Et lor escuz fisent si depecier
Q'en tout le mieudre nen avoir tant d'entier
C'om i couchast gasté de denir
Es blans haubers se corent acointir
« Glous, » dist Gau., « près iés de trebuchier :
« N'en partirés sans la teste trenchir
— Voir ! » dist BERNIER qi le coraige ot fier,
« Dame A., qi tant vos avoit chier,

« Doinst a autrui sa terre a justicier,
« Qe ja de vos ne fera iretir »
Gautiers l'oï, le sens quida changier :
Par maltalent ala ferir BERNIER
Par tel vertu grant colp si plaignier
Qe li bruns elmes ne li ot nul mestir
Pieres et flors en font jus trebuchir
La coiffe bonne li a fait desmaillier,
Et des chevox li fist asez trenchier ;
De ci a l'os li fist le branc glacir
S'or ne tornast sor le flanc senestrier,
Fendu l'eüst enfreci q'el brair
Aval le cors del gentil chevalier
Descent li cols sor le hauberc doublier
Qe .cc. mailles en fist jus trebuchir
Le char li tranche par desor le braier,
C'un grant charnal en fist jus trebuchir
A cel colp fu molt près de mehaignier ;
Parmi la bouche li fist le sanc rahir
Li oel li troble[n]t, si l'estuet trebuchier :
S'or li alast autre colp paier,
Ocis i'eüst sans autre recovrir
Aliaumes vit BERNIER damagier,
Dist a GAUTIER : « Car li alons aidier :
« Li qés qe muire, n'i arons recovrir »
Et dist GAUTIER : « Or oi bricon plaidir
« Mieus aim cest colp qe boivre ne mengir
« Diex, laisse m'en mon grant duel essaucier ! »
BERNIER l'oï, si commence a huchier :
« Par Dieu, GAUTIER, ci a lonc desirir
« Cil m'a feru, ci ravra son louir
« De ceste part me sent je plu[s] legir
« De povre char se puet on trop charchir
« Je n'en ai cure, ja porter ne la qir
« Malvaise chars n'est preus a chevalier
« Qi veut s'onnor acroistre et essaucir »

CCIX

Berneçons ot le cuer tristre et dolant
Por la bataille qi avoit duré tant,
Et por les plaies qe ci le font pesant.
Il tient l'espée dont bien trenche li brant,

Et fiert Gautier sor son elme luisant
Qe flors et pieres en va jus craventant.
Ne fust la coife del bon hauberc tenant,
Fendu l'eüst jusq'el nasel devant.
Par tel vertu va li cols descendant,
Parmi la boche li va li sans raians,
Et li bel oel li vont el chief tornant.
grant arpent alast hom corant
Ains q'eüst mot de la bouche parlant.
Lors dist BERNIER : « Claime toi recreant.
« Je t'ociroie, mais trop te voi effant. »
Gautiers l'oï, si respont hautement :
« Par Dieu, » dist il, « bastars, n'irés avant ;
« Ton quer tenrai ains le soleil couchant. »
Lors li qeurt seure Gautelès fieremant ;
Mais nus des n'en alast ja gabant,
Qant vint Aliaume et GAUTIER apoignant ;
Si les desoivre[n]t tos et isnelement.

CCX

Grans fu li dues iluec an departr
Gautier ont fait ens el pré aseïr
Près de BERNIER, qe bien le pot ver
Li bers Aliaumes se paine de se[r]vir :
« BERNIER, » dit il, « ne vos en qier mentir,
« A grant mervelle vos voi le vis palr
« Por amor Dieu, porrés en vos garir ?
— Voir, » dist BERNIER, « molt sui près de morr
« En Gautelet n'a gaire qe fenr »
Gautiers l'oï, le sens quida marir :
« Bastart, » dist il, « Dex te puist maler
« N'en partiroie por les menbres tolir
« Tant qe te face cele teste jalr »
Et dist BERNIER : « La bataille desr »
En piés resaillent por les haubers vestr
Ja fusent prest as grans cols revenir,
Mais li baron ne le vossent sofrir,
Ains lor ont fait fiancier et plevir
Lues qe por[r]ont les garn[em]ens tenir
A la bataille porront molt tos venr
Envis l'otroient, mais nel porent guenchr
« Niés, » dist GAUTIER, « fins cuers ne puet mentir ;

« Ançois laroie ma grant terre honnir
« Que te laissasse vergonder ne honnr »

CCXI

BERNIER parole au coraige hardi :
« Biax niés Aliaume, por le cors s. Geri,
« Qe diront ore et parent et ami,
« Se vostre escu en reportés ensi,
« Et sain et sauf, par le cors s. Geri ?
« Nos en serons gabé et escharni ;
« Car vos alez asaier a GAUTIER »
Et dist Aliaumes : « Par mon chief, je l'otri.
« Par tel couvent con ja porrez oïr :
« Del qel qe soi[en]t li arçon deguerpi,
« Son cheval perde, et ci remegne ensi. »
Et dist GAUTIER qi le poil ot flori :
« De grant folie m'avez ore aati ;
« Qe moi et toi ne sommes anemi,
« Ne mes lignaiges par toi sanc ne perdi.
« Laissons ester et si remaigne ensi. »

CCXII

Se dist Aliaumes : « Par le cors s. Richier,
« En droit de moi fesist bien a laissier ;
« Mais vos oés le contraire BERNIER,
« Ne je n'en vuel avoir nul reprovir
« Par tel covent le vuel je commencier,
« Cil qui char[r]a si perde son destrir
— Voir, » dist GAUTIER, « or me taing por lanier ;
« Se jel refus ne me pris denir »
Chascuns monta sor son corant destrier,
Et molt se painet de soi aparillir
Parmi la place prenent a esloingir
Qi lors veïst les bons chevals broichier !
Ja se volront fierement essaier :
Grans cols se donent es escus de quartir
GAUTIER failli, n'i ot qe corecier ;
Li frans Ali. ne le vot espargnier :
Grant colp li donet sor l'escu a or mier ;
Desoz la boucle li fist fendre et percier,
Et le hauberc desrompre et desmaillir

El flanc senestre li fist passer l'acier,
Mais ainc GAUTIER ne guerpi son estrier,
« Voir, » dist li Sors, « tu me viex empirier ;
« Cius gius n'est preus por nous esbanoier :
« Se g'en ai aise tu le comparras chir »

CCXIII

Li sors GAUTIER ot le cuer irascu :
Sor son escu vit son sanc espandu ;
Le destrier broiche qi li cort de vertu,
Brandist la hanste del roit espieu molu
Et fiert Ali. devant, sor son escu :
Desoz la boucle li a frait et fendu,
Et le hauberc desmaillié et rompu
Qe del cheval l'a a terre abatu.
Voit le Ali., près n'a le cens perdu.
Il saut en piés, si a trait le branc nu :
Au cheval vint qi bien l'a atendu,
Ali. monte a force et a vertu,
Puis en apele dan GAUTIER le chenu :
« Sire GAUTIER, por le cors de Jhesu,
« Abatu m'as, si qe bien l'ont veü.
« Je vos donroie de mon branc esmolu,
« Mais qe l'estor fust atant remasu.
« N'en partiroie por plain val d'or molu
« Qe ne te toille le chief desor le bu.
— Voir ! » dist GAUTIER, « fol plait avés meü :
« Ainc ne me ting jor por recreü. »

CCXIV

Guerris lait corre le bon cheval isnel ;
Brandist la hanste, destort le penoncel,
Et fiert Ali. en l'escu de chantel ;
Fust et verniz li trancha et la pel,
Et de l'auberc desrompi le clavel.
Parmi le cors li mist le penoncel.
Si bien l'enpainst, ne sambla pas tozel,
Qe contremont en torne[n]t li mustel.
Au resaichier li fist vilain apel,
Puis li a dit contraire molt bel :
« Biau sire Ali., a ces[t] giu vos rapel ;

« Ne me tenrés huimais por pastorel,
« Qe par la plaie vos saile[n]t li boel.
« Il fait malvais joer a viel chael. »
Ali. jure le cors s. Daniel :
« Se de ta char ne fas vilain maisel,
« Je ne me pris vaillant arondel. »

CCXV

Li frans Aliqant il se sent plaiés,
Lors a tel duel a poi n'est erraigiés ;
Par maltalent est tos saillis em piés,
Et GAUTIER vint vers lui tos eslaissiés,
Espée traite, soz l'escu enbuschiés.
Ali. c'est contre lui bien gaitiés,
Et fiert GAUTIER qant il fu aproichiés ;
Desor l'auberc est li brans adreciés
Qe l'uns des pans maintenant fu trenchiés.
Se li brans nus fust bien droit avoiés
D'une des gambes fust GAUTIER meheniés ;
Au bon destrier est li cols adreciés
Qe del gros col li a fait moitiés.
Li chevals chiet, GAUTIER fu esmaiés ;
A voiz escrie : « Sainte Marie, aidiés !
« Cis chevals n'iert huimais sans mehaignier,
« Qe por le mien ne soit li tiens laissiés. »
Li frans Aliaumes fut molt afoibloiés.
De maltalent fu GAUTIER erraigiés.
C'il ne se venge ja sera forvoiés.

CCXVI

Li sors GAUTIER tint la targe novele
Et trait l'espée qi fu et clere et bele,
Il n'ot si bone jusq'a[l] borc de Neele,
Et fiert Aliaume qi contre lui revele
Desor son elme qi luist et estencele :
Ausi le fent com pan de gonnele,
La bone coife ne valt une cinele,
Li branc li fait sentir en la cervele ;
Jus le trebuche ; par contraire l'apele :
« Par Dieu, Ali., ci a dure novele :
« Or me lairez le cheval et la cele. »

Et cil s'en vait cui paroit la boele,
Forment li bat li cuers soz la mamele :
« Sainte Marie, glorieuse pucele, »
Ce dist Ali. qi por la mort chancele,
« Mais ne verrai S. Quentin ne Neele. »
Atant s'aissit, sa main a sa maissele ;
BERNIER le voit, son duel en renouvele.

CCXVII

Berneçons fu dolans et correciés.
Il et Gautiers sont tos sailli en piés ;
Desq'a Ali. sont andui adreci[é]s.
Dist BERNIER : « Sire, molt sui de vos iriés.
« Vivrés en vos ? gardez nel me noiés. »
Et dist Ali : « De folie plaidiés.
« E[n] mon vivant n'esserai mais haitiés,
« Ne ne verrai mes terres et mes fiés
« Ne mes effans ; pregne vos en pitiés.
« Par vostre orguel sui mors et detranchiés.
« BERNIER, biau sire, por amor Dieu m'aidi[é]s. »
BERNIER respont qi molt fu damagiés :
« Je ne puis, sire, molt en sui esmaiés. »
Dist Gautelès : « J'en sui aparilliés. »
Il li aïde comme vasals pro[i]siés.
Contre oriant li fu li chiés dreciés ;
Confès se fist li bers de ces pechiés
As baron[s] q'il vit aparilliés,
Qe d'autre prest[re] n'estoit il aaisiés.
Et GAUTIER est a Gautier repairiés
Sor le destrier qi la fu gaaigniés.
Il descendi, ne s'i est atargiés.
BERNIER le voit, molt en fu esmaiés.

CCXVIII

« Sire GAUTIER, » dist BERNIER li gentis,
« En traïson avés Ali. ocis. »
GAUTIER l'entent, a poi n'enraige vis :
« Vos mentés, gloz, » dist il, « par s. Denis.
« Toz sains estoie qant par lui fui requis :
« Tel me donna desor mon escu bis
« El flanc senestre fui perciés et malmis.

« Bien vossissiez, par le cors s. Denis
« Qe par Ali. fuse mors et ocis.
« La merci Dieu, n'est pas cheüs mes pris ;
« Mais, par celui qi en la crois fu mis,
« Vos en morrés, trés bien le vos devis. »
Le destrier broiche des esperons burnis,
Vers BERNIER en vient tos aatiz.
BERNIER le voit, s'en fu toz esbahis ;
Tel poour ot li sans li est fuïs.
« Merci ! » dist il, « frans chevalier gentis.
« Males noveles en iront el païs
« Qe dedens trives serai par vos mordris.
« Cheüs en iert a toz jors vostre pris. »

CCXIX

En Berneçon nen ot qe esmair
A vois c'escrie : « Qe faites vos, Gautier ?
« S'ensi me laisse[s] ocire et detranchir
« Tuit ti ami en aront reprovir
« De ta main nue te vi je fiancier
« N'avroie garde fors qe d'un chevalir
— Vos dites voir, » dist Gautelès, « BERNIER ;
« Je ne volroie por les menbres tranchier
« Qe dedens trives eüsiés encombrir
« Mais qant mes oncles se prent a correcier,
« Il nen est mie legiers a apair
« Or montés tos, pensez de l'esploitier,
« Et je meïsme vos i volrai aidir »
BERNIER monta, Gautiers li tint l'estrier ;
Demie liue le prist a convoir
« BERNIER, » dist il, « de mire avés mestier,
« Et je meïsme n'ai pas le cors entier ;
« Et neporcant je ne t'ai gaires chir »
Atant departent, si laissent le plaidir
A Saint Quentin est retornés BERNIER.
Ali. enfuent a l'entrant d'un mostir
Por le vasal fisent duel plaignir
Au sor GAUTIER est retornez Gautier,
Dusq'a Cambrai ne volrent atargir
Dame A. o le viaire fier
Ala encontre, ces prist a araisnier :
« Signor, » dist ele, « a celer nel vos qier,

« De ceste guere vos faites trop legir
« Vos en mor[r]és, je quit, par Dieu del ciel.
« A vos andeus voi les costés sainir »
Dont respondire[n]t li nobile guerrier :
« Non ferons, dame, Diex nos puet bien aidir
« Mandés les mires qi nos saichent noncier,
« Dire le terme qe porrons chevauchir
« Nos anemis irons toz essilir »

CCXX

Isnelement font les mire[s] venr
Cil se penerent des barons garr
Tant demorere[n]t con vos porrés or
A Pentecoste qe on doit bien goïr
Nostre empereres qi France a a tenir
Ces homes mande, a lui les fait venr
Tant en asamble n'en sai conte tenr
GAUTIER manda qi dut Aras tenr

CCXXI

Nostre empereres a ces barons mandés.
GAUTIER manda et Gautier l'alozés,
Et Loeys et W. le senés ;
E. i vint qui li poins fu colpés
En la bataille soz Origni es prés.
Estes vos toz les guerie[r]s asamblés.
El maistre borc c'es[t] GAUTIER ostelez,
Et Gautelès li preus et l'adurez.

CCXXII

Nostre empereres a sa gent asamblée,
M. fu le jor aesmée.
Par matinet ont la messe escoutée :
Après monterent en la sale pavée.
Li seneschaus a la table pasée,
En sa main destre une verge pelée.
Si s'escria a molt grant alenée :
« Oiés, signor, franche gent honorée,
« Qele parole vos a li rois mandée :
« N'i a celui, c'il fait çaiens meslée,

« Qi ains le vespre n'ait la teste colpée. »
GAUTIER l'entent, s'a la coulor muée.
Ou voit BERNIER met la main a l'espée,
Mais Gautelès l'i a ens reboutée.
« Oncles, » dist il, « c'est folie provée
« Qi chose emprent par sa fort destinée
« Dont il ait honte et sa gent soit blasmée.
« Gardez la chose soit si amesurée
« Honte n'en vaigne a ciax de no contrée
« Tant qe la chose [ne] puist estre amendée. »

CCXXIII

Grans fu la cors sus el palais plagnier ;
A[s] hautes tables sient li chevalir
El seneschal ot mout qe ensaignier :
Ensamble mist BERNIER et Gautier,
Le sor GAUTIER et Y. le guerrier,
W. de Roie, Loeys au vis fier,
Le manc E. ou n'ot qe courecir
Or sont ensamble li nobile guerir
GAUTIER le vit, le sens quida changier ;
En sa main tint grant coutel d'acier,
Vers BERNIER le vost le jor lancier,
Mais Gautelès ne li laissa touchier :
« Oncles, » dist il, « on vos doit chastoir
« Ja ne vos coste la viande denier ;
« Et tex hom quide sa grant honte vengier
« Qi tos esmuet mortel encombrir »
GAUTIER aporte[nt] mès de cerf plenier,
Le plus maistre os de la cuisse derir
GAUTIER le vit, ne vost plus atargier :
Ens en la temple en feri ci BERNIER,
De ci a l'os li fist la char percir
Tout le viaire li fist de sanc rair
Voit le BERNIER, le sens cuida changier,
Car veü l'orent li vaillant chevalier
Et por ice q'ils isent au mengir
Saut de la table : colp li va paier
El haterel, ne le vost espargnier,
Qe sor la table le fist tout enbronchir
Gautiers saut sus qi vost son oncle aidier,
Par les chevox ala saisir BERNIER ;

Li quens Y. se commence a drecier ;
Loeys tint baston de pommier ;
W. de Roie cort a son branc d'acier ;
Li sor GAUTIER saisi . j. grant levier,
Et Gautelès grant coutel d'acier ;
De pars saillent li baron chevalir
Ceste meslée fust ja vendue chier,
Qant la acorent sergant et despencier :
Des tables prene[n]t les barons a saichier ;
Au roi les maine[n]t qi France a a baillier,
Et dist li rois : « Qi commença premier ?
— Li sors GAUTIER, » dient maint chevalier,
« La commença premerains a BERNIER »

CCXXIV

Se dist li rois : « Frans chevalier baron,
« Qi commença premerains la tençon ?
— Li sor GAUTIER, par le cors s. Simon,
« La commença premiers a BERNIER »
Li rois en jure s. Jaque le baron :
« G'en prendrai droit a ma devision. »
GAUTIER parole a la fiere façon :
« Drois empereres, ci a grant mesprison :
« Se Dex m'aït, ne valez bouton.
« Comment poroie esgarde[r] cel glouton
« Qi mon neveu ocist en traïson ?
« Fix ert vo suer, qe de fit le seit on.
— Voir ! » dist BERNIER, « vos dites mesproison :
« Gel defiai dedens son pavilon.
« Mais, par l'apostre c'on qiert en pré Noiron,
« Ja por bataille mar querrés compaignon.
« Tant en arés, certes, o l'esperon
« Qe ains le vespre vos tenrez por bricon. »
GAUTIER l'oï : ainc tel goie n'ot om :
Plus le covoite q'aloe esmerillon.

CCXXV

Gueris parole qi fu de grant aïr :
« Drois empereres, ne vos en qier mentir ;
« Trestos li mons vos en devroit haïr,
« Qant le poés esgarder ne ver

« De vo neveu fist l'arme departir ;
« Je me mervel comment le pués soufrir
« Qe ne li fais toz les menbres tolir,
« Ou pendre as forches, ou a honte morr »
Et dist li rois : « Nel doit on consentir,
« S'uns gentils hom mande autre por se[r]vir,
« Ne le doit pas vergonder ne honnir ;
« Et neporcant, par s. Pol le ma[r]tir,
« Cil ne se puet deffendre et garantir,
« A lui destruire ne puet il pas faillr »
BERNIER l'oï, si commence a rougir :
« Signor, » fait il, « penseiz de moi nuisir :
« A la bataille poés molt tos venr »

CCXXVI

L'enfes Gautiers est saillis en estant,
Ci a parlé hautement en oiant :
« Drois empereres, entendés mon samblant.
« Je combatrai a l'espée tranchant
« Vers BERNIER le bastart sousduiant ;
« Si l'en ferai tout mat et recreant,
« Et par la geule, oians tous, jehissant
« Q'ocist RAUL, mon oncle le vaillant,
« En felonnie, se sevent li auquant. »
Et dist GAUTIER : « Lechieres, laisse atant :
« Trop par iés jovenes, encor as cens d'effant.
« Qi te ferroit sor le nés d'un seul gant,
« Por q'en volast une goute de sanc,
« Si plououroies, par le mien esciant.
« Mais mi nerf sont fort et dur et tenant,
« Et s'ai le cuer hardi et combatant.
« Quant on me fiert d'un roit espieu tranchant,
« J'en pregn vengance molt tost au riche branc.
« Vers le bastart vuell acomplir cest champ.
« Se ains le vespre nel rent por recreant,
« Fel soit li rois, se de pendre ai garant. »
Et dist Gautiers au coraige vaillant :
« Drois empereres au coraige vaillant,
« Je ne volroie, por l'onor de Mellant,
« Q'a[u]tres qe je en çainssist ja le brant.
— Voir ! » dist BERNIER, « je l'otroi et creant.
« Ançois le vespre ne le solell couchant

« De la bataille te quit je donner tant,
« Ja por nul home mar en iras avant. »

CCXXVII

« Drois empereres, » dist BERNIER li senez,
« Ceste bataille referai ge aseiz
« Par tel covent con ja dire m'or[r]ez.
« S'il n'est ensi con ja dire m'orez,
« Ja Dieu ne place, qi en crois fu penez,
« Qe je en soie sains ne saus retornez.
— Voir, » dist li rois, « bien t'en iere avoez,
« Et neqedent ostaiges m'en donrez. »
Et dist BERNIER : « Si con vos commandez. »
Son pere i met, et il i est entrez ;
Et Gautelès ne c'est aseürez,
A son ostel s'en est tantos alez.
Il vest l'auberc, tos fu l'elmes fermez,
Et sainst l'espée au senestre costé,
De plaine terre est el destrier montez,
Puis pent l'escu a son senestre lez.
Li bons espieus ne fu pas oubliez,
A clox d'or le confanon fermés.
Et BERNIER se rest bien adoubez,
De riches armes noblement acesmés.
Nostre empereres le fist comme senez.

CCXXVIII

En deus batiaus les fist Saine passr
Gautiers est outre, li gentils et li ber,
Il et BERNIER qi tant fait a lor
Saintes reliques i fait li rois porter,
En vert paile desor l'erbe posr
Qi donc veïst le paile venteler
Et les reliques fremir et sauteler,
De grant mervelle li poïst ramenbrr

CCXXIX

L'enfes BERNIER se leva sor les piés :
« Baron, » dist il, « faites pais, si m'oiés :
« Par tos les sains qe je voi si couchiés,

« Et par les autres dont Dex est essauciés,
« Et par celui qi en crois fu dreciés,
« Q'a droit me sui del cors RAUL vengiés ;
« Si m'aït Dex et ces saintes pitiés !
« Et q'a tort c'est Gautiers vers moi dreciés.
— Voir, » dist Gautiers, « vos mentés, renoiés :
« Ensois le vespre en serez detrenchiés. »
BERNIER respont qi c'est humeliés :
« Diex soit au droit ! a tort me laidengiés. »

CCXXX

De BERNIER fu li sairemens jurez.
« Baron, » dist il, « envers moi entendez :
« Par toz les sains qe vos ici veez,
« Et par les autres dont Diex est aourez,
« Qe BERNIER est ici parjurez.
« Ancui en ert recreans et matez. »
Et dist BERNIER : « Se Dieu plaist, vos mentez. »
Et Gautiers est sor son destrier montez,
BERNIER el sien qi fu la amenez.
Gautiers fu jovenes, de novel adoubez,
BERNIER a requis comme senés.
Sor son escu li fu tex cols donnez,
Desoz la boucle li est frais et troez
Et li haubers rompus et despanés,
Parmi les costes li est li fers passés.
Si fort le hurte Gautelès l'alosez
Plaine sa lance l'abat enmi le pré ;
Et Gautelès s'en est outre passez,
A vois c'escrie : « Bastars, n'i garirez.
— Voir ! » dist BERNIER, « plus terre ne tenrez.
« Hom abatus n'est mie toz matez. »

CCXXXI

Berneçons ot le cuer grain et irié,
Qant il se vit jus del cheval a pié.
Il traist l'espée, s'a l'escu embracié ;
Au cheval vint q'il vit aparillié.
BERNIER monta par le doré estrié ;
Dedens le fuere a le branc estoié.
Le destrier broiche, si a brandi l'espié,

199

Et fiert Gautier sor l'escu de quartier ;
Desoz la boucle li a frait et percié,
Et le hauberc rompu et desmaillié.
El flanc senestre li a l'espié bagnié ;
Outre s'en pase, le fer i a laissié.
Ou voit GAUTIER si l'a contraloié :
« Cuivers viellars, molt te voi enbronchié ;
« Ja ne verras ains le solel couchié
« De ton neveu partira l'amistié. »
Gautiers l'oï, si a haut escrié :
« Cuivers bastars, com as le cens changié !
« Ains q'il soit vespres t'arai ci justicié
« Jamais de terre ne tenras demi pié. »
Le destrier hurte, si a le branc sachié,
Et fiert BERNIER, ne l'a pas espargnié,
Mervillos col sor son elme vergié.
Desor le cercle li a frait et trenchié ;
La bone coife li a petit a[i]dié
Qe de la char li trancha demi pié.
L'orelle emporte, dont trop l'a empirié.
« Voir ! » dist BERNIER, « malement m'a[s] saignié. »

CCXXXII

« Dex ! » dist BERNIER, « vrais peres, qe ferai,
« Qant sor mon droit l'orelle perdu ai ?
« Se ne me venge, jamais liés ne serai. »
L'espieu requevre, si con je bien le sa[i] ;
Fiert Gautelet, mervelles li fist lai,
Del sanc del cors li fist saillir rai.
« Voir ! » dist BERNIER, « aconseü vos ai.
« Mais ne verrés les honors de Cambrai.
— Voir ! » dist Gautiers, « jamais ne mengerai
« Desq'a cele eure qe vostre quer tenrai.
« Je sai de fit q'ains la nuit t'ocirai.
« De vostre orelle estes en grant esmai ;
« De vostre sanc voi tout covrir le tai. »
Et dist BERNIER : « Molt bien m'en vengerai.
— Mes niés ventra, » dist E. de Doai.
« Fix a putain, » dist GAUTIER de Cimai,
« Se je vois la, je vos chastoierai.
« Del poing senestre me resamblez le gai
« Qi siet sor l'arbre ou je volentiers trai :

« Le pié en port et la cuisse li lai.
« Se je vois la, je vos afolerai. »
Et dist Y. : « Ne le penserés ja,
« Tant con je vive, n'en ma vertu serai.
« Au branc d'acier vos noterai tel lai
« Donc ja n'arez a nul jor le cuer gai.
« Mais ne verrés le borc S. Nicolai.
— Voir ! » dist GAUTIER, « ausi t'atornerai
« Con fis ton pere Herbert q'esboelai
« Soz Origni ou a lui asamblai ;
« Ou par la goule as forches te pendrai. »

CCXXXIII

La bataille est mervillouse et piaigniere ;
Ainc par homes ne fu faite si fiere.
Cascuns tenoit son bon branc de Baiviere ;
N'i a celui qi son per ne reqiere.
Escus n'i vaut une viés estriviere,
Neïs la boucle n'i remaint pas entiere.
Li hauberc rompe[n]t et devant et deriere ;
N'i a celui en vive char ne fiere,
N'i a celui n'ait sanglante la chiere ;
Li sancs lor cort contreval l'estriviere.
Ne quit qe longues li l'autre reqiere ;
Ce est merville s'andui ne vont en biere.
Atant eis vos Joifroi de Roiche Angliere ;
Sus el palais en est venus ariere :
« Drois empereres, » dist li bers, « par saint Piere,
« La vostre gent n'est mie trop laniere.
« Des champions chascuns a brace fiere ;
« Bien s'entrefierent et devant et deriere. »

CCXXXIV

Gran fu la noise sus el palais plaignir
Li dui el pré n'ont cure d'espargnir
En Gautelet ot molt bon chevalier ;
Grans fu et fors, bien resambla guerir
Vers BERNIER se vorra acointier :
Grans cols li donne sor l'escu de quartier,
Mais a se colp ne le pot espargnier :
Devers senestre cola li branc d'acier ;

201

Desor l'espaule li fist la char trenchier,
De si a l'os li fist le branc fichier ;
Bien demi pié en abat sor l'erbir
S'or ne tornast li riches brans d'acier,
Fendu l'eüst desq'outre le brair
Parmi la bouche li fist le sanc raier ;
Tout estordi l'abati en l'erbir
« Voir ! » dist BERNIER, « tu me vieus empirir »
Dist Gautelès : « Jel fas por chastoir
« Ensi doit on traïtor justicier
« Q'ocist a tort son signor droiturir »
Dist BERNIER : « Vos i mentés, Gautir
« Vos aveiz tort, vos le comparrés chir
« De duel mor[r]ai se ne me puis vengier ! »
Qi li veïst son escu embracier,
Sa bonne espée tenir et paumoier,
Son hardement doubler et engraigner !
Qant Gautelès le vit venir si fier,
A grant mervelle le prist a resoingnier ;
Et BERNIER ne le vost espargnier :
Grant colp li done parmi l'elme a or mier
Q'il li trencha près de demi quartir
S'or ne tornast vers le flanc senestrier,
Dusq'es espaules feïst le branc glacir
Gautiers lo vit, n'i ot qe corecier :
Seure li cort a guise d'ome fir
Ja fuse[n]t mort andui li bon guerrier,
N'i a celui qi bien se puist aidir
GAUTIER le vit, le sens quida changier :
Il a sonné graile menuier,
Si home viene[n]t, q'il ne l'osent laissir
Il s'agenoille vers la tor del mostier,
Sor sains jura, voiant maint chevalier,
C'il voit Gautier jusq'a mort justicier,
BERNIER fera toz les menbres trenchir
Y. l'oï, le sens quida changier ;
Ses homes mande [et] si les fait rangir
Le signor jure qi tout a a baillier,
Se BERNIER voit morir ne trebuchier,
Gautier fera laidement aïrier ;
Ne le gar[r]a tos l'or de Monpeslier,
Ne Loeys qi France a a baillir
Puis qe venra a estor commencier,

Se on l'encontre as fors lances baissier,
Seürs puet estre de la teste trenchir
Atant es vos Joifroi et Manecier ;
Cele parole en vont au roi nuncier ;
Et dist li rois : « Par le cors s. Richier,
« Desevrés les, nes lassiés plus touchir »
Plus de avalent le planchier ;
Sor Saine viene[n]t, corant sor le gravier,
Sox desevrerent sans plus de l'atargir
Mout lor em poise, si con j'oï noncier,
Encor volssise[n]t la bataille essair
Qi longement les laissast chaploier,
El qe[l] qe soit n'eüst nul recovrir
Plaies ont grans, ne fine[n]t de saignie[r].
Li mire viene[n]t, si les font estanchier,
Et les esvente[n]t por lor cors refroidier,
Puis les menere[n]t ens el palais cochier ;
.II. riches lis fisent aparillr
Mais l'empereres en fist a blastengier
Qe si près giure[n]t ambedui li guerrier,
Qe l'uns vit l'autre remuer et couchir
A Gautelet vint li rois tout premiers,
Cortoisement le prit a araisnier :
« Vivrés en vos ? nel me devez noir
— Oïl voir, sire, a celer nel vos qir
— Dex, » dist li rois, « vos en doi gracir
« A vos quidai BERNIER apair »
Gautiers l'oï, le sens quida changier ;
A haute vois commença a huchier :
« Drois empereres, Dex te doinst encombrier !
« Car ceste guere feïs tu commencier,
« RAUL mon oncle ocire et detranchir
« Par celui Dieu qi tout a a jugier,
« Ne m'i verrés a nul jor apaier,
« Ains li ferai toz les menbres tranchir »
Et dist BERNIER : « Or oi bricon plaidier :
« S'or ne devoie ne boivre ne mengier,
« Ja ne veroies mais le mois de fevrir »

CCXXXV

Nostre empereres est de Gautier tornez ;
A BERNIER en est tantost alez,

Courtoisement fu par lui aparlez :
« Sire BERNIER, frans chevaliers menbrez,
« Vivreiz en vos ? gardez nel me celez.
— Oïl voir, sire, mais molt sui agreveiz.
— Dex ! » dist li rois, « t'en soies aourez !
« Tant quidai vivre, ja mar le mesqerrez,
« Qe vos fuissiés a Gautier acordez ;
« Mais tant par est fiers et desmesurez
« Qe nel feroit por l'or de citez. »
Dist BERNIER : « Sire, ja autre n'en verrez.
« Gautiers est jovenes, de novel adoubez,
« Si quide bien faire ces volentez.
« Mais, par celui qi en crois fu penez,
« Se n'iert jamais a trestoz mes aez
« Qe je ja soie recreans ne matez. »
Gautiers l'oï qi molt fu aïrez :
« Cuivers bastars, com iés desmesurez !
« Mon oncle as mort qi fu preus et senez,
« Ton droit signor, con traïtres provez.
« Ce est mervelle comment vos le soufrez.
« De vostre orelle estes mal atornez
« Qi desor Sainne remeist gisant es prez. »
Dist BERNIER : « Molt grant tort en avez.
« Tel vos donnai, si qe bien le savez,
« El flanc senestre fustes parfont navrez.
« Ce poise moi, dolans en fui aseiz.
« Grant pechié faites qant ne vos acordez. »
Gautelès l'oit, ne len est pris pitié.

CCXXXVI

« Sire Gautiers, » dist BERNIER li gentiz,
« Por amor Dieu qi en la crois fu mis,
« Iceste guere dur[r]a ele toudis ?
« Ja pardonna Diex sa mort a Longis.
« Car pren l'amende, frans chevalier eslis.
« Droit t'en ferai trestot a ton devis.
« Quite te claim ma terre et mon païs,
« Si m'en irai o toi en Cambrisis,
« Servirai toi, ce te di et plevis.
« Ne qier avoir qe povres roncis ;
« Mar vestirai ne de vair ne de gris :
« As esquiers serai comme mendiz

« Por aigue boivre ne por mengier pain bis,
« Tant con volras cerai ensi chaitis
« Desq'a cele eure qe pitiés t'en iert pris.
« Ou pren t'espée, orendroit ci m'ocis. »
Dont c'escrierent et Gautiers et GAUTIER :
« Cuivers bastars, com or estes aquis !
« Ja, par cel Dieu qi en la crois fu mis,
« Li vostre drois n'en sera requellis.
« Ains en mor[r]ez, par le cors s. Denis !
— Tot est en Dieu, » dist BERNIER li gentis.
« Ne puis morir de ci a mon juïs. »
Ez en la vile la seror Loeys.
Qant ele entra es rues de Paris,
De totes pars a entendu les cris
Des vasaus qe chascuns est malmis.
Oit le la dame, ces cuers en est maris.
Qi li donnast tot l'avoir s. Denis
Ne poïst ele faire ne giu ne ris,
Tant q'ele saiche qe fait li siens amis.
Ele descent del mulet arabis,
Puis est montée sus el palais voltis.
Vint en la sale devant roi Loeys ;
Après li vint main[s] chevalier[s] de pris.

CCXXXVII

Dame A., qi tant fist a proisier,
Del bon mulet descendi sans targier ;
Sus el palais commença a puier ;
Avuec li ot maint vaillant chevalir
Encontre saille[n]t si ami li plus chier,
Li sors GAUTIER et maint autre princier,
Et l'empereres qi France a a baillir
Il la salue belement, sans targier ;
Après la vost acoler et baissier ;
La gentix dame l'en a bouté arier :
« Fui de ci, rois, tu aies encombrier !
« Tu ne deüses pas regne justicir
« Se je fuse hom, ains le sollelg couchier,
« Te mosteroie a l'espée d'acier
« Q'a tort iés rois, bien le pues afichier,
« Qant celui laises a ta table mengier
« Qi ton neveu fist les menbres trenchir »

Devant li garde, si vit gesir Gaut[i]r
De duel se pasme sans plus de l'atargir
Tos la redresce[nt] li vaillant chevalir
Et Gautelès commença a huchier :
« Franche maisnie, faites vos baut et fir
« Dites ma taie qe j'ai fait de Bernier :
« Mais en sa vie n'avra home mestier :
« G'en pris l'orelle a l'espée d'acir »
La dame l'ot, ces mains tent vers le ciel :
« Biaus sire Dex, vos en doi mercir »
D'autre part garde, si voit gesir BERNIER,
Seure li cort, si saisi levier :
Ja l'eüst mort sans autre recovrier,
Mais li baron ne li laissent touchier ;
Et BERNIER prent fors del lit a glacier,
Tot belement, sans plus de l'atargir
Dame A. cort la gambe enbracier,
Et le souler doucement a baisier :
« Gentix contesce, plus ne vuel delair
« Vos me nouristes, se ne puis je noier,
« Et me donnastes a boivre et a mengir
« E ! Gautelès, por Dieu le droiturier,
« S'or ne te viex por Jhesu apaier,
« Vois ci m'espée : de moi te pues vengier,
« Car plus ne v[u]el envers toi gueroir »
Dame A. commence a larmoier ;
Ne s'en tenist por les menbres trenchier,
Qant BERNIER voit si fort humelir

CCXXXVIII

Grans fu la cors en la sale garnie.
L'enfes BERNIER a la chiere hardie
Son chief benda d'une bende de sie.
Toz fu en braies, n'ot chemise vestie.
En crois adens tint l'espée forbie ;
Devant le roi Gautelet merci prie :
« Merci, Gaut., por Dieu le fil Marie
« Qi sucita le mort en Betanie,
« Et reciut mort por nos rendre la vie !
« Je te proi, sire, lai ester la folie,
« Ne doit durer tos jors ceste folie :
« Ou tu m'ocis ou tu me laisse en vie. »

GAUTIER l'oï, s'a la coulor noircie :
Si haut parole, la sale est estonrmie :
« Par Dieu, bastars, ensi n'ira il mie :
« Tu en pendras ou mor[r]as a hachie,
« Se ne t'en fuis en Puille ou en Hongrie. »
Desor GAUTIER est la cors revertie.
Se li escrient, la sale est estormie :
« Sire GAUTIER, plains estes d'estotie,
« Qant vos ce dites force li est faillie ;
« Encor a il .M. homes en s'aïe ;
« Ne li fauront por a perdre la vie. »
BERNIER respont, q'il n'a soing de folie :
« Merci, signor, por Dieu le fil Marie.
« Se Dex se done, qi tout a em baillie,
« Qe ma proiere fust en gré recoillie,
« Anqui seroit ceste guere fenie. »

CCXXXIX

BERNIER se gist ens el palais listé,
En crois adens tint le branc aceré.
De S. Germain i est venus l'abé,
Chieres reliques aporta a plenté
De s. Denis et de s. Honnoré.
En haut parole, qe bien l'ont escouté :
« Baron, » dist il, « oiés ma volenté :
« Vos savez bien, par sainte charité,
« Qe Damerdiex qi tant a de bonté
« Ot le sien cors travillié et pené
« En sainte crois au vendredi nommé.
« Longis i fu au cors boneüré,
« Si le feri el senestre costé ;
« N'avoit veü lonc tans avoit passé :
« Tert a ces ex, si choisi la clarté ;
« Merci cria, par bone volenté,
« Et nostres sire li ot lues pardonné.
« Sire GAUTIER, por Dieu de maïsté,
« Iceste guere a ele trop duré :
« BERNIER vos ofre par bone volenté ;
« Se vos nel faites, vos en serez blasmé. »
Li gentils abes fu de grant loiauté,
Y. le conte a par non apelé,
W. de Roie, Loeïs l'aduré,

Et de Doai dant E. le sené ;
Le poing senestre ot en l'estor colpé
En la bataille soz Orrigni el pré.
« Baron, » dist il, « or oiés mon pensé :
« Chascuns aport son bon branc aceré :
« Vos anemis soient si presenté,
« Qe, se Dieu plaist, ja serez acordé
« Par tel covent con ja dire m'or[r]ez :
« Tout li pechié te soient pardonné
« Qe au juïse lor soient pardonné.
— Voir, » dist Y., « ja n'en iert trestorné. »
Il s'agenoillent voiant tot le barné.
Merci crierent par bonne volenté :
Onques GAUTIER n'en a esgardé.
L'abes le vit, près n'a le sans dervé.

CCXL

L'abes c'escrie, qi molt fu bien apris :
« Qe faites vos, d'Aras li sors GAUTIER ?
« Levez les ent, franc chevalier gentil. »
Et Gautelès c'escria a haus cris :
« Levez les ent, dame, par vos mercis,
« Por Damerdieu qi onques ne mentis.
« Nel di por ce qe ja soit mes amis
« Tant qe il soit detranchiés et ocis. »
GAUTIER l'oï, s'en a jeté ris :
« Biax niés, » dist il, « molt par iés de haut pris :
« Bien hez de cuer trestoz tes anemis.
« N'i garira BERNIER li chaitis. »
L'abes l'entent, a poi n'enrage vis :
« Sire GAUTIER, tout avés le poil gris,
« Ne ne savez le jor de vo juïs.
« Se pais ne faites, si m'aït s. Denis,
« Ja la vostre arme n'avera paradis. »

CCXLI

Sus el palais a grant noise de gent.
Devant Gautier gist BERNIER simplement,
Devant GAUTIER Y. par bon talent,
Et Loeys ces freres ensement.
W. de Roie en prie doucement,

Il et E. de Douai au cors gent.
Et BERNIER c'escria hautement :
« Et Gaut. sire, por Dieu omnipotent,
« Nos .V. espées te sont ci en present.
« Nos n'i arons mais nul recovrement.
« Or nos pardone, por Dieu, ton maltalent,
« Ou pren t'espée, si t'en venge erramment. »
Par le palais c'en escrie[nt] .vij. cent :
« E ! Gautelet, por Dieu ou tout apent,
« Por amor Dieu, frans hom, levez les hent.
— Dex ! » dist GAUTIER, « con je le fas dolent ! »
Il les en lieve tos et isnelement ;
Puis s'entrebaisent com ami et parent.
Li rois s'en torne, pla[i]ns fu de maltalent,
Car dolans est de cel acordement.
Li sors GAUTIER se dreça en estant,
A la fenestre en est venus avant,
Il c'escria a sa voiz hautement :
« BERNIER frere, por Dieu venez avant.
« Cis rois est fel, gel taing a sousduiant.
« Iceste guere, par le cors s. Amant,
« Commença il, se sevent li auquant.
« Faisons li guere, franc chevalier vaillant.
— Voir, » dist BERNIER, « je l'otroi et creant.
« Ne vos fauroie por nule rien vivant. »
Y. parole o le grenon ferrant :
« Tout Vermendois, le païs fort et grant,
« Vos abandoins a faire vo talant.
« Ja contre vos n'en recevrai plain gant
« Ne de ma terre denie[r] vaillisant.
« De ce me poise, par le cors saint Amant,
« Qe ceste guere avera duré tant. »
Et dist GAUTIER : « Ne puet estre autremant.
« Dès or serons comme prochain parent. »

CCXLII

Grans fu la cors sus el palais plaingnir
Entre A. et Y. au vis fier,
Le sor GAUTIER et le cortois Gautier,
E. le conte de Doai le guerier,
Et Loeys et W. et Bernier,
Trestout li conte vont ensemble mengir

El roi de France nen ot qe courecir
Les barons mandet q'a lui vegne[n]t plaidier,
Et il si font, q'il ne l'osent laissir
Dusq'el palais ne vorent atargir
Li rois s'en va a dois apuier,
Et apela Y. le fort guerier :
« Y., » fait il, « molt vos ai eü chier,
« Après vo mort, par Dieu le droiturier,
« Vuel Vermendois donner a princir »
Dist Y. : « Sire, ne fait a otroier :
« A Berneçon la donnai dès l'antrir
— Comment, diables ! » dist li rois au vis fier,
« Doit donc bastars nule honnor chalengier ? »
Y. respont, ou n'ot qe corecier :
« Drois empereres, par Dieu le droiturier,
« A grant tort faites vostre home laidengir
« Vostre hom estoie hui main a l'esclarier :
« Le vostre hommaige avant porter ne qier
« Se droit n'en faites et le gaige ploir
— Voir, » dist li rois, « trop te sai losengier :
« Ja de la terre n'averas denier ;
« Je l'ai donnée Gilemer le Pohir »
Dist BERNIER : « Sire, asez poez plaidier,
« Qe, par celui qi tot a a baillier,
« Ja vos secors ne li ara mestier
« Qe ne li face toz les menbres trenchir »
Et dist li rois : « Tais toi, glous, pautonier !
« Cuivers bastars, viex tu a moi tencier ?
« Tos te feroie en vil liu lancir »
BERNIER l'oï, le sens quida changier :
Par maltalent traist l'espée d'acier ;
A vois escrie : « Qe faites vos, Gautier ?
« Desor toz homes me devez vos aidir »
Et dist GAUTIER : « Ne te doi fauvoier :
« Ne te fauroie por l'or de Monpeslir
« Cest coart roi doit on bien essillier,
« Car ceste guere nos fist il commencier,
« Et mon neveu ocire et detranchir »
Qi dont veïst ces espées saichier,
Le sor GAUTIER la soie paumoier,
Et les roiax fremir et goupillier !
Bien plus de .vij. en fisent baaillir
Nes l'empereres n'ot pas le cors entier,

Car BERNIER s'i ala acointier :
Parmi la cuisse li fist le branc glacier,
Si q'il le fist a terre trebuchir

CCXLIII

Mout fu li rois dolans et abosmez,
Et Gautelès en est em piés levez :
« Drois empereres, » dist il, « grant tort aveis.
« Je sui vos niés, faillir ne me deveiz. »
Et dist li rois : « Fel gloz, lai moi ester,
« Qe, par celui qi en crois fu penez,
« Chascuns en iert en fin deseritez. »
Dist Gautelès : « Qant vos me desfiez,
« D'or en avant de mon cors vos gardez. »
As ostex est tantost mès alez,
A vois escrie : « Franc chevalier, montez ;
« Nos signor sont ens el palais meslez ! »
Qant cil l'oïrent es les vos tos montez ;
En petit d'eure furent .M. adoubez ;
Estes les vos vers le palais tornez.

CCXLIV

Grans fu la cors en la sale voltie ;
GAUTIER parole a la chiere hardie :
« Drois empereres, drois est c'on le vos die,
« Iceste guere mut par vostre folie :
« Raoul donnastes autrui terre em baillie ;
« Vos li jurastes devant la baronie
« Ne li fauriez tant con fussiés en vie :
« Asez set on qex fu la garantie :
« Soz Origni fu mors lez l'abeïe ;
« Mais, par celui qui tout li mondes prie,
« Encor n'en est vostre grans os banie. »
Et dist li rois : « Fel viex, Dex te maldie !
« Comment q'il praigne, d'Aras n'arez vos mie :
« Dedens mois en iert l'onnors saisie.
« Se vos i truis, par Dieu le fil Marie,
« A la grant porte, tex en est l'establie,
« La vos pendrai voiant ma baronnie. »
Oit le GAUTIER, maintenant le desfie :
« Or vos gardés de m'espée forbie !

« BERNIER frere, or ai mestier d'aïe. »
Et dist BERNIER a la chiere hardie :
« Ne vos faurai ja jor de compaignie. »
E vous la cort a grant mal departie.

CCXLV

Li sors GAUTIER avala les degrez.
Au perron trueve .M. chevalier[s] armez,
Et BERNIER c'est en haut escriez :
« Franc chevalier, de bien faire pensez ;
« Nos escuiers tout maintenant armez,
« Isnelement ceste vile roubez ;
« Trestout soit vostre ce qe vos conqer[r]ez. »
Et cil respondent : « Si con vos commandez. »
Crient le fu, ci fu lues alumez,
Et en Paris par les rues boutez
[* Jusqu'au palais dont vos oï avez ;
* Dès le Grant Pont ou avalent les nez
* Jusqu'au Petit qui tant est renommez]
N'i a le jor de toz avoirs remez
Dont vilains poïst estre encombrez.

CCXLVI

La cité arde[n]t par molt grant desmesure.
Vait s'en GAUTIER et BERNIER a droiture,
Et Gautelès tout soef l'ambleüre.
De sejorner en la vile n'ont cure.
A Pierefons sont venu a droiture,
Et chevalchiere[n]t toute la nuit oscure.
A S. Quentin s'en vont grant aleüre.
Toute la gens del païs s'aseüre
Por la grant gu[e]re dont il sont en ardure.
Et li rois tient a grant desconfiture
Q'en la cité li ont fait tel laidure.
Par maltalant le cors s. Pierre en jure,
Ja nes gara chastiax ne fermeüre,
Ne parentez ne nule noureture
Qe toz nes mete a grant desconfiture.

CCXLVII

212

A S. Quentin vinrent en Vermendois.
« Sire GAUTIER, » dist Be[r]niers li courtois,
« GAUTIER mes sires s'en ira en Artois,
« Et vos irez a Cambrai demanois.
« Je sui encor de mes plaies destrois
« Et vos meïsme ne serez sains des mois.
« Je sai molt bien qe molt nos heit li rois :
« Fera nos guere, c'il puet, en Vermendois ;
« Sor nos venra a mervillous effrois ;
« Et vos mandez toz sox qe vos porrois,
« GAUTIER les siens, li preus et li cortois ;
« Et je sui ci molt près de Loenois,
« Assez souvent les metrai en effrois.
« Ja nes garra ne bare ne defois
« Souvent n'en çaingne mon bon branc vienois. »
A ces paroles sont departi manois.
Li sors GAUTIER s'en ala en Artois,
Dame A. en Cambrisis ses drois.

CCXLVIII

Droit a Aras s'en va li sors GAUTIER,
Et Gautelès repaire en Cambrezis
Et A. s'aiole o le cler vis ;
Mande[n]t lor homes et lor millors amis ;
Tout autresi a fait li sors GAUTIER,
Car de la guere est BERNIER touz fis.
Li rois en jure Dieu qi en † fu mis
Q'il nel lairoit por tout l'or de Senlis
Qe del bastart ne soit vengement pris
Qi son bon borc li [a] ars et espris,
Et a roubée la cité de Paris,
Et si grant honte li fisent el païs,
BERNIER, Gautiers, d'Aras li sors GAUTIER ;
S'il n'a la terre dedens les .XV. dis,
Et Vermendois n'a a force conquis,
Il ne se prise vaillant parizis.
Ces escrivains en a a raison mis :
« Faites mes chartres teles con je devis.
« Mander volrai trestoz les miens amis,
« Et mes barons et sox qe j'ai norris,
« Qe de ma honte soit tos vengement pris.
« Nes garira chastiax ne roulleïs

« Qe nes en traie, forment en sui hatis. »
Et cil responde[n]t : « Tout a vostre devis. »

CCXLIX

Gautiers, GAUTIER, BERNIER li cortois,
A S. Quentin vinre[n]t en Vermendois.
La segornerent grant partie del mois,
Car de lor plaies erent encor destrois.
Avec oux ont bons mires cortois.
Qant gari sont, si s'entorne[n]t manois ;
Li sors GAUTIER sen ala en Artois ;
O lui enmaine BERNIER li cortois.
Dame A. en Cambrisis ces drois
La est alée ; Gautier enmaine o soi.

CCL

VA s'en Gautier[s] droit a Cambrai la riche,
Li sors GAUTIER a Aras la garnie.
BERNIER enmaine, n'en i vieut laissier mi[e],
Car de RAUL est li acorde prise
Par saint abe qi la pais i a mise.
Li sors GAUTIER a une bele fille :
Il n'ot si bele desq'as pors de Lutice.
Qant ot novele de la chevalerie
Et de BERNIER q'ele ne haoit mie
Qi venus est, Damerdieu en mercie.
Lors a vestu peliçon d'ermine,
Et par deseur ver bliaut de siie.
Vairs ot les ex, ce samble toz jors rie.
Par ces espaules ot jetée sa crine
Qe ele avoit bele et blonde et trecie.
De sa chanbre ist tot ensi la meschine.
La est venue ou fu la baronnie,
Et vit BERNIER en bliaut de sie ;
Vint a son pere, ce li a pris a dire :
« Bien vegniés, sire, vos et vo compangnie.
— Ma bele fille, et Dex vos beneïe ! »
Lors l'acola, si l'a foiz baisie.
Dist la pucele : « Qi est cis vassax, sire,
« Qe je voi la ? nel me seler vos mie.
— C'est BERNIER, bele, onques mais nel veïstes,

« Qi avra faites tantes chevaleries.
« A maint des nos a tolues les vies. »
Dist la pucele : « Or me dites, biax sire,
« Par cui conduit est donc en ceste vile ?
— Fille, » fait il, « nel vos celerai mie,
« Car de RAUL est li acorde prise
« Par saint abe qi la pais i a mise.
— Dex, » fait la bele, « glorious peres, sire,
« Vos en ren je et graces et merite. »
Puis dist en bas, c'on ne l'entendi mie :
« Lie la dame qe isil aroit prise,
« Car molt a los de grant chevalerie !
« Qi le tenroit tot nu soz sa cortine.
« Miex li valroit qe nule rien qi vive. »

CCLI

La damoise[le] a regardé BERNIER
Qi plus est joins qe faus ne esprevir
Chauces de paile qi molt font a proisier,
Et ot vestu bon ermine chier ;
Camosez fu del bon hauberc doublier
Q'il ot porté en maint estour plegnir
El l'aime tant ne s'en set consellir
« Dex ! » fait la dame, « qi tout as a jugier,
« Buer seroit née qi a tel chevalier
« Seroit amie et espouse a mollir
« Qi le poroit acoler et baisier,
« Miex li valroit qe boivre ne mengier ! »
Puist dist en bas, c'ele puet esploitier,
Qe le tenra encor ains l'anuitir
Tant l'argüa l'amor del chevalier,
Qe en la place ne pot plus atargier,
Mais a son pere a demandé congié.
Plus tos qe pot en ces chambres s'en vient.
Lors les fist bien conreer et joinchier,
Et bien portendre de bons pailes deliés.
Son chanbrelenc apela Manecier :
« Amis, biax frere, Dex garise ton chief !
« poi de chose te volroie acointier
« Qi te poroit encore avoir mestier ;
« Mais coiement te covient esploitier
« Se tu a moi viex avoir recovrir

« Qant tu veras qe tans et lius en iert,
« Sus el palais m'en iras a BERNIER ;
« Di li par moi salus et amistié,
« Et q'en mes chambres ce vaigne esbanoier
« Et as eschès et as tables joier :
« Je te donrai livres de deniers. »
Dist li mesaiges : « Je irai volentiers. »
De la pucele se depart Maneciers :
De son afaire ne se vost atargier ;
Ançois volra, ce il puet, esploitier,
Sans demorer et sans point delaier,
Comment sa dame parlera a BERNIER
Plus tos qe pot vint el palais plaingnier
La ou estoient li vaillant chevalier ;
Ne targa gaires qant il prisent congié.
Et li mesajes est venus a BERNIER ;
Cortoisement, n'ot en lui q'ensaignier,
Par devant lui se prist a genollier,
Ens en l'orelle li prist a conseillier :
« Damoisiax sire, molt te doiz avoir chier,
« Qant or te mande la fille au sor guerier
« (N'a plus gentil de si a Monpeslier)
« Qe en ces chambres veneiz esbanoier,
« Et as eschès et as tables joir
« Ma damoisele vos volra acointier,
« Fille GAUTIER, au millor chevalier
« C'on saiche mie en France ne sou[s] ciel.
« Par moi vos mande saluz et amistié.
« Or tos, biaus sire, por Dieu, ne vos targiés. »
Et dist BERNIER : « Par mon chief, volentiers ;
« De nul mesaige ne fuse je si liés
« Preu i aras qant l'amor i porqiers :
« Je te donrai bon corant destrier,
« Et beles armes et escu de quartir
« Por cest mesaige, te ferai chevalier
« Ançois qe past tot seul mois entir »
Dist li mesaiges : « Bien vos doi mercir »
Ensi parolent entre lui et BERNIER ;
Vont en la chanbre sans point de delair
La sist la bele qi tant fist a proisir
Qant ele vit venir le chevalier,
Lors ne plaint pas ne l'argent ne l'or mier
Q'ele ot donné au cortois mesaigir

Contre ox se lieve, n'ot en li q'ensaignier,
Si com il viene[n]t, cort l'un l'autre baisir
Ci s'entracolent nus n'en doit mervillier,
Car ele est bele et il bons chevalier[s].
Por sa bonté l'avoit ele si chier,
Car, qant ces pere repairoit del mostier
Et se venoit le soir après mengier,
Trestout parolent de la bonté Bernir
La l'enama la pucele au vis fir
Qant or le tient molt en a le cuer lié.
Sor brun paile li lez l'autre siet,
Et li mesaiges se traist poi arier,
Et cil commence[n]t belement a plaidier
De riches diz, de toutes amistiés ;
Il n'ont or cure d'autres blés gaaignir
La damoisele a parlé tout premier :

CCLII

« Sire BERNIER, » dist la fille GAUTIER,
« Mandé vos ai, n'en doi estre plus vis,
« Ens en ma chambre, frans chevalier eslis.
« Vos m'avez mort mien germain cousin,
« RAUL ot nom : molt par fu de franc lin.
« Renier mon frere oceïstes o si.
« Pais en est faite, la Damerdieu merci ;
« Iceste acorde otroi je endroit mi,
« Se vos a moi la faites autreci.
— Oïl, ma dame, » BERNIER respondi,
« Car je devai[n]g vostre hom et vos amis,
« Et vostre cers achatés et conquis.
« chevalier feront ce autreci :
« Vos et vo pere vos serviront toz diz
« A beles armes, a bons destriers de pris.
— En non Dieu, sire, ains estes mes amis.
« Pren moi a feme, frans chevalier eslis :
« Si demorra nostre guere a toz dis
« Soz ciel n'a home miex de vos soit servis.
« Veés mon cors com est amanevis :
« Mamele dure, blanc le col, cler le vis ;
« Et car me baise, frans chevalier gentis ;
« Si fai de moi trestot a ton devis. »
Dist BERNIER : « Bele, por amor Dieu, merci.

« Vos savez bien qe je sui de bas lin,
« Et sui bastars, le cuer en ai mari,
« Car ne plot Dieu, qi onques ne menti,
« Qe quens Ybers, mes peres, d'Origni,
« Fust espouzés a ma mere gentill.
« Puis q'ensi est, si m'en estuet soufrr
« De vos a prendre n'est pas drois enver mi :
« Trop est haus hom li riches sors GAUTIER,
« D'avoir sa fille n'iert ja par moi requis.
« Mais de la pais ren je a Dieu merci,
« Car ne volroie por tot l'or qe Dex fist,
« Si m'aït Dex, qe jamais me haïst.

CCLIII

— Sire BERNIER, » dist la gentils pucele,
« Or voi je bien qe vilains provez estes.
« Se me refuzes, tos t'en venroit grans perte,
« Car mort m'avez mien cousin oneste,
« RAUL ot nom : tu li trenchas la teste.
« de mes freres oceïs a l'espée.
« Si m'aït Dex, tos revenroit la guere,
« Car d'ome mort molt sovent renovele.
« Se m'as a feme, frans chevalier oneste,
« En tel maniere i puet bien la pais estre,
« Et remanra a tos jors mais la guere.
« Sous ciel n'a dame qi miex de moi vos serve. »
Et dist BERNIER : « Mal dites, damoisele. »

CCLIV

Dist BERNIER : « Dame, n'estes mie senée.
« Ne sui pas fix de mollier espousée,
« Ains sui bastars, n'i a mestier celée.
« Mais gentils feme neporcant fu ma mere,
« Et gentils hom est quens Y. mes pere.
« Il prist la dame en la soie contrée,
« Mais ne plot Dieu q'i l'eüst espousée.
« Toute sa terre neqedent m'a donnée :
« De Ribemont iert ma feme doée ;
« Mais ja por ce nen iert tex ma pensée
« Qe vos por moi soiés jor demandée :
« S'on vos i donne ne serez refusée,

« Ains en serez a grant goie menée
« Et vos prendrai a mollier espousée. »
Dist la pucele : « Vostre merci, biau frere ;
« D'or en avant sui je vostre donée,
« Car je me doing a vos sans demorée.
« Riens qe je saiche ne vos iert mais celée. »
A icest mot l'a BERNIER acolée,
Et ele lui, grant goie ont demenée.
L'un baise l'autre par bone destinée,
Car par aus fu la grant guere finée
Desc'a jor qe fu renouvelée,
Qe Gautelès la reprist a l'espée.
« Sire BERNIER, » dist la dame senée,
« Se je vos aim n'en doi estre blasmée,
« Car de vos ert si grans la renoumée,
« Qant mes pere ert en sa sale pavée,
« Trestuit disoie[n]t, a maisnie privée,
« Cui vos feriés de la lance plenée
« Ne remanoit en la cele dorée.
« De vos avoir estoie entalentée :
« Miex vossisse estre ou arce ou desmenbrée
« D'autre de vos fuse ja mariée. »
BERNIER l'oï, si l'en a merciée,
Et a cest mot baisie et acolée ;
Puis c'en depart, a Dieu l'a commandée ;
Maint soupir font a cele desevrée.

CCLV

« Je m'en vois, bele, » dist BERNIER li cortois ;
« Por Dieu vos proi qi fu mis en la crois,
« Se cis plais est, faites le mi savor »
A son ostel, el borc, s'en vint tot droit.
La bele mo[n]te el palais maginois,
Devant son pere est venue tot droit.
Li Sors la baise : si l'asiet joste soi.
« Molt vos aim, bele, » dist GAUTIER li cortois.
— En non Dieu, sire, ce me lairés veor
« Il est costume a maint riche borgois
« Son effant aime endementiers q'il croit ;
« En petitece li aplene le poil,
« Et qant est grans nel regarde en mois.
« Mari vos qier don[t] je eüse oir :

« Après vo mort vo terre mai[n]tendroit.
— Dex ! » dist GAUTIER, « glorieus peres rois,
« Con par est fox li hom qi feme croit !
« Car des auquans le puet on bien veoir :
« Encor n'a gaires q'en refusa tex trois,
« Li pire avoit .v. chastiax a tenor

CCLVI

— Biau sire peres, tout ce laissiés ester,
« Car nus de çox ne me venoit a gré.
« Mari vos qier por mon cors deporter ;
« Or est li termes et venus et passés,
« Ne m'en puis mais soufrir ne endurr
« Ne dites pas ne l'aie demandé,
« Car je ne sai q'il m'est a encontrr
— Diex ! » dist GAUTIER, « qi en crois fu penés,
« Qi oï mais pucele ensi parler !
« Ja n'est ce chose qe on puise trover,
« Ne a marchié ne a foire achatr
« Soit qi vos pregne, je sui près de donner ;
« Qe, par celui qi se laissa pener,
« S'or vos rovoit chaitis d'outre mer,
« Si l'ariés vos, puis qe vos le volés.
— En non Dieu, sire, or avez vos parlé.
« C'il vos plaist, sire, BERNIER me donez,
« Q'en cest païs n'a millor baicheler,
« Ne plus hardi por ces armes portr
« Se je en ment, par Dieu, bien le savés,
« Q'en maint estor l'aveiz veü provr
— Dex ! » dist GAUTIER, « t'en soies aourez !
« C'or remanra la grant guere mortez
« Dont tant franc homme orent les chiés colpé[s].
« Or revenront li preudomme as ostés
« Q'en autre terre en sont chaitif clamé.
— En non Dieu, sire, tot ce ai ge pensé.
« Mandez BERNIER el borc a son ostel. »
Par mesaige ont BERNIER mandé,
Et il i vint a tos baichelers ;
Tos li plus povres ot ermin engoulé.
Tout ensi vint en[s] el palais listé.
GAUTIER le vit, li preus et li osez ;
A une table sont andui acosté.

Li quens GAUTIER l'a premiers aparlé.
« BERNIER, » fait il, « je vos ai ci mandé.
— Sire, » fait il, « si vos plaist, si direz.
— Ves ci ma fille, » dist GAUTIER li menbrez :
« Pren la a feme, je la te vuel donnr
— merci[s], sire, » se dist B li berz.
« Qe, par l'apostre c'on qiert en Noiron pré,
« Ce ele estoit une feme jael,
« Si la prendroie, puis qe vos le volez ;
« Mais, c'il vos plaist, respit me donnez
« Tant qe j'en aie a ma dame parlé.
« C'ele l'otroie, dont puet li plais estr
— Sire, » fait ele, « por noient en parlez :
« Je vos aim plus qe nul home charnel. »
GAUTIER l'entent, s'en a ris jeté.
Après a dit, oiant tot le barné :
« De par cesti n'iert [cis] mais refusé[s]. »
Sor une table font les sains aporter :
Ilueques font les sairemens jurer,
BERNIER del prendre et GAUTIER del donnr

CCLVII

Vait s'en BERNIER qant s'amie a jurée.
Troi fois la baise, a Dieu l'a commandée.
A S. Quentin a fait la retornée.
Vint a son pere, l'uevre li a mostrée
De l'aventure qe Dex li a donnée,
Si faitement con s'amie a jurée.
« Dex ! » dist Y., « roïne couronnée,
« Or est la guere, s'il vos plaist, amendée
« Dont mains frans hom ot la teste colpée. »
Vint a son fil, dist li sans demorée :
« Toute ma terre te soit abandonnée.
« De Ribemont iert ta feme doée. »
Et dist BERNIER : « Vostre merci, biau pere ;
« Ja la chalenge Loeys l'emperere
« Qi dist et jure ja n'en avrai denrée
« Por tant ne sui de mollier esposée.
« Mais, par la foi qe doi l'arme men pere,
« A itel gent est ma force doublée
« Ja par nul home n'en quit perdre denrée
« Dedens le mois ne me soit restorée.

CCLVIII

— Biax fix BERNIER, « ce dist li viex Y.,
« Hardis soiés et chevalier engrès.
« Tant con je fui meschins et jovencel.
« Soi je molt bien maintenir mon cenbel,
« Et de ma lance a droit porter le fr
« Mais, par la main dont je taing le coutel,
« Se Loeïs ne vos lait mon recet,
« En petit d'eure li movrai tel cenbel
« Dont je ferai maint orfenin nouvel ;
« Et ce l'ataing a pui ne a vaucel,
« Tel li donrai sur l'escu lionnel
« Qe contremont torneront li mustel. »
E vos atant venu damoisel,
Espie fu, afublé d'un mantel.

CCLIX

Ez une espie qi vint de France douce
Qe envoia dans Y. de Peronne.
Qant il le voit maintenant l'araisone :
« Ou est li rois ? nel me celer tu onques.
— Sire, a Soissons le laissai ier a nonne.
« Sor nos venra ; richement s'en atorne. »
Y. l'entent, onques plus ne sejorne,
Ains a mandé por sa gent sans esoine,
Por ciax de Ham, de Roie et de Perone ;
mile furent as haubers et as broignes.
Et dist BERNIER : « Por Gautier car mandomes
« Q'il a nos vaigne et ci amaint ces homes,
« Sox de Cambrai, molt i a de preudommes.
« S'avons mestier, si nos en aideromes. »
Et dist Y. : « Par mon chief, non feronmes :
« Par nos cors seus ferons ceste besoingne.
« GAUTIER i voist qant nos en revenromes. »

CCLX

Ibers entent li rois est a Soissons,
Ces homes mande tant que M. sunt,
A roides lances, a vermaus confanons.

Lors chevalchierent droitement a Soisons ;
Lor agait mete[n]t dedens val parfunt ;
La proie aco[i]lent et aval et amont.
Aval el borc en lieve la tençons ;
Fors c'en issirent chevalier et jeldon ;
Troi .M. furent a vermax confanons
Qi les enmainen[n]t le chemin contremont.
Ainc ne finerent tant qe a l'agait sont.
Fors d'une lande lor sailli BERNIER,
En son sa lance ot fermé penon :
« S. Quentin ! » crie, « ferés avant, baron ! »
La gent le roi a mis en tel randon,
N'i ont fait joste ne cenbel a bandon.
Desq'a la porte les maine[n]t a bandon.
Li abatu furent tuit Berneçon,
chevalier qi molt furent baron.
mès s'en torne broichant a esperon
Qi l'a conté au roi de Monloon.

CCLXI

Qant li rois ot qe tuit sont desconfit,
Au mès demande : « Est i li sors GAUTIER,
« Ne Gautelès ces niés de Cambrisis ?
— Nennil voir, sire, mais Y. li floris,
« Et BERNIER, cil nos ont desconfit. »
Li rois l'entent, por poi n'enraige vis :
« Poigniés après, por Dieu ! » dist Loeys.
Et il si font, les escus as cols mis.
Devant les autres li manciax Giboïns
Qi tient la terre RAUL de Cambrisis
Et de la guere la commensaille fist.
Es vos BERNIER poignant tout laris ;
Le Mancel voit : ne li fu pas eschis,
Ançois li donne grant colp sor l'escu bis.
Desoz la boucle li a frait et mal mis ;
Parmi le cors son roit espieu li mist ;
Tant con tint l'anste l'abati mort sovin.
A vois c'escrie : « Cis est alez a fin.
« Vengiés en est RAUL de Canbrisis ! »

CCLXII

223

A la bataille vint Loeys li rois ;
Bien fu armés sor destrier norois.
A sa vois clere c'est escrié mos :
« Ou iés, fel viex, Y. de putes lois ?
« Cuivers traïtres, parjurés iés ver moi. »
Es vos Y. apoignant le chamois,
Cele part vint ou a veü le roi.
Il li escrie : « Sire, vos mentés vor
« De traïson bien desdis en serois ;
« Mais tu feïz, certes, qe malvais rois.
« En ton palais ou ere alez por toi,
« Comme li hom qi sa terre en tenoit,
« La me faucis : je faurai ci a toi.
« BERNIER mes fix fu la preus et cortois :
« Sa bone espée ot le jor avuec soi.
« .VII. des millors nos i laissames frois ;
« Fors en issimes par le nostre poor
« Mais, par celui qi haut siet et loins voit,
« N'i arés mais ne homaige ne lois.
« Gardés vos bien, qe ja le comperrois. »
L'uns fu vers l'autre angoisseus et destrois,
D'aus empirier et ocire tous frois.
Mais au joster failli del tout li rois,
Car il ot tort, siens ne fu pas li drois,
Y. le fiert de l'espié vienois :
Onques nel tint ne estriers ne conrois,
Jus a la terre l'abati el chamois,
Mais au rescoure sont venu li François.
La gent Y. reviene[n]t demanois ;
La ot estor fort et dur et espois.
Le roi remonte[n]t si home et ci François.

CCLXIII

Grans fu la noise et li estor pesans ;
Fiere[n]t de lances et d'espées trenchans ;
Chiéent li mort et versent li sanglant.
N'alisiés mie plaine lance de grant
Ne trovissiés chevalier mort gisant.
E vos BERNIER par la bataille errant.
Ou voit son pere, ce li dist gentement :
« En non Dieu, sire, nos alons folement.
« Don n'est no[s] sire li rois ou France apent,

224

« Qe je voi ci en ci mortel torment ?
« En aucun tans raruns acordement,
« Se il li plaist et Jhesu le consent.
« Se m'en creés ja iert laissiés atant ;
« C'il nos assaillent, bien soions deffendant.
— Fix, » dist li peres, « preus estes et vaillans ;
« Li vostre sens va le mien sormontant. »
La proie acoillent et deriere et devant ;
Vers S. Quentin retorneront atant.
Li empereres ne vost pas sivre tant,
Car sa gent voit lassée et recreant,
Mais a Soisons retorna mai[n]tenant.

CCLXIV

BERNIER retorne qi grant escheq a fait :
enmaine de chevaliers menbrés,
Ne [de] la proie ne seit ne clers ne lais.
Droit a Aras en est venus mès,
Au sor GAUTIER a conté demanois
Trestout ausi comme BERNIER l'a fait.
Grans fu la goie qe s'amie en a fait :
« Amis, » dist ele, « verrai vos je jamais ?
« Diex ! c'or ne sui esmerillons ou gais !
« Ja ne feïsse desq'a vos c'un eslais. »

CCLXV

La damoisele apele mesaigier ;
Courtoisement le prist a araisnier :
« Amis, biaux frere, or de l'aparillier :
« A S. Quentin m'en irés a BERNIER,
« Et se li dites molt me doi mervillier
« Qant de ces noces a si longes targié.
« Li sor GAUTIER a molt le talent fier,
« Tos me donroit autre chevalir
« Se je le per, n'arai mais le cuer lié. »
Dist li mesaiges : « Je irai volentiers. »
Adonc monta sor corant destrir
A S. Quentin est venus a Bernier :
Il le trova avec les chevalier[s].
BERNIER le voit, onques ne fu ci liés ;
Cortoisement le prist a araisnier :

« Qe fait ma mie ? Gardez nel me noir
— Sire, el vos mande, par Dieu le droiturier,
« Qe de vos noces poez mout atargir
« Li sors GAUTIER a molt le talant fier,
« Tos li donroit autre chevalir
« C'ele vos pert, n'ara mais son cuer lié. »
Et dist BERNIER : « Je ne poi, par mon chief,
« Car sor le roi qi France a a baillier
« Avons esté a Soissons ostoir
« Mais, ce Dieu plaist qi tot a a jugier,
« Je la prendrai diemanche au mostir »
Et dist li mès, ou il n'ot q'ensaignier :
« Dont l'irai je a ma dame noncir »
Et dist BERNIER : « Je vos en vuel proir »
Li mès s'en torne ou il n'ot q'ensaignier,
A Aras vint tout le chemin plaignier,
Trova sa dame ; conta li de BERNIER,
Qe diemanche la prendra au moustier
La dame l'oit, le mès cort enbracier ;
Ci l'enmena sus el palais plegnier,
Le sor GAUTIER i truevent au vis fier,
Iceste chose li prene[n]t a nuncir
Oit le GAUTIER, n'i ot q'esleecir
Lors a mandé maint vaillant chevalier
Qi de lui tienent tuit viegnent sans targir
Après manderent cel de Canbrai Gautir
Et BERNIER fait son oire aparillier,
Car il volra movoir a l'esclarir
Ains q'il retort ara tel encombrier,
Molt sera près de la teste tranchier,
Car Loeys qi France a a baillier
Par mesaige les a fait espir
La ou li rois se seoit au mengier
Atant es vos venu le pautonnier :
Ou voit le roi ce li prent a huchier :
« Drois empereres, trop poez atargier :
« BERNIER prendra diemanche mollir »
Li rois l'entent, cel prent a araisnier :
« Amis, biax frere, se tu m'en pues aidier
« Qe je de lui me peüsse vengier,
« Je te donra[i] l. de deniers. »
Et dist li mès : « Bien vos en quit aidier ;
« Mais faites tos, sans plus de l'atargier,

« Des chevalier[s] M. aparillier,
« Et ges menrai sans plus de l'atargier,
« Et vos meïsme ne demorés arir »
Et dist li rois : « Bien le doi otroier,
« Car molt m'a fait li glous grant encombrir »
Li rois c'escrie : « Or de l'aparillier ! »
Les napes traie[n]t sergant et despencier ;
Es chevals monte[n]t li nobile guerier,
Et cil les maine, qui Dex doinst encombrier !
Or vos redoi aconter de BERNIER :
Le samedi, au point de l'esclarier,
A fait sa gent errer et chevauchir
Tant ont erré li vailant chevalier,
Q'a Aras vinre[n]t poi ains l'anuitir
Grans fu la goie sus el palais plegnier ;
Assés i ot a boivre et a mengir
As mès conter ne me vuel travillier,
Mais l'andemain sont venu au mostier ;
La espousa BERNIER sa moullir
Après la mese sont venu del mostier,
Tuit sont monté et devant et derier ;
A S. Quentin s'en volront repairier,
Car la quidoient faire lor grant mengier ;
Mais or porra par loisir refroidir
Ce cil n'en pense qi se laisa drecier
En sainte crois por son peule avoier,
Par tans aront mortel encombrier
Et Gautelès et Y. et BERNIER,
Car Loeys, qi France a a baillier,
Ens en bruel, dedens val plaingnier,
A fait ces homes coiement enbuschir
Troi mile furent li vaillant chevalier ;
Tuit sont armé, chascuns sor son destrir

CCLXVI

BERNIER chevalche et la fille GAUTIER
Et Gautelès et Y. li floris.
jougler chante, onques millor ne vi.
Dist Gautelès : « Bon chanteour a ci.
— Voir, » dist BERNIER, « onques millor ne vi
« Dès icele eure qe de mere nasqui.
« Je li donrai mon destrier arrabi,

227

« Et mon mantel et qanqe j'ai vesti.
— Et je mon mul, » dist Y. li floris :
« Chantés, biax frere ! » Et cil c'est esbaudis :
De la chançon a bien le chant forni ;
Tuit li baron l'ont volentiers oï ;
Mais d'une chose furent mal escharni
Qe de lor armes estoient desgarni.
Endementiers qe cil lor chantoit ci,
Li agais saut, qe plus ni atendi.
Sox desconfirent : tuit furent mal bailli.
Pris fu Y. et Gautiers autresi,
Et mains des autres et la fille GAUTIER
BERNIER le voit : a poi del sens n'isi :
esquier a devant lui choisi ;
Par les enarmes a escu saisi,
Des poins li tout roit espieu forbi,
Puis s'en torna broichant : s'ataint celi
Qi cel agait et cel plait li basti ;
Desoz la boucle en l'escu le feri
Si durement q'a la terre chaï ;
Le quer li a dedans le cors parti.
Atant s'en torne BERNIER li hardi ;
En haut c'escrie, si qe bien l'ont oï :
« Mar la baillastes ma mie, Loeys !
« Si la ravrai, par Dieu qi ne menti ;
« Ja n'i garront trestuit li vostre ami. »
Loeys l'ot, sa gent crie a haut cri :
« Or tos après ! por Dieu qi ne menti,
« C'il nos eschape trop sommes mal bailli. »
Deus .M. en poignent qi le roi ont oï,
As blans haubers, as bons espiex forbis ;
Mais BERNIER ot bon destrier arabi,
En poi de terme les a esloi[n]giés si
C'onques ne sorent de qel part il verti.
A Aras vint, iluec trova GAUTIER ;
Ne desist mot por l'onnor qe Dex fist.

CCLXVII

Gueris c'escrie, qant a veü BERNIER :
« Q'avés vos, frere ? nel me devez noir
— En non Dieu, sire, perdue ai ma mollier,
« Y. mon pere et le conte Gautir

« Li rois l'enmainne qi France a a baillir »
GAUTIER l'entent, le sens quide changier :
« Ha ! bele fille, » ce dist GAUTIER li fier,
« Li rois me heit, si ne m'aime pas bien. »
Lors a tel duel le sens quida changir
Pleurent i dames, sergant et chevalir

CCLXVIII

« A ! » fait BERNIER, « bele suer, douce amie,
« Li rois me heit, por voir ne m'aime mie ;
« Por moie amor vos fera estoutie.
« Mais, par la foi qe doi sainte Marie,
« Se il por moi vos faisoit estoutie,
« France en seroit molt malement baillie,
« Maint chastiax ars, mainte riche abeïe.
« Por vostre amor ne remanra en vie
« Hom qe il ait, se l'ataing a la fie. »
GAUTIER li dist : « Laissiés ceste folie,
« Li sorparlers ne vos aïde mie :
« Mandons no gent et nostre baronnie,
« S'alons en France a bataille rengie. »
Et dist BERNIER : « Ce ne refus je mie. »

CCLXIX

Or le lairons de BERNIER le cortois
Et de GAUTIER le preudome d'Artois ;
Si vos dirai comment en va li rois.
Droit a Paris s'en vint et ces harnois ;
L'escheq depart a ces barons cortois,
Et les prisons met en chartre manois.
La damoisele a fait mander li rois,
Et ele vint vestue d'un orfrois.
La bele pleure, molt est ces quers destrois :
« Ne plorés, bele, » ce li a dit li rois.
« Je vos donrai anqui mari cortois.
« Venez avant, Erchenbaut de Pontois,
« De ceste dame recevés les otrois. »
Dist la pucele : « Merci, biax sire rois.
« N'a encor gaires qe BERNIER li cortois
« M'a espousée : les aniax ai es dois.

CCLXX

— Gentix pucele, » dist li rois Loeys,
« Vos estes fille au riche sor GAUTIER,
« Et estes feme BERNIER le hardi
« Qe je plus has qe home qi soit vis,
« Qe par lui sont mi home desconfit ;
« S'a de mes homes ne sai ou .vij. xx,
« Se Dex m'aït, dedens sa chartre mis.
« Agaitié l'ai tant qe l'ai desconfit.
« Se je peüse, certes, qe il fust pris,
« Nel garesissent tuit cil de cest païs
« Ne fust pendus ou detrais a roncis. »
Dist la pucele : « Icil li soi[t] aidis
« Qi por nos fu en la sainte crois mis ! »
Après parla li fors rois Loeys :
« Venés avant, Erchenbaut de Ponti :
« Prenés la dame, car je la vos otri. »
Dist la pucele : « Biax sire rois, merci.
« N'a encor gaires que BERNIER li hardis
« M'a espousée, par verté le vos di ;
« Mais une chose voirement i failli
« Q'ains ne geümes en lit moi et li.
« Jugiés en droit, li clerq de cest païs,
« Qe la loi Deu aveis a maintenr
« Lairés vos dont crestienté honir ? »
Trestuit se taissent li grant et li petit,
Car molt redoute[n]t le fort roi Loeys,
Fors frans hom qi molt fu de franc lin,
Cousin germain BERNIER le hardi ;
S'out de ses homes en la cort plus de ,
Hom fu le roi et ces terres en tint.
« Drois empereres, » dist Do, « par s. Denis,
« Sos ciel n'a home, s'en concell ne se mist
« De ces frans homes, ne remansist honnis.

CCLXXI

« Drois empereres, » dist Do, « je sui vostre hom,
« Si ne volroie vostre confusion.
« Iceste est fille a GAUTIER le baron ;
« Tel chevalier en terre ne seit hom ;
« Et ci est feme au marchis Berneçon ;

« Plus seit de guere qe ne fist Salemon,
« Et bien savez con faites gens ce sont :
« Ja ne verrés l'entrée de moison
« Qe ci verrez GAUTIER et BERNIER ;
« Sor vos venront as bons destriers gascons ;
« Lors revenra nostre confusions. »

CCLXXII

Qant li rois l'ot si faitement parler,
Il entent bien de rien ne vieut fauser ;
A la roïne fait la dame gardr
La damoisele, qi tant fait a loer,
Par matin c'estoit prise a lever ;
A la fenestre est venue au jor cler ;
Voit sor ces haubres ces oisellons chanter,
Et parmi Saine ces poissonssiaus noer,
Et par ces prés ces flors renoveler ;
Ces pastoriax oit lor flajox sonner
Qi par matin vont lors bestes garder,
Et oit d'amors en tant mains lius parlr
Lors commencha grant duel a demener ;
Ront et dessire son frès ermine cler
Qe a la tere le fait jus avaler :
« Goules de martre, ne vos vuel plus porter,
« Qant j'ai perdu le millor baicheler
« C'on poïst mie en cest ciecle trovr
« E ! BERNIER, sire, con faisiés a loer !
« Cortois et saiges et large por donnr
« Poi ont ensamble nos amistié[s] duré.
« Dex le me rende qi se laissa pener
« En sainte crois por son peule sauver ! »

CCLXXIII

La damoisele fait grant duel por BERNIER :
« Ahi ! » fait ele, « nobiles chevaliers,
« Poi ont ensamble duré nos amistiés.
« Or deüsiens acoler et baisier,
« Li uns por l'autre de ci au jor vellir »
Pasmée chiet voiant maint chevalir
Plus de la corent redrecier
Qi tout ce vont a Loeïs noncier :

« Drois empereres, par le cors s. Richier,
« Ceste pucele ci s'ocist por BERNIER »
Et dist li rois : « Par Dieu le droiturier,
« Ja sa losenge ne li ara mestier
« Qe ne la face livrer mes esquiers ;
« Par les fosez l'enmenront tout a pié,
« Et si en facent tout canque bon lor iert. »
En haut escrie : « Ou sont mi escuier ? »
Plus de .xl. en sont saillis en piés
Des licheors qui en furent molt liés.
Voit le la dame, si cuida marvoir
Pasmée chiet par desor le plainchir
A une table se huerta de son chief
Si que le sanc en convint jus glacier ;
Sainglant en ot son hermine delgiet
Et son mentel a fin or entailliet.
Et la roïne fors d'unne chambre vient :
A haute vois commença a huchier :
« Por quoi le fais, malvais rois losaingier ?
« Ne place a Dieu qi tot a a bailler
« Que cest an past ne soies marvoiés,
« Et si te vaigne issi grant destorbier,
« Tuit ti ami i aient a vaingir »
Li rois s'en rit entre ces chevalliers.
Et la roïne ne s'i vaut atargier,
Dedens sa chanbre mainne la dame arir
Si resgarda la plaie de son chief :
Tante i fait mestre a maistre Guarnier,
Qui la garit, que n'i ot enconbrir
Or vos vuel ci de la dame laissier,
Si vos dirai del bon vassal Bernier
Qui de s'amie ne se set concillir

CCLXXIV

A Saint Quentin fu li prex Berneçon
Triste[s] et mornes, et tint le chief enbronc,
Tout pour s'amie a la clere façon
Que Loeys tenoit en sa proison.
Devant lui garde, s'a choisit .j, garçon
Qui fu noris chiés Guerri le baron.
Bernier le voit, si l'a mis a raison :
« Amis, » dit il, « oiés que vous diron :

« Droit a Paris m'en irois au perron
« Si coiement que nel saiche nus hon.
« En tapignaige monteras el donjon ;
« Ce vois m'amie, conte li ta raison ;
« Parole a li coiement a larron,
« Et si li dis que nous [la] saluon.
— Sire, » dist il, « a Dieu beneïçon ! »
Atant depart sans nulle arestison.

CCLXXV

Li mès s'an torne, ne s'i vaut atargier ;
De Sain Quentin se part sens delaier,
Puis est entrés en son chemin plaingnir
De ces jornées ne vous sai plus plaidier :
Tant a tenut le chemin droiturier
Qu'a Paris vint soir a l'anuitir
En la cité c'est alés herbigier
Dusqu'au matin que il fu esclairié,
Que li vallès ce rest aparilliés.
Si est montés el grant palais plaingnier ;
A la fenestre voit la dame apuir
Elle le voit, cel recognut molt bien :
« Dont viens, amis, par le cors saint Richier ?
— Dame, » dist il, « de Sain Quentin le sié ;
« Salut vous mande li vos amis Berhir »

CCLXXVI

Dist la pucelle : « Dont venés vous, amis ?
— Dame, » dist il, « je vains de Sain Quentin.
« Salus vous mande BERNIER li hardis
« Qui por vous est et dolens et marris.
— Dex ! » dist la dame, « par la toie mercit,
« Le porrai jou antre mes bras tenir ?
— Oïl, ma dame, » li vallès respondi.
Et dist la dame : « Amis, bien avés dit.
« Mais or me dis, garde n'i ait mentit,
« Ce me porrai de rien fier a ti.
— Oïl, ma dame, » li vallès respondi ;
« Por autre chose ne sui je venus ci
« Fors por oïr vo bon et vo plaisr »
Et dist la dame : « Se soit par bon destin.

233

« Or m'en irois ariere a Sain Quentin,
« Si me dirois BERNIER le hardi
« Que li rois a et juret et plevit
« Qu'il me donra malgret moi a mari :
« Doner me vuelt Herchanbaut de Pontif.
« Li parlemens en sera mescredi
« Sor Sain Cloot, en bel pret florit,
« Lés bruellet qui est biax et foillis.
« Se tant poit faire BERNIER et R
« Que il se fussent en sel bruellet quatis,
« Et avuec iax de chevalliers mil,
« I me ravroient, par vertet le vos di. »
Li vallès l'oit, de joie tresailli :
« Dame, » dist il, « por Dieu qui ne menti,
« Icest afaire li sera bien jehit. »
Dist la pucele : « Alés donc tost, amis ;
« Je vous comment au roi de paradis.
— Et je vous, dame, » li vallés respondi.
A icel mot s'an est d'illuec partis.
De Paris ist par jeudi matin ;
Ains ne figna desci qu'a Sain Quentin ;
BERNIER trova corresous et marrit.

CCLXXVII

A Saint Quentin en vint li messaigier ;
El palais monte, si a trovet Bernir
Il voit le mès, cel prent a araisnier :
« Amis, » dist il, « com avés esplotiet ?
« Veïstes vous m'amie au cors ligier ?
— Oïl, biax sire, celer ne le vous quir
« Elle vous mande salus et amistiés.
« Ensorquetot, je nel vous quier noier,
« Li rois li vuelt doner chevallier :
« C'est H., et dist qu'il est Pohir
« Et mescredi, si con j'oi tesmoingnier,
« Sor Sain Cloot la la doit fiancier,
« Et la li doit Loeys ostroir
« bois i a, qui c'i seroit muciés,
« Et avuec lui mille chevallier,
« Il la ravroit, ja trestornet n'an iert. »
BERNIER l'entent, onques ne fu si liés.
« Amis, dist il, « molt te dois avoir chier ;

« Se je vis longues, vous avrois m'amistié. »
Puis escria : « Armés vous, chevallier !
— Sire, » dist il, « trop poés atargir
« Mandés R que il vous vaingne aidir
« Si m'aïst Diex, il en est bon mestir »
Et dist BERNIER : « Bien fait a ostroir »
Il le manda, et il vint sens targier ;
Si amena o lui mil chevallier[s].

CCLXXVIII

Berneçons a le sor R mandet,
Et il i vint a tot mil d'adobés ;
Sor Sain Quentin descendirent es prés.
BERNIER le voit, si est encontre alés ;
De ces biax iex conmença a plorr
« BERNIER, » dist il, « por le cors saint Omer,
« Este[s] vous feme por grant duel demener ?
« Ja nuns frans hons ne se doit demanter
« Tant com il puisse ces garnemens portr
— Par ma foit, sire, » ce dist R li ber,
« Je ai tel duel j'an cuide forcener
« Por vostre fille o le viaire clr
« Li rois li vuelt chevallier doner :
« C'est Herchanbaus, si l'ai oït contr
« Sor Saint Cloot li parlemens en iert.
« Illuec li doit Loeys creantr
« Or m'a m'amie, vostre fille, mandet
« Sor Saint Cloot, a brullet ramet,
« S'i estïens M. d'adobés,
« Je la ravroie sans plus de l'arestr »
Et dist R : « Jhesus de majesté,
« Pere prospice, qui a ce esgardet ?
« Se estïens .vij. M. d'adobés,
« Si seriens nous par .vij. fois desrobés. »
Et dist BERNIER : « Par sainte Trinité,
« Sire R, molt me desconfortés.
« Vo couardise ne poes plus celer,
« Et je irai atot [mes] adobés. »
Et dist R : « Tant en avés parlet,
« S'or en devoie estre tos decopés,
« Si ferai je la vostre volenté.
« Or verra l'en qui sera alosés,

« Qui miex ferra de l'espée del lés. »
Et dist BERNIER : « Or avés bien parlet. »
Passa avant, as piés l'en est alés.
Atant monterent, n'i sont plus demorés.
Trois miliiers furent as vers hiaumes gemmés ;
Envers Paris prennent a cheminer,
Et jor et nuit pencent d'esperonner,
Tant que il vinrent ens el brullet ramet,
Sor Saint Cloot, dont vous oït avés.
Illuec se sont celle nuit ostelés.

CCLXXIX

Li baron sont enbuchiés en Rovrois.
Belle est li herbe et molt biax li gravois.
Au matinet c'est levés nostre rois ;
Vait oïr messe au mostier Sainte Crois.
Quant or fu dite, si monte el palefroi,
Et la pucele fait monter devant soi.
Sor Saint Cloot s'en vait li rois tot droit.

CCLXXX

Sor Saint Cloot s'en est li rois venus.
Dieu ! tant i ot de contes et de dus !
Mais n'i avoient ne lance ne escut.
Et BERNIER est fors del bruellet issus,
rainsel mist par devant son escut
Que ne reluise li ors et [li] asurs,
Et voit s'amie qui enmi le pré fu.
Ou voit R, si li a amentu :
« Je vois m'amie qui vostre fille fu. »
Atant desregne son auferrant crenut ;
Li sor R si l'avoit detenut.

CCLXXXI

« Frans chevalliers, » ce dist li sor R,
« Ne vous chaut mie fors del bruellet issir :
« Or les laissons issir fors de la cit ;
« Adont prendrons des borjois de la cit
« Qui nos donront et le vair et le gris,
« Les belles armes et les chevax de pris,

« L'or et l'argent dont il sont asasis,
« Dont louerons les saudoiers de pris. »
Estroitement font les chevax tenir
Que il ne puissent reginber ne hennr
Et li rois fu enmi le pret florit,
Sor la vert herbe fait geter tapis ;
Sus c'est assis nostre rois Loeys,
Dejonste lui la fille au sor R ;
Li chevallier et li clerc del païs
De l'autre part ont le sierge porpris
Por la parole escouter et or
En piés ce dresse li rois de Saint Denis :
« Singnor, » dist il, « entendés anvers mi ;
« Je vous dirai comme Ybers m'a baillit.
« Il tint l'onor de moi de Sain Quentin ;
« Sans mon congiet l'a donée a son fil :
« Doit dont bastars nulle honor maintenir ?
« Je ne dis mie, et si n'en quier mentir,
« Que il ne soit et vaillans et hardis.
« Et ceste dame est fille au sor R :
« Doner la vuel a de mes norris.
« Par celle foit que je dois saint Denis,
« N'a arcevesque an trestot mon païs,
« Ne nul evesque, ne abbet beneït,
« Se il me[l] vuelt desfendre et contredir,
« Que ne li face tos les menbres tolir ! »
Adont se taissent li grans et li petis.
Li rois parole con ja porrés oïr :
« Venés avant, H. de Pontif,
« Prenés la dame, que je la vous ostri. »
Et sil respont : « Sire, vostre mercit. »
Passa avant, par la main la saisit.
Il fit que fox quant il s'en entremist.
Voit le la dame, si a get[é] crit,
De la foret le puet on bien or
Bernier l'entent, si la dit a R :
« Sire, on la done, par le cors saint Denis ;
« Se plus i sui, Diex me puist maleïr ! »
— Alés a Dieu, » R li respondi.
« Je vois dont, sire, par Dieu qui ne menti. »
Adont c'eslaissent sens plus de contredit,
BERNIER devant, qui volentlers le fit ;
A haute vois a escrier c'es[t] pris :

« Biax sire rois, par Dieu qui ne menti,
« Si m'aïst Diex, vees ci le sor R
« Qui vient as noces H. de Pontif,
« Et je meïsmes vous i vaurai servir
« D'un tel servise le cuer avrés marrit.
— Alés avant, » ce dist li sor R ;
« Si m'aïst Diex, mar en ira vis,
« Ne clerc ne prestre ne abbet beneïs,
« Que il ne soient detrainchiés et ocis. »
Des trous des lances vont les moingnes ferr
La veïssiés fier abateïs.
Il n'a el monde paien ne sarrasin,
C'il les veïst, cui peitié n'en presist.
En fuie torne li fors rois Loeys,
En sa conpaingne Herchanbaut de Pontif.
En batel se sont en Sainne mis ;
Ain[s] n'aresterent desci dusqu'a Paris.
Et la pucele, fille le sor R,
Si se seoit encor sor tapis ;
Bernier [co]gnust a l'ensaingne qu'il tint.
Elle parla con ja porrés oïr :
« Baisiés moi, sire, por Dieu qui ne menti ;
« Plus le desir que riens que Diex fesist. »
Et dist BERNIER : « J'an ai molt grant desir
« Mais de baisier n'est il mie or loisr
« Quant je serai arier a Saint Quentin,
« La vos vaurai manoier et tenr »
A ces paroles es vous le sor R :
A haute vois a escrier c'es[t] pris :
« A cel concel soient li maffés vis !
« Tenés l'enchaut, frans chevalliers de pris. »
Et dist BERNIER : « Tout a vostre plaisr »
Apres iax poignent les bons destriers de pris,
En lor conpaingne M. poingneïs.
Au retorner que BERNIER lor fit
des lors ont retenus et pris,
Et la roïne et Loherel son fil ;
Et la pucelle, fille le sor R,
Firent monter sor mulet de pris.
Sonnent lor cors, si sont el retor mis.
Ains n'aresterent desci qu'a Sain Quentin.
BERNIER en jure celi qui le mont fit
N'an isteront tant com il soi[en]t vis,

Se ne li rent li rois trestous ses pris,
Ybert son pere et Gautier le jantil,
Et les .L. qu'an la chartre sont mis.
Li enpereres fu dolens et marris
Por la roïne que enmainne R :
« Drois enpereres, » dist Dos de Saint Denis,
« Bone piece a quel vous avoie dit ;
« Se l'eüst prise H. de Pontif,
« Nel deffendit trestous l'or que Diex fit
« Que il ne fust detrainchiés et ocis.
« S'a mon concel vous en voliés tenir,
« Mandés BERNIER, frans rois poesteïs ;
« Si [li] rendés sa terre et son païs.
« De toutes pars soient rendus li pris.
« Acordés vous, si soiés bon ami.
« Tant est preudons, bien en serois servis.
— Diex ! » dist li rois, « con gent concel a ci !
« Qui a ces mos nous en fera tenir,
« Je li donrai mui de mon or fin.
— Et je irai, » dist Dos de Saint Denis.
Et dist li rois : « De Dieu .vmercis[s].
Dès ors s'en vait, que plus n'i atendi ;
Il est montés el bon destrier de pris,
Ains ne figna desci qu'a Sain Quentin.
Il descendi desos l'onbre d'un pin,
Les degrés monte del palais marbrerin.
BERNIER le voit, c'est ancontre saillis :
« Cousins, » dist il, « bien puissiés vous venr
« Que fait li rois, conment se contient il ?
— Par ma foit, sire, molt l'ai laissiet marri.
« Li rois vous mande, je sui qui le vous dis,
« Acordés vous et soiés bon ami. »
Et dist BERNIER : « De Dieu vostre mercit ;
« Je an ferai trestout vostre plaisr »
R apelle, en riant si li dit :
« Oiés que mande li rois de Saint Denis :
« Acordons nous et soiens bon ami. »
Et dist R : « Par ma foit, je l'ostri. »
A ces mos montent li chevallier de pris,
Et avuec iax mil chevallier de pris.
De Sain Quentin se sont tuit departis ;
Atant s'an vont, a la voie sont mis.
Tant ont erret les plains et les larris

Qu'il sont venus a la cort a Paris.
Le roi trouverent et morne et pencif.
Il descendirent desos l'onbre d'un pin ;
Puis sont montés el palais singnori.
Li rois les voit, c'est encontre saillis ;
Assés les a acolés et joïs.
BERNIER baisa et puis le sor R,
Faite est la pais, la Damredieu mercit,
Entre BERNIER et le roi Loeys.
Li rois li rent sa terre et son païs,
Et de pars furent rendus li pris ;
Puis s'en departent baus et joians et fis.
A Sain Quentin est BERNIER revertis,
Et a Arras ala li sor R,
O lui Gautiers qui molt fu ces amis,
Et puis d'illuec ala en Cambresis
Veoir s'antain Aalais au cler vis.
A Ribuemont est Ybers revertis,
Qui a grant joie fu cel jor recoillis.

CCLXXXII

A Ribuemont fu Ybers li cortois,
Et BERNIER a Sain Quentin ses drois,
Avuec sa femme qui molt l'anma en foi.
Puis fu ainsis an et .xv. mois.
jor apelle Savari le cortois,
Perron le preus et Henri d'Aminois :
« Baron, » dist il, « por Dieu concilliés moi.
« Pichiés ai fais dont je grant paor oi :
« Maint home ai mort dont je sui en esfroi ;
« Raoul ocis ; certes, ce poise moi.
« Dusqu'a Sa[i]nt Gile vuel aler demanois ;
« Proierai li que plaidis soit por moi
« Vers Damredieu qui sires est et rois. »
Et dist la dame : « Je irai avuec toi. »
Et dist BERNIER : « Non ferés, par ma foi. »
Et dist la dame : « Or as dit grant boffoi :
« Ja, ce Dieu (m'aït), n'irés jor sans moi. »
Et dist BERNIER : « A vostre plaisir soit. »
Il apresta son oire et son harnois,
 chevalliers anmena avuec soi
Et serjans por faire le conroi ;

Puis s'acheminent bellement, sans deloi,
Et chevauchierent .xv. jors sans deloi.
Dusqu'a Saint Gile en sont venus tot droit,
Et descendirent samedi au sor
La jantil dame ot le jor eüt froit ;
Prist li ces max ainsis con Dieu plaisoit :
Celle nuit ot bel enfant cortois
Qui puis ot terre et honor a tenoir,
Et l'andemain fut l'anfes beneois.

CCLXXXIII

En l'andemain, que li jors parut cler,
Ont fait l'anfant baptisier et levr
Le non saint Gile li ont fait deviser
Por ce qu'il fu dedens la ville nés ;
D'or en avant iert Juliiens nommés.
Endemantiers que vous m'oés conter
Li rois Corsuble a fait paiens mander,
Et l'amassors de Cordes autretel ;
Chascuns avoit .xxx. M. d'adobés.
Droit vers Saint Gile se sont acheminés.
La ville assaillent environ et en lés.
BERNIER le voit, le sanc cuide desver ;
Il a son hoste maintenant apellet :
« Hoste, » dist il, « garnemens m'aportés,
« Car je fui ja chevallier adobés.
— Voir, » dist li hostes, « jantix estes et bers ;
« Armes avrés a vostre volenté. »
Armes aportent a molt grande planté,
Et BERNIER s'en est errant armés,
Et avuec lui cil chevallier menbrés ;
.XXII. furent que BERNIER ot menés.
Es chevax montent, les escus acolés,
Les lances prennent as confanons fermés ;
Parmi la porte s'en issirent es prés.
Li franc BERNIER ne c'est asseürés :
Brandit la hanste au conphanon fermet,
Fiert paien sor son escut listé,
Desos la boucle li a frait et troet
Et le hauberc desrout et dessafret ;
Parmi le cors li fait l'espiet passer ;
Tant con tint [l'anste] l'abat mort cravanté ;

L'arme de lui enporterent maffet.
Et BERNIER ne c'est asseürés :
Il trait l'espée au poing d'or noïlet,
Entre paiens c'est ferus et meslé,
A plus de .XXX. en a les chiés copés :
« Saint Gile ! » escrie ; « baron, or i, ferés ! »
Et il si firent de bone volenté.
La fust l'estor et li chaples mortés.
Cil de Saint Gile se fussent reculés
Ne fust BERNIER, li vassaus adurés,
Qui les retint au bon branc aceret.
N'ancontre Turc qui a lui puist durr
Paien le voient, molt sont espoentés ;
Dist l'uns a l'autre : « Ce li autre sont tel,
« Par Mahomet, n'an poons eschapr
« C'il nous eschape, nous sonmes malmenet. »
en sont vers lui abandonés,
Et le ferirent des espiés noïlés ;
Son bon escut li ont fait estror
Ce ne fust Diex et sa sainte bonté,
Ja nous eüssent BERNIER mort ruet :
Ou vuelle ou non a terre l'ont porté.
Cui chaut de ce ? la force pait le pret.
BERNIER ont pris li paien desfaés ;
Au roi Corsuble l'ont tantost presenté.
Quant Savaris l'an a veüt mener,
Lors a tel duel le sens cuide desvr
Il et li siens sont en la ville antrés.
Et li paiens, cui Diex puist mal doner,
Sain Gile asallent environ et en lés.
A force sont dedens la ville entrés ;
Ardent la ville, si on le borc raubet.
Savaris prist la dame au cors mollet,
Si l'enporta devant le maistre autel ;
Mais Juliien n'i a il pas porté.
Paiens le prirent qui joie en ont menet.
Sonent lors cors, si se sont retornés.
Li rois Corsubles en a BERNIER menet,
Et paiens fist Juliien portr
Tout droit a Cordes prirent a retornr
Diex ! quel damaige quant les estuet sevrer !

CCLXXXIV

Li rois Corsubles le cuens Bernier en guie.
Et Savaris li prex et li nobiles,
Et l'amassor Juliien le nobile,
Tout droit vers Corde, la fort cité garnie ;
Et la contesse remest dedens Saint Gile.
Tant i demeure qu'elle fit sa gesine ;
Lors se demante et tint la teste encline :
« E Diex ! » dist elle, « dame sainte Marie,
« Ne mon singnor ne mon fil n'ai je mie.
« Que fera ore ceste lasse chaitive ?
« Hahi ! BERNIER, de ta chevallerie
« Ne vis je nul en trestoute ma vie.
« Or vous ont pris celle gent païnie !
— Taisiés vous, dame, » Savaris li escrie.
« Cil le vous rende qui vint de mort a vie !
« Ralons nous ent vers France la garnie. »
Elle respont : « Je l'ostrois, biax dous sire. »
Monter la fist sor mul de Surie,
Et puis monta sa riche baronnie ;
De la ville issent, qu'il ne s'atargent mie.
Tant ont erret et tant lor voie tinrent,
Qu'a Ribuemont an .xv. jors revinrent.
Encontre vont trestuit cil de la ville.
A Savarit ont conmenciet a dire :
« Biax sire chiers, ou est BERNIER no sire ?
— Singnor, » fait il, « certes il n'i est mie :
« Devant Saint Gile l'ont pris gens païnie. »
Quant cil l'entendent, n'i a cel qui en rie ;
Grans fu li duels a Ribuemont la ville.

CCLXXXV

Grans fu li duels et mervillox li cris,
Et la novelle en vait par le païs
Del franc Bernier que paien orent pris
Devant Saint Gile, au grant abateïs.
mès en vait au roi de Saint Denis
Qui tout l'afaire li ot contet et dit,
Et plus ancore que il n'avoit oït :
« Sire, » fait il, « or saichiés vous de fi,
« Mors est BERNIER, li genre au sor R
— Est ce dont voirs ? » dist li rois Loeys.

243

« Oïl biax sire, » li messaiges a dit.
« Venus en est siens niers Savaris
« Et autres gens qu'il mena avuec li.
« Devant Saint Gile le prirent Sarrasin. »
Herchanbaus l'oit, molt joians en devint ;
Ou voit le roi, si l'a a raison mis :
« Sire enpereres, por l'amor Dieu mercit.
« Vous me donastes la fille au sor R,
« Mais BERNIER, sire, la me toli.
« Je sui tes hons fianciés et plevis :
« Ne te faurai tant con je soie vis.
« Je vous donrai destriers arrabis,
« Et haubers, et hiaumes brunis,
« Et espées, et escus votis. »
Et dist li rois : « Vous l'arés, biax amis. »
A ces paroles manda le sor R ;
Et il i vint, chevalliers o li.

CCLXXXVI

Li rois manda R le franc baron,
Et il i vint a coite d'esperon,
Et avuec lui vaillans conpaingnons.
A Paris vinrent sans nulle arestison.
Trestuit descendent ensanble li baron.
R monta ens el maistre donjon.
Li rois le voit, si l'a mis a raison :
« R, » dist il, « bien resanblés baron.
« Mors est R, onques ne fu tex hons :
« Tel chevallier n'avoit en tot le mont ;
« Devant Saint Gile fu pris, ce me dit on.
« Illuec l'ocirrent li encrieme felon.
« Venus en sont Savaris et Hugon ,
« Et avuec iax maint autre conpaingnon
« Qui avuec lui murent de cet roion,
« Et la contesse a la clere façon ;
« Se il vous plait, et car la marions :
« A H. de Pontif la donon ;
« Plus hautement doner ne la poons ;
« Et bien saichois que il est jantix hons :
« Il tient Pontif et la terre environ ;
« cités a en commendison.
« De nostre part bon gré vous en savrons. »

244

R l'entent, si baissa le menton.
Tant fu dolens por l'amor BERNIER
D'une liuée ne dit ne o ne non.
Tanrement pleure des biax iex de son front,
Des larmes moille son hermin peliçon ;
Puis dist en haut, que l'oient maint baron :
« Hahi ! BERNIER, tant mar fu ta façon !
« De ta proesse ne fu onques nus hon.
« Or vous ont mors paien et Esclavon ;
« Cis ait vostre arme qui vint a paission ! »
Puis dist au roi sens point d'arestison :
« Biax sire chiers, vostre plaisir feron. »
Congiet a pris, si descent del donjon,
Et avuec lui trestuit ci conpaingnon.
Montent es celles des destriers arragons,
De Paris issent a coite d'esperon.
Tant ont erret li nobile baron,
Que sont venus tout droit a Ribuemont.
Sos l'olivier descendent au perron,
Par les degrés monterent el donjon,
R devant o le flori gregnon :
Trueve sa fille et o li maint baron.
Il la salue par molt belle raison ;
Il li baisa la bouche et le menton :
« Ma belle fille, » dist R, « que feron ?
« Mors est BERNIER, onques ne fu tex hon.
« Tel chevallier n'avoit en tot le mont.
« Or revendrois en la moie maison,
« Quant de BERNIER novelles n'atendons
« Se il est mort ou menés en prison. »
Et dist la dame : « Vostre plaisir ferons. »
Atant monterent sans plus d'arestison,
La dame montent sor mul arragon.
Dont se partirent trestuit de Ribuemont,
Et chevauchierent bellement, a bandon.

CCLXXXVII

Guerris [chevauche] con chevalliers adroit,
O lui sa fille sor mul espaingnois,
Et avuec lui chevaliers cortois ;
Jusqu'a Paris en sont venus tot droit.
Il descendirent, n'i ot plus de deloi.

Le roi demande dans GAUTIER li cortois,
Et ont li dit : « Sus el palais, au dois. »
Li sor R en vint a lui tot droit ;
Cel salua en amor et en foit :
« Biax sire rois, par la foi que vous dois ;
« Veés ci ma fille qui or vous vient veor »
Et dist li rois : « Molt grant [gré] i avrois.
« Bien vaingniés, dame, » ce li a dit li rois.
« Diex vous saut, sire, » dist la dame au chief blois.
Li rois apelle H. le cortois :
« Venés avant, biax amis, » dist li rois.
« Prenés la dame, que je la vous ostrois.
— Sire, » dist il, « grant mercis en aiois :
« Cel mariaige los je bien endroit moi. »
Oit le la dame ; cuidiés que ne l'an poit ?
« Hahi ! » dist elle, « pere de pute loi,
« Con m'as traïe et mise en grant beloi !
« Quant me donés marit, ce poise moi.
« Mais de mon cors jamais joie n'avrois. »
Adont s'escrie en haut, a clere vois :
« E ! BERNIER sire, frans chevalliers adrois,
« Li rois Corsubles vous tient an ces destrois,
« Mais je ne sai se jamais revenrois.
« Cis vous ramaint qui fu mis en la crois !
« Ce mariaige conparroit qui que soit.
— Taisiés vous, dame, » ce li a dit li rois.

CCLXXXVIII

Li rois de France fu drois en son estant,
Tint baston qu'il aloit pasmoiant.
Voit Herchanbaut, si li dit en oiant :
« Prenés la dame, que je la vous comment,
— Sire, » fait il, « mercis vous rens. »
Passa avant et par la main la prent ;
Onques n'i ot plus de delaiement.
A mostier l'anmainnent erranment ;
La l'espousa H. li vaillans.
La messe chante li esvesques Morans.
Quant or fu dite, si s'entorne atant ;
Es chevax montent arrabis et courans,
La dame montent sor mulet anblant ;
De Paris issent sens nul delaiement,

Vers Pontif vont bellement chevauchant ;
A Aubeville sont venus liement.
Il descendirent el plus haut mandement ;
El palais mainnent la dame au cors vaillant ;
La fist ces noces molt efforciement.

CCLXXXIX

En Aubeville, le bon borc signori,
La fit ces noces H. li floris.
Es vous mie par la ville qui vint ;
Molt hautement a escrier c'es[t] pris :
« Avroit il ja dame que Dieu feïst,
« Qui eüst ja goute ne palacin ?
« En molt poi d'eure l'an avroie garit ! »
La dame l'oit, a li le fait venir ;
D'a lui parler avoit molt grant desr
Quant or le voit, si a dit son plaisir :
« Dont iers tu, mies ? garde n'i ait mentit.
— Dame, » dist il, « de cel autre païs ;
« Et si pors ci tel racine avuec mi,
« Diex ne fist dame, tant eüst son marit,
« C'elle voloit, que jamais li fesit. »
La gentil dame molt joians en devint.
« Amis biax frere, por Dieu qui ne menti,
« Vanras la tu ? faire car me le dis.
— Oïl, ma dame, par Dieu qui ne menti,
« Mais que fois la peserai d'or fin. »
Et dist la dame : « Par ma foit, je l'ostri. »

CCXC

La vaillans dame achata la racine.
Quant il fu eure, vont couchier a delivre.
La frainche dame si ne s'oublia mie :
Elle prent l'erbe, en sa bouche l'a mise.
Et H. coucha avuec s'amie ;
Il l'a asés acolée et baisie,
Mais d'autre chose ne li pot faire mie.

CCXCI

Herchanbaus jut et s'amie dalés.

Il la baisa et acola assés,
Mais d'autre chose ne la pot il grevr
Ainc ne se sot en cel point demener
Que de la dame eüst ces volentés.
Au matinet c'est H. levés ;
Il c'est vestus et chauciés et parés ;
Son seneschal a premier ancontré :
Sore li cort ausis com desvés,
Mervillox cop li a del poing doné
Con de celui qui a tort ert irés,
Car de sa feme n'ot pas ses volentés ;
Et tuit li autre sont en fuie tornés.

CCXCII

Molt fu dolens H. li Pohiers,
Et courreciés por sa frainche mollier
Por ce qu'a li ne se pot donoir
Ici alluec vous vaurons d'iax laissier :
Quant lex sera, bien savrons repairier ;
Si chanterons del josteor BERNIER
Rois Aucibiers manda ces chevalliers
Tant qu'il en ot avuec lui M. ;
Le roi Corsuble en sa cité assiet.
Sus en l'angarde monta cis Aucibier ;
Tant par estoit orguillox chevalliers,
Nus n'i aloit qu'il n'en portast le chief.
Voit le Corsubles, molt en fu aïriés ;
Il an apelle Sarrasins et paiens :
« Singnor, » fait il, « savés moi concillier ?
« En celle engarde vois ester paien :
« Si nous a mort de nos chevalliers ;
« N'i a seul qui en soit repairiés.
— Par Mahomet ! » ce dist li chartrerie[r]s,
« En ta prison avons crestiien,
« Devant Saint Gile li vis molt bien aidier :
« A .xxx. Turs li vis coper les chiés.
« C'il ne t'aïde, je ne sai qu'il an iert. »
Et dist li rois : « Car le m'amenissiés. »
Et cil respont : « Biax sire, volentir »
Fors de la chartre ot amenet BERNIER ;
Li rois le voit, cel prent a araisnier :
« Crestiiens, frere, molt iers grans et plaingniers,

« Molt iers fornis, bien sanbles chevalliers,
« Et je si ai d'aïde grant mestir
« An celle engarde vois ester paien :
« Il nous a mors de nos chevalliers ;
« Il les a tous ocis et detrainchiés.
« Mais je vous dis, ce vos i conbatiés
« Par hardement, et vous si l'ociiés,
« En vo païs tous cuites en iriés,
« A tous jors mais mes amis en seriés.
« Si te donrai tos chergiées sosmiers
« De dras de soie, de fin or, de deniers. »
BERNIER l'entent, onques ne fu si liés,
Il li respont : « Je irai volentier,
« Car miex vuel estre ocis et detrainchiés,
« Qu'an vostre chartre jamais me jetissiés.
« Mais tot avant me donés a maingir »
Li rois respont : « Bien fait a ostroir »
Tout maintenant l'en fit assés baillier,
Et cil manja qui en avoit mestir
Quant ot maingiet, si se cort haubrigir
Il vest l'auberc, lasce l'elme d'acier,
Et saint l'espée au poing d'or entaillié.
On li amaine bon courant destrier,
Et il i monte par son doret estrief.
A son col pent escut de quartier,
Et en son poing roi[t] trainchant espiet,
A .v. clos d'or le conphanon lasciet.
Parmi la porte s'an ist tos eslaissiés.
Diex ! con l'esgardent li paien adversier !
Dist l'uns a l'autre : « Ci a bel chevallir
« De Mahomet soit li siens cors saingnés ! »

CCXCIII

Parmi la porte s'an est BERNIER alés.
Richement fu fervestus et armés ;
Pas avant autre est ou tertre montés.
Et Aucibiers s'an est garde donés ;
Adont se pence qu'il vient a li jouster,
Dont a sa gent hautement apellet :
« Veés vos qui me vient conreés,
« Qui si me vient molt richement armés ?
« Se il m'ocit, arier vous en alés

« En celle [terre] de quoi chascuns est nés.
« En cet païs avriés mal demorr »
Et cil respondent : « A vostre volenté. »
Lors c'et li turs vers BERNIER galopés.
Quant il vint près, si c'est haut escriés :
« Qui iers tu, va ! garde [nel] me celer ?
« Iers tu messaiges qui viens a moi parler ? »
Et dist BERNIER : « Ains vains a vous jostr »
Li paiens l'oit, plus fu fiers d'un maffé.
Ne vaurent plus plaidier ne deviser :
Tant con chevax lor porent randoner
Se vont ferir, sens plus de demorr
Les escus font et percier et troer
Et lors haubers desronpre et faucer,
Et de lor lances firent les trous volr
Au tour françois prirent a retorner ;
Ja se vauront au chasploier meslr
Grans fu li turs et molt fist a douter ;
En païnime n'an avoit il son per,
Diex gart Bernier de mort et d'afoler !
C'ert grans mervelle s'envers lui puet durr

CCXCIV

Li baron vinrent andoi au chaplement.
Li paiens fu de molt fier maltale[n]t ;
En toute Espaingne n'an avoit nul si grant.
BERNIER feri sor son escut devant ;
En moitiés li esquartele et fent.
Desos BERNIER consivi l'auferrant ;
Ju qu'an diroie ? mort l'abat maintenant.
BERNIER trebuche d'autre part mai[n]tenant ;
Pasmer l'estut de l'angoisse qu'il sent.
hons alast de terre grant arpent
Ains qu'il parlast ne latin ne roumens ;
Et li paiens cuide certainnement
Que il l'ait mort et mis a finement.
De pasmisons revint BERNIER li frans ;
En piés se dresse, Dieu apelle souvant :
« Gloriex Diex ! » dist il en sospirant,
« Tante bataille a[i] faite en mon vivant,
« Ains vers [nul] home ne trouvai si pesant.
« Verités est, se sevent mainte gent,

250

« Tant vait li hons la soie mort querant
« Que il la trueve quant vient en aucun tans.
« N'est nul si fors qu'i[l] ne soit ausi grans.

CCXCV

« Sire Diex pere, » dist BERNIER li jantis,
« Ains mais par home ne fui je si aquis.
« Aucun pichié m'a ici entrepris.
« Trop fis que fox quant je Raoul ocis :
« Nourrit m'avoit et chevallier me fit.
« Sainte Marie, que ce est que j'ai dit !
« Il art ma mere el mostier d'Orignis,
« Mes oncles vaut lor grant terre tolir,
« Mon pere vaut escillier et honnir ;
« Ju qu'an poi mais ce je RAUL ocis ?
« Dieu moie corpe, se de riens i mespris. »
Andemantiers qu'il se gaimentoit si,
Li sarrasins sor le col li revint.
A l'aprochier que li paiens li fit,
Ces bons destriers trebucha et chaï
Et li paien enmi le pret jalit ;
Plus tost que pot en estant resaillit :
Vint vers BERNIER et BERNIER contre li ;
Grans cops se donent sor les hiaumes brunis
Que il les ont enbarrés et croissis,
Et chascuns fu dedans le cors blemis.
Del sanc del cors furent auques aquis.

CCXCVI

Li dui baron furent fors et menbrés ;
Molt par se furent a chasploier grevés.
Li cuens BERNIER a le turc apresset :
A poins l'a parmi l'iaume coubré,
Par droite force li a del chief ostet,
Et en après a le branc enteset :
A seul cop li a le chief copet.
Prist le destrier que il ot amenet,
Et puis le chief que il li ot copet ;
A la grant queue del cheval l'a noet.
Arier retorne en la bone cité.
Mil Sarrasins en sont encontre alés.

Bernier menerent Corsuble l'amiret.
Le chief del tur li a il presentet,
Et il l'an a bonement merciet :
« Amis, » dist il, « servit m'avés a gret. »

CCXCVII

Et dist Corsuble : « Crestiiens, biax amis,
« Par Mahomet, a gret m'avés servit.
« Se or voloies demorer avuec mi,
« Tout mon roiaume te partirai par mi. »
Et dist BERNIER : « Ne porroit avenir ;
« Mais ce me faites que vous m'avés promis. »
Et dist Corsubles : « Je ferai ton plaisr »
Son seneschal apella, si li dit :
« Va, se li done chergiés murs d'or fin,
« Et destrier[s] courans et arrabis,
« Et fais monter dusqu'a mil Sarrasins. »
Et cil respont : « Tout a vostre plaisr »
Les paiens fait armer et fervestr
Li seneschax estoit de bien apris ;
BERNIER anma por ce que preut le vit :
Plus li dona que ces sires ne dit.
Del roi Corsuble c'est BERNIER departis ;
Si le convoie li seneschax jantis,
Et avuec lui mil armés Sarrasin.
Jusqu'a Saint Gile n'i ot nul terme mis,
Tant que il virent la terre et le païs.
« He ! Diex aïde ! » dist BERNIER li jantis :
« Ancui verrai ma mollier et mon fil
« Que a Saint Gile laissai quant je fuis pris. »
Les Sarrasins apella, si lor dit :
« Tournés vous ent ariere a vo païs. »
Et BERNIER droit a Saint Gile s'en vint,
Et li paiens retornerent ainsis.
A son hostel maintenant descendi,
Et ces bons hostes molt grant joie li fist.
BERNIER l'apele con ja porrés oïr :
« Dites, biax hostes, por Dieu de paradis,
« Ou est ma feme et Juliiens mes fis ? »
Li hostes l'oit, pleure des iex del vis.
« Sire, » dist il, « vous i avés faillit.
« La vostre feme enmena Savaris

252

« A Ribuemont, icel vostre païs,
« Et vostre fil menerent Sarrasin
« Droit en Espaingne, a Cordes la fort cit.
— Sainte Marie ! » dist BERNIER li jantis,
« N'istrai de painne tant con je soie vis. »
Onques cel jor ne manja ne dormi :
Au main se lieve, s'ala la messe or

CCXCVIII

Si con BERNIER issi fors del mostier,
Trés devant lui trova chevalliers ;
Nus sont et povres, n'ont fil de drap antir
BERNIER les voit, ces prent a araisnier :
« Dont estes vos, singnor ? nel me noir »
Et cil respondent : « De Sain Quentin le sié.
« Il a an aconplit et antier
« Que a Saint Gile venimes Dieu proier,
« Et avuec nous nobile princier
« Qu'an sa contrée apelloit on BERNIER ;
« Et paiens vinrent ce païs escillier,
« La fors le prinrent li felon losaingiers
« Et nous avuec, par Dieu le droiturir
« Si sonmes povres que n'avonmes denir
« En no contrée volonmes repairir »
Et dist BERNIER : « Ne vous chaut d'esmaier,
« Car Diex est grans, si vous puet bien aidir »
A son hostel les enmena BERNIER ;
Assés lor done a boire et a maingir
Tout maintenant lor fait robe taillier,
Chemise et braies et chauces por chaucir
Quant les ot fait molt bien aparillier,
Li des le prist a ravisier
A plaie qui desos l'uel li siet ;
Bien recognust c'est son singnor BERNIER ;
Tot maintenant li vait le piet baisir
Son conpaingnon en prist a araisnier :
« Veés ci, conpains, le cortois chevallier,
« BERNIER le conte qui tant nous avoit chir »
Quant cis l'entent si le cort enbracier,
Grant joie mainne sus el palais plaingnier ;
Mais BERNIER ne pot nus leescier
Por son enfant que li Turs ont bailliet.

A l'andemain se mist au repairrier ;
A son bon hoste ot doné bon loir
De ces jornées ne vous sai acointier,
Qu'an .xv. jors est revenus arir

CCXCIX

BERNIER chevauche con chevallier de pris.
De ces jornées ne sai conte tenir ;
En sa contrée revint en .xv. dis.
Avant anvoie messaige qui dit
Qu'il revenoit sains et saus et garis.
Encontre vont li grans borjois de pris.
Tuit le baisierent, nes li enfans petis.
Encontre vient li siens niers Savaris ;
BERNIER l'apelle con ja porrois oïr :
« Savaris niers, se Diex et fois t'aïst,
« Ou est ma feme, la belle Biautris ?
« Molt [me] mervel quant ne me vient ver
— Oncles, » dist il, « par Dieu de paradis,
« Quant de Saint Gile revenimes ici,
« An ceste terre nous vint li sor R ;
« De ces losainges tant a ma dame dit
« Qu'il la monta sor mul arrabis ;
« Mener la dust a Arras la fort cit :
« Si la mena droitement a Paris
« Et la livra au roi de Saint Denis ;
« Et il la done H. de Pontif,
« Et li lichierres l'espousa, si la prist. »
BERNIER l'entent, tous li sens li fremist.
« Diex ! » dist li cuens, « par la toie mercit,
« Ne truis mais home ne me vuelle trar
« Ma[l] m'a baillit li riches sor R :
« Encor li iert molt richement meri.

CCC

« Hé ! Diex aïde ! » dist li vassax BERNIER,
« Conment ravrai ma cortoise mollier ?
« A li irai en guise de paumier ;
« N'ira o moi serjant ne escuier,
« Ne monterai sor mul ne sor destrier
« Tant que savrai se jamais m'avra chir

« Je vous en prois, Savaris bias dous niers,
« Faites des miens M. aparillier,
« Et après moi en Pontif chevauchier,
« Qui m'aideront se je en ai mestir »
Et BERNIER ne s'i est atargiés :
Airement fist broier en mortier
Et autres herbes qui molt font a prisier,
Si en a oins ses janbes et ces piés,
Et son viaire et son col par derir
Vest une wite traïnant dusqu'es piés ;
Chapel de fautre ot li bers en son chief.
Et Savaris le prist a convoier
Dusqu'au matin que il fu esclairiés.
Au departir vait son oncle baisier :
« Oncle, » dist il, « ne vous chaut d'esmaier :
« Sos ciel n'a home qui vous puist entiercir
« Ne sanblés pas le josteor BERNIER,
« Tro bien sanblés truans et pautonnir »
Atant departent, si laissent le plaidir
A Sain Quentin vint Savaris arier,
Et BERNIER conmence a esploitier
Droit vers Pontif le grant chemin plaingnir
diemainge s'an vint a Saint Richiel ;
Trova sa feme qui venoit del mostier,
En sa conpaingne .iiij chevallir
Cortoisement la salua BERNIER :
« Cil vous saut, dame, qui tot puet justicir »
Elle respont : « Et Diex te saut, paumir
« De quel part viens ? nel me devés noir
— Droit de Saint Gile dont je sui repairiés. »
La dame l'oit, pleure des iex del chief :
« Pelerin, frere, Diex te gart d'anconbrier ! »
Lors li ramenbre de son marit premir
« Oïstes onques parler d'un chevallier
« Qu'an sa contrée apelloit [on] BERNIER ?
— De il meïsmes, a celer ne vous quier
« [Que] une fois a avuec moi maingiet,
« Et une fois et levet et couchiet.
« Li rois Corsubles l'ot en prison lanciet ;
« Si l'a tenut an trestot antier
« Trosqu'a jor que vous sai devisier,
« Que lors li vint fors rois Aucibir
« BERNIER ala contre lui chasploier,

255

« Si le conquist a l'espée d'acir
« Li rois Corsubles li a donet congiet,
« Mais je ne sai par vertet afichier
« S'a Sain Quentin s'an est venus arir
— Diex » dist la dame, « qui tot as a jugier,
« Se une nuit tenoie mais BERNIER,
« N'avroie mais ne mal ne enconbrir
— Dame, » dit il, « vos dites grant pichié ;
« Vous avés ci molt bon chevallier
« Qu'assés vaut miex c'onques ne fist BERNIER »
Et dist la dame : « Vous dites grant pichié ;
« Ne l'ameroie por les menbres trainchir »

CCCI

Dist BERNIER : « Dame, puis que ne l'amés mie,
« Molt me mervel quant onques le presiste[s]. »
Et dist la dame : « Certes, je fui traïe.
« Quant mes sire ot sa grant guere fenie,
« Sa voie enprist, s'alames a Saint Gile.
« Le premier jor qu'an la ville venimes,
« Me delivrai d'un bel anfant nobile :
« S'est Juliiens dont li cors Dieu garise !
« Se Diex n'an pence, li fix sainte Marie,
« Nel verrai mais an trestote ma vie.
« Moi le tolirent cele gent païnie ;
« Et Savaris a la chiere hardie
« M'en amena en France la garnie.
« Dont vint mes peres a la barbe florie,
« Si me livra au roi de Saint Denise
« Qui me dona H., cel traïte.

CCCII

« Le premier jor que je fui mariée,
« Si vint mie an iceste contrée.
« Une tele herbe me dona a celée
« Ne la donroie por l'or d'une contrée.
« Quant je la tains en ma boche angolée,
« Dont n'ai ge garde que soie violée. »

CCCIII

Dist BERNIER : « Dame, foi que vous me devés,
« Quelle est li herbe que vous itant amés ? »
Et dist la dame : « Paumiers, ja nel savrés :
« Morte seroie se H. le set. »
Et dist BERNIER : « Ja mar en doterés ;
« Ne li diroie por estre desmenbrés ;
« Mais por ice le vous ai demandet
« Que de mecines cui je savoir assés. »
Et dist la dame : « Paumier, donques l'orrés.
« Quant vient le soir que dois couchier aler,
« Dedens ma bouche la mès trestot souef.
« Ja H. n'avra puis volenté
« De celle chose dont vous oït avés.
« an tot plain l'ai je ainsis menet. »
BERNIER l'entent, s'a de cuer sospiret ;
Puis dist en bas, qu'il ne fu escoutés :
« Pere de gloire, tu soies aourés,
« Quant de ma feme ne sui pas vergondés ! »

CCCIV

Or ot BERNIER sa feme bien enquis[e].
A ces paroles .vj. chevallier i vinrent ;
La dame prennent au chier mantel d'ermine,
Sus el palais l'anmenerent et guient.
Il prenent [l'eve] et au maingier s'asirent.
Devant BERNIER aporterent cine.
La jantil dame le semont et atise :
« Maingiés, paumier, li cors Dieu vous garise ! »
Il li respont : « Ja nel vous convient dire ;
« Je maingerai, que mes cuers le desire. »
H. l'oit, si conmensa a rire ;
Puis l'apella, si li a pris a dire :
« Pelerin frere, ce Diex te beneïe,
« Puis que tu dis que tu viens de Saint Gile,
« A Monpellier, celle ville garnie,
« Oïstes ains parler de la mecine
« Qui aidast home de ceste fusensiele ? »
Et dist BERNIER : « Sire, porquoi le dites ? »
Dist H. : « Nel te celerai mie :
« Plus a d'un an que ceste dame ai prise ;
« Ains puis a li n'os charnel conpaingnie.
« Ne sai quel gent nous firent conpaingnie. »

257

BERNIER l'entent, Damredieu en mercie,
Et respondi par sens et par boidie :
« H. sire, nel vous celerai mie,
« Ancor sai ge tel[e] fontaine vive,
« Qu'il nen a home an cet terriien siecle,
« C'il c'i baignoit fois a delivre,
« Et avuec lui sa mollier et s'amie,
« An mes iex i mestrai a delivre
« Qu'an celle nuit feroient fil ou fille. »
Dist H. :« Pelerins biax dous sire,
« M'i menrés vos a la fontaine vive ?
— Oïl, biax sire, et la dame meïsme. »
La dame l'oit, par poi n'enraige d'ire.
Tout maintenant a haute vois s'escrie :
« Pelerin frere, li cors Dieu te maudie !
« Mal soit de l'eure que venis en la ville. »

CCCV

Dist H. : « Pelerin, or entens :
« De la fontainne conment sés tu dont tant ? »
Dist BERNIER : « Sire, jel sai a esciant,
« Qu'il nan a home an cest siecle vivant,
« S'an la fontainne se baingnoit tot avant
« Et avuec lui sa mollier au cors gent,
« An mes iex i mestrai a garant
« Qu'an celle nui[t] feroient anfant. »
Dist H. : « Mainne m'i eranment. »
Et dist BERNIER : « Tot a vostre conment.
« O vous ira vo moillier au cors gent. »
La dame l'oit, par poi n'ist de son sens.

CCCVI

La jantil dame ot molt le cuer irié :
Devant li prist baston de pomier,
Parmi la teste en vaut ferir BERNIER,
Quant H. li vait des poings saichier :
« Dame, » dist il, « vous faites grant pichié ;
« Ja savés vous nous l'avons herbigiet ;
« N'i avra mal dont le puisse aidir »

CCCVII

La jantil dame fu dolente et mate ;
Tot maintenant s'an issi de la sale ;
Tout maintenant en sa chanbre repaire.
Elle a l'us clos et fermet a la barre.
Dont ce demante comme pucelle gaste :
« Hé ! BERNIER, sire, frans chevalliers mirables,
« Cis H. est trop fel et trop saige.
« C'il gist a moi, que ferai je dont, lasse !
« Il nel lairoit por nulle rien qu'il saige. »
Par la fenestre jus des murs s'an avale,
Par le vergier aqueulli son voiaige.
Fors de la ville [vait] a prioraige.

CCCVIII

Fors de la ville avoit maison,
Moingnes. i ot de grant religion ;
La vint la dame acourant de randon.
Si apella le bon abbet Symon.
« Biax sire abbes, entandés ma raison.
« Cis H. mes sire est molt felon :
« Bastue m'a de fust ou de baston,
« Or me menace de plus grant mesprison ;
« Si vains a vos por avoir garison. »
Dist l'abbes : « Dame, vous parlés en pardon.
« H. est de male estration :
« Se je faisoie envers lui desraison,
« Ne me garroit trestot l'or de cel mont
« Ne me copast le chief soz le menton. »
La prioresse entendi la raison,
Dist a l'abbet : « Baissiés vostre raison :
« Mes cousin est li vaillans BERNIER,
« Et c'est sa feme, que de fit le set on.
« Et nous avons tel celier en parfont,
« Estre i porra dusqu'a l'Ascention ;
« Ne l'i savra nulle gent se nous non. »
Et dist l'abbet : « Vostre voloir ferons.
« Se je savoie BERNIER el pret Noiron,
« Je li manroie en sa maistre maison. »

CCCIX

Molt par fu saige ceste nonnain de l'ordre ;
Dist a l'abet : « Par Dieu et par nostre orde,
« Iceste dame sera molt bien reposte. »
Et H. se porquiert et esforce
Comme celui qui cuide faire noce ;
Dist au paumier : « Jhesus t'aist en sa gloire !
« Porterons nous avuec nous nulle chose,
« Ne pain, ne vin, ne nulle crostre grosse ? »
Et dist BERNIER : « Par saint Pierre l'apostre,
« Puis que li hons a la dame repose,
« Molt volentiers mainjue bone chose. »

CCCX

Dist BERNIER : « Sire, faites venir la dame,
« Si parlerons et moi et li ensanble. »
Et H. apella Julianne :
« Va tost, » dist il, « si apelle ta dame.
— Sire, » fait elle, « par tos les sains d'Otrante,
« Il n'an a point el lit ne an la chanbre ;
« Mais ces mentiax et ces robes i pendent. »
H. l'oit, par poi qu'il ne forsanne ;
Vint a la chanbre, l'us brisa, puis i antre,
Et quiert sa feme el lit et an la chanbre.
Quant ne la trueve, par poi qu'il ne forsanne.

CCCXI

Herchanbaus quiert sa feme o le cors gent.
Quant ne la trueve, molt ot le cuer dolent.
Il an apelle chevalliers et serjans :
« Singnor, » fait il, « entendés mon sanblant.
« Dès hui matin vint cis pasmiers saiens ;
« Tant a parlet et arier et avant,
« Fuïe en est ma mollier au cors gent.
« Mais, par celui a cui li mons apent,
« C'il ne la fait revenir en presant,
« Je le pendrai conme laron avant. »

CCCXII

En H. nan ot que correcier ;
Tot maintenant a fait panre BERNIER,

260

A serjans le fait la nuit gaitier ;
Et avuec lui i ot chevallier :
Bien recognust le marchis au vis fier ;
Vers lui se trait, cel prent a araisnier :
« BERNIER, » dist il, « celer n'i a mestier ;
« Li vostre peres me fit grant destorbir
« Fors de ma terre me fit a tort chacier ;
« Ains puis n'i ose venir ne repairir
« Ce que m'a fait conparrois vous molt chier :
« Je l'irai ja a H. noncir
« Que vous venés son païs espiier,
« Si en volés mener vostre mollir »
BERNIER l'entent, n'i ot que correcier ;
Anvers celui prent a humiliier :
« Se li miens pere vous fist nul destorbier,
« Je sui li fix qui[l] ferai adrecir
« Je vous creante vos terres a baillier,
« Et vos croistrai vos terres et vos fier[s]. »
Et cis respont : « Vous l'estuet fiancir »
Il le fiance, qu'il ne l'ose laissier :
« Sire, » dist il, « ne vous chaut d'esmaier ;
« N'i avrés mal dont vous puisse aidir »
A ces paroles laissierent le plaidir
Au matinet, quant vint a l'esclairier,
Dont se leva H. li Pohiers.
Ses baron[s] mande qui de lui tienent fié.
Vint i li abbes, cui Diex gart d'anconbrier,
Qui fist la dame en son dortoir mucier,
La prioresse o le coraige fier ;
Et H. conmença a plaidier :
« Entendés moi, mi home droiturir
« Dès hui matin vint saiens cis pasmiers :
« Tant m'a parlet et avant et arier
« Que de saiens s'en fui ma mollir
« Mais, par l'apostre c'om a Rome requier,
« C'il ne prent garde que[l] face repairier,
« Jel penderai sens plus de delair »
Et dist li abbes : « Se sanbleroit pichiés. »

CCCXIII

« Sire H., » dist li abes jantis,
« Laissiés m'a lui parler seul petit. »

Dist H. : « Tot a vostre plaisr »
La prioresse et li abbes jantis
Traient BERNIER dalés mur faitis ;
Et dist li abbes : « Pelerin biax amis,
« De la fontainne porqu'[av]és vous ce dit ?
« Tot ton afaire nous pues bien rejehir :
« N'i avras mal dont te puisse gairir ;
« De quanque dies ja n'an estera[s] pis. »
Et dist BERNIER : « Ne vous en quier mentir
« De celle dame dont vous paries ici,
« Je la cuidoie de la ville partir ;
« Si la randisse a BERNIER son ami
« Qui est la fors, dedens cel bois foillit,
« Et avuec lui maint chevallier hardi. »
La prioresse la parole entendi ;
Grant joie avoit por BERNIER son ami ;
« Amis, » dist elle, « or avés vous bien dit ;
« Ja n'avrés mal dont vous puisse garr »
Dont en apelle H. le florit :
« Sire, » dist elle, « laissiés cel pelerin ;
« Bien vous fera de quanqu'il vous promist :
« Molt est bons maistres, par foit le vous affi.
« Et je ferai la dame revenir,
« Qu'an no dortoir, por voir, dès hier se mist. »
Dist H. : « Dame, je vous en pri. »

CCCXIV

La prioresse revint a son mostier,
Trova la dame a l'autel saint Michiel
Ou elle pleure et fait duel plaingnier :
« Dame, » dist elle, « cel duel convient laissier ;
« Je vous dirai novelle de BERNIER :
« La defors est, ou bois vous fait gaitier ;
« Avuec lui sont M. chevalliers.
« Il vous avoit anvoiet cel paumier
« Por vo convinne savoir et encerchier,
« Car il vous vuelt ravoir a son couchir »
La dame l'oit, Dieu prist a merciir
Tout maintenant s'en issi del mostier ;
S'an est venue a H. le fier,
Et quant il voit la dame repairier,
Tot maintenant la prist a araisnier :

« Dont venés, dame, por Dieu le droiturier ?
— En non Dieu, sire, je vains de cel mostier
« Ou je alai a Damredieu proier,
« Que moi et vous puissieus si esploitier
« Que angenrer puissiens heritir »
H. l'oit, plus en ot le cuer fir
« En moie foit, » dist il, « sire pasmier,
« Forment me poisse quant vous fis correcir
« Jel vous ferai richement adrecier
« Se vous poés mon afaire esploitir
« Mais or me dis por Dieu le droiturier,
« Manrai o moi serjant ne chevallier ?
— Nanni, biax sire, » se li dist sa mollier,
« Fors moi et vous et cel cortois paumir »
Onque H. nel vaut por ce laissier :
Dusqu'a c. fait armer chevallier[s] ;
En la foret les a fait anvoir
Por ce le fait qu'il doute le paumier,
Et ces convinnes malvoisement li siet.
« Sire H., » ce li dist sa mollier,
« A la fontainne alons sans delair
— Dame, » dist il, « trop nous poés coitier ;
« Si grant talent n'an aviiés pas hir »
H. monte sor courant destrier,
La jantil dame sor palefroi chier ;
Au pelerin an a fait baillir
Vers la foret prennent a chevauchier ;
Dedens s'an entrent par petit sentier,
Et la maisnie H. le Pohier
Furent alés autre chemin viés.
La gentil dame a resgardet BERNIER :
Tot maintenant le prist a entiercier
Par plaie qui desos l'uel li siet ;
Bien recognust c'est son marit premir
Petit s'an faut nel corut enbracier,
Mais elle n'ose por H. le fir

CCCXV

La gentil dame a BERNIER cogneüt,
Par petit que baisier nel courut ;
Por H. son coraige a tenut.

PAUL MEYER

NOTES

1. Li romans de Raoul de Cambrai et de Bernier, publié pour la première fois, d'après le manuscrit unique de la Bibliothèque du Roi, par Edward Le Glay. Paris, Techener, 1840. xxiv-335 pages in-8°.

2. Voici des échantillons de quelques-unes des fautes que la collation du ms. nous a permis de rectifier : V. 472 sarrazin, première édition souverain. — 668 me tout, r éd. m'écout. — 928 Ja Damerdiex ne lor face, r éd. La Damerdiex ne lor fara. — 1021 mandissiés, r éd. maudissiés. — 1118 mençoingier, r éd. m'en coingir — 1183 garçonnele, r éd. gasconnèle. — 1200 prunele, r éd. parnèle. — 1567 Nomenidame, r éd. Hom ni dame. — 1664 m'ofr'on, p. éd. m'ofrois. — 1678 a Gaifier, r éd. agaifir — 1699 le clama, r éd. réclama. — 1754 qe vers ton cors, r éd. qu'envers ton tors, — 1766 palais, r éd. palors. — 2532 emblamis, r éd. em brai vis. — 2593 estona, r éd. escoua. — 3127 se jel conseüse, r éd. s'eul consense. — 3210 troverent, r éd. tornèrent. — 3622 q'aie, r éd. que j'ai — 3641 q'aie, r éd. que je. — 4291 a nelui, r éd. ave lui. — 4393 provons, r éd. prenons. — 4931 neqedent, r éd. ne quident. — 5049 Neïs la boucle, r éd. Nule aboucle. — 5688 a moi, r éd. arnoi. — 6259 fors, r éd. sort. — 6262 place, r éd. plait. — 6410 Rovrois (la forêt de Rouvroi), r éd. conrois. — 6809 molt grant, r éd. male grace. — 6858 n'i ait, r éd. m'aie. — 6870 delivre, r éd. dolmr — 7009 Ju qu'an, r éd. Ja ne. — 7153 en Pontif, r éd. C pontif. — 7420 De quanque, r éd. Dusqu'a que. — 7455 Ou, r éd. Que. — 7664 sont, r éd.sans. — 7706 C'estiiés, r éd. Chrestiiens.— 7853 Que le charnal l'en, r éd. Quant l'écharna le. — 7900 l'a , r éd. la gent — 8360 mainjuent, r éd. mainèrent. — 8383 Qu'a contes, r éd. Qu'a mes cousins. — 8445 torble[n]t, r éd. tremble. — 8569 l'est on, r éd. le sont. — 8589 verollier, r éd. et rolléis. — 8626 s'an vienent, r éd. s'armèrent. — Nous ne parlons pas des mots mal coupés, ni en général des erreurs qu'on pourrait corriger à coup sûr sans

l'aide du ms.

3. Les vers 165, 1905, 3375-6, 3601-4, 5771-2, 5960-2, 8621.

4. Les propositions faites à Aalais, le refus de celle-ci et les conséquences de ce refus sont autant d'événements qu'il n'est pas facile de suivre dans les premières pages du poème à cause des lacunes que présente à cet endroit le ms., mais la suite des faits est rappelée sommairement aux vers 1108 et suivants.

5. Ybert de Ribemont, Wedon de Roie, Herbert d'Hirson, Louis.

6. Peut-être cinq ans ; voy. v. 3785.

7. Parce qu'il avait enlevé à Raoul son héritage pour le donner au manceau Gibouin.

8. V. 6410. C'est le bois de Boulogne.

9. Toute cette scène rappelle le duel d'Ogier et du géant Brehier dans Ogier le Danois

10. C'est une situation que les auteurs de romans se sont de tout temps plu à introduire dans leurs compositions; voy. P. Meyer, Guillaume de la Barre, p. 27 ; RAUL Kœhler et GAUTIER Paris, Revue critique, 1868, II, 413-4; Romania, VIII, 60.

11. « Heribertus comes obiit, quem sepelierunt apud Sanctum Quintinum filii sui ; et audientes Rodulfum, filium Rodulfi de Gaugiaco, quasi ad invadendam terram patris eorum advenisse, aggressi eundem interemerunt » (Annales Flodoardi, anno 943).

12. Gouy (Aisne, ar de Saint-Quentin, canton du Câtelet) dépendit, jusqu'à la Révolution, du diocèse de Cambrai. Otton de Vermandois s'en empara en 976 (Baudri, Gesta episcoporum Cameracensium, l.I, ch. xcv), et depuis lors il fit partie du comté de Vermandois.

13. Vers 1021, 1040 et 1064.

14. Un diplôme de Charles le Simple, en date du 8 septembre 921, diplôme inséré par Baudri dans les Gesta episc. Camerac. (1. I, ch. 68), relate ce fait ; nous en extrayons le passage suivant : « Hac de causa noverit omnium sanctæ Dei æcclesiæ fidelium religiositas, quia comites venerabiles Haganoac Rodulfus nostram adeuntes serenitatem humiliter expetierunt, ut sanctæ Cameracensis æcclesiæ cui preest presul Stephanus, vir quippe totius regni strenuus, ad sanctam Dei genitricem Mariam largiremur sub perpetua seculi subjectione, in pago Hainoense super fluenta Helpræ abbatiunculam dictam Marellias, ubi jacet sanctus Hunbertus corpore, in æcclesia quæ est in honore sancti Petri dedicata. » (Monumenta Germaniæ historica, VII, 425.)

15. « Interea Ragenoldus, princeps Nortmannorum qui in fluvio Ligeri versabantur, Karoli frequentibus missis jampridem excitus Franciam trans Isaram, conjunctis sibi plurimis ex Rodomo, deprædatur : cujus castris supervenientes fideles Heriberti, qui per castelia remanserant, adjunctis sibi Rodulfo privigno Rotgeri et Ingobranno comitibus, prædam ingentem

eripuerunt, et captivi mille ibidem liberati sunt. » (Annales Flodoardi, anno 923).

16. « Hugo, filius Rotberti, pactum securitatis accipit a Nortmannis, terra filiorum Balduini, Rodulfi quoque de Gaugeio atque Hilgaudi, extra securitatem relicta. » (Ibid., anno 925).

17. « Rodulfus comes, filius Heiluidis, obiit. Non multo post etiam Rotgarius, vitricus ejus, comes Laudunensis pagi, decessit. » (Ibid., anno 926 in fine). L'identité de Raoul, fils d'Heluis, avec Raoul de Gouy, n'est pas douteuse, puisque celui-ci était privignus de Roger et que celui-là avait le comte Roger pour vitricus (voyez plus haut, p. xvii n. 2).

18. Voyez la note précédente.

19. L'annonce de la mort de Raoul de Gouy est suivie dans Flodoard (Annales, anno 926) de celle de la mort du comte Roger, son beau-père (voyez ci-dessus, n. 2). Le château de Mortagne, sur l'Escaut, non loin de Tournai, appartenait à ce Roger et passa à ses fils (Annales Flodoardi, anno 928), dont l'un, nommé Roger, comme son père, lui succéda comme comte de Laon (Ibid., anno 927), et tint, en outre, durant dix ans, la ville de Douai en fief du duc Hugues le Grand (Ibid., années 931 et 941).

20. Annales Vedastini, anno 896. — La date exacte de la mort de ce comte Raoul est donnée par un passage des Annales Blandinienses : « 896. Rodulfus comes interficitur 4 kal. julii. » (Monumenta Germaniæ historica, V, 24).

21. Chronicon Bertinianum, cap. XVIII, pars 2a ; cap. XX, pars 1a. — Il n'est pas inutile de remarquer, car le fait n'a peut-être pas encore signalé, que Jean d'Ypres a emprunté à la chronique d'André de Marchiennes, mort en 1194, le titre qu'il donne au Raoul mort en 896. Voici, d'ailleurs, les paroles même d'André « Rodolphus, comes vero pagi Cameracensis, frater Balduini comitis Flandrensis, gravi ira commotus, propter castella ab Odone sibi ablata, scilicet Sancti Quintini et Perronam, dum deprædari non cessat abbatiam Sancti Vedasti, ab Heriberto comite in bello occiditr » (Historiæ franco-merovingicæ synopsis, a Andrea Silvio regii Marcianensis cœnobii magno priore conscripta, édition Beauchamp [Douai, 1633], p. 748). Cette phrase que, sauf la qualification donnée à Raoul, André avait tirée presque textuellement des Annales Vedastini, a été reproduite par Jacques de Guise (Annales Hannoniæ, l. XIV, c. 14).

22. Cambrai faisait alors partie du royaume de Lorraine, de sorte qu'il serait bien plutôt permis de supposer que Raoul de Flandre était comte d'Arras ou d'Amiens.

23. La filiation de Bauces est établie par cette ligne des Annales Blandinienses : « 973. Obiit Balzo, filius Rodulfi comitis. » Il était donc cousin-germain d'Arnoul le Vieux, comte de Flandre, et non point son neveu, comme l'a cru un moine de Saint-Pierre de Gand du xi e siècle, qui le dit fils d'Allou, frère utérin d'Arnoul (Monumenta Germaniæ historica,

IX, 304). Ce Bauces, régent de Flandre pendant la minorité d'Arnoul II, est sans doute le prototype du comte Bauces de Flandre, personnage épique que l'auteur du poème encore inédit d'Anseïs, fils de Girbert, a recueilli pour en faire un des personnages les plus sympathiques de son œuvre. Ajoutons que l'inscription en vers latins, qu'on lisait au commencement du xvie siècle sur le tombeau de Bauces, dans l'église de Saint-Pierre de Gand, identifiait ce fils du comte Raoul avec l'un des meurtriers du duc Guillaume de Normandie, massacré en 943, c'est-à-dire avec Bauces le Court, dont d'anciens poèmes normands célébraient les aventures merveilleuses ; cette épitaphe a été reproduite par Meyer (Annales rerum Flandricarum, Anvers, 1561 f° 20 r°).

24. Li romans de Raoul de Cambrai et de Bernier, édit. Le Glay, p. XII.

25.

Raouls, tes peres, cil qui t'engenuï,
Et quens Herbers furent tos jors ami.

26. Aalais est désignée comme sœur du roi Louis, notamment aux vers 1122, 3561 et 5204.

27. C'est ce que nous apprend Witger, moine de Saint-Corneille de Compiègne, qui écrivit, de 951 à 959, une sorte de généalogie du comte Arnoul de Flandre : « Karolus rex genuit, ex Frederuna regina, Hyrmintrudim, Frederunam, Adelheidim, Gislam, Rotrudim et Hildegardim. » (Monumenta Germaniæ historica, IX, 303). Frédérune mourut en 917, dans la dixième année de son union avec Charles le Simple (Anselme, Hist. généal. de la maison de France, l. 361).

28. Il n'y a qu'à parcourir la généalogie des Carolingiens, pour être convaincu que plus d'une princesse de cette famille, fille de roi et même d'empereur, épousa un simple comte de son père.

29. Raoul de Cambrai était âgé de quinze ans lorsqu'on l'amena à la cour (vers 371 et 376) pour être armé chevalir « Une grant piece » (vers 520 et 538) de temps s'écoule entre cet événement et la promesse que le roi lui fit du premier fief qui viendrait à vaquer, puis une autre « grant piece » se passe encore avant la mort d'Herbert qui allume la guerre bientôt terminée par la mort de Raoul, et cette seconde « grant piece » est évaluée cette fois un an et quinze jours (vv. 805-806). Il est donc probable que l'auteur du poème primitif n'entendait point donner à Raoul beaucoup plus de dix-sept ans, au moment de la lutte contre les fils Herbert.

30. « Tradidit itaque ad ususfratrum predictorum comitissa Adelædis, pro sua filiique sui comitis Radulphi anima, villam que dicitur Conteham et que ad eam pertinet arabilem terram ; comes Ybertus Torci, Heribertus dimidiam Culturam Mainsendis. » (Duvivier, Recherches Sur le Hainaut ancien, p. 425). Il est remarquable que la charte de Liebert rappelle les

donations d'Ybert [de Ribemont ?] et de Herbert [de Vermandois ?] à l'abbaye de Saint-Géry.

31. C'est dans la partie vraiment historique de sa chronique rimée que Mousket parle des donations faites à l'église de Notre-Dame de Cambrai, et ce à l'occasion de l'évêque Godefroi, que le roi Louis VIII envoie à Avignon, avec deux autres prélats, auprès de l'Empereur :

L'autre, l'evesques Godefrois
Ki pour Dieu ot el pis la crois,
Et s'ot a force de Canbrai
Les Canbrisiens tornés el brai
Et de la noisse et del triboul
Que des le tans conte Raoul
Et de la contesse Aielais,

Ki pour Dieu ot fait tous ses lais
Et pour l'arme Raoul son fil,
Le hardi, le prou, le gentil,
A eglise de Nostre Dame,
Dont puis avoient a fet grant dame
Cil de Canbrai a son clergié.

(Ed. Reiffenberg, vv. 26101 à 26113.)

32. Il est même possible que Raoul de Cambrai ne soit pas plus le neveu maternel du roi Louis IV que Roland n'était réellement celui de Charlemagne.

33. Aleaume, comte d'Arras dès 923, périt à Noyon en 932 (Annales Flodoardi). C'est en cette dernière année que la Chronique de Tournai place l'acquisition d'Arras par Arnoul de Flandre (Bouquet, VIII, 285).

34. On peut considérer tout au moins comme une tradition de famille ce début de l'histoire des seigneurs d'Avesnes que Baudouin d'Avesnes, mort en 1289, a inséré dans son recueil de généalogies : « Werris li Sors fut sires de Leuse et sougist a lui aucunes terres entor Li quens de Haynaut qui adonc estoit, li donna la terre qui est entre les ii Eppres, de quoi li une vient devers Liessies et li autre devers Trelon. Li quars hoirs qui après lui fut, fust sires de Leuze et d'Avesnes, et ot non Weris a la Barbe. Il meit a Fay sor Eppre et fist une petite tour a Avesnes. Quant il fut mors, Tieris ses filz tint la terre : il fist la tour d'Avesnes plus grant. Adonc avoit chanonnes a Liessies, mais cis Thierris les en osta et y mist moinnes noirs. Il moru sans hor » (Monum. Germ. histr, XXV, 417-428). Or, si Thierri, qui était le cinquième successeur (hoir) de Guerri le Sor, et qui fonda en 1095 l'abbaye de Liessies, doit être considéré comme le descendant à la cinquième

génération dudit Guerri, ce dernier aurait vécu dans la première moitié du xe siècle. Cependant, Jacques de Guise, qui écrivait à la fin du xive siècle, fait vivre Guerri le Sor vers l'an 1020 et le rattache, on ne sait pourquoi, à la famille de Girart de Roussillon (Annales Hannoniæ, l. XIV, c. 52).

35. Vers 5029. — Il faut, pour se convaincre que Guerri de Chimay n'est point différent de Guerri le Sor, comparer les vers 5029 à 5042 aux vers 3335 à 3344.

36. Chimay (Belgique, prov. de Hainaut, ar de Thuin, chef-lieu de canton) n'est guère situé qu'à deux lieues à l'est de la source de l'Helpe-Majeure aussi bien que de celle de l'Helpe-Mineure ; il est presque inutile de dire que le pays d'entre les deux Helpes forma, au xie siècle, la seigneurie d'Avesnes.

37. L'auteur du Chronicon Valciodorense (Waulsort), qui renferme un résumé de cette version de Raoul, fait d'Ybert, non plus le fils, mais le frère du vieil Herbert, auquel il donne, bien à tort, un comte Ebroin pour père. Nous publions à l'appendice le morceau de la chronique qui se rapporte à l'histoire de Raoul. Elle est imprimée dans le Spicilegium de D'Achery (édition in-4°, t. VII, pp. 513-583 ; édition in-folio, t. II, pp. 709-729). — Waulsort est maintenant un village de la province de Namur, situé à peu de distance de Dinant.

38. Le diplôme de Louis d'Outremer, relatif à la fondation du monastère d'Homblières, est daté du 1er octobre 948 ; on y voit figurer, comme fondateurs de la nouvelle abbaye, « Adalbertus, inclitæ indolis comes, una cum nobili viro Eilberto et conjuge sua Herisinde ». Le monastère d'Homblières, auparavant occupé par des religieuses, faisait alors partie des possessions d'Ybert, qui la remit aux mains du comte Albert, son suzerain (Dom Bouquet, IX, 605). Une bulle du pape Agapet II (954) et une autre du pape Jean XII (956) qualifient Ybert « idoneus satis vir » (Colliette, Histoire du Vermandois, I, 564 de 566), tandis qu'un diplôme du roi Lothaire le nomme « venerabilis vir Eilbertus » (Ibid., 563). Le comte Albert l'appelle « son fidèle », c'est-à-dire son vassal, dans une charte relative à un échange conclu entre l'abbé d'Homblières et Ybert (Cartulaire d'Homblières, aux Archives de l'Aisne, p. 55).

39. Ibid., pp. 15-16 et 53-54.

40. « Signum Heilberti [alias Hilberti] qui hanc cartham fieri jussit et propria manu firmavit. Signum Lantberti, filii ejus. » (Ibid., pp. 16 et 54). Le nom de Lambert ne permet guère de douter, outre les autres circonstances, que l'Heilbertus de cette charte soit le même que le fondateur de l'abbaye, car plusieurs des successeurs d'Ybert dans la seigneurie de Ribemont paraissent avoir porté ce nom dans le cours d'un siècle (Melleville, Dictionnaire historique du dép. de l'Aisne, édit. de 1865, II, 277).

41. « Noverit ... quod anno incarnationis Dominicæ 988 accessit quidam vassallus nomine Hadericus cum consilio Eilberti et uxoris suæ Herisindis ad abbatem monasterii Humolariensis, humiliter deprecans ut quidam puer,

nepos ejusdem Haderici, in eodem monasterio susciperetur, tradens ad locum cum eodem puerulo quendam alodium in comitatu Otmensi in villa quæ dicitur Vedeniacus. » (Colliette, Histoire du Vermandois, I, 565).

42. Voir ci-dessus, p. xxv, note 2.

43. Au début du Chronicon Valciodorense.

44. « Hic (Ebroinus) armis strenuus et omni honestate, industria sua et virtute multa acquirens, filiam Widerici comitis et ejus uxoris Evæ, quæ in nominis acquisitione Berta nuncupatur, sumpsit in conjugium ; cum ea accipiens dante ipso genitore atque genitrice Florinas, et quidquid ad eundem pagum Florinensem pertinet (Ibid.). »

45. « Rex Ludovicus ex prosapia Caroli Magni ultimus, volens honorare dignis muneribus, tradidit ei (Ebroino) sub regalibus testamentis villas suæ ditioni subjectas duas, quæ propter dignitatem honoris ejus sui nominibus hic annotabuntur : una quæ est in Condruso dicitur Anthina, et altera quæ adjacet in Famenna nuncupabatur Heidra (Ibid.). »

46. Chronicon Valciodorense. Cf. les articles consacrés à ces divers monastères par les auteurs de la Gallia Christiana.

47. « Et ut ex rivulo septiformis spiritus stillicidium participiumque, spiritualis renovationis donum gradatim in se valeret multiplicare, senario numero constructarum ecclesiarum septimam ob honorem genitricis Dei, ob restaurationem Remensis ecclesiæ adjecit. » (Chronicon Valciodorense, p. 524 de l'édition in-4°).

48. Voyez l'extrait du Chronicon Valciodorense, publié en appendice.

49. Chronicon Valciodorense, pp. 540-541 de l'édition in-4°. — L'étude des documents relatifs à la seigneurie de Florennes prouve que les successeurs d'Ybert de Florennes appartenaient à la famille de Rumigny. Il y a, en outre, lieu de croire qu'Arnoul et Godefroi de Rumigny ne doivent pas être distingués de deux comtes du même nom qui gouvernèrent conjointement le Hainaut dans le dernier tiers du dixième siècle.

50. Ibid., pp. 542-543.

51. Acta Sanctorum (III avril, p. 810) où l'an 977 est indiqué, en outre, comme année de la mort d'Eilbert.

52. Voyez plus loin, à l'appendice, § 7.

53. Chronicon Valciodorense, p. 542 de l'édition in-4°.

54. Histoire du Vermandois, I, 499. — Il faut rendre cette justice à Colliette qu'il s'est embrouillé supérieurement, non-seulement en ce qui concerne Bernier, mais aussi au sujet de Raoul, fils de Raoul de Gouy, en distinguant ce personnage d'un Raoul de Cambrai auquel il fait envahir le Vermandois en 945, c'est-à-dire deux ans après la mort de son homonyme (t. I, pp. 468 et 494).

55. Li romans de Raoul de Cambrai et de Bernier, édit. Le Glay, p. 341.

56. Du moins, l'auteur de cette chronique fait d'Ybert le frère du comte Herbert de Saint-Quentin et d'Eudes de Roye.

57. Colliette, Histoire du Vermandois, I, 461-462.

58. Vers 3335 à 3344 du poème.

59. V. 2519.

60. Annales Flodoardi, aux années 930, 931 et 942.

61. Ibid., aux années 933 et 945 ; Historia Remensis ecclesiæ, l. IV, c. 31 — Au xiiie siècle, Aubri de Troisfontaines, empruntant à Flodoard la mention qu'il fait du comte de Porcien sous la date 945, l'appelle « comes de Retest Bernardus », d'accord en cela avec le poème de Raoul.

62. Notamment en ce qui concerne le fief de Vermandois que le roi concède à Raoul, bien que le comte défunt ait laissé quatre fils.

63. Voici en quoi consistait cette réparation : Raoul offrait de se rendre d'Origny à Nesle, localités qu'une distance de « 14 lieues » (en réalité 43 kilomètres) séparait, accompagné de cent chevaliers portant chacun sa selle sur la tête ; Raoul, chargé de celle de son ancien écuyer, aurait dit à toutes les personnes qui se seraient trouvées sur son chemin : « Voici la selle de Bernir » Les hommes de Raoul trouvaient fort acceptable pour Bernier cette « amendise » que l'offensé refusa hautement.

64. Michelet (Origines du droit français, pp. 378-380) cite des exemples du port de la selle empruntés au Rou, à Garin le Loherain et à Girart de Viane. — Cf. Du Cange, Glossarium mediæ et infinæ latinitatis, verbo HARMISCARA.

65. En 1038, Geoffroy Martel, comte de Vendôme, réduit par son père le comte d'Anjou, Foulques Nerra, vint lui demander pardon, une selle de cheval sur le dos (Guill. de Malmesbury, cité dans l'Art de vérifier les dates, II, 811).

66. Les noms mêmes des guerriers sarrazins sont empruntés à la littérature des chansons de geste. Voir, à la table, les noms Aucibier, Boidant, Corsabré, Corsuble, Salatré.

67. Voy. Histoire littéraire, XXI, 703.

68. C'est ce qu'on appelait, au moyen âge, bataille aramie.

69. Cette assertion est probablement tirée de la chanson qu'analysait le moine de Waulsort : on en retrouve, vers le temps de Philippe Auguste, un écho ou une imitation dans ces quatre vers d'une suite du fameux poème des Lorrains, où l'on sait qu'un jongleur intercala la légende de Raoul de Cambrai :

Car la haïne dure encor par verté,
Par Loheraine et par Breibant dalés ;
Ne faura ja, jel vos dis por verté,
Car ensi l'a Damedeus estoré.

(Histoire littéraire de la France, XXII, 640.)

70. Voy. ci-dessus, p. vj.

71. Voy. vv. 577 et suiv. ; cf. v. 3136.

72. Voy. ci-dessus, p. viij.

73. Sous l'année 945, Aubri de Trois-Fontaines fait cette nouvelle allusion à Raoul de Cambrai : « Regi Ludovico Francorum, mortuo ut supra dictum est nepote suo Radulpho Cameracense et duce Normannie Guilelmo, Hugo dux Magnus qui et comes Parisiensis nimis adversabatr » (Pertz, XXIII, 765.)

74. Le texte est sans doute corrompu. Il faudrait Origni.

75. En réalité Louis III, quoique confondu par Gautier Map et Giraut de Barri avec Louis le Pieux.

76. Ce récit est reproduit dans la chronique publiée sous le titre d'Istore et Croniques de Flandres, par M. le baron Kervyn de Lettenhove. Bruxelles, 1879, I, 7 (Collection des chroniques belges). M. Edward Le Glay cite aussi, dans son édition de Raoul de Cambrai (p. 339), un texte identique qu'il emprunte à une chronique manuscrite conservée à la bibliothèque de Cambrai et qu'il considère, à tort semble-t-il, comme la source à laquelle Philippe Mousket aurait puisé ce qu'il dit des sœurs du roi Louis et de leurs enfants.

77. Il faut avouer d'ailleurs que le continuateur de Girbert de Metz, auquel nous devons le récit de l'histoire de Raoul, publiée ici en appendice (pp. 297 à 320), ne tient pas compte de l'assertion de son devancier en ce qui concerne la descendance de Milon de Lavardin : selon lui, Renier de Cambrai, que l'auteur de Girbert de Metz présente comme l'un des fils de Huon de Cambrai (ms. 1622, fos 263b, 264b et 267a), aurait été le père de Raoul.

78. La petite ville d'Orchimont, aujourd'hui comprise dans la province de Namur (roy. de Belgique), est située sur un affluent de la Semoy, à six lieues nord-est de Mézières. Elle faisait partie du diocèse de Liège, mais son abbaye, si tant est qu'elle ait existé, n'est pas mentionnée par les auteurs de la Gallia christiana (t. III).

79. Ce témoignage et le précédent ont déjà été cités par le premier éditeur de Raoul de Cambrai.

80. La bataille de Val-Beton, dans Girart de Roussillon.

81. Voy. Rigord, éd. R Delaborde, p. 79. Cf., pour la date de la pièce, Stimming, Bertran de Born, sein Leben u. seine Werke, p. 59, et Clédat, Du rôle historique de Bertran de Born, p. 71.

82. M. Stimming adopte à tort la mauvaise leçon Henrics donnée par trois mss. La bonne leçon se déduit des formes Guenris, Guenrric, Gerin, Garins, fournies par les autres mss.

83. « Quant en Bertrans ac faich lo sirventes que ditz : Pois als baros... et ac dich al rey Felip com perdia de cinq ducatz los tres... e com el non avia volguda la patz cant fon desarmatz, et si tost com el fon armatz, perdet per

viutat l'ardimen e la forza, e que mal semblava del cor (cor sor) Enric, l'oncle de Raols del Cambrais, que desarmatz volc que la patz si fezes de Raols son nebot ab los quatre filhs n'Albert, e depois que fon armatz, non volc patz ni concordi... » (Ed. Stimming, p. 106.)

84. Voir la préface de Daurel et Beton, p. 1.

85. Cette piéce ne se trouve que dans le ms. de Modène (piéce 757) où elle est précédée de cette rubrique : « Nasnarz d'Antravenas », Raynouard a traduit ce Nasnarz par « Arnaut », sans doute à tort. Notre troubadour est probablement le même qu'Isnart d'Entrevennes (BERNIER-Alpes, ar de Digne), le premier podestat d'Arles, (1220-1) ; voy. Anibert, Mémoires historiques et critiques sur l'ancienne république d'Arles, III, 21-24.

86. Le même que Ybert de Ribemont de Raoul : le père d'Ymbert est nommé Herbert de Roie au lieu de Herbert de Vermandois.

87. Pages 306-307.

88. Voir ces différents noms à la table onomastique.

89. Voy. les notes des vers 989, 2271, 2494, 2501, 2544, 2582, 2589, 2594, 2618, 2664, 2696, 2726, 2894, 3113, 3135, 3407, 4233, 4513, 4521. etc.

90. Il y a identité plus ou moins complète entre 2768-9 et 4650-1, entre 3625-6 et 4019-20, entre 3886-9 et 4471-5, entre 4026-7 et 4236-7, entre 4316-7 et 4936-7, entre 4386 et 4644, etc.

91. Il y a d'assez nombreuses répétitions dans Garin le Lorrain, et quelques-unes dans Ogier (cf. les vv. 292-5, de l'édition Barrois, avec les vers 2310-3), mais moins que dans Raoul.

92. Dans les citations qui suivent, nous mettons, pour plus de clarté, en italiques les passages parallèles rapprochés de notre poème.

93. Ou plutôt à Girbert de Metz. Nous avons suivi le premier éditeur de Raoul qui n'indique pas la source des vers cités par lui comme étant de Garin. Il les a tirés de Du Cange, qui les cite en sa vingt-neuvième dissertation sur l'Histoire de saint Louis.

94. Fin de la tirade cxix.

95. À moins de corriger, au v. 2324, serez en serai ; en ce cas, nuissans, suj. sinGautier, serait régulir

96. Il y a même ici une finale en ans : pesans, mais pesant serait tout aussi correct quant à la grammaire.

97. Notons, en passant, qu'il convient d'arrêter la tirade ccxli au v. 5364. Les vers 5365-5383 forment une tirade en ant, mêlée de quelques finales en ent.

98. Cet exemple n'est pas très sûr : au lieu d'une cité (ms.citez) on pourrait corriger de citez comme au v. 5161.

99. Nous ne tenons pas compte de dis 19, vis 24, formes incorrectes dues au copiste ; voir plus loin, chap. V. §2.

100. On remarque ici la tendance fréquente dans les chansons de geste en assonances, à grouper ensemble les finales semblables.

101. Cet exemple n'est pas très sûr, parce qu'on pourrait aisément substituer

correcier à correcié.

102. Nous ne tenons pas compte de Cambrizi, v. 807, parce qu'ailleurs il y a Cambresis, Cambrisis, également au cas réGautier, vv. 1216, 1585, 2082, etc.

103. Il faut, par exemple, ajouter esfrois pour esfroi, vv. 711, 3392-3, 5516.

104. Au vers 629, Symon doit être corrigé Symons ; aux vers 630-1, la grammaire s'accommoderait de retracions, traïsons ; au v. 635, on pourrait corriger mains compaingnons. Mais, d'autre part, au vers 4164, arestison serait préférable à arestisons

105. Il est probable qu'il faut substituer complie à matines.

106. Voir le vocabulaire, sous avor

107. Diez, Grammaire, trad. II, 107 ; GAUTIER Paris, Vie de S. Alexis, p. 119.

108. Raynaud, Étude sur le dialecte picard, dans Bibl. de l'Éc. des Ch., XXXVII, 345, ou tr à part, p. 111 ; De Wailly, Observ. grammat. sur des chartes d'Aire, dans Bibl. de l'Éc. des Ch., XXXII, 315-6, ou tr à part, p. 25-6.

109. D'Herbomez, Étude sur le dialecte du Tournaisis, p. 125.

110. Bien entendu, sauf les fautes du copiste qui ne laissent pas d'être assez nombreuses.

111. Vers 5556-8725.

112. Stengel et Th. Müller ; 291 selon l'édition de Bœhmr

113. Voy. Romania, II, 290.

114. Voy. l'édition de la Société, p. x.

115. Voy., par ex., la tirade CCL.

116. Voir pages 159, 161, 200, 212, 288, 297, 298.

117. Pp. 44-5, une tirade en o nasalisé ; pp. 18-9, une tirade en our, ous, etc.

118. Il y a, dans la partie assonante de ce poème (vv. 1-2779), une dizaine de tirades en on ; cette même finale n'est mêlée avec or, os etc., que dans cinq tirades, éd. Hoffmann (1852), pp. 8, 25, 26, 48, 79.

119. P. 106 de l'édition de ce poème, les finales on et or sont mêlées, mais ailleurs elles sont mises à part.

120. La table des assonances d'Aiol, donnée dans l'édition de la Société des anciens textes, indique, p. xij, 23 tirades en o fermé. Mais il y a lieu de classer à part certaines tirades où on domine d'une façon presque exclusive ; ce sont les tirades 32, 38, 49, 63, 74, 79, 114, pour la partie en vers décasyllabiques ; 124, 171, 233, pour la partie en alexandrins. Par contre, les tirades en o fermé, 5, 104, 124, 158, 226 excluent les finales en on. De sorte que le nombre des tirades où les deux finales sont admises indifféremment est fort restreint.

121. Vers 7094-5, etc.

122. Voy. ci-dessus, p. lxx.

123. Il est porté, sans mention de provenance, sur l'inventaire de 1682.

Nous devons ajouter qu'au dernier feuillet on peut lire encore, bien que l'encre ait pâli, la marque propria ou propia, dont l'existence a été constatée sur beaucoup de mss. provenant du connétable de Lesdiguières (Voy. Romania, XII, 340).

124. On se rendra facilement compte de ces lacunes par la figure suivante qui représente le premier cahier :

Raoul de Cambrai p. 82.jpg

Le premier feuillet est refait. On voit que c'est un feuillet simple, tandis qu'il aurait fallu refaire un feuillet double. De là une lacune d'un feuillet simple après le f. 5. En outre, il manque un feuillet double au centre du cahier qui, primitivement, se composait de quatre feuillets doubles. De là une lacune entre les ff. 3 et 4.

125. L'origine rémoise de cet acte nous paraît démontrée par la mention de Perrot, « filius quondam marescalli de Barbastro » et d'un autre personnage « morantem in Barbastro », Barbastrum désignant certainement ici la rue du Barbâtre, l'une des voies les plus importantes de l'ancien Reims. La mention d'un chanoine de l'abbaye de Saint-Denis de Reims et celle d'un autre chanoine de Saint-Timothée, de la même ville, viennent aussi à l'appui de cette opinion.

126. N. de Wailly, Mém. sur la langue de Joinville, dans Bibl. de l'Éc. des Chartes, 6° série, IV, 389 ; Observations sur la langue de Reims au xiiie siècle, dans Mém, de l'Ac. des Inscrip., XXVIII, ii, 297 ; Observations sur les actes des amans de Metz, ibid., XXX, i, 318-20. C'est d'ailleurs un phénomène qui s'est manifesté sur un territoire fort étendu. Ainsi on l'observe encore dans les chartes les plus anciennes (premier quart du xiiie siècle) du Vermandois ; voy. Bibl. de l'Éc. des Chartes, XXXV, 445, 469, 470.

127. Il s'agit, bien entendu, des formes où l'accent est sur l'avant-dernière syllabe. L'n n'est jamais omise dans les futurs (diront, orront). Elle ne l'est pas non plus dans les formes où ent fait suite à une voyelle ; ainsi diroient et non diroiet. Au contraire, dans les chants de Joinville on trouve doiet, poet, paiet, pour doient, poent, paient (De Wailly, dans Bibl. de l'Éc. des Chartes, 6e série, IV. 373).

128. La proportion des exemples où n est conservée est même en réalité plus forte encore : entre le v. 468 (où commence le sixième feuillet, et le v. 644 qui nous fournit donnet pour donnent, il y a six troisièmes personnes où l'n est conservé dans le cas indiqué à la note précédente, et il n'y a aucun exemple du contraire.

129. Il y a furet pour furent dans une des chartes de Joinville, pièce J, I. 22 de l'édition de M. de Wailly, Bibl. de l'Éc. des Chartes, 6e série, III, 573.

130. Voyez d'Herbonnez, Étude sur le dialecte du Tournaisis, p. 128.

131. Il va sans dire que les exemples cités sont tous écrits in-extenso dans le ms.

132. Il s'agit, bien entendu, de qi répondant au latin qui ; l'u est conservé dans qui 798, etc., forme régime correspondant au lat. cui.

133. Par ex. dans le ms. Bibl. nat. 25517, qui renferme le roman d'Alexandre (voy. Romania, XI, 260), dans une copie de l'épître farcie de saint Étienne, Bibl. nat. lat. 17307, dans des actes de Saint-Quentin de la première moitié du xiiie siècle, publiés dans

134. Rappelons que le second copiste a écrit les vers 1 à 57, et 6250 et suiv.

135. M. de Wailly a montré qu'à Reims o, surmonté d'un titulus, devait se rendre plutôt par ou que par on, Mém. de l'Acad. des Inscript., XXVIII, 11, 308-9.

136. Au v. 7556, c'est sûrement le présent.

137. L'exemple daté le plus ancien que nous connaissions de la perte de l's suivie d'une consonne, est fourni par un acte de 1238, écrit dans la partie méridionale du dép. de l'Aisne (Musée des archives départementales, n° 71). On y lit : anquete, requete, otelerie (et aussi ostelerie), croitre, meïmes, etable.

138. Voir par ex. les pièces françaises du cartulaire du comté de Rethel, publiées par M. Delisle dans l'Annuaire-Bulletin de la Société de l'Histoire de France, 1867, 2° partie.

139. De Wailly, Mém. sur la langue de Joinville, dans Bibl. de l'Éc, des Chartes, 6e série, IV, 374, 378, 582.

140. Bulletin du bibliophile, 1857, p. 472.

141. L. Delisle, Le Cabinet des manuscrits, III, 164 ; n° 1096 de l'inventaire. — Un ms. qui contenait tant de matières devait être de grand format, à deux colonnes par pages, et à 40 à 45 vers par colonne, soit 160 à 180 vers par feuillet. Et en effet les mots L'emperieres de France, début du second feuillet de ce ms. correspondent au v. 173 du Renaut de Montauban, publié par M. Michelant. On sait que la première partie du poème est formée par Beuve d'Aigremont.

142. Ibid., 168, n° 1191.

143. Ce sont les vers 361-3 (Fauchet, Œuvres, 1610, 4°, fol. 483 a), 1556-7 (ibid.), 1977-80 (fol. 487 a), 4798-4805 (fol. 483 a b), 4815-8 (fol. 483 b).

144. Le vers 1980, que nous avons rétabli d'après Fauchet.

145. Bibl. nat., fonds r 24726, ancien S. Victor 997.

146. La Romania, publiera prochainement un mémoire sur Doon de Nanteuil, d'après les extraits conservés par Fauchet.

147. Origine de la langue et poésie française, l. II, § xiiii ; Œuvres, f. 562.

148. Probablement Vivien l'Aumacour de Monbrant, qui ne paraît s'être conservé que dans le ms. de Montpellier où se trouvent aussi Doon de Mayence, Gaufret, Ogier, etc.

149. P. iv.

150. Nous réimprimons ce morceau d'après d'Achery, Spicilegium, II, 100 de l'éd. in-fol. ; VII, 511-524, de l'édition in-4°. Le texte n'en est pas toujours fort correct, mais nous n'avons pu le vérifier sur le seul ms. connu, probablement identique au ms. de Gembloux dont s'est servi d'Achery, qui a été récemment retrouvé dans la bibliothèque du grand séminaire de Namur, et d'après lequel une nouvelle édition de la chronique doit être donnée en Allemagne ; voy. Neues Archiv der Gesellschaft fur æltere deutsche Geschichtskunde, III, 220.

151. Herbert II, comte de Vermandois, mort en 943.

152. Ybert (Eilbertus), que la chanson de Raoul de Cambrai présente comme l'un des quatre fils du comte Herbert de Vermandois, est pour l'auteur du Chronicon Valciodorense l'aîné des sept fils du comte lorrain Ebroin et d'Ève, fille du comte Guerri. Ses six frères puînés sont désignés dans l'ordre suivant : le comte Eudes de Roye (Uddo de Roix), le comte Herbert de Saint-Quentin, le comte Gérart d'Audenarde, le comte Boson, le comte Guitier et l'évêque Marquart. En outre, la chronique de Waulsort fait descendre Ybert d'un autre héros épique, Aimeri de Narbonne, et de la femme de celui-ci, « la comtesse Ermengarde, sœur de Boniface, le grand prince de Pavie » : le comte Garin de Asclovia (le Garin d'Anceüne des poèmes francais ?), fils d'Aimeri, aurait été le père du comte Beuvon Sans-Barbe, l'aïeul du comte Ebroin et le bisaïeul d'Ybert (§ 3 du Chronicon Valciodorense). Mais le paragraphe du Chronicon qui renferme la généalogie du comte Ybert est, paraît-il, l'œuvre du religieux qui, vers l'an 1243, continua jusqu'à son époque l'histoire du monastère de Waulsort (Histoire littéraire de la France, VIII, 348), et obéit, dans les quelques lignes que nous analysons, à la tendance si manifeste alors de rattacher à deux ou trois familles héroïques tous les héros des chansons qui constituaient alors le cycle carolingien.

153. Cor concelaverat ?

154. Cf. tirades xxxix et suiv. de la chanson.

155. Cet épisode de la guerre de Raoul de Cambrai contre les fils de Herbert ne figure pas dans la chanson que nous publions.

156. Le monastère d'Origni.

157. Cf. Raoul de Cambrai, tirades lx et suiv.

158. Tr lxxiii et suiv.

159. L'édition in-folio donne ici dono

160. Cf. Raoul de Cambrai, tr clxxviii et suiv.

161. Les éditions portent industrium

162. Cf. Raoul de Cambrai, tr ccxx et suiv.

163. La mort prématurée de Bernier terminait évidemment la chanson de Raoul de Cambrai, mais l'auteur de la seconde partie de ce poème prolongea d'une vingtaine d'années la vie du fils d'Ybert de Ribemont pour

le faire enfin mourir d'une façon aussi tragique qu'inattendue après un récit de plus de 4,000 vers.

164. Les mots ou lettres restitués par conjecture dans les endroits où le ms. (A) est mutilé sont en italiques ; les mots ou lettres restitués par conjecture dans les endroits où le ms. est entier sont entre crochets ; les mots ou lettres restitués, en quelque endroit que ce soit, à l'aide des extraits conservés par Fauchet (B) sont entre crochets, et accompagnés d'un astérisque. Les vers qui se trouvent dans B, mais sans variante par rapport à A, sont indiqués en note ainsi : = BERNIER

165. 1 Le premier feuillet est de la main qui a écrit la fin du poème, depuis le v. 6250.

166. 4 A cil lautre jogleors.

167. 5 Après ce vers, A répète le v. 3.

168. 14 R, plus loin GAUTIER, = Gueri, comme au v.338, ou encore Guerri. v. 641.

169. 24 Ce vers se rattache mal au précédent ; p.-ê. manque-t-il un vers entre les deux.

170. 26 tex, A stex.

171. 28 = B ; A quillot.

172. 35 vertet, A vertel.

173. 42 A Cis.

174. 46 = BERNIER Fauchet ajoute : « il l'appelle depuis pailhe Alexandrin » ; ce qui peut se rapporter au v. 53.

175. 56 Guion, Fauchet : « Huon, frere de Geofroi de Laverdin et d'Aalis, femme de Tailhefer ».

176. 94 Cf. vv. 369 et 558.

177. 95 Cf. v. 294.

178. 115 Aalais, Fauchet Alais.

179. 118 B cil l'en vet.

180. 119 B Au pié l'en vet, si baise le solr

181. 137 Qi, A Qe (abrégé).

182. 141 Cf. Le Bastart de Bouillon, 5836, mul de Cartage.

183. 146 de ci en Cartaige, même locution, Bastart de Bouillon, 92.

184. 152 Omis dans A. Avant de citer ce vers, Fauchet écrit : « Il (l'auteur) fait Raoul de Cambrai nepveu du roy Loeïs, lequel, après la mort (de Taillefer) mande a Alis espouser Giboin le Mansel, qu'il fet conte de Cambrai, jusques a ce que Raoul soit en aage ; que, si elle ne le veut prendre en mariage, il lui mande : s'irai saisir... »

185. 153 A mesage, B menasge.

186. 154 B Que ja en l'autre n'avra denier ne gage.

187. 178-293. Nous évaluons à 116 vers la lacune produite par la perte des deux feuillets, mais nous n'avons pas le moyen de déterminer avec précision la place qu'occupaient dans cet espace les vers restitués d'après B, sauf pour

les deux derniers. En effet, ces deux vers et le suivant (293-4) sont cités consécutivement par Fauchet, et les premiers mots du troisième subsistent encore au haut du fol. 4 du ms.

188. 294 B Qu'il n'a encor mès que.

189. 302 trover pour trovés, à cause de la rime, comme au v. 581 parer pour parés.

190. 319 Cf. v. 4878.

191. 321 par aïr, il reste un débris de la première lettre qui semble bien avoir été un p.

192. 332 Ms. fer B Ains me ferois (lis. feroie) a honte departr

193. 350 il est conservé parce qu'il se trouve dans la marge en renvoi.

194. 361-3 = B

195. 396 = BERNIER

196. 397-8 B En cort a roi de plait ne de raison | Et ne pourquant.

197. 402 = BERNIER

198. 403 B son garnement.

199. 469 B Cosin, dit il.

200. 480 Gel, A ges.

201. 495 desmesure, B mespresure.

202. 498 = BERNIER

203. 512 B Ung eslais fait.

204. 513 = BERNIER

205. 514 B Onques de t. nel sorporta plein Gautier

206. 517 qi, A qe. Ce vers et le suivant reparaissent plus loin, vv. 3113-4 et 3212.

207. 543 Denis, ms. Cenis.

208. 549 morz, A mort.

209. 549-50 Cf : tirade cxxxviii.

210. 568 B T. L. sa cort comme haut br

211. 569 B que il deut.

212. 570 B Cosins.

213. 571 B omet Que.

214. 574 BERNIER doit se lire Bernier (v. 379) ou Berneçon (vv. 11, 393) selon le nombre de syllabes qu'exige la mesure.

215. 606 B u.q. font dresser (lis. drecier) ens es p.

216. 607 = BERNIER

217. 614 B a si grant coup.

218. 616 trouez, B cassez.

219. 617 =BERNIER

220. 618 B L'un des peus a fendu et estrouez.

221. 619 =BERNIER

222. 627 Raoul, A le roi.

223. 635 A compaingnons.

224. 639 iert, A est.

225. 649 qe, A qi.

226. 684 B si me.

227. 685 A peres.

228. 699 = BERNIER

229. 700 B L'enor mon pere.

230. 701 A par tot d. ; B Doit remanoir tot par droit a.

231. 723= BERNIER Avant ce vers, Fauchet cite celui-ci que nous ne savons où placer : Je n'en prendroie le pris d'un orlenois. Peut-être doit-il prendre place à la tirade XXI ?

232. 735 Cellentois, A cellentois.

233. 744 nos, il y a plutôt uos.

234. 745 son, l's est refaite ; peut-être y avait-il mon ?

235. 766-7 sic ; Ponçon doit être remplacé dans l'un des deux vers par un autre nom, soit Huon (cf, v. 785), soit Simon (cf. v. 786), soit Wedon (cf. v. 788).

236. 785 A Auquois.

237. 793 Ou ponme.

238. 798 qui, sic, in extenso, pour cui.

239. 799 païs, cor p[al]ais ?

240. 809 = BERNIER

241. 811-3 = BERNIER

242. 825 = BERNIER

243. 845 A donc ; B dont ge vos oi p.

244. 846 = BERNIER

245. 847 B ne peut hom t.

246. 848 B la t.

247. 849 = BERNIER

248. 855 A lescens.

249. 864-5 La leçon originale, modifiée pour la rime, était peut-être et Gerart et Gerin | | Henri de Troies, Berart de Caorsin ? cf. vv. 753 et 758.

250. 879-81 B Donez nos jor, Giefroi lui respondi ; | S'irons parler au fort roi Loeï. | A sa parole orons bien tost oï.

251. 882 = BERNIER

252. 883 B Raol respond : Par ma foi je l'otri.

253. 884 BERNIER cor RAUL ?

254. 888 a, A as.

255. 892 = BERNIER

256. 893 B t. faites.

257. 894 B Qui ton cosin donne.

258. 895 B le gant et.

259. 900 Perde[n]t, corr, pert de ?

260. 907-8 B vos en donrai le Gautier | Je ne nus hom ne vos seroit (lis.

serai) Gautier

261. 920 dolans, ms. dolant (pour la rime).

262. 935 A ja nel vos celerai, comme au v. précédent.

263. 943 m'est fait, A mesfais ou meffais. Il est possible qu'il manque ici quelques vers, car plus loin, vv. 1081-2, Raoul dit avoir prononcé des paroles qui devraient se trouver ici.

264. 970 = BERNIER

265. 989 Cf. vv. 876 et 1005. Au lieu de Roie, il y avait d'abord Neele qui a été exponctué.

266. 996 s. = sainz ou sains (saints).

267. 1009 Cor De voir ?

268. 1015 le, ms. ne.

269. 1020-1 Ce discours est probablement incomplet.

270. 1025-6 = BERNIER

271. 1029 A iiert ; B Li sors Guerris en ert prevos en la maire, où la leçon en la peut bien n'être qu'une fausse lecture de Fauchet. Ce vers serait mieux placé dans la bouche de Raoul ; s'il n'y a point ici une lacune, il devrait venir après le v. 1027.

272. 1048 = BERNIER

273. 1051 maint, cor mal.

274. 1055, 1063 sans, A s'. abréviation ordinaire de saint ou sainz.

275. 1056 soz, A sr

276. 1063 cf. la note du v. 1055.

277. 1065 de, A ne.

278. 1069 cui, A qi.

279. 1073-4 B Je te di bien li cuer sr... | Te toudront il a un branc sans faille.

280. 1080 le, cor si ou ja ?

281. 1082 A soz haucir

282. 1083-4 Cf. 944-5.

283. 1094 tere, A a plutôt ter

284. 1105 A boiuure.

285. 1118 sans, A s'.

286. 1122 vost, A vols.

287. 1125 = B

288. 1145 sain, A s'.

289. 1149 s'a, A san ou sau.

290. 1153 qi, l'abréviation donne plutôt qe.

291. 1177 Ce vers se rattache mal au précédent, peut-être y a-t-il une lacune, soit à l'hémistiche, soit avant le vers.

292. 1184 = BERNIER

293. 1185 = BERNIER

294. 1186 B Mais au besoinGautier

295. 1187 B en foiselle.

296. 1198 A mainte froide.
297. 1204-5 A Por ce ce sui de mon cens esperdue | Ne sui je pas toute vielle et chenue ; corrigé d'après BERNIER
298. 1206 awan, A awant.
299. 1232 A bons.
300. 1250 sain, A saint.
301. 1257 c'il, cor s'i ?
302. 1264 cuvert, d'après B, A gloton.
303. 1273 A répète en.
304. 1278 Il manque probablement quelque chose entre ce vers et le suivant.
305. 1285 B lor t.
306. 1286 Manque dans A.
307. 1287 B se est.
308. 1289 B fu t.
309. 1306 essilier, cor, empirier ?
310. 1308 dès, A del.
311. 1323-4 = BERNIER
312. 1328 B trop iestes.
313. 1329 = BERNIER
314. 1330 B corselz et m.
315. 1331 A gens, corrigé d'après BERNIER
316. 1332-3 = BERNIER
317. 1334 B foi que je doi saint P.
318. 1335 B en fu mis a.
319. 1338 B Onques ne fui maaillans ne corsiere.
320. 1339 B sa mesniere.
321. 1340 dont, A donc. Ce vers, n'étant pas cité par Fauchet qui cite consecutivement les deux précédents et les deux suivants, manquait peut-être dans BERNIER
322. 1341 A Dieus ; B ne se met.
323. 1342 = BERNIER
324. 1358 et p., A a.
325. 1361 qui, comme v. 798.
326. 1370 Ele, A Et.
327. 1371 foiz, A froiz.
328. 1379 Par, A Pr
329. 1385-6 La fin du vers est fautive dans l'un des deux cas, probablement au v. 1386 où on pourrait proposer bien feras.
330. 1387 B D. en achateras.
331. 1388 le, cor, ot ? cf. v. 1477.
332. 1395 buef, cor bues ?
333. 1432-3 = BERNIER

334. 1437 Es, A El.

335. 1442 pel, A pex.

336. 1470 Li efant. cor Les nonains, cf. v. 1490.

337. 1476 Cor Sis desfiast ? S'il les avait défiés (les bourgeois ?), ils n'auraient pas mis le pied (ils ne se seraient pas réfugiés) dans le moutir

338. 1477 le, corr, ot ? cf. v, 1387 et la note.

339. 1483 B A. les salles (comme au v. 1468).

340. 1484 s'en flotent d'après B, A et fondet.

341. 1485 = BERNIER

342. 1486 esforcier, B engreignir

343. 1487 B el mestre mostir

344. 1488-9 = BERNIER

345. 1497 A quida.

346. 1499 A venue.

347. 1501 B Itant..... d'un arc gitir

348. 1502 = BERNIER

349. 1505 Cor doir et graaillier ?

350. 1556 = BERNIER

351. 1557 A le servent molt ; corrigé d'après BERNIER

352. 1562 tous, A tout.

353. 1573 qi, A qe (abrégé).

354. 1613 A frans.

355. 1616 qi, A qe (en abrégé).

356. 1627 Qi, A Qe.

357. 1631 qi le, ms. qe (abrégé) li.

358. 1634 toute, cor cuite ?

359. 1662 soz, A sr

360. 1666 ci (comme ailleurs) pour si.

361. 1677 ne se, A si ne.

362. 1680 repairier, A repaire.

363. 1709 Q'il, B Nul (faute de lecture de Fauchet ?).

364. 1710 = BERNIER

365. 1720 Le premier mot du vers a été enlevé par une déchirure.

366. 1747 qi, A qe (abrégé).

367. 1749 cui, A qi (abrégé).

368. 1754 cors, A tors. Lacune entre ce vers et le suivant ?

369. 1767 amirant, A amiraut.

370. 1768 Il doit manquer quelque chose après ce vers ou après le v. 1770. On voit, à la tirade CXII, que Raoul avait fait des offres qui devraient être énumérées ici.

371. 1775 menrai, le ms. porte plutôt mourai.

372. 1797 sans, ms. s'.

373. 1800 sa, A la.

374. 1835 Il y a dans B trois vers qui ne paraissent pouvoir prendre place qu'ici : Li cuens Raol vos velt mal engignier ; | En vos alues est entrés, ce sachiez, | A molt grant gent armez et haubergez.

375. 1845 mervelle, cor novele ?

376. 1852 vieut ou vient.

377. 1869-72 = BERNIER

378. 1880 Corr [f]roncie ?

379. 1891 tous, A tout.

380. 1897 cui, A qi (abrégé).

381. 1902 broigne, A targe, comme au v. précédent.

382. 1904-5 sic, desdie est sans doute fautif au premier vers ; pour le second, cf. 2807.

383. 1925 B s. mal fetes et pechié (Fauchet peché).

384. 1926 B treshaitir

385. 1953 bon branc, A branc bon.

386. 1965 W. = Wedon, cf. v. 1972.

387. 1977 = BERNIER Ce vers est cité par Fauchet, Œuvres, 1610, fol. 487, avec les trois suivants, mais il manque dans ses extraits manuscrits.

388. 1978 B Droit a la cambre d. Oedon.

389. 1979 B L'anel crosla.

390. 1980 B Oedon, le vers manque dans A ; p.-ê. manque-t-il encore un vers ou deux.

391. 1992 Qi li, A Qil li.

392. 1997 ot, A est.

393. 2003 nos, cor no ?

394. 2018 par, A pr

395. 2034 A gentil.

396. 2059 A ne distingue pas cette tirade de la précédente.

397. 2070 qi, A qe (abrégé).

398. 2096 chevauchier, A deslogir

399. 2103, 2114, 2157, etc., sans, A s' ; B il ne vaut un denir

400. 2107 Ja, A Mais.

401. 2127 pri[n]sautier, A prisantir

402. 2131, 2135 GAUTIER = Gerart, cf. v. 2204.

403. 2137 chief, A chiés.

404. 2155 ber, A bers.

405. 2171 se, cor te.

406. 2180 le, cor del ?

407. 2212 = BERNIER

408. 2231 par, A pr

409. 2252-3 B Cuivers bastars que est ce que tu dis (cf. v. 2255) | En soig[n]antage li viés t'engenuï.

410. 2263 nen ai, A ne nai.

411. 2271-85 Ces vers sont répétés à la tirade CLIII.

412. 2276 A palefrois.

413. 2277 A haubers.

414. 2278 A escus... elmes.

415. 2290 mesoï, A mais oï.

416. 2299 Cf. v. 2182.

417. 2314 — 8 = B : Trois peus sacha de son peliçon gris, | Parmi les mailles de l'aubert esclarci | Puis si les soufle Raol en mi le vis ; | Si li a dit : « Vassal, je vos desfi. | Ne dites mie que vos aie trahi. » Le premier éditeur a cité ici ces vers de Garin dont le rapport avec ceux de notre poème est évident, et qui confirment la leçon d'A pour le v. 2316 : (voy. l'introd., p. lxiij, note)

Dist a Girbert : Mult me tenez por vil.....
Il prit deux peus del peliçon hermin,
Envers Girbert les rua et jali
Puis li a dit : Girbert, je vos desfi !

418. 2327 A Desfiés.

419. 2328 A atanquans.

420. 2335 apartenans (p barré), cor apercevans ?

421. 2337 Il y a dans B ces vers dont les premiers (rime en ié) semblent devoir prendre place entre les tirades cxiv et cxv, tandis que les autres pourraient se rattacher à la tirade cxv. À moins que Fauchet les ait transcrits hors de leur lieu, on ne voit pas, du v. 2314 au v. 2428 (précédente et suivante citations de Fauchet), à quel autre endroit on pourrait les assigner :

Le destrier broche des esperons des piez,
Puis si se couvre de l'escu de quaitier ;
Brandist la hante ot le trenchant espié,
Si s'aficha sor les dorez estriez
Que les fers fet ploier desos ses piez
Et le cuir fait demi pié alongnier,
Et le cheval desoz lui archoir

Le destrier broche des esperons a or,
Fauvel le brun qu'est remuans et fors,
Et cil trespasse et les gris et les mors,
Et les liars, les fauves et les sors.

422. 2355 A Frans.

423. 2358 A chevaliers.

424. 2359 A et destrir

425. 2360 qu, A qe (abrégé).

426. 2379 A voit... maint.

427. 2420 Lacune après ce vers ?
428. 2428 B Chacun franc hom le jor se communya.
429. 2429-30 = BERNIER
430. 2442-3 B Bertolais dit chançon en escrira | Ja nuls juglerres meilor (bonne leçon) ne chantera. Fauchet fait ici cette remarque : « Je crois que c'est l'auteur de ce roman et des autres. »
431. 2444 = BERNIER
432. 2445 B De Loon fu trastoz nez.
433. 2446 Ce vers, n'étant pas cité par Fauchet, semble avoir fait défaut dans BERNIER
434. 2447 A tot les gregnors ; corrigé d'après BERNIER
435. 2448 B ne s'en voit tenir mès.
436. 2449 =BERNIER
437. 2454 cui, A qi.
438. 2474 ice, cor itel ?
439. 2492 ot, A a, corrigé d'après BERNIER
440. 2494-7 cf. vv 2750-4.
441. 2501 Cf. vv. 2700, 2759.
442. 2515 ert, A est.
443. 2519-20 Au lieu de li rois de S. Denis, il faut probablement corriger dans l'un des deux cas li fors rois Loeys ; cf, vv. 27, 821.
444. 2542=BERNIER
445. 2543 B El bras senestre son escu de quartier, | El destre point tint l'espée d'acir
446. 2544 = BERNIER Cf. vv. 2714-5.
447. 2573 cui, A qi.
448. 2582-6 Cf. vv. 2819-23 et 2919-20.
449. 2589 Cf. v. 2921.
450. 2593 Qel, A qil (abrégé).
451. 2594-7 Cf. vv. 2830-3.
452. 2618-21 Cf. vv. 2857-60 et 3304.
453. 2628 qi, A qe (abrégé).
454. 2651 qi A qe (abrégé).
455. 2664-70 Cf. vv. 2710-5.
456. 2666 Guerri guerpi qui le poil ot ferrant
457. 2678 B Li buen d. v. par le champ f.
458. 2679 B Lor cengles Raul lors Raul
459. 2686 B H. e. au gent cors avenant.
460. 2687 B de si en.
461. 2688 meilor d'après B, A mieudre.
462. 2689-90 = BERNIER
463. 2692 = BERNIER
464. 2693 B vait poignant.

465. 2694 A Grans cols se donnet des espées ; corrigé d'après BERNIER
466. 2695 = BERNIER
467. 2696 = BERNIER Ce vers et le suivant se retrouvent aux vv. 3105-6.
468. 2697 B del blanc h.
469. 2698 B De si es dens.
470. 2699 = BERNIER
471. 2700-1 Cf. vv. 2501, 2759-60.
472. 2707 A Qil li.
473. 2710-5 Cf. vv. 2664-70.
474. 2714-5 Cf. 2544-5.
475. 2726-7 Cf. vv. 2911, 2913.
476. 2729 li, A le.
477. 2750-4 Cf. vv. 2494-7.
478. 2755-6 Il faut probablement rapporter ici ces vers de B : Parmi le cors li vet l'espié metant | Que d'autre part en ist le fer sanglant | Mort le trebuche outre s'en va passant.
479. 2759-60 Cf. vv. 2501, 2700-1.
480. 2761 A Raoul
481. 2773 le, A la.
482. 2774-5 B car le jor ot pleü | Li sans espoisse le brai et e palu.
483. 2797 A dolans.
484. 2798-2802 Cf. les vers 549 et suiv.
485. 2806 haut, d'abord aut.
486. 2812 A Grant.
487. 2819-23 Cf. vv. 2582-6.
488. 2823 On pourrait aisément rétablir la rime en corrigeant en fist jus trebuchier, cf. v. 2920.
489. 2830 Ernaus, A Ernaut.
490. 2830-3 Cf. vv. 2594-7.
491. 2855 Il y a plutôt esfans dans A.
492. 2857-60 Cf. vv. 2618-21.
493. 2858 A elmolu.
494. 2868 Il y a évidemment une lacune entre ce vers et le suivant.
495. 2871 Vers corrompu, cor Qi puis le blasme a ? ou, dans un tout autre sens, Qe près ne blasme, s'ot tout le sanc ?
496. 2887 Cf. la note du v. 2937.
497. 2888 Dans cette tirade et dans les deux suivantes, nous rétablissons entre [] les noms de Raoul et de Rocoul qui, indiqués par leur lettre initiale, prêteraient à confusion.
498. 2892 A Berneçons.
499. 2894-902 Cf. vv. 2946-55.
500. 2896 A Ernaut.
501. 2906-7 Cf. vv. 2819-20.

502. 2911, 2913 Cf. vv. 2726-7.

503. 2916 B Si que nulz d'els n'i guerpi son estrié.

504. 2921 Cf. v. 2589.

505. 2932 sic ; il faudrait, n'était la rime, iriés.

506. 2937-55 Ces deux tirades ne sont guère, sauf la différence des noms propres, que la répétition des vers 2887-902.

507. 2941 soz A sr

508. 2946-55 Cf. vv. 2894-902.

509. 2953 mon, A son.

510. 2965 GAUTIER = Gueris.

511. 2969 arçon, A arscon.

512. 2976 A despasnée.

513. 2997 Supr ci et cor raüsée ?

514. 3019 qi, A qe (abrégé).

515. 3036 A D'aubers et d'elmes et d'escus.

516. 3059-71, répétition des vers 2271-85.

517. 3065 A haubers doubliers.

518. 3075 cor une anste de ?

519. 3082-3 Ces vers rappellent deux des vers qui ont été cités d'après B, p. 79, à la note du vers 2337.

520. 3101-2 B Diex et li drois aida Berneçon tant | Lez le costé ala l'acier broiant (froiant ?).

521. 3105-6 Cf. vv. 2696-7.

522. 3108 Cor n'iert ja qi vos [en]chant ?

523. 3113-4, Vers identiques aux vers 517-8.

524. 3135-40 Cf. vv. 3055-7 et 3059-61.

525. 3192 del, ms. des.

526. 3198 A Out toz.

527. 3199 se je, A se re.

528. 3201 A néglige de marquer ici le commencement d'une tirade.

529. 3212 qi, A qe (abrégé). Cf. v. 3113.

530. 3222 Cf. la Mort de Garin, publ. par du Méril, p. 41 : Se il estoit sor mi | Trives prenroie jusqu'au jor do joïz.

531. 3282 Il est probable qu'il manque après ce vers un vers où figurait le mot targe.

532. 3288 B Ahi Guerri fel viel barbe enfumée.

533. 3289 A trives.

534. 3291 qe, A qu'il.

535. 3298 mors, A mort.

536. 3300 il, cor li ?

537. 3304 Cf. v. 2618.

538. 3313 boucle, A bouche.

539. 3315 = BERNIER

540. 3332 B Devers le ciel | torneront tes talons ; la bonne leçon est probablement tornerent ti talon.
541. 3338 ert, A est.
542. 3380 A nobiles.
543. 3383 cort, le ms. a plutôt sort.
544. 3393 Ce second hémistiche est visiblement fautif ; on pourrait proposer : qi tant par ert cortois, ou por cui sui en souspois.
545. 3407. Cf. v. 4347.
546. 3415 qi, A qe (abrégé).
547. 3427 = BERNIER
548. 3428 B a la gent diort (sic).
549. 3444 B l'e. li viel chanu floris.
550. 3465 marir, A morr
551. 3466 venir, A morr
552. 3471 esbaudir ; A et baudir ; B La veïssiez un estor esbaudr
553. 3472 = BERNIER
554. 3474 B tant buen cheval qui n'ot.
555. 3475 =BERNIER Ce vers et le précédent sont intervertis dans BERNIER
556. 3485 A boeele.
557. 3492 en a., A ne a.
558. 3495 mamele, A maissele.
559. 3516 averi, A averti.
560. 3545 A saiges.
561. 3564 Ce vers se rattache mal à ce qui précède ; il y a p.-ê. une lacune à l'hémistiche.
562. 3599-603. Les vers 3600 et 3603 sont la répétition l'un de l'autre, et les v. 3601-2 devraient faire suite au v. 3598. On pourrait donc rétablir le texte ainsi :
De mon duel fust l'une motiés jus mis.
Ou par ot ore li bastars le cuer pris
Qe si haus hom fu par son cors requis ?
Qui lairai je ma terre et mon païs ?
Or n'i a or.....
563. 3604 A peres.
564. 3607 Ce vers a été, par mégarde, répété au commencement de la page suivante.
565. 3621 qi, A qe (abrégé).
566. 3651 est, cor t'iert ?
567. 3671 A Rois.
568. 3679 fui, A sui.
569. 3717 ovrir, cor ofrir ?
570. 3745 Lacune après ce vers ?

571. 3806 de p., cor et ?
572. 3812 B D. te puist si aidir
573. 3813 = B
574. 3814 B te doinst D.
575. 3879 les, A des.
576. 3887 tés, A tel.
577. 3892 Tans, A Tant.
578. 3916 est, A et.
579. 3921 A dolant.
580. 3927 Cor De raençon ?
581. 3931 Cf. v. 482, et la Mort de Garin, p. 71 : Ne lor faut guerre en trestot mon aé.
582. 3939 A raeemans.
583. 3968 qi, A qe (abrégé).
584. 3986 B n'avras.
585. 4027 enbuschiés, cor enbronchiés ? cependant, même forme aux vv. 4237, 4667. Lacune après ce vers, ou faut-il corriger tant en trop, au v. 4026 ?
586. 4031 B ne prise mie.
587. 4032 B se il n'i a sachant.
588. 4056 mon, A mont.
589. 4058 ne, A je.
590. 4063 boucle, A bouche.
591. 4149 B en quiteance.
592. 4150 = BERNIER
593. 4157 A de Gautier desmesurance, répétition fautive de la fin du vers précédent ; mais les vv. 4156 et 4157 ont été écrits par erreur, puis raturés au commencement du fol. 68, et cette fois il y a pour le vers 4157, de grant outrequidanse.
594. 4165 Il y a dans B ce vers : Par Vermandois nos corlius envoions, qui semble devoir prendre place après 4163.
595. 4179 qant, A c.
596. 4211 A escus.
597. 4227 A brandist.
598. 4233-4 Cf. 4454-5.
599. 4246 A trestot.
600. 4261 qi, A qe (abrégé).
601. 4322 ert, A est.
602. 4323 son, A sonc.
603. 4347 Cf. v. 3407.
604. 4402 el, A es.
605. 4408 atant, A avant.
606. 4438 A bastarst.

607. 4444 Lacune après ce vers ?

608. 4454 La fin du vers est vraisemblablement corrompue ; cor nobilité ? Cf. v. 4431.

609. 4455 B s. molt tost Raul

610. 4473 tés, A tel.

611. 4487 A Damerdiex.

612. 4498 Es, A El.

613. 4513 Cf. v. 5092.

614. 4517 fist, A font.

615. 4521 Cf. v. 5075.

616. 4531 A marque ici, par une capitale, le commencement d'une nouvelle tirade.

617. 4545 Cf. vv. 2696, 3105.

618. 4551 Cor A. q'alast ?

619. 4552 recreant, A recorant.

620. 4556 Cf. v. 3326.

621. 4562 A Gautiers.

622. 4578 lor, A li.

623. 4583 honnir est certainement fautif, cor saisir ?

624. 4594 qi A q. (abrégé).

625. 4640-3 Le sens se suit mal : il y a une lacune ou quelque trouble grave dans le texte.

626. 4673 une, A unes.

627. 4675 Cor Del gros del col ?

628. 4678 Cor si mehaigniés, ou faut-il supposer une lacune après ce vers ?

629. 4688 pan, A pou.

630. 4707 Ou ne serai, A nes serai.

631. 4760-1 Ces deux vers se suivent mal ; il se peut qu'il y ait une lacune entre les deux, il se pourrait aussi que le v. 4761 dût être transporté après le v. 4756.

632. 4772 Cf. v. 4283.

633. 4790 Cf. tirade CXLII.

634. 4798 = BERNIER

635. 4799 B a la chere membrée.

636. 4800 B Tint en sa main.

637. 4801 = BERNIER

638. 4802 B O. baron.

639. 4803 B li rois vos a.

640. 4804 B se çaiens fet.

641. 4805 = B ; Qi, A qe (abrégé).

642. 4815 B ens el.

643. 4816 B As h. t. sistrent.

644. 4817 B Li seneschaux ot mout a enseignr

645. 4818 B E. mist Gauteret et Garnir

646. 4829 = BERNIER

647. 4830 B en muet.

648. 4834 BERNIER (Bernier), A GAUTIER

649. 4839 Et, cor En ?

650. 4871 A povilon.

651. 4901 A oiant tout.

652. 4908 Cor Si plouerroies.

653. 4916 Cor au second hémistiche, a loi d'home sachant ? Cf. v. 4405. Mais la faute peut tout aussi bien être au vers suivant.

654. 4927 Il faut probablement corriger m'orez en m'oez, et supposer entre ce vers et le précédent une lacune. En effet, les conditions annoncées au v. 4926 font défaut.

655. 4928 A Diex.

656. 4945 A ne marque pas le changement de tirade, et en effet le sens se suit de l'une à l'autre.

657. 4965 Il faut, ou corriger De Gautier, ou, ce qui est plus probable, supposer l'omission d'un vers où était annoncé le serment de Gautir

658. 4971 A Diex.

659. 4978 Cf. v. 4433.

660. 5040 GAUTIER = Gueris.

661. 5041 pere, cor frere. Cf. vv. 3337 et suiv.

662. 5053 lor, A li.

663. 5055 est, cor ert ?

664. 5068 pot, cor vost ? Cf. v. 5089.

665. 5075 Cf. v. 4521.

666. 5092 Cf. v. 4513.

667. 5139 Cor A v. cuit jou ?

668. 5162 autre, cor a chief ?

669. 5180 ne, A ci.

670. 5192 Cor As e. servirai com ?

671. 5206 Il faut certainement, malgré la rime, le cri.

672. 5216 B D. Aleis qui le corage ot fir

673. 5217 B De soa m. d. s. dangir

674. 5239 home doit être corrompu.

675. 5266 A Gauteles.

676. 5271 Cor ceste aatie ?

677. 5278 GAUTIER, A BERNIER

678. 5279 Après ce vers, A répète le v. 5275.

679. 5294 qe, A qi (abrégé).

680. 5319 Dieu A Diex.

681. 5321-2 Il y a une faute au second hémistiche de l'un de ces deux vers ; peut-être Tuit le pechié dont estes encombré | Qe au juïse vos soient

pardonné.

682. 5341 B S. Guerri bien.

683. 5375 = BERNIER

684. 5378 A recrevrai ; on pourrait corriger retendrai.

685. 5399 ne, A bien, ce qui est un contre-sens.

686. 5402 = BERNIER Fauchet ajoute : « comme s'il ne pouvoit venir a succession, car Berniçon estoit filz bastart d'Iber de Ribemont. »

687. 5408 et, cor par ?

688. 5409 sai, cor soi, au prétérit.

689. 5421 faites, A faistes.

690. 5423 doi, A doit.

691. 5424 GAUTIER = Gueris et non Gautier ; cf. v. 5427.

692. 5438-39. Ces paroles de Gautier n'ont ici aucun sens. Il faut qu'il y ait quelque lacune ou que le texte soit profondément altéré.

693. 5452 GAUTIER = Guerris ; cf. v. 5462.

694. 5478 Nos, cor Vos ?

695. 5482 B Toschent le feu, si est tost alumez.

696. 5483 = BERNIER

697. 5484-6 Ces trois vers sont tirés de B ; il y a dans A : Dès le palais dont vos oï avez | De ci au pont ou arivent les nez. L'espace compris entre le Palais et le pont où abordent les nefs, c'est-à-dire le Grand-Pont, serait à peu près nul. La leçon de B indique que l'incendie occupait toute la largeur de la Cité, entre les deux ponts.

698. 5528 A en la †.

699. 5538 B Ses chapelains.

700. 5539-40 = BERNIER

701. 5541 B Et tos mes hommes.

702. 5542 = BERNIER Ce vers est le dernier que rapporte Fauchet.

703. 5549 erent, A eurent ou enrent.

704. 5561 a est ajouté en interligne, mieux vaudrait ot.

705. 5570 Ms, treciee.

706. 5578 vassax, ms. valsax.

707. 5581 avra, cor a ja ?

708. 5596 Il manque probablement un vers entre celui-ci et le suivant.

709. 5604 a, cor et, ou encore S. a. espousée a m.

710. 5605 poroit, A loroit.

711. 5606 valroit, A volroit.

712. 5685 ou osi, pour aussi ? Voy. tirade CXXIX.

713. 5721 a l'espée, cor adecertes ?

714. 5734 Cf. tirades LXXXI-LXXXIII.

715. 5739 por, cor par ?

716. 5769 mi, ms. mien.

717. 5793 q'il, cor s'il ?

718. 5857 men pere, cor ma mere ?
719. 5872 Cf. v. 4653.
720. 5889 non, ms. si.
721. 5890 seus, ms. seul.
722. 5922 tient, cor tint ?
723. 5971 Don n', ms. Den.
724. 5986 La rime est fausse, cor cortois ? Cf. la rime du v. 5988.
725. 6006 les, cor ses ?
726. 6116-7 Ici et aux vers 6145-7, une partie du texte est enlevée par une déchirure.
727. 6211 Lors, ms. Sr
728. 6250. D'ici à la fin du livre, l'écriture est de la même main qui a écrit le premier feuillet.
729. 6256 Ms. jus Gautier en c.
730. 6269 chief, ms. chir
731. 6270 i, ms., il.
732. 6303 Richier, ms. Richiel.
733. 6311 jou, ms. ja.
734. 6323 Ms. maris.
735. 6326 Ici, et vv. 6353, 6370, 6385, 6408, 6416-7, etc., il y aurait p.ê. lieu de corriger Soz ; cf. v. 7328.
736. 6329 en sel, il y a plutôt ens el.
737. 6331 Ms. vertel le.
738. 6351 Ms illest.
739. 6364 Ms. illen.
740. 6369 il i vint, ms. illiut avec un signe d'abréviation. Les trois jambages qui précèdent le t peuvent être lus ui aussi bien que iu.
741. 6386 Ms. e. a m.
742. 6416 vait, ms. est.
743. 6418 ot, ms. oit.
744. 6419 ms. escus.
745. 6430 Cor fors de Paris ?
746. 6432 nos, il y a plutôt uos ; donront, ms. dont.
747. 6450 Cf. v. 5402.
748. 6454 vuel, ms. vuec.
749. 6462 Ms. Pontis.
750. 6471 i, ms. il.
751. 6480 i, ms. il.
752. 6500 Ms. an nai.
753. 6518 mont, ms. monde.
754. 6525 Ms. Doos.
755. 6542 Ms. Illest.
756. 6558 li chevallier de pris. cor li bon vassal jantil ?

757. 6564 Ms. pencis.
758. 6583 Ms. cest drois ? cf. vv. 5521 et 5554.
759. 6597 as dit, ms. ois.
760. 6600 Ms. Illa resta.
761. 6602-3 Ces deux vers sont intervertis dans le ms.
762. 6604 Cor el chamois ?
763. 6611 Ms. Ellandemain.
764. 6615 Lacune après ce vers ? Cf. v. 8127.
765. 6618 Paiens, ms. p. ; de même vv. 6638, 6646, 6715.
766. 6624 Ms. Illa.
767. 6654 Ms. Turs.
768. 6669 sens, ms. sanc.
769. 6678 en ont, ms. ennont.
770. 6684 cuens, ms. cue avec un signe d'abréviation sur l'e.
771. 6685 Ce vers est hors de sa place : on pourrait le faire passer entre les vers 6687 et 6688.
772. 6689 i, ms. il.
773. 6759 Ms. illest.
774. 6764 Cor p. la mort ?
775. 6765 o. Ms. os.
776. 6766 Ms. fronc.
777. 6776 ci, ms. cil.
778. 6792 Ms. illest.
779. 6816 Ms. endrois.
780. 6852 que, ms. qui.
781. 6865 faire, cor frere ?
782. 6868 Ce vers est copié deux fois dans le ms.
783. 6896 Ms. illen.
784. 6902 Ms. Illan.
785. 6910 Cf. v. 6647.
786. 6911 Ms. Illan.
787. 6922 i, ms. il.
788. 6927 Ms. de or fin.
789. 6938 poing, cor pom ? Ms. entaillir
790. 6940 Ms. illi.
791. 6955 si, Ms. sis.
792. 6961 Ms. haus.
793. 6977 ert, ms. est.
794. 6982 Ms. moitiet.
795. 6994 Ms. Tantes.
796. 6996 tans, ms. tant.
797. 7000 Après ce vers, le ms. répète à peu près le v. 6995 : Ains mais par home ne trovai si pesant.

798. 7006 Ms. Illart.

799. 7010 i, ms. il.

800. 7011 si, ms. sis.

801. 7029 Ms. illot.

802. 7047 courans, ms. courant.

803. 7070 Le ms. ajoute et après Juliiens.

804. 7087 Ms. Illa.

805. 7104 Cf. v. 7485.

806. 7115 Ms. donr

807. 7138 Cor Cil la dona ?

808. 7160 Vest, ms. West ; ms. traïnans.

809. 7186 De il, leçon douteuse. La première lettre paraît bien être un d, mais la seconde est endommagée.

810. 7196 Ms. vertel.

811. 7203 Qu'assés, ms. Qui uasles, lecture adoptée par le premier éditeur, mais qui ne convient ni au sens ni à la mesure. D'ailleurs la troisième lettre du second mot est surchargée et semble corrigée en une double s.

812. 7213 dont, cor cui ou que ?

813. 7223 Ms. ilceste.

814. 7247 i, ms. il.

815. 7262 Le dernier mot est corrompu.

816. 7267 conpaingnie est évidemment fautif ; cor sorcerie ?

817. 7272 terrien siecle, leçon très douteuse, ms. terriiencle, les lettres er et n sont abrégées.

818. 7275, 7290 i, ms. il.

819. 7302 Cf. v. 7394.

820. 7306 Ms. ferment.

821. 7328 soz, ms. sr

822. 7330 Ms. al babet,

823. 7334 i, ms. il.

824. 7356 i, ms. il.

825. 7363 Ms. Illan.

826. 7371 Ms. nannot.

827. 7379 tort, ms. trot.

828. 7399 i, ms. il.

829. 7400-1 Intervertir ces deux vers ?

830. 7408 que[l], correction douteuse, ms. qui, en abrégé.

831. 7420 Ms. jannan.

832. 7424 Ms. Silla.

833. 7458 Ms. ennot ; fier, cor lié ?

834. 7485 Cf. v. 7104.

835. 7487 aut, ms. vaut.

10413302R00162

Printed in Great Britain
by Amazon